MICHAEL CONNELLY

The Black Box

블랙박스
The Black Box

BOSCH

MICHAEL CONNELLY

마이클 코넬리 지음 | 한정아 옮김

알에이치코리아

Media Review

―

"마이클 코넬리의 작품은 언제나 믿고 볼 수 있고, 그의 소설의 결말은 언제나 만족스러운 한 방을 숨겨놓고 있다. 이미 그의 이전 소설들에 관해 이런 말을 했었더라도 한 번 더 말하고 싶다. 끈기와 최고의 실력으로 최선을 다하는 해리 보슈를 그린《블랙박스》야 말로 최고의 범죄 소설이다."_USA Today

"마이클 코넬리의 스토리텔링은 점점 더 좋아진다! 독자들은 매 작품 그가 작가의 정점에 이르렀다고 말하지만 그는 훨씬 더 좋은 신작을 내놓는다.《블랙박스》는 완벽에 가까운 범죄 스릴러다. 어느 누구도 코넬리를 능가하지 못한다."_허핑턴 포스트

"마이클 코넬리만큼 다작하면서도 성공을 거둔 범죄 소설의 대가는 드물다. 코넬리는 경찰국의 현실에 주목하면서도 소설적인 서스펜스를 만들어내는 데 탁월한 능력을 보여준다. 시리즈 열혈 독자들의 애를 태우는 작가이기도 하다."
_로스앤젤레스 타임스

"항상 그렇듯 해리 보슈의 끈질긴 수사는 코넬리가 경찰 업무 전반을 완벽하게 이해하고 있다는 사실을 보여준다. 해리 보슈만큼 우리가 잘 아는 주인공은 없을 것이다. 해리는 이제 우리의 오랜 친구이다."_워싱턴 포스트

"최고의 소설가가 또 한 편의 멋진 살인사건 미스터리 소설을 발표했다. 마이클 코넬리가 첫 장편소설《블랙 에코》를 발표한 후 20년이 흘렀지만, 그는 단 한 걸음도 잘못 내디딘 적이 없었다. 범죄소설 사상 최고로 멋진 형사를 주인공으로 하는 시리즈물의 신작《블랙박스》는 그가 옳은 길을 가고 있다는 또 하나의 증거이다."_토론토 글로브 앤 메일

"코넬리는 경찰 업무에 관한 폭넓은 이해와 정교한 플롯 구성, 갈수록 경륜이 깊어지는 해리 보슈라는 등장인물의 창조와 같은 모든 자원을 동원해서 열혈 독자들은 물론 새로 만나는 독자들까지 단숨에 매료시킬 수 있는 훌륭한 미스터리 스릴러를 만들어냈다."_퍼블리셔즈 위클리

"《블랙박스》의 해리 보슈는 그 어느 때보다도 강력하고 매력적이다. 우리는 그가 얼마나 먼 길을 걸어왔는지 잘 알고 있고 또 어떤 길을 가게 될지 조금은 알 것도 같다."_뉴욕 데일리 뉴스

"《블랙박스》는 코넬리가 창조한 뛰어난 범죄소설의 계보를 이어가고 있다. 해리 보슈는 정의로운 성격과 기사도 덕분에 범죄소설 사상 최고의 형사들 중 한 명이 되었다. 마이클 코넬리는 진부해 보이는 것들조차도 새롭고 활기차게 만드는 신기한 재능이 있다."_시카고 선타임즈

"해리 보슈는 굉장히 특이하고 흥미로운 방식으로 LA경찰국이라는 꽉 막힌 관료 사회를 능수능란하게 헤집고 다니면서 혁혁한 성과를 낸다. 노회한 형사가 첨단 기술의 세계를 다니는 것을 (혹은 젊은 후배들에게 그렇게 하도록 시키는 것을) 지켜보는 것도 재미다."_뉴욕타임스 북리뷰

"코넬리는 LA경찰국의 해리 보슈 형사를 단련시켜온 무궁무진한 사건 목록에 또 사건 하나를 추가했다. 이번 작품에서도 촘촘하게 짠 직물 같은 이야기를 담고 있다. 경찰국 내부인의 시선으로 범죄수사를 생생하게 표현하는 특유의 재능을 가진 코넬리의 전형적인 작품이다."_산 호세 머큐리 뉴스

"투지가 넘치는 살인사건 전담 형사 해리 보슈를 주인공으로 하는 코넬리의 범죄 스릴러 신작. 보슈의 모험을 응원하는 팬들은 보슈가 없는 LA경찰국을 상상할 수 없다."_세인트루이스 디스패치

"마이클 코넬리는 현대 미국 소설사상 가장 뛰어난 경찰소설 작가이다. 그는 경찰수사의 세세한 면까지 간파하고 있다.《블랙박스》는 코넬리의 최고 작품이다."_이그재미너 닷컴

"현대 범죄소설계의 거장이 만들어낸 뛰어난 경찰소설이자 매혹적인 페이지터너."_랜싱 스테이트 저널

지난 20년간 해리 보슈가 살아있게 해준 독자들에게,
그리고 군중을 헤치고 1992년의 그날로 나를 이끌어준 분들에게,
감사의 마음을 담아 이 책을 바칩니다.

contents

———

백설공주

———

1992

폭동 발생 사흘째 밤이 되자 사망자 수가 급증하고 있어서 일선 경찰서 살인전담팀 상당수가 폭동진압 현장에서 차출되어 사우스센트럴 지역의 긴급출동 임무에 투입되었다. 할리우드 경찰서 소속 해리 보슈와 파트너 제리 에드거 형사는 신변 보호를 위해 순찰대 소속 산탄총 사격수 두명과 긴급출동반 B팀으로 배정되었다. 그들은 시신이 발견된 곳이면 어디든 달려가야 했다. 검은색과 흰색이 섞인 순찰차를 타고 움직였고, 어디에도 오래 머물지 못하고 사건 현장을 전전했다. 살인사건 수사에는 적합하지 않은 방식이었지만—사실 이런 식으로 뛰어다니는 건 어처구니없는 짓이었다—시민들의 분노가 화산처럼 폭발한 도시의 초현실적인 상황에서는 이것이 최선이었다.

사우스센트럴은 전쟁터였다. 사방에서 불길이 솟았다. 약탈자들이 몰려다니면서 상점을 털었고, 인간의 품위와 도덕률 같은 것은 도시를 뒤덮은 연기 속으로 사라지고 없었다. 사우스 LA의 폭력조직들이 어둠을 장악하겠다고 나섰고, 경찰에 맞서 연합전선을 구축하기 위해 조직 간의 싸움을 중단하자며 휴전을 촉구하기까지 했다.

사망자 수가 이미 50명을 넘어섰다. 상점 주인이 약탈자를 쏘았고 주방위군이 약탈자를 쏘았으며 약탈자들끼리도 총격을 가했다. 그리고 혼란과 사회불안을 틈타, 그 순간 거리에서 표현된 좌절감과 분노와는 아무 관련이 없는 개인의 묵은 원한을 갚으려는 살인자들도 있었다.

그동안 은밀히 진행되어 오던 인종적, 사회적, 경제적 균열의 틈이 이틀 전의 사건을 계기로 강진에 땅이 갈라지듯 쩍 벌어졌다. 이틀 전, 흑인 운전자를 고속노도에서 추격 끝에 붙잡아 흠씬 두들겨 패준 혐의로 재판에 넘겨진 LA 경찰관 네 명에게 무죄 평결이 내려졌다. LA 시내에서 70여 킬로미터 떨어진 교외의 법정에서 배심원 단장이 읽어 내려간 평결에 대해 로스앤젤레스 남부지역 시민들이 즉각적으로 반응했다. 분노한 시민들이 거리에 삼삼오오 모여서 평결의 부당함을 성토했다. 상황은 곧 폭력적으로 변했다. 근면 성실한 언론이 헬기를 띄워 시위상황을 영상에 담아 이 도시의 모든 가정으로 그리고 전 세계로 실시간으로 내보냈다.

경찰국은 무방비상태로 상황을 맞았다. 평결이 나왔을 때 경찰국장은 파커 센터(경찰국 본부 건물―옮긴이)에 있지 않고 정치적인 모임에 참석하고 있었다. 자기 자리를 지키지 않은 것은 다른 고위 간부들도 마찬가지였다. 즉각적으로 대응에 나선 사람이, 더 나아가 구조에 나선 사람이 한 명도 없었다. 경찰국 전체가 뒤로 물러서서 방관만 하는 동안 통제받지 않은 폭력의 장면들이 전 도시의 텔레비전 화면에 산불처럼 번져갔다. 곧 도시는 통제 불능 상태가 되어 화염에 휩싸였다.

이틀 밤이 지났지만, 고무가 타고 꿈이 그을리면서 나는 매캐한 냄새가 아직도 사방에 퍼져 있었다. 수천 개의 불길은 마치 밤하늘을 무대 삼아 춤을 추는 악마 같았다. 총성과 분노에 찬 고함소리가 순찰차 뒤에서 끊임없이 울려 퍼졌다. 그러나 6-킹-16의 네 사람은 그런 것들 때문에 차를 세우지는 않았다. 오로지 살인사건 수사를 위해서만 차를 세웠다.

5월 1일 금요일, 긴급출동반 B팀은 저녁 6시부터 아침 6시까지 야간근무를 하고 있었다. 보슈와 에드거는 순찰차 뒷좌석에, 로블레토와 델윈 순경은 앞좌석에 앉아있었다. 조수석에 앉은 델윈은 산탄총을 무릎에 놓고 비스듬히 들어 올려 열린 창문 밖으로 총구를 삐죽 내밀고 있었다.

그들은 크렌쇼 대로에 있는 어느 골목에서 변사체가 발견됐다는 소식을 듣고 달려가는 중이었다. 비상사태 동안 로스앤젤레스시에 배치된 캘리포니아주 방위군이 경찰국 긴급출동 상황실로 알려온 소식이었다. 아직 밤 10시 30분밖에 안 됐는데도 출동 요청이 줄을 잇고 있었다. 킹-16은 야간근무를 시작한 후로 벌써 살인사건 한 건을 처리한 뒤였다. 신발 할인매장 출입문 안에서 약탈자 한 명이 사살됐는데, 범인은 그 상점 주인이었다.

사건 현장이 상점 안으로 국한되어 있고 폭동진압 장비를 완전히 갖춰 입은 로블레토와 델윈이 산탄총을 들고 바깥 인도에서 경계 근무를 서고 있어서, 보슈와 에드거는 상점 안에서 비교적 안전하게 일을 할 수 있었다. 증거를 수집하고 사건 현장을 스케치한 후 사진을 찍을 시간이 있었다. 그런 다음 형사들은 상점 주인의 진술을 녹음했고 매장 안 감시카메라가 찍은 비디오테이프를 보았다. 거기에는 그 약탈자가 알루미늄 야구방망이로 상점 유리문을 부수는 장면이 들어있었다. 그러고 나서 그는 몸을 숙이고 자신이 만든, 유리가 삐죽빼죽 박힌 구멍을 통과해 안으로 들어왔고, 들어오자마자 계산대 뒤에 숨어서 기다리고 있던 상점 주인의 총에 2발을 맞고 쓰러졌다.

법의관실에는 부검 요청이 통상적으로 처리할 수 있는 것보다 훨씬 많이 들어와 있어서, 응급구조대는 그 시신을 카운티-USC 메디컬센터로 이송했다. 시신은 사태가 진정되고—그렇게 될 수 있다면 말이지만—부검 차례가 될 때까지 그곳에 보관될 것이었다.

보슈와 에드거는 총을 쏜 상점 주인을 체포하지 않았다. 정당방위였는지 계획적인 살인이었는지는 나중에 검찰에서 판단할 일이었다.

살인사건을 처리하는 올바른 방식은 아니었지만 그렇게 할 수밖에 없었다. 대혼란의 시기에는 임무가 단순했다. 최선을 다해 최대한 빨리 증거를 보존하고 현장을 기록한 후 시신을 수습해야 했다.

빨리 들어갔다가 빨리 빠진다. 그것도 안전하게. 진짜 수사는 나중에 할 것이다. 아마도.

그들은 크렌쇼에서 남쪽으로 달려가면서 거리 곳곳에서 시민들의 무리를 지나쳐갔다. 주로 청년들이었는데 길모퉁이에 모여 서 있거나 우르르 몰려다니고 있었다. 크렌쇼와 슬라우슨 사거리에서는 크립스(캘리포니아에 근거지를 둔, 아프리카계 미국인을 중심으로 한 폭력조직 — 옮긴이) 깃발을 든 사람들이 사이렌이나 경광등 없이 빠른 속도로 달려가는 순찰차를 향해 야유를 퍼부었다. 병과 돌멩이가 날아왔지만 순찰차가 워낙 빠른 속도로 달려갔기 때문에 미사일은 순찰차가 지나간 자리에 무해하게 떨어졌다.

"곧 돌아온다, 개새끼들아! 다 죽었어, 아주."

소리친 사람은 로블레토였고, 보슈는 그가 비유적으로 말한 거라고 추측했다. 이 젊은 순경의 위협은 수요일 오후 평결이 생중계됐을 때 경찰국이 낸 공식 반응만큼이나 공허하기 짝이 없었다.

운전대를 잡은 로블레토는 전방에 주 방위군 차량과 군인들로 이루어진 차단막이 보이자 속도를 줄이기 시작했다. 소요 발생 이틀째 되는 날 주 방위군이 도착하면서 마련된 전략은 먼저 사우스 LA에 있는 주요 교차로의 통제권을 되찾고 나서 통제지역을 확대해 결국에는 모든 분쟁지역의 통제권을 되찾는다는 것이었다. 긴급출동반 B팀은 주요 교차로 중 하나인 크렌쇼와 플로렌스 교차로에서 겨우 1.5킬로미터 정도 떨어진 곳에 있었고, 주 방위군 군인들과 차량은 벌써 크렌쇼 거리 몇 블록에 걸쳐 쫙 퍼져 있었다. 로블레토는 62번가 바리케이드 앞에 차를 세우면서 운전석 창문을 내렸다.

작대기 계급장을 단 주 방위군 병장이 운전석 문으로 다가와 허리를 굽히고 차에 탄 사람들을 들여다보았다.

"샌루이스어비스포 방위군 소속 버스틴 병장입니다. 무슨 일이십니까?"

"살인전담팀." 로블레토가 엄지손가락으로 뒷좌석에 앉은 보슈와 에드거를 가리키며 말했다.

버스틴은 허리를 펴고 서서 동료들을 향해 팔을 좌우로 흔들어 순찰차가 통과하게 바리케이드를 치우라는 신호를 보냈다.

"그 여자 시신은 66번지와 67번지 사이 동쪽 골목길에 있습니다. 직진하시면 제 동료들이 안내할 겁니다. 우린 주변을 봉쇄하고 건물 지붕을 감시하겠습니다. 아직 확인하진 못했지만 이 동네에 숨어서 총질을 하는 놈이 있다는 신고가 들어왔거든요."

로블레토는 창문을 올리면서 차를 출발시켰다.

"'제 동료들이 안내할 겁니다.'" 로블레토가 버스틴의 목소리를 흉내 내며 말했다. "저 친구 자기 동네에선 학교선생이나 뭐 그런 거 같은데요. 여기 투입된 친구들 중에 LA 출신은 한 명도 없답니다. 주 전역에서 모였는데 정작 LA 출신은 없는 거죠. 지도를 들고도 레이머트 파크도 못 찾을 걸요."

"2년 전엔 너도 그랬거든, 찐따야." 델원이 말했다.

"어쨌거나요. 저 친구 이 동네는 쥐뿔도 모르면서 자기가 책임자인 것처럼 굴잖아요. 빌어먹을 용병 주제에. 제 말은 그러니까 이런 친구들이 필요 없었다는 거죠. 우리만 한심하게 보이잖아요. 이런 상황에 대처하지 못해서 샌루이스어비스폰지 뭔지 하는 곳에서 전문가들을 불러들여야 했던 것처럼 말이죠."

뒷좌석에 앉은 에드거가 목소리를 가다듬고서 말했다.

"저기, 놀라운 소식이 있는데 말이야." 그가 말했다. "우리가 대처 못 한 거 맞거든. 수요일 밤에 우리가 보여준 모습보다 더 무력한 모습을 보여줄 순 없을걸. 뒷짐 지고 서서 도시가 불타는 걸 구경만 했잖아. TV로 다 보지 않았어? 말려보겠다고 나서는 놈 한 명 없었고. 그러니까 어비스포에서 온 교사들을 욕하면 안 되지. 욕먹을 건 우린데, 안 그래?"

"어쨌거나요." 로블레토가 말했다.

"순찰차 옆면에 '보호와 봉사'라고 써 붙이고 다니면서, 어느 것 하나 제대로 하질 못했잖아." 에드거가 덧붙였다.

보슈는 침묵을 지키고 있었다. 파트너의 말에 동의하지 않아서가 아니었다. 경찰국은 폭력 사태 발생 초기에 미온적으로 대응함으로써 자기 얼굴에 먹칠했다. 그러나 보슈는 지금 그 생각을 하는 게 아니었다. 아까 병장이 여자 시신이라고 한 말에 충격을 받고 그 생각을 하고 있었다. 여자 시신이 언급된 것은 이번이 처음이었고, 보슈가 알기로 폭동 발생 후 지금까지 일어난 살인사건의 피해자들 중 여자는 없었다. 그 말은 이 도시를 쑥대밭으로 만들고 있는 폭력 사태에 여자가 관여하지 않았다는 뜻이 아니었다. 약탈과 방화는 남녀가 평등하게 할 수 있는 일이었다. 여자들이 약탈과 방화를 하는 것을 보슈가 직접 본 적도 있다. 전날 밤 할리우드 대로 폭동진압 현장에 투입됐던 그는 유명한 속옷 가게인 프레더릭스가 털리는 것을 목격했다. 거기 있던 약탈자들 중 절반이 여자였다.

그럼에도 불구하고 병장의 보고가 놀라워서 생각을 하게 되었다. 한 여자가 혼란의 현장에 있다가 목숨을 잃었다니.

로블레토는 순찰차를 몰고 바리케이드가 열린 틈을 통과해 계속 남쪽으로 내려갔다. 네 블록 전방에서 군인 한명이 손전등을 흔들며 거리의 동쪽 편에 있는 소매상점 두 곳 사이의 좁은 골목길을 비추었다.

크렌쇼에서는 20미터마다 보초를 서고 있는 군인들을 제외하고는 개미 새끼 한 마리 보이지 않았다. 음산한 정적이 감돌았다. 도로 양편으로 늘어선 상점들 모두 불이 꺼져 있었다. 약탈자들과 방화범들에게 피해를 본 상점이 여럿 있었고 기적적으로 아무런 피해를 입지 않은 상점들도 있었다. 또 상점 앞면에 스프레이 페인트로 '여기 주인은 흑인'이라고 쓴 판자를 붙여서 폭도들을 막아보려고 애를 쓴 상점들도 있었다.

골목길은 '꿈의 타이어'라는 약탈당한 타이어 가게와 화재로 전소된 '아직 쓸 만한 중고'라는 가전제품 가게 사이에 있었다. 불 탄 건물에는 노란색 접근금지 테이프가 둘러쳐져 있었고 시 안전감독관이 붙인 빨간색 '주거 부적합' 꼬리표가 붙어있었다. 보슈는 이 지역이 폭동 초기에 타격을 입었을 거라고 추측했다. 이곳은 최초로 폭력 사태가 발발한 플로렌스와 노르망디 교차로에서 겨우 스무 블록 정도 떨어진 곳이었다. 그 교차로에서 시민들이 승용차와 트럭에서 끌려 나와 구타당하는 모습이 전 세계에 실시간으로 방송되었었다.

손전등을 든 주 방위군이 앞장서서 걸으면서 6-K-16 순찰차를 골목으로 안내했다. 10미터 정도 들어가더니 멈춰 서서 주먹 쥔 손을 들어보였다. 마치 적진의 후방을 정찰하는 것 같았다. 이젠 보슈와 에드거가 나갈 때가 되었다. 에드거가 손등으로 보슈의 팔을 툭 쳤다.

"나한테 가까이 오지 마, 해리. 항상 2미터 정도는 떨어져 있으라고."

분위기를 가볍게 하려고 던진 농담이었다. 차 안에 있는 네 명 중 보슈만 백인이었다. 저격수가, 아니 총을 든 누구라도, 가장 먼저 표적으로 삼을 사람이 보슈일 것이다.

"알았어." 보슈가 말했다.

에드거가 다시 한번 그의 팔을 툭 쳤다.

"그리고 모자 써."

보슈는 순찰차 바닥에서 점호 때 받은 흰색 시위진압용 헬멧을 집어 들었다. 근무 중에는 항상 그 헬멧을 착용하라는 지시가 있었다. 그러나 헬멧이 반짝거리는 흰색의 플라스틱이라 오히려 표적이 되게 만든다는 생각이 들었다.

보슈와 에드거는 로블레토와 델윈이 순찰차에서 내려 뒷좌석 문을 열어줄 때까지 기다려야 했다. 마침내 보슈가 밤 속으로 발을 내디뎠다. 마지못해 헬멧은 썼지만 턱 끈 버클을 잠그지는 않았다. 담배를 피우고 싶었지만 시간이 없었고 경찰복 셔츠 왼쪽 가슴 주머니에 항상 넣고 다니는 담뱃갑에는 담배가 딱 한 개비 남아있었다. 언제 어디서 담배를 구할 수 있을지 알 수 없었기 때문에 아껴둬야 했다.

보슈는 주위를 둘러보았다. 시신이 보이지 않았다. 골목에는 온갖 잡동사니가 널려있었다. '아직 쓸 만한 중고'쪽 벽에는 다시 팔아먹을 수 없을 것 같은 낡은 가전제품이 잔뜩 쌓여있었다. 사방에 쓰레기 천지였고, 처마 일부가 불에 타서 떨어져 있었다.

"여자는 어디 있어?" 보슈가 물었다.

"여깁니다." 주 방위군이 말했다. "여기 벽 쪽에요."

골목을 밝히는 불빛이라고는 순찰차에서 나오는 불빛과 주 방위군이 들고 있는 손전등 불빛뿐이었다. 가전제품들과 다른 잡동사니가 벽과 땅바닥에 그림자를 드리우고 있었다. 보슈는 맥라이트 손전등을 켜고 주 방위군이 가리킨 방향을 비추었다. 가전제품 상점 벽은 조직폭력배들의 낙서로 덮여 있었다. 이름, 평화롭게 잠들라는 조사(弔辭), 협박. 그 벽은 크립스의 이 지역 산하조직인 롤링 식스티즈의 게시판이었다.

주 방위군 뒤에서 세 걸음을 걸어간 보슈는 시신을 발견했다. 벽 앞에 작은 여자가 모로 누워있었다. 녹슨 세탁기가 드리운 그림자에 가려져 잘 보이지 않았던 거였다.

보슈는 더 다가가기 전에 먼저 손전등으로 주변 바닥을 두루 비춰보았다. 예전에는 이 골목도 포장이 되어 있었지만 지금은 깨진 콘크리트와 자갈과 흙이 뒤섞여 있었다. 족적이나 혈흔 같은 것은 보이지 않았다. 보슈는 시신을 향해 천천히 다가가서 쪼그리고 앉았다. 건전지 여섯 개가 들어가는 묵직한 손전등을 어깨에 놓고 시신을 비추었다. 오랜 세월 시신을 살펴본 경험으로 볼 때, 여자가 사망한 지 적어도 12시간에서 24시간 정도는 지난 것 같았다. 두 다리가 무릎 부분에서 심하게 구부러져 있었는데, 그것은 사후경직의 결과이거나 사망할 당시 무릎을 꿇고 있었다는 증거일 수 있었다. 팔과 목에 드러난 피부는 잿빛이었고 피가 응고된 부분은 짙은 갈색이었다. 두 손은 검은색에 가까웠고 부패의 악취가 공기 중에 스며들기 시작하고 있었다.

여자의 얼굴은 앞으로 흘러내린 긴 금발에 상당 부분이 가려져 있었다. 뒤통수 머리카락에 피가 말라붙어 있는 것이 보였고 얼굴을 가리고 있는 머리카락에도 엉겨 붙어 있었다. 시신 위쪽 벽을 손전등으로 비춰보던 보슈는 벽에 피가 튀고 흘러내린 모양을 보고 여자가 다른 곳에서 살해돼 이곳에 유기된 것이 아니라 이곳에서 살해됐다는 사실을 알아차렸다.

보슈는 주머니에서 펜을 꺼내 피해자의 얼굴을 가리고 있는 머리카락을 들어 뒤로 넘겼다. 오른쪽 눈구멍 주위에 화약감입(화약잔사에 의한 변화로 화약의 잔재가 묻어난 현상–옮긴이)이 있었고 눈에 관통상을 입어 눈알이 폭발하고 없었다. 여자는 정면 아주 가까운 거리에서 총에 맞은 것이다. 바로 코앞에서. 보슈는 펜을 주머니에 도로 집어넣고 좀 더 몸을 숙여서 여자의 뒤통수에 손전등을 비추었다. 크고 들쭉날쭉한 모양의 사출구가 보였다. 여자는 즉사한 것이 틀림없었다.

"뭐야, 백인이야?"

에드거였다. 어느새 보슈 뒤로 다가와서 야구 포수 뒤에 서 있는 심판처럼 보슈의 어깨너머로 시신을 내려다보고 있었다.

"그런 것 같아." 보슈가 말했다.

이제 그는 손전등으로 시신을 두루 비춰보았다.

"백인 여자가 여기까지 내려와서 뭐 하고 있었던 거지?"

보슈는 대꾸하지 않았다. 여자의 오른팔 밑에 뭔가가 숨겨져 있는 것이 보였다. 그는 장갑을 꺼내 끼려고 손전등을 내려놓았다.

"자네 손전등으로 여자 가슴을 비춰봐." 보슈가 에드거에게 지시했다.

장갑을 낀 보슈는 시신을 향해 몸을 숙였다. 피해자는 왼쪽으로 돌아누워 있었고, 오른팔이 가슴을 가로질러 뻗어있으면서 목에 건 줄에 달린 뭔가를 숨기고 있었다. 보슈는 그것을 조심스럽게 벗겨냈다.

그것은 밝은 주황색의 LA 경찰국 기자출입증이었다. 보슈가 그동안 많이 봤던 거였다. 이건 새것처럼 보였다. 비닐로 된 겉면은 흠집 하나 없이 깨끗했다. 그 안에는 금발 여자의 머그샷 같은 사진이 들어있었다. 그 밑에는 여자의 이름과 소속 언론사 이름이 적혀 있었다.

안네케 예스페르센

베를링스케 티엔데

"외신 기자네." 보슈가 말했다. "안네케 예스페르센."

"어느 나라?" 에드거가 물었다.

"글쎄. 아마도, 독일? 베를린……베를린 뭐라고 돼있어. 발음도 못 하겠다."

"이번 일로 그 먼 데서 기자를 보냈다고? 뭐 하러? 자기네 일이나 신경 쓰지."

"독일 출신인지 확실하지 않아. 나도 잘 몰라."

보슈는 에드거의 수다를 자르고 기자출입증에 붙어있는 사진을 자세히 살펴보았다. 증명사진 속의 여자는 매력적인 모습이었다. 화장기와 웃음기가 전혀 없는 무표정한 얼굴이었고 긴 머리를 귀 뒤로 넘겼으며 피부는 어찌나 창백한지 반투명해 보이기까지 했다. 두 눈은 먼 곳을 응시하는 듯했다. 너무나 빨리 너무나 많은 것을 봐버린 경찰이나 군인 같은 표정이었다.

보슈는 기자출입증을 뒤집어보았다. 진짜처럼 보였다. 기자증은 해마다 갱신해야 했고, 기자가 경찰국의 뉴스 브리핑에 들어가거나 폴리스라인을 넘어 사건 현장에 접근하기 위해서는 확인 스티커가 필요했다. 이 출입증에는 1992년 스티커가 붙어있었다. 그것은 피해자가 지난 120일 안에 이 기자증을 발급받았다는 뜻이었고, 비닐 겉면이 깨끗한 상태인 것으로 보아 최근에 발급받은 것이 틀림없었다.

보슈는 다시 시신을 살펴보았다. 피해자는 청바지에 흰 셔츠, 그 위에 조끼를 입고 있었다. 주머니가 여러 개 달린 기능성 조끼였다. 그걸 보면 여자가 사진기자였을 가능성이 있었다. 그런데 시신이나 주변 어디에도 카메라가 보이지 않았다. 누가 가져간 것이 틀림없었고 어쩌면 카메라가 살해 동기였을 수도 있었다. 보슈가 본 사진기자들은 거의가 고성능 카메라와 관련 장비를 갖고 다녔다.

보슈는 조끼를 향해 팔을 뻗어 가슴 주머니를 열어보았다. 시신은 카운티 법의관실 관할이었기 때문에 보통 때 같으면 법의관실 조사관에게 주머니를 열어보라고 했을 것이다. 그러나 법의관실 직원이 사건 현장에 나타날지 어떨지 모르는 상황이었기 때문에 무작정 기다리고 있을 수만은 없었다.

주머니에는 검은색 필름 통 네 개가 들어있었다. 이미 찍은 필름인지

찍지 않은 건지 알 수가 없었다. 보슈가 주머니 단추를 다시 잠그는데 주머니 밑에 딱딱한 면이 만져졌다. 사후경직은 왔다가 하루 만에 사라지고 시신은 다시 부드럽고 움직일 수 있는 상태가 된다는 걸 그는 알고 있었다. 그는 기능성 조끼를 젖히고 가슴을 주먹으로 두드려보았다. 딱딱했고 소리를 들어보니 확실했다. 피해자는 방탄조끼를 입고 있었다.

"이봐, 여기 희생자 명단 좀 봐봐." 에드거가 말했다.

보슈는 시신에서 고개를 늘었다. 에드거의 손전등이 벽 위쪽을 향하고 있었다. 시신 바로 위 벽에 있는 낙서는 187(살인을 뜻함. 캘리포니아 형법 187조가 살인에 관한 법조문인 데서 비롯됨 - 옮긴이) 명단, 다시 말해 피살자 명단이었다. 켄 개새끼, G새끼, OG 병신자식, 목 뼈다귀 등 거리의 전투에서 쓰러진 조직폭력배들의 이름이 적혀있었다. 이 사건 현장은 롤링 식스티즈의 영역이었다. 식스티즈는 거대한 갱단인 크립스의 산하조직이었고, 크립스의 또 다른 산하조직이면서 이 부근에서 활동하고 있는 세븐 트레이즈와 끝없는 전쟁을 벌이고 있었다.

일반 시민들은 대개 사우스 LA를 쥐고 흔들면서 매일 밤 희생자를 내고 있는 조직폭력배들 간의 전쟁이 블러즈와 크립스라는 거대 폭력조직이 이 지역을 장악하기 위해 벌이는 거라고 생각했다. 그러나 현실은 달랐다. 같은 폭력조직의 산하조직들끼리 경쟁하며 벌이는 싸움이 가장 격렬하고 폭력적이었고 매주 많은 사망자를 내곤 했다. 그중에서도 롤링 식스티즈와 세븐 트레이즈의 싸움이 가장 치열했다. 이 크립스 산하조직들은 상대 조직원이 눈에 보이는 즉시 살해한다는 원칙에 따라 행동했고 그 결과를 동네 담벼락에 기록했다. 평화롭게 잠들라는 조사 밑에는 이 끝도 없는 싸움에서 희생된 자기네 조직원의 이름을 적어놓았고, 187이라는 제목 밑에는 자기네가 살해한 상대 조직원의 이름을 적어놓았다.

"그러니까 백설 공주와 세븐 트레이 크립스인 건가." 에드거가 덧붙였다.

보슈는 짜증이 나서 고개를 절레절레했다. 도시가 뒤집어지고 그 결과가—벽에 기대앉은 채로 처형된 여자가— 눈앞에 있는데도 파트너는 이 상황을 심각하게 받아들이질 못하는 것 같았다.

에드거는 보슈의 행동을 보고 불편한 심기를 헤아린 것이 틀림없었다.

"농담이야, 해리." 에드거가 재빨리 말했다. "기분 풀어. 너무 심각한 것 같아서 웃자고 한 말이야."

"알았어." 보슈가 말했다. "기분 풀고 있을 테니까 가서 무전 좀 쳐줘. 여기 상황 설명하면서 외신 기자라는 거 꼭 말하고 완전한 팀을 보내 달라고 해. 안 된다고 하면 사진기사와 조명만이라도 꼭 보내 달라고 하고. 이 사건은 시간과 노력을 좀 들여야 할 것 같다고 강조하고."

"왜? 여자가 백인이라서?"

보슈는 대답하기 전에 잠깐 뜸을 들였다. 에드거가 이런 말을 한 것은 신중하지 못한 일이었다. 보슈가 백설 공주 재담에 기대했던 반응을 보여주지 않아서 반격을 하고 있는 거였다.

"아니, 백인이라서가 아니야." 보슈가 침착하게 말했다. "약탈자가 아니기 때문이야. 조직폭력배도 아니고. 자기네 동료가 희생된 걸 알면 기자들이 벌떼같이 달려들게 뻔하기 때문이기도 하고. 됐어, 이 정도면?"

"알았어."

"다행이군."

에드거는 무전을 치기 위해 차로 돌아갔고, 보슈는 다시 사건 현장을 살펴보기 시작했다. 보슈는 우선 현장의 경계망부터 설정했다. 근처에 서 있던 주 방위군 여러 명을 뒤로 물러서게 한 뒤 시신을 가운데 두고 골목 앞뒤로 5미터가량 공간을 확보했다. 현장 경계망의 세 번째, 네 번째 면은 가전제품 가게와 타이어 가게의 벽이었다.

보슈가 현장의 경계망을 설정하면서 보니까 그 골목을 가운데 두고 양

옆으로 집들이 늘어서 있는 것이 보였다. 크렌쇼 거리에 면한 소매상점들 바로 뒤에는 일반 가정집이 있는 거였다. 골목길 쪽으로 난 뒷마당은 각양각색이었다. 콘크리트 벽을 쌓은 집들이 있는가 하면 널빤지나 철조망으로 벽을 대신한 집들도 있었다.

완벽한 세상에서는 그 마당들을 전부 수색하고 그 집들 문을 모두 두드려보겠지만 지금은 그런 일을 나중에 해야 할 것 같았다. 현재로서는 사건 현장에만 집중해야 했다. 이웃 주민들을 담문할 기회가 생긴다면 그야말로 운이 좋은 것이고.

보슈는 로블레토와 델윈이 골목 어귀에서 산탄총을 들고 보초를 서는 것을 보았다. 둘이 나란히 서서 이야기를 나누고 있었다. 아마도 무언가에 대해 불평을 하고 있는 것 같았다. 옛날에 보슈가 베트남에 있을 때 같으면 그런 보초들은 저격수의 원플러스원 행사상품이라고 불렸을 것이다.

골목길 안쪽 사건 현장 경계선에 주 방위군 소속 군인 여덟 명이 서 있었다. 그쪽 끝에는 구경꾼이 모여들고 있었다. 보슈는 아까 골목으로 안내해준 주 방위군 군인을 손짓해 불렀다.

"자네 이름이 뭐지?"

"드러먼드인데, 다들 드러머라고 부릅니다."

"그래, 드러머, 나는 보슈 형사. 여자를 누가 발견했어?"

"시신 말입니까? 다울러요. 오줌 누러 들어왔다가 발견했답니다. 냄새부터 맡았답니다. 맡자마자 무슨 냄샌지 알았고요."

"다울러는 지금 어디 있어?"

"남쪽 바리케이드 앞에서 보초를 서고 있을 겁니다."

"만나봐야겠는데. 데리고 와주겠나?"

"네, 알겠습니다, 형사님."

드러먼드가 골목 입구를 향해 걸어가기 시작했다.

"잠깐만, 드러머. 내 말 아직 안 끝났어."

드러먼드가 돌아섰다.

"언제 여기 배치됐지?"

"어제 18시부터 여기 있었습니다."

"그럼 그때부터 이 지역을 통제하고 있었단 말이지? 이 골목도?"

"아, 그런 게 아니라요, 형사님, 어젯밤에 크렌쇼와 플로렌스 사거리에서 시작해서 플로렌스에서는 동쪽으로 크렌쇼에서는 북쪽으로 이동해왔습니다. 통제지역을 한 블록씩 점진적으로 확대해온 겁니다."

"그럼 이 골목에는 언제 도착했지?"

"잘은 모르겠습니다만, 오늘 새벽녘인 것 같은데요."

"그럼 여기 약탈과 방화는 그땐 이미 끝나 있었고?"

"네, 형사님, 그런 건 첫날 밤에 일어났다고 하던데요."

"좋아, 드러머, 마지막으로 하나만 더. 조명이 더 필요한데 말이야. 지붕에 조명장치 매단 트럭이 많이 있던데, 그거 한 대만 여기 불러다 줄 수 있겠어?"

"험비 말입니까?"

"그래, 그거 한 대만 골목 저 끝에서 여기로 끌고 와줘. 저 사람들 헤치고 들어와서 여기 사건 현장에 조명을 비춰달라고. 오케이?"

"네, 알겠습니다, 형사님."

보슈는 순찰차의 맞은편 끝을 가리켰다.

"좋아. 양쪽에서 두 개의 빛줄기가 대각선으로 내려와서 여기서 만나게 하고 싶어. 무슨 말인지 알겠지? 지금으로선 그게 최선인 거 같아서 말이야."

"네, 형사님."

그가 걸어가기 시작했다.

"이봐, 드러머."

드러먼드가 다시 돌아서서 돌아왔다.

"네, 형사님."

보슈가 이번에는 작은 목소리로 속삭였다.

"자네 동료들 모두가 지금 나를 보고 있는데, 돌아서서 딴 데 좀 보게 해줄 수 있을까?"

드러먼드가 돌아서서 머리 위로 손을 들고 손가락을 빙글빙글 돌렸다.

"자, 모두들 돌아서서 딴 데 봐. 다들 할 일이 있잖아. 경계 근무 잘하라고."

그는 골목 저 끝에 모여선 구경꾼들을 가리켰다.

"그리고 저 사람들 가까이 오지 못하게 잘 막고."

주 방위군 군인들은 지시대로 했고, 드러먼드는 다울러에게 무전을 치고 조명 트럭을 데려오기 위해 골목을 나갔다.

보슈가 허리띠에 찬 무선호출기에서 호출 벨이 울렸다. 그는 호출기를 떼어냈다. 화면에 경찰국 상황실 전화번호가 떠 있는 것을 보고, 에드거와 자신에게 다른 출동 명령이 떨어질 것을 알아차렸다. 여기서 시작도 안 했는데 다른 데로 끌려가게 생긴 것이다. 보슈는 그러고 싶지 않아서 호출기를 다시 허리띠에 찼다.

보슈는 가전제품 가게 뒤쪽 모퉁이에서 시작되는 첫 번째 집 울타리로 걸어갔다. 널빤지로 된 그 울타리는 너무 높아서 담장 안을 넘겨다볼 수가 없었다. 그는 최근에 그 울타리에 페인트칠을 새로 했다는 사실에 주목했다. 골목 쪽 면에도 낙서가 전혀 없었다. 그것은 그 집 주인이 낙서를 페인트로 지울 만큼 자기 집 관리에 신경을 쓴다는 뜻이었다. 항상 집 주변을 살피는 사람이라 무슨 소리를 들었거나 무언가를 보았을 수도 있었다.

보슈는 골목을 건너가 사건 현장의 한쪽 모서리에 쭈그리고 앉았다. 자기 코너에 앉아서 공이 울려 튀어 나가기를 기다리는 권투선수처럼. 그러고는 깨진 콘크리트와 흙이 뒤섞인 골목길을 손전등으로 비춰보기 시작했다. 비스듬한 각도의 불빛은 골목길의 울퉁불퉁한 평면을 굴절시켜 독특한 이미지를 만들어냈다. 곧 그는 반짝이는 무언가를 발견하고 거기에 불빛을 고정시켰다. 그곳으로 다가가서 보니까 황동 탄피 한 개가 자갈 위에 놓여 있었다.

그는 두 손과 무릎을 땅에 대고 엎드린 자세로 탄피를 건드리지 않고 자세히 관찰했다. 가까이서 손전등을 비춰보니 평평한 바닥 면에 낯익은 레밍턴 상표가 찍혀있는 9밀리미터 황동 탄피였다. 공이가 뇌관을 때리면서 뇌관에 눌린 자국이 있었다. 보슈는 탄피가 자갈밭 위에 놓여있다는 사실에도 주목했다. 사람의 발길이 잦은 골목에서 밟히거나 발에 차이지 않은 것으로 보아 탄피는 그곳에 오래 있지 않았다는 것을 알 수 있었다.

보슈가 탄피를 발견한 위치를 표시할 만한 것을 찾아 주위를 두리번거리고 있는데 에드거가 사건 현장으로 돌아왔다. 도구상자를 들고 있는 것으로 보아 아무런 지원을 받지 못하게 됐다는 것을 알 수 있었다.

"해리, 뭘 찾았는데?"

"9밀리미터 레밍턴. 최근 것 같아."

"그래도 유용한 걸 찾긴 찾았네."

"아마도. 상황실에 연락했어?"

에드거는 도구상자를 내려놓았다. 묵직했다. 현장에서 과학수사대의 지원을 받지 못할 수도 있다는 소식을 듣고, 할리우드 경찰서 수사도구실에서 급하게 모아온 도구들이 들어있었다.

"응, 연락은 됐는데 해줄 수 있는 게 없대. 다들 딴 일로 바쁘다는 거야. 우리끼리 알아서 하래."

"법의관실에서도 아무도 안 나오고?"

"응, 아무도. 주 방위군이 시신을 이송할 트럭을 보내줄 거래. 병력수송용 트럭."

"말도 안 돼. 시신을 트럭에 싣고 간다고?"

"그뿐만이 아니야. 벌써 다음 출동 명령도 떨어졌어. 싱싱한 사건. 소방국이 마틴루터킹 거리에 있는 전소된 타코 가게에서 남자 시신을 발견했대."

"빌어먹을. 여기 온 지 얼마나 됐다고."

"그러게 말이야. 우리가 마틴루터킹 거리랑 제일 가까이 있어서 우리보고 처리하라는 거 아닐까."

"근데 여기도 처리가 안 됐잖아. 처리는 무슨, 시작도 안 했는데."

"그렇다고 뭘 어쩌겠어, 해리."

보슈는 완강하게 버텼다.

"아직은 못 떠나. 할 일이 너무 많아. 여길 다음 주까지든 언제까지든 그냥 내버려두면 사건 현장을 잃게 되는 거야. 그건 안 되지."

"우리가 선택할 수 있는 문제가 아니잖아, 파트너. 우리가 규칙을 만드는 것도 아니고."

"빌어먹을."

"좋아, 이렇게 하자. 15분만 할애하자. 사진 몇 장 찍고, 탄피 증거물로 채집하고, 시신 트럭에 싣고, 그러고 나선 뜨는 거야, 어때. 다음 주 월요일이든 언제든 이 난리가 끝나고 나면, 어차피 우리 사건도 아니게 될 텐데 뭐. 사태가 진정되고 나면 우린 할리우드로 돌아갈 거고 이건 여기 남을 거잖아. 그땐 다른 사람 사건이 되는 거지. 여긴 77번가 관할이니까 그 친구들 차지가 되지 않겠어."

나중에 어떻게 될지, 이 사건이 77번가 경찰서 형사들 차지가 될지 어떨지는 보슈에게 중요하지 않았다. 중요한 것은 지금 눈앞에 보이는 거였다. 먼 나라에서 온 안네케라는 여자가 주검으로 누워있었다. 보슈는 누가 무슨 이유로 그랬는지를 알고 싶었다.

"우리 사건이 안 되더라도 상관없어." 보슈가 말했다. "그게 중요한 게 아니니까."

"해리, 중요한 게 뭐가 있어." 에드거가 말했다. "온 도시가 대혼란에 빠져있는데. 지금 중요한 건 아무것도 없어. 도시 자체가 통제 불능이잖아. 앞으로 어떻게……."

갑자기 귀를 찢을 듯한 자동화기의 총성이 울려 퍼졌다. 에드거는 땅에 다이빙하듯 엎드렸고 보슈는 본능적으로 가전제품 가게의 벽을 향해 몸을 던졌다. 그의 헬멧이 날아갔다. 잠시 후 주 방위군 군인 여러 명의 총기가 불을 뿜었고, 곧 고함 소리가 총성을 압도했다.

"사격 중지! 사격 중지! 사격 중지!"

총성이 멈췄고, 아까 바리케이드 앞에서 봤던 버스틴 병장이 골목으로 달려 들어왔다. 보슈는 에드거가 천천히 일어나는 것을 보았다. 어디 다친 데는 없는 것 같은데 이상한 표정으로 보슈를 보고 있었다.

"누가 먼저 발포했어?" 병장이 외쳤다. "누구야?"

"접니다." 골목 안에 있던 주 방위군 군인들 중 한 명이 말했다. "지붕 선에서 무기를 본 것 같아서요."

"어디, 어느 지붕 선? 저격수가 어디 있었는데?"

"저쪽에요."

총을 쐈다는 군인이 타이어 가게의 지붕 선을 가리켰다.

"빌어먹을!" 병장이 큰소리로 욕을 했다. "사격 중지. 거기 지붕은 벌써 확인했어. 거긴 우리 편 말고는 아무도 없다고! 우리 전우들 말고는."

"죄송합니다, 병장님. 근데 분명히 봤는데……."

"네가 뭘 봤는지 관심 없어. 내 부하들 중에 누가 죽기라도 했으면 너도 가만 안 둔다, 알겠나?"

"네, 병장님. 죄송합니다."

보슈가 일어섰다. 귀가 울리고 신경이 곤두섰다. 자동화기가 갑자기 불을 뿜는 것은 그에게 낯선 일이 아니었다. 그러나 그런 일이 그의 삶에서 예사로 일어났던 것은 거의 25년 전이었다. 그는 걸어가서 헬멧을 집어 다시 썼다.

버스틴 병장이 그에게로 걸어왔다.

"일 계속하시죠, 형사님. 저는 북쪽 경계선 밖에 서 있을 테니까 필요하면 부르시고요. 시신을 실으러 곧 트럭이 올 겁니다. 그리고 주 방위군 한 팀을 배치해서 형사님들의 순찰차가 다른 시신이 있는 다른 장소로 이동하는 것을 에스코트하겠습니다."

그러고는 바삐 골목을 빠져나갔다.

"우와 이거 실화야?" 에드거가 물었다. "사막의 폭풍 작전이야, 월남전이야, 뭐야. 도대체 우리 여기서 뭐하는 거야, 해리?"

"일이나 하자." 보슈가 말했다. "자네가 사건 현장 스케치해. 나는 시신을 살피고 사진을 찍을게. 움직이자."

보슈는 쪼그리고 앉아서 도구상자를 열었다. 탄피를 증거물로 채집하기 전에 발견된 상태 그대로 사진을 찍어두고 싶었다. 에드거는 계속 말을 했다. 총격으로 인해 솟구쳤던 아드레날린이 소멸되지 않고 있었다. 에드거는 흥분했을 때 말을 많이 했다. 때로는 지나치게 많이.

"해리, 저 친구가 총을 쏘기 시작하니까 자네가 어떻게 했는지 알아?"

"그럼. 다른 사람들처럼 몸을 숨겼지."

"아니, 해리, 자넨 시신을 가렸어. 내가 봤어. 저기 저 백설 공주가 아직 살아있기라도 한 것처럼 몸으로 막아 보호하더라고."

보슈는 대꾸하지 않았다. 도구상자의 맨 윗 선반을 들고 밑에 손을 넣어 폴라로이드 카메라를 꺼냈다. 그러면서 보니까 남아있는 필름이 두 통뿐이었다. 그 16장에다가 카메라에 남아있는 몇 장이 전부인 것이다. 전부 합해 20장쯤 될 것 같은데 그걸 가지고 이 현장과 마틴루터킹 거리에 있는 사건 현장을 기록해야 했다. 그것 갖고는 부족했다. 보슈의 마음속에서는 좌절감이 최고조로 치닫고 있었다.

"왜 그랬어, 해리?" 에드거가 끈질기게 물고 늘어졌다.

보슈는 결국 인내심을 잃고 파트너를 향해 으르렁거렸다.

"나도 몰라! 됐어? 나도 모른다고. 그러니까 당장 일 시작하자고. 저 여자를 위해 뭐라도 하잔 말이야. 그래서 나중에 혹시라도 사건을 해결할 수 있게."

그의 폭발은 골목에 있던 주 방위군 군인들의 관심을 끌었다. 조금 전 충격을 시작했던 군인은 원하지 않았던 관심의 대상이 보슈로 바뀐 것이 기쁜지 보슈를 계속 쳐다보았다.

"그래, 해리." 에드거가 조용히 말했다. "작업 시작하자. 할 수 있는 일을 하자고. 15분이야. 그다음엔 다음 사건으로 넘어가는 거야."

보슈는 고개를 끄덕이며 죽은 여자를 내려다보았다. 15분. 그는 체념했다. 수사를 시작도 하기 전에 덮어야 하다니.

"미안해요." 그가 속삭였다.

제1부

—

건 워크

1

　교도관들은 보슈를 기다리게 했다. 콜먼이 지금 식사 중이라 중간에 빼내면 문제가 생길 수 있다고 말했다. 조사가 끝나고 2차 식사 조에 다시 넣어야 할 텐데, 거기엔 교도관들이 알지 못하는 적들이 있을 수 있다고 설명했다. 누군가가 그에게 달려들 수 있는데 교도관들이 미처 보지 못할 수도 있다는 거였다. 그런 상황이 발생할 것을 우려한 그들은 콜먼이 D마당에 있는 피크닉 테이블에 앉아 수의 우세에서 오는 안락함과 안전함을 만끽하며 솔즈베리 스테이크와 완두콩 요리를 다 먹을 때까지 보슈에게 40분 정도 느긋하게 기다리라고 말했다. 샌쿠엔틴 교도소에 있는 롤링 식스티즈 조직원들은 모두 같은 식사 조와 휴식 조에 속해 있었다.

　보슈는 계획을 점검하고 연습을 하면서 시간을 보냈다. 모든 것이 그에게 달려 있었다. 파트너의 도움을 바랄 수 없었다. 그는 샌쿠엔틴에 혼자와 있었다. 경찰국의 출장비 예산 삭감으로 인해 교도소 방문은 거의가 단독 업무가 되었다.

　보슈는 그날 아침 첫 비행기를 타고 왔고 점심시간쯤 도착하게 될 거라는 건 미처 생각하지 못했었다. 조사를 좀 미룬다고 해서 크게 문제될 일은 없었다. 돌아가는 비행기는 저녁 6시였으니까 그때까지 시간이 있었고, 루퍼스 콜먼 조사는 그리 오래 걸리지 않을 거였다. 콜먼은 제안을 받아들이든가 받아들이지 않든가 할 것이다. 어느 쪽이든 그와 오래 함께 있지는 않을 거였다.

조사실은 강철로 된 좁은 방이었고 붙박이 테이블이 놓여있었다. 보슈는 테이블 한쪽에 앉았고 그의 바로 뒤에는 문이 있었다. 테이블을 사이에 두고 보슈의 맞은편에는 똑같은 크기의 공간과 똑같은 모양의 문이 있었다. 교도관들이 그 문으로 콜먼을 데리고 들어올 것이다.

보슈는 20년 전에 발생한 안네케 예스페르센 피살사건을 수사하고 있었다. 1992년 폭동 때 사진작가 겸 기자가 사살된 사건이었다. 당시 보슈는 그 사건을 맡아 한 시간도 안 되게 사건 현장을 조사하다가 다른 살인사건 수사를 위해 철수했었다. 이 현장에서 저 현장으로 정신없이 뛰어다녀야 했던 광기어린 폭력의 밤이었었다.

폭동이 끝난 후 경찰국은 폭동범죄 전담반을 신설했고 예스페르센 피살사건 수사를 그 전담반에 맡겼다. 사건은 해결되지 못했고 10년 동안 해결 가능 사건으로 분류되다가 그 후에는 그동안 모아놓은 수사 자료와 미미한 증거물이 상자에 담겨 조용히 자료보관소로 보내졌다. 그러다가 LA 폭동 20주년 기념일이 다가오자 언론플레이에 능한 경찰국장이 미제사건 전담반장에게 1992년 폭동 중에 발생한 모든 미제 살인사건을 재수사하라고 지시를 내렸다. 국장은 기자들이 폭동 20주년 특집 관련 취재를 시작하기 전에 준비해놓고 싶어 했다. 당시에는 경찰국이 무방비상태로 폭동을 맞았는지 몰라도 2012년에는 그렇지 않다는 인상을 주고 싶어 했다. 폭동 중에 발생한 모든 미제 살인사건을 아직도 적극적으로 수사하고 있다고 말하고 싶어 했다.

보슈는 안네케 예스페르센 사건 수사를 자청했고, 20년이 지나서 그 사건을 다시 맡게 되었다. 물론 불안감이 없는 것은 아니었다. 대개의 사건은 발생 후 48시간 안에 해결이 되었고, 48시간이 지나면 종결률이 현저히 떨어졌다. 이 사건은 그 48시간 중에서도 겨우 한 시간 정도 수사가 이루어졌다. 그 후로는 당시 상황 때문에 방치가 되었는데, 보슈는 그래서 항상 죄책감을 느꼈다. 마치 자기가 안네케 예스페르센을 버린 것 같은 느낌이 들었다. 살인전담팀 형사들 중에서 사건을 미제로 남겨두길 원하는 형사는 한 명도 없었지만, 당시 상황에서는 달리 방법이 없었다. 보슈는 그 사건을 뺏긴 것이나 다름없었다. 그는 자기 후임으로 그 사건을 맡은 형사들을 비난할 수도 있었지만 그렇게 하지 않았고, 그 사건이 미제로 남게 된 데에는 자기 책임도 있다고 생각했다. 그 사건 현장에서 초동수사를 한 형사가 바로 보슈 자신이었다. 현장에 있었던 시간이 아무리 짧았다고 해도 자신이 뭔가를 놓친 것이 틀림없다는 느낌을 지울 수가 없었다.

20년이 지난 지금, 보슈는 그 사건을 수사할 기회를 다시 한번 얻게 되었다. 그러나 해결 가능성은 매우 낮았다. 그는 모든 사건은 블랙박스를 갖고 있다고 믿었다. 사건의 진상과 범행동기를 정확히 이해하고 설명할 수 있게 도와줄 증거물이나 사람, 사실, 그런 것들이 사건 해결을 도와줄 블랙박스였다. 그러나 안네케 예스페르센 피살사건의 경우에는 블랙박스가 없었다. 자료보관소에서 꺼내온, 퀴퀴한 냄새가 나는 판지상자 두 개가 있을 뿐이었다. 그것들은 보슈에게 방향을 제시하지도 희망을 주지도 못했다. 그 상자들 속에는 피해자의 옷가지와 방탄조끼, 여권과 다른 몇 가지 유류품이 들어있었고, 폭동이 끝난 후 피해자가 묵었던 호텔 객실에서 수거한 배낭과 촬영장비도 들어있었다. 그리고 사건 현장에서 발견된 9밀리미터 탄피 한 개와 폭동범죄 전담반이 작성한 얇은 수사자료, 다시 말해 살인사건 파일도 들어있었다.

살인사건 파일은 폭동범죄 전담반의 무활동의 기록이라고 할 수 있었다. 그 전담반은 1년간 활동하면서 수십 건의 살인사건을 포함하여 수백건의 범죄를 맡아 수사해야 했었다. 그래서일까, 전담반은 폭동 당시 보슈 같은 수사관들이 그랬던 것처럼 엄청난 업무량에 압도되어 손을 놓고 있었던 것 같았다.

폭동범죄 전담반은 사우스 LA 전역에 광고판을 세우고, 폭동 관련 범죄 용의자의 체포와 유죄평결에 이르게 하는 중요한 정보를 제공한 사람에게는 보상금을 지급하겠다며 신고 전화번호를 대대적으로 광고했다. 광고판마다 각기 다른 사건의 용의자나 사건 현장, 피해자의 사진을 실었다. 세 광고판에 안네케 예스페르센의 사진을 실었고 그녀의 행적이나 피살사건과 관련한 제보를 요청했다.

그 전담반은 광고판을 비롯한 여러 시민제보 프로그램을 통해 입수한 정보 중에서도 상당 부분을 걸러내고 확실한 정보가 있는 사건들만을 계속 수사했다. 그러나 예스페르센 사건에 관해서는 가치 있는 제보가 하나도 없었고 따라서 수사에서도 아무런 성과가 없었다. 예스페르센 사건 수사는 난관에 부딪쳤다. 사건 현장에서 수거한 단 하나의 증거물인 탄피조차도 그 탄피를 배출한 총이 없으면 무용지물이었다.

보관된 수사기록과 증거물을 살펴본 보슈는 사건 발생 당시 수사관들이 수집한 가장 주목할 만한 정보는 피해자에 관한 정보라는 것을 알게되었다. 예스페르센은 서른두 살이었고, 지난 20년간 보슈가 생각했던 것처럼 독일 출신이 아니라 덴마크 출신이었다. 코펜하겐에 있는 〈베를링스케 티엔데〉라는 신문사에서 보도 사진작가로 일했다. 기사를 쓰고 사진을 찍었다. 종군기자로 세계의 분쟁지역을 누비면서 전쟁의 참상을 글과 사진으로 기록했다.

안네케 예스페르센은 폭동이 발발한 다음날 오전에 로스앤젤레스에 도착했다. 그리고 그 다음날 아침에 변사체로 발견되었다. 그로부터 몇 주 후, 〈로스앤젤레스 타임스〉는 폭동 중에 살해된 사람들에 관해 간략하게 소개하는 기사를 실었다. 예스페르센에 관한 부분에는 코펜하겐에 있는 편집자와 오빠의 인터뷰가 짧게 실렸는데, 두 사람 다 안네케가 모험을 즐기는 성격으로 언제든 세계의 위험지역으로 자청해서 달려가곤 했었다고 증언했다. 사망하기 4년 전부터는 이라크, 쿠웨이트, 레바논, 세네갈, 엘살바도르에서 종군기자로 일했다고도 했다.

로스앤젤레스 폭동은 안네케 예스페르센이 촬영하고 보도한 여러 전쟁이나 무력분쟁의 수준에는 미치지 못했지만, 타임스 기사에 따르면 천사의 도시에서 폭동이 발발했을 당시 그녀는 마침 휴가를 받아 미국을 여행하던 중이었다. 그녀는 즉시 〈베를링스케 티엔데〉 사진부 데스크에 전화를 걸어 샌프란시스코에서 LA로 갈 거라는 메시지를 편집자에게 남겼다. 그러나 그녀는 사진이나 기사를 신문사에 보내기도 전에 사망했다. 편집자는 메시지를 받고 나서 그녀와 통화한 적이 없었다.

폭동범죄 전담반이 해체된 후에는, 미제로 남은 예스페르센 사건이 사건 현장의 관할서인 77번가 경찰서의 강력반으로 넘겨졌다. 새로 맡은 형사들도 이미 맡아 수사하고 있는 사건들이 쌓여있던 상황이라 예스페르센 사건은 자연히 뒤로 밀렸다. 세월이 흐르는 동안 수사기록에 덧붙여진 내용은 극히 적었고 그나마 덧붙여진 것은 대개 그 사건에 관해 외부에서 보인 관심에 대한 기록이었다. LA 경찰국은 그 사건 수사에 열의를 보이지 않았지만, 예스페르센의 가족과 그녀를 알았던 언론인들은 희망을 버리지 않았다. 수사 일지에는 그들이 수사 진행 상황에 관해 종종 문의를 했다는 사실이 기록되어 있었다. 이런 기록이 보태어지다가 결국에는 모든 자료와 증거물이 자료보관소로 향하게 된 것이다. 그 후 안네케 예스페르센에 관해 문의한 사람들은, 그 사건 수사가 그랬듯이, 대체로 무시되었다.

흥미로운 것은 피해자의 유류품이 유가족에게 인계되지 않았다는 점이었다. 자료보관함에는 예스페르센의 배낭과 다른 소지품이 들어있었는데, 이것들은 살인사건이 일어나고 며칠 후 샌타모니카 대로에 있는 트래블라지 모텔의 지배인이 〈LA타임스〉에 실린 폭동 희생자 명단에 나온 이름과 숙박부에 기재된 이름을 대조해보고 나서 경찰에 넘긴 거였다. 모텔 지배인은 안네케 예스페르센이 몰래 방을 뺀 거라고 생각했었고 그녀가 남기고 간 소지품을 모텔 물품보관함에 보관하고 있었다. 그러다가 예스페르센이 사망해서 돌아오지 않을 거라는 걸 알게 되자 유류품이 든 배낭을 즉시 폭동범죄 전담반에 인계했다. 당시 폭동범죄 전담반은 시내 센트럴 경찰서에 임시로 사무실을 마련해두고 활동하고 있었다.

배낭은 보슈가 자료보관소에서 찾아온 예스페르센 사건 자료보관함에 들어있었다. 배낭 속에는 청바지 두 장과 흰 면 티셔츠 네 장, 속옷과 양말 몇 켤레가 들어있었다. 예스페르센은 휴가를 가면서도 종군기자처럼 짐을 싸서 가볍게 여행하고 있었다. 그것은 아마도 미국에서 휴가를 보내고 나서 곧장 전쟁터로 향할 예정이었기 때문일 것 같았다. 그녀의 편집자가 〈LA타임스〉에 밝힌 바에 따르면, 〈베를링스케 티엔데〉는 예스페르센을 미국에서 곧장 구(舊) 유고슬라비아의 사라예보로 파견할 계획이었다. 2~3주 전에 그곳에서 전쟁이 발발해 집단강간과 인종청소가 자행되고 있다는 보도가 벌써부터 터져 나오고 있었다. 예스페르센은 로스앤젤레스에서 폭동이 발발한 그 다음 주 월요일에 미국을 떠나 그 전쟁터로 날아갈 예정이었다. 떠나기 전 LA에 잠깐 들러 보스니아에서 기다리고 있는 임무를 위한 연습으로 사진을 몇 장 찍을 생각이었던가 보다.

배낭 주머니에는 예스페르센의 덴마크 여권과 함께 사용하지 않은 35밀리미터 필름도 몇 통 들어있었다.

예스페르센의 여권에는 그녀가 사망하기 엿새 전에 뉴욕의 존 F. 케네디 국제공항으로 입국했음을 보여주는 이민귀화국의 입국도장이 찍혀 있었다. 수사기록과 신문기사에 따르면, 그녀는 혼자 여행을 했고 로스앤젤레스에서 평결이 나오고 폭력 사태가 발발했을 당시 샌프란시스코에 있었다.

폭동이 있기 전 닷새 동안 예스페르센이 미국 내 어디를 돌아다녔는지는 수사기록과 신문기사 어디에도 나와 있지 않았다. 당시 수사관들은 그것이 그녀의 죽음에 관한 수사와는 별 관련이 없다고 생각한 것이 틀림없었다.

분명한 것은 로스앤젤레스 폭동이 예스페르센에게 강한 흡인력을 발휘했다는 사실이었다. 그녀는 즉시 방향을 바꿔 샌프란시스코 국제공항에서 빌린 렌터카를 몰고 그날 밤 당장 로스앤젤레스로 달려왔다. 4월 30일 목요일 아침, 그녀는 LA 경찰국 기자실에 가서 여권과 덴마크 신문사 기자증을 보여주고 기자출입증을 발급받았다.

보슈는 1969년과 1970년의 대부분을 베트남에서 보냈다. 그때 그는 군 기지와 전쟁터에서 기자들과 사진기자들을 많이 보았다. 그런데 그들 모두가 이상하게 겁이 없었다. 그것은 전사의 용맹함이 아니라 자기는 어떻게든 살아남을 거라는 순진한 믿음에 가까웠다. 어떤 상황에서도 자기가 든 카메라와 기자출입증이 방패가 되어 자기를 지켜줄 거라고 믿는 것 같았다.

그 시절에 보슈가 잘 알고 지내던 사진기자가 있었다. 이름이 행크 진이었고 AP통신 소속이었다. 언젠가 한번은 보슈를 따라 구찌 땅굴에 들어간 적도 있었다. 진은 이를테면 인디언 마을로 들어가 '진짜 사진'을 건질 수 있는 기회를 결코 마다하지 않을 사람이었다. 그는 1970년 초 타고 있던 수송용 헬기가 전선으로 날아가다가 격추되는 바람에 사망했다. 그의 카메라가 잔해 속에서 멀쩡한 상태로 발견됐고 기지에 있던 누군가가 그 필름을 현상했다. 사진을 보니 진은 헬기에 불이 붙고 추락하는 동안에도 사진을 찍고 있었던 것으로 밝혀졌다. 그가 용감하게 자신의 죽음을 기록하고 있었던 것인지 아니면 무사히 기지로 돌아가면 엄청난 사진들을 건질 거라고 생각했는지는 알 수 없었다. 그러나 진을 잘 아는 보슈는 그가 자신은 천하무적이라고 생각했을 것이고 헬기 추락이 자기 인생의 마지막 순간이 될 거라고는 생각하지 않았을 거라고 믿었다.

오랜 세월이 흐른 후 예스페르센 사건을 다시 맡은 보슈는 안네케 예스페르센이 행크 진과 같은 기자였는지 모른다고 생각했다. 자신은 끄떡없을 거라고, 카메라와 기자출입증이 불길을 뚫고 지나가게 해줄 거라고 확신했을지 모른다고 생각했다. 그녀가 자신을 위험에 빠뜨렸다는 데에는 의심의 여지가 없었다. 범인이 그녀의 눈에 총을 겨눴을 때 그녀가 무슨 생각을 했을지 궁금했다. 진과 같았을까? 범인 사진을 찍었을까?

코펜하겐에 있는 예스페르센의 편집자가 작성했고 폭동범죄 전담반의 수사기록에 들어있었던 목록을 보면, 예스페르센은 니콘 4 카메라 두 대와 여러 개의 렌즈를 갖고 다녔다. 물론 그런 촬영장비는 사라졌고 다시 나타나지 않았다. 그 카메라 속에 어떤 단서들이 찍혀있었는지는 모르지만 오래 전에 사라지고 없었다.

폭동범죄 전담반 수사관들은 예스페르센의 조끼 주머니에서 발견한 몇 통의 필름을 현상했다. 여기서 나온 8×10 흑백사진 몇 장과 96컷 전부를 축소해서 보여주는 교정지 네 장이 살인사건 파일에 들어있었지만, 증거나 단서라는 관점에서 보면 별 다른 가치가 없었다. 로스앤젤레스 소요현장에 투입되기 위해 소집된 캘리포니아주 방위군 군인들이 콜로세움에 모여 있는 모습을 찍은 사진이 많았다. 폭동 발생지역 교차로에 쳐진 바리케이드 앞에서 경계근무를 하고 있는 주 방위군을 찍은 사진들도 있었다. 주 방위군 군인 몇 명이 약탈이나 방화로 파괴된 상점 앞에서 보초를 서는 모습을 찍은 사진은 있었지만, 직접적 폭력이나 방화, 약탈의 현장을 찍은 사진은 한 장도 없었다. 사진은 예스페르센이 LA에 도착한 날 경찰국에서 기자증을 받은 후에 찍은 것들이 분명했다.

이 사진들은 1992년 폭동의 기록이라는 역사적 가치는 있는지 몰라도 예스페르센 피살사건 수사에는 아무런 쓸모가 없는 것으로 평가되었고, 20년이 지난 후에도 보슈는 그러한 평가에 동의하지 않을 수 없었다.

예스페르센 피살사건 파일에는 1992년 5월 11일에 작성된 유류품 보고서도 들어있었고, 거기에는 예스페르센이 샌프란시스코 국제공항에서 빌린 에이비스 렌터카를 경찰이 회수하게 된 경위가 자세하게 적혀있었다. 그 렌터카는 예스페르센의 시신이 발견된 골목에서 일곱 블록 떨어진 크렌쇼 대로에 버려져 있었다. 시신이 발견되고 열흘 후, 그 차는 약탈당해 내장재가 다 뜯겨진 상태로 그곳에서 발견되었다. 보고서에는 그 차와 그 차에 있는 내용물이, 혹은 내용물의 부재가, 피살사건 수사에는 아무런 가치가 없다고 적혀 있었다.

결국 초동수사 첫 한 시간 안에 보슈가 발견한 그 한 개의 증거물이 사건해결의 가장 중요한 희망으로 남아있었다. 탄피. 지난 20년 동안 법과학 기술이 빛의 속도로 발전해왔다. 20년 전엔 꿈도 꾸지 못했던 것들이 이젠 일상이 되었다. 급속도로 발전하는 법과학 기술을 증거물과 범죄해결에 적용할 수 있게 됨에 따라, 세상 어디에나 있는 오래된 미제사건들이 재평가를 받게 되었다. 모든 주요 도시의 경찰국들이 미제사건 전담반을 설립했다. 오래된 미제 사건에 신기술을 적용하는 것이 때로는 드럼통에 있는 물고기를 쏘는 것과 같은 일이 되었다. DNA 일치와 지문의 일치, 탄도학적 증거의 일치가 자신이 살인을 저지르고도 법망에서 완전히 벗어났다고 믿고 편히 살아온 범죄자들을 단죄할 수 있게 했다.

그러나 상황이 더 복잡하게 얽혀있는 경우도 있었다.

보슈가 사건번호 9212-00346 안네켄 예스페르센 피살사건을 재수사하기 시작하면서 제일 먼저 취한 조치들 중 하나는 총기 감식반에 탄피의 분석을 의뢰한 것이었다. 감식반에 감식 요청이 많이 밀려있고 미제사건 전담반이 의뢰한 감식은 급선무로 여겨지지 않았기 때문에, 보슈는 3개월이 지나서야 겨우 결과를 받아볼 수 있었다. 그 결과는 사건을 즉각적으로 해결해줄 만병통치약은 아니었지만, 사건해설을 위해 나아갈 수 있는 길을 제시해주었다. 안네켄 예스페르센을 위한 정의가 실현되지 않은 상태로 20년이나 흐른 것을 고려해보면, 그리 나쁜 결과는 아니었다.

총기감식 보고서가 보슈에게 제시한 길이 바로 루퍼스 콜먼이었다. 나이는 41세, 롤링 식스티즈의 핵심조직원이었고, 현재 살인죄로 샌쿠엔틴에 있는 캘리포니아 주립 교도소에서 복역하고 있었다.

2

정오 무렵, 문이 열리고 콜먼이 교도관 두 명에게 이끌려 조사실로 들어왔다. 교도관들은 두 팔을 뒤로 해 수갑이 채워진 콜먼을 테이블을 가운데 두고 보슈의 맞은편에 있는 의자에 앉힌 후 수갑을 의자와 연결했다. 그러고는 콜먼에게 다 보고 있으니까 허튼 짓 하지 말라고 경고한 후 서로를 노려보고 있는 보슈와 콜먼을 두고 조사실을 나갔다.

"당신 경찰이지?" 콜먼이 말했다. "경찰과 한 방에 있었다는 거 소문나면 큰일인데."

보슈는 대답하지 않고 맞은편에 앉은 남자를 관찰했다. 머그샷은 몇 번 봤지만 거기에는 콜먼의 얼굴만 나와 있었다. 콜먼이 덩치가 크다는 건 알았지만—그는 롤링 식스티즈에서도 꽤 유명한 행동대장이었다— 이 정도로 클 줄은 몰랐다. 단단한 근육질에 다부진 체격이었고, 목이 귀까지 포함한 머리통 두께보다 더 두꺼웠다. 감옥에서 16년을 살면서 팔굽혀펴기와 윗몸일으키기 같은 운동을 얼마나 했는지 가슴이 턱보다 더 나왔고, 팔뚝의 이두근과 삼두근은 호두를 박살낼 수 있을 것 같았다. 머그샷에서는 항상 유행하는 헤어스타일로 관리하고 있었는데, 지금은 머리를 박박 밀었고 반구형의 민머리를 주님을 위한 화폭으로 쓰고 있었다. 가시철사에 휘감긴 십자가들이 머리 양 옆면에 파란색 잉크로 새겨져 있었다. 보슈는 콜먼이 가석방위원회에 보여주려고 이 문신을 새긴 것이 아닐까 생각했다. 나는 구원받았어요. 봐요. 여기 내 두피에 새긴 십자가들을.

"맞아, 경찰." 마침내 보슈가 말했다. "LA에서 올라왔지."

"보안관국, 아니면 경찰국?"

"LA 경찰국. 난 보슈 형사. 루퍼스, 오늘은 네 인생에서 가장 운수 좋은 날이거나 가장 운 나쁜 날이 될 거야. 다행인 건 어떤 날이 될 건지를 네가 결정할 거라는 거지. 대다수의 사람들은 행운과 불운을 선택할 기회가 없잖아. 행운이든 불운이든 그냥 일어나지. 그런 걸 운명이라고 하고. 그런데 이번에는 달라, 루퍼스. 네가 선택을 하는 거야. 그것도 바로 이 자리에서."

"그래? 어떻게 그럴 수가 있지? 당신 주머니에 운이란 운은 다 넣어갖고 다니기라도 하는 거야?"

보슈가 고개를 끄덕였다.

"응, 오늘은 다 넣어갖고 왔지."

보슈는 콜먼이 들어오기 전에 테이블에 놓아두었던 서류철을 펼쳐 편지 2통을 꺼내 들었다. 주소를 쓰고 우표까지 붙인 봉투는 콜먼이 읽을 수 없도록 서류철 속에 그대로 놓아두었다.

"다음 달에 두 번째로 가석방 심사를 받을 예정이라고 들었는데." 보슈가 말했다.

"그래, 그런데?" 콜먼이 호기심과 걱정이 약간 섞인 목소리로 말했다.

"심사가 어떤 식으로 진행되는지 아는가 모르겠는데, 2년 전에 심사를 맡았던 위원 두 명이 이번에도 참여를 하거든. 그러니까 벌써 한 차례 네 가석방을 반대했던 위원이 두 명이나 들어가 있는 거야. 그 말은 지금 상태로는 안 되고 도움이 필요할 거라는 얘기지."

"이미 주님께서 내 편이 되어주셨거든."

콜먼은 고개를 숙이고 머리를 좌우로 돌려서 보슈에게 십자가 문신을 보여주었다. 보슈는 십자가 문신이 마치 미식축구선수 헬멧의 옆면에 새겨진 팀 로고 같다고 생각했다.

"문신 갖고 되겠어? 내 생각엔 도움이 더 필요할 것 같은데."

"당신 생각 안 물어봤거든요, 형사 양반. 당신 도움도 필요 없고. 내 앞가림은 내가 하니까 걱정하지 마. D블록 목사님 추천서도 받아뒀고, 나나름 모범수야. 심지어 리지스 가족한테서 용서한다는 편지도 받았다고."

월터 리지스는 콜먼에게 냉혹하게 살해당한 남자였다.

"어이구, 얼마 주고 산 거야?"

"사다니. 기도하니까 주님이 주시던데. 그 가족은 내가 개과천선한 걸 알고 있어. 주님이 그랬듯이 내 죄를 용서해줬다고."

보슈는 고개를 끄덕였고 자기 앞에 놓인 편지들을 오랫동안 물끄러미 내려다보다가 말을 이었다.

"준비 많이 했네. 유족한테서 용서한다는 편지도 받아두고, 주님도 네 편으로 만들어놓고. 내 도움이 필요 없을 수도 있겠네. 그렇더라도 내가 발목을 잡는 건 원하지 않을 것 같은데, 안 그래? 그건 싫겠지?"

"빌어먹을. 무슨 말을 하고 싶은 건데?"

보슈는 고개를 끄덕였다. 이제 본론으로 들어갈 차례였다. 그는 봉투를 집어 들었다.

"이 봉투 보이지? 받는 사람은 새크라멘토에 있는 가석방위원회, 여기 이쪽 구석에는 네 수감번호가 적혀있어. 당장이라도 보낼 수 있게 우표까지 붙여놨고."

보슈는 봉투를 내려놓고 편지를 집어 들어 한 손에 한 통씩 나란히 들고 콜먼이 읽을 수 있게 앞으로 내밀었다.

"여기 이 두 통의 편지 중에서 하나를 저 봉투에 넣어서 여길 나가자마자 우체통에 넣을 거야. 어느 편지를 넣을지는 네가 결정할 거고."

콜먼이 몸을 숙이자 수갑이 금속의자 등받이에 부딪치면서 딸각거리는 소리가 났다. 덩치가 어찌나 큰지 회색 죄수복 위에 라인배커(미식축구에서 상대팀 선수들에게 태클을 걸며 방어하는 수비수—옮긴이)의 어깨보호대를 착용하고 있는 것처럼 보였다.

"도대체 무슨 소릴 하는 거야? 읽지도 못하겠구먼."

보슈는 의자에 등을 기대고는 편지를 읽어주려고 뒤집었다.

"두 통 다 가석방위원회 앞으로 보내는 거야. 하나는 너에 대해서 대단히 우호적인 내용을 담고 있어. 네가 그동안 저지른 범죄에 대해 후회하고 있고, 내가 오래된 미제 살인사건을 수사하는데 협조했다고 적혀있지. 끝에는……."

"협조는 꿈도 꾸지 마, 형사 양반. 누굴 끄나풀로 만들려고. 말 함부로 하지 말라고."

"끝에는 너에게 가석방을 허가해주길 권고한다고 적혀있고."

보슈는 그 편지를 내려놓고 다른 편지로 관심을 돌렸다.

"하지만 이 두 번째 편지는 너한테 불리한 내용을 담고 있어. 여기에는 네가 후회한다는 얘긴 전혀 없어. 내가 수사하고 있는 살인사건에 관한 중요한 정보를 갖고 있으면서도 협조를 거부했다고 적혀있지. 그리고 끝에는 LA 경찰국 조직범죄 전담반이 입수한 정보에 따르면, 롤링 식스티즈가 너의 청부살인 기술을 또 써먹으려고 네가 가석방되어 나오기를 기다리고 있다는 내용이 있고."

"이건 또 무슨 개 풀 뜯어먹는 소리야! 그런 거짓말이 어디 있어! 그런 걸 보낸다고? 어림도 없지!"

보슈는 침착하게 편지를 테이블에 내려놓은 후 봉투에 담기 위해 편지를 접기 시작했다. 그러면서 무표정한 얼굴로 콜먼을 바라보았다.

"거기 앉아서 나한테 뭘 하라 마라 하는 거야 지금? 어허, 뭘 대단히 착각하는 모양인데. 내가 원하는 걸 주면 나도 네가 원하는 걸 주는 거야. 뭘 좀 제대로 알고 말해."

보슈는 편지의 접힌 부분을 손가락으로 꾹꾹 누른 후 편지를 봉투에 밀어 넣기 시작했다.

"도대체 무슨 살인사건인데?"

보슈는 고개를 들고 콜먼을 쳐다보았다. 전세가 기울기 시작했다는 걸 느낄 수 있었다. 보슈는 재킷 안주머니에서 예스페르센 사진을 꺼냈다. 기자출입증 사진을 복사한 거였다. 그는 그 사진을 들어 콜먼에게 보여주었다.

"백인 여자네? 살해당한 백인 여자에 대해서는 아는 게 아무것도 없는데."

"네가 안다고 말 안 했는데."

"그럼 지금 우리 뭐하는 건데? 그 여잔 언제 뒈진 거야?"

"1992년 5월 1일."

콜먼은 날짜 계산을 해보고는 고개를 절레절레하며 별 바보 같은 놈을 다 봤다는 듯 히죽 웃었다.

"번지수가 틀렸는데, 형사 양반. 92년이면 5년형을 받고 코코란에 있을 때야. 어디서 개소리를 하고 있어."

"1992년에 어디 있었는지 나도 잘 알아. 그런 것도 안 알아보고 여기까지 올라왔을까."

"분명히 말하는데 백인 여자가 살해된 곳 근처에도 안 갔거든."

보슈는 지금 그걸 문제 삼는 것이 아니라는 듯이 고개를 가로저었다.

46

"내가 설명할게, 루퍼스. 여기서 또 만날 사람이 있고 비행기도 타야 되니까. 듣고 있어?"

"듣고 있어. 무슨 개소린지 들어나 보자."

보슈는 예스페르센 사진을 다시 들어보였다.

"지금 우린 20년 전 얘기를 하는 거야. 1992년 4월 30일에서 5월 1일로 가는 밤. LA 폭동 둘째 날 밤. 코펜하겐에서 온 안네케 예스페르센이 카메라를 들고 크렌쇼에 있어. 거기서 덴마크에 있는 신문사에 보낼 사진을 찍고 있지."

"뭐하리 거기 가서 그 짓거릴 하고 있었대? 죽으려고 환장을 했나."

"그러게 말이야. 근데 어쨌든 거기 갔어. 그리고 누군가가 그 여자를 골목길 담벼락 앞에 무릎 꿇려놓고 눈에 대고 총을 쐈지."

"난 안 그랬어. 그 일에 대해서 아는 것도 전혀 없고."

"네가 안 그랬다는 거 알아. 완벽한 알리바이가 있잖아. 교도소에 있었으니까. 얘기 계속해도 될까?"

"그래, 계속 해봐."

"안네케 예스페르센을 죽인 범인은 베레타 권총을 사용했어. 현장에서 탄피를 수거했는데, 92년형 베레타의 독특한 표시가 있더라고."

보슈는 이 이야기가 어디로 흘러가는지 콜먼이 알아차렸는지 알아보기 위해 콜먼의 표정을 살폈다.

"내 얘기 잘 따라오고 있지, 루퍼스?"

"따라가고는 있는데, 도대체 무슨 얘기를 하는 건지 모르겠군."

"안네케 예스페르센을 죽인 총이 수거가 안 됐고 사건도 해결이 안 됐어. 그러고 나서 4년 후엔 네가 코코란에서 나왔고, 얼마 후엔 경쟁조직의 조직원을 살해한 혐의로 체포됐지. 월터 리지스라는 19세 청년. 플로렌스의 어느 클럽, 칸막이자리에 앉아있는 리지스의 얼굴을 향해 네가 총을 쐈거든. 경찰이 판단한 살해 동기는 리지스가 식스티즈 관할의 길거리에서 크랙(강력한 코카인의 일종인 마약—옮긴이)을 팔았기 때문이었고, 다수의 목격자들의 증언과 네가 경찰에서 한 진술을 토대로 넌 살인죄로 유죄평결을 받았지. 하지만 경찰은 네가 사용한 총을 증거물로 확보하지 못했어. 92년형 베레타 권총. 수거가 안 된 거야. 이제 내가 무슨 얘길 하려는 건지 알겠지?"

"아직 잘 모르겠는데."

콜먼이 입을 다물기 시작하고 있었다. 하지만 보슈는 그래도 상관없었다. 콜먼이 원하는 건 딱 하나였다. 감옥에서 나가는 것. 보슈가 자신을 도울 수도 있고 방해할 수도 있다는 것을 결국에는 깨닫게 될 것이었다.

"얘기 계속할 테니까 잘 듣고 따라와 봐. 최대한 쉽게 해볼게."

보슈는 말을 멈췄다. 콜먼은 반대하지 않았다.

"자, 이제 1996년까지 왔어. 이때 넌 유죄평결에 15년에서 무기징역형을 선고받고 다시 감옥에 들어가지. 롤링 식스티즈의 자랑스러운 전사답게 씩씩하게. 그러고는 다시 7년이 흘러 2003년, 또 다른 살인사건이 발생해. 에디 본이라는 그레이프 스트리트 크립스(LA를 중심으로 활동하는 흑인폭력조직—옮긴이)의 마약상이 차 안에 앉아서 술 마시면서 마리화나를 피우다가 살해되고 강도를 당하지. 누군가가 조수석 쪽으로 몸을 들이밀고 놈의 머리에 두 발, 몸통에 두 발을 쏴. 근데 그렇게 몸을 들이민 건 실수였어. 탄피가 튀어나와서 차 안을 통통거리며 날아다녔거든. 범인이 그것들을 모두 찾아갈 시간은 없었고, 결국 두 개만 찾아 갖고 도망치지."

"글쎄, 그게 나랑 무슨 상관이냐고, 형사 양반. 그땐 벌써 여기 들어와 있었는데."

보슈는 힘차게 고개를 끄덕였다.

"맞아, 루퍼스. 넌 여기 있었어. 근데 말이야, 2003년에는 전국 탄도학

48

적 정보 네트워크라는 게 구축되어 있었어. 그게 뭐냐 하면 주류 담배 화기 단속국(ATF)이 운영하는 컴퓨터 데이터뱅크야. 사건 현장과 피살자의 몸에서 수거한 총알과 탄피에 관한 정보를 입력하고 관리하는 일을 하지."

"우와, 멋진데."

"탄도학적 정보라는 게 말이야, 지문과 비슷한 역할을 하더라고. 에디 본의 차에서 발견된 탄피가 7년 전 네가 월터 리지스를 죽일 때 사용했던 총에서 나온 거라는 사실이 밝혀졌어. 두 명의 살인자가 두 건의 살인사건에서 사용한 총이 하나라는 거야, 똑같은 하나의 권총."

"소설을 쓰는구먼."

"그래, 소설 같지? 하지만 생판 처음 듣는 얘기는 아닐 텐데. 에디 본 피살사건에 관해 물으러 형사들이 왔다갔잖아. 네가 리지스를 쏜 후에 그 총을 누구한테 줬느냐고 물어봤잖아, 그 형사들이. 너에게 살인을 지시한 롤링 식스티즈의 간부가 누구냐고도 물었고. 그 간부놈이 본도 죽이라고 시켰을 거라고 생각하고 있었으니까."

"그래, 기억이 날 듯 말 듯 하네. 오래 전 일이라서. 그때 그 형사들한테 아무 말도 안 했어. 지금 당신한테도 할 말 없고."

"그래, 수사기록 찾아봤어. 형사들한테 개소리 말고 집에 가서 발 닦고 잠이나 자라고 했더구먼. 근데 그땐 네가 겁대가리 없고 한창일 때잖아. 그게 벌써 9년 전이고, 넌 잃을 게 아무것도 없었고. 10년 후에 가석방에 목매게 될 거라는 건 상상도 못했겠지. 하지만 지금은 상황이 달라졌어. 지금 우린 하나의 총으로 세 건의 살인사건이 일어났다는 얘길 하고 있는 거야. 올해 초에 내가 92년 예스페르센 피살사건 현장에서 수거한 탄피를 꺼내서 ATF 데이터뱅크에 넣고 돌려봤거든. 그 탄피가 리지스와 본 사건 때 나온 것들과 일치한다는 결과가 나왔어. 그게 무슨 말이냐 하면 세 건의 살인에 하나의 권총이 사용됐다는 거야. 92년형 베레타 권총."

보슈는 의자에 등을 기대고 앉아서 반응을 기다렸다. 자기가 무엇을 원하는지 콜먼이 확실히 알고 있다고 확신했다.

"도와줄 수 없을 것 같은데, 형사 양반." 콜먼이 말했다. "교도관이나 불러주시지."

"정말? 나는 널 도와줄 수 있는데."

보슈가 봉투를 들어보였다.

"아니면 방해를 할 수도 있고."

보슈는 기다렸다.

"가석방 심사도 못 받고 여기서 10년은 더 썩게 만들어줄 수도 있어. 그걸 원하는 거야?"

콜먼이 고개를 가로저었다.

"그럼 내가 당신을 도우면 여기서 얼마나 더 사는데?"

"오래는 안 살 거야. 그건 약속할 수 있어. 그리고 이 일은 아무도 모를 거야, 루퍼스. 법정에서 증언을 하라거나 서면 진술을 하라고 안 할 거거든."

적어도 아직은, 보슈는 생각했다.

"내가 원하는 건 이름 하나야. 바로 여기서 너하고 나만 알고 끝나는 거고. 살인을 지시한 사람이 누군지만 알려줘. 너에게 총을 주면서 리지스를 제거하라고 지시한 사람. 네가 그 일을 끝내고 나서 총을 반납한 사람."

콜먼은 테이블을 힐긋거리면서 머리를 굴리는 눈치였다. 보슈는 그가 저울질을 하고 있다는 것을 알고 있었다. 천하무적의 전사라도 한계가 있는 것이다.

"뭘 몰라도 한참 모르네." 마침내 콜먼이 입을 열었다. "살인을 지시하는 사람은 실행에 옮기는 총잡이하고는 절대로 말을 섞지 않아. 중간 다리 역할을 하는 사람이 있지."

보슈는 샌쿠엔틴으로 오기 전에 조직범죄 전담 형사들로부터 설명을 듣고 왔다. 오래 전부터 사우스센트럴 지역에서 활동해온 범죄조직들은 준군사조직 같은 계급구조를 갖고 있다고 했다. 피라미드형 계급구조이고 콜먼 같은 맨 밑의 행동책들은 리지스 살해를 지시한 사람이 누군지 알 수 없다고 했다. 그래서 보슈는 콜먼을 떠보기 위해 그 질문을 던진 거였다. 콜먼이 살인을 지시한 사람의 이름을 댔다면 거짓말을 하고 있다는 뜻이었다.

"그래, 알았어." 보슈가 말했다. "그럼 딴 얘긴 말고, 총 얘기만 하자. 누구한테서 총을 받아서 리지스를 쐈어? 쏜 다음에는 누구한테 줬고?"

콜먼은 고개를 끄덕였고 눈은 계속 내리깔고 있었다. 그는 말이 없었고 보슈는 기다렸다. 이게 본론이었다. 보슈가 여기 온 목적이 이것이었다.

"더는 이렇게 못 살지." 콜먼이 중얼거렸다.

보슈는 아무 말도 하지 않았고 기대하는 내색을 하지 않으려고 애를 썼다. 콜먼이 곧 무너지려고 하고 있었다.

"딸이 하나 있어." 콜먼이 말했다. "벌써 성인이 다 됐는데, 여기 말고 딴 데서 본 적이 한 번도 없어. 교도소 면회실에서 본 게 전부야."

보슈는 고개를 끄덕였다.

"저런." 그가 말했다. "나도 딸이 하나 있는데 오랫동안 딸하고 떨어져 살았어."

보슈는 콜먼의 눈에서 물기가 반짝이는 것을 보았다. 이 조직폭력배는 오랜 수형생활과 죄책감과 두려움에 나약해질 대로 나약해져 있었다. 16년간이나 자신의 과거를 곱씹어야 했던 그에게 있어 단단한 근육질의 몸은 상처받은 영혼을 감추기 위한 위장에 지나지 않았다.

"이름만 대, 루퍼스." 보슈가 재촉했다. "그럼 가석방을 권고하는 편지를 보낼게. 그걸로 거래 끝이야. 하지만 내가 원하는 걸 안 주면, 여길 살아서 나갈 수 없을 거야. 그리고 너와 딸 사이에는 항상 유리벽이 있을 거고."

콜먼은 뒷짐을 진 채 수갑이 채워진 상태여서 왼뺨 위로 눈물이 흘러내리는 데도 어찌 할 수가 없었다. 그는 고개를 숙였다.

"트루 스토리." 콜먼이 말했다.

보슈는 말이 더 나오길 기다렸지만 그것으로 끝이었다.

"말해봐." 기다리다 못해 보슈가 말했다.

"뭘?" 콜먼이 물었다.

"트루 스토리. 진실이 뭔지 얘기해보라니까."

콜먼이 고개를 가로저었다.

"뭔 소리야, 사람 이름인데. 본명이 트루먼트 스토리인데, 짧게 트루라고 불러. 그 사람이 그 총을 줬고 나중에 그 사람한테 반납했어."

보슈는 고개를 끄덕였다. 원하던 것을 얻었다.

"근데 문제는." 콜먼이 말했다.

"뭔데?"

"트루 스토리가 죽었다는 거야, 형사 양반. 적어도 들리는 소문으로는 그래."

보슈는 여기로 올라오면서 그런 가능성도 생각했었다. 지난 20년간 사우스 LA에서 사망한 조직폭력배가 수천 명에 달했다. 그래서 자기가 찾고 있는 사람이 이미 사망했을 가능성이 꽤 높다는 것을 알고 왔다. 그러나 트루 스토리가 죽었다고 해서 수사가 막다른 골목에 이른 것은 아니라고 생각했다.

"그래도 그 편지 보낼 거지?" 콜먼이 물었다.

보슈가 일어섰다. 볼일은 다 봤다. 앞에 앉아있는 이 야수 같은 남자는 냉혹하기 짝이 없는 살인자였고 마땅히 있어야 할 곳에 있었지만, 약속은 약속이었다.

"지금까지 백만 번도 더 생각해봤을 텐데, 여길 나가서 딸을 안아본 다음에는 뭘 할 거야?" 보슈가 물었다.

콜먼은 주저하지 않고 대답했다.

"길거리로 나갈 거야."

그는 잠시 기다리면서 보슈가 섣부른 판단을 할 시간을 주었다.

"그러고 나서 선교를 시작할 거야. 내가 알게 된 것을 모든 이에게 전하는 거지. 내가 알고 있는 것을. 사회는 이제 내 걱정을 하지 않아도 될 거야. 난 여전히 전사로 살아가겠지만, 이제부턴 그리스도의 전사로 살 거거든."

보슈는 고개를 끄덕였다. 여기를 나간 사람들 중에는 주님과 함께 간다는, 콜먼과 같은 계획을 갖고 있는 사람들이 많았다. 그러나 그 계획을 끝까지 실천하는 사람은 드물었다. 오래 가지 못하고 교도소로 돌아오는 재범자들이 많았다. 보슈는 콜먼도 그런 사람들 중 한 명일 거라고 생각했다.

"그럼 가석방 권고 편지 보낼게." 보슈가 말했다.

3

다음 날 아침, 보슈는 조직폭력 수사대의 조디 갠트 형사를 만나기 위해 브로드웨이에 있는 사우스 지국에 갔다. 보슈가 도착했을 때 갠트는 자기 자리에서 통화를 하고 있었지만 중요한 용건은 아니었는지 금방 전화를 끊었다.

"루퍼스는 잘 만나고 왔어?" 갠트가 말했다.

그는 보슈가 샌쿠엔틴까지 올라갔다 온 게 헛수고였다고 말해도 다 이해한다는 듯 예상했던 바라는 듯 싱긋 웃었다.

"이름을 하나 말해주긴 했는데 이미 이 세상 사람이 아니라고 하더라고. 내가 루퍼스를 갖고 논다고 생각했는데 지금 생각해보니 놈이 나를 갖고 논 것 같아."

"이름이 뭔데?"

"트루먼트 스토리. 들어봤어?"

갠트는 고개를 끄덕이더니 책상 한쪽에 차곡차곡 쌓여있는 몇 개의 파일을 돌아보았다. 그 파일 더미 옆에는 '롤링 식스티즈-1991~1994'라고 라벨이 붙은 검은색의 작은 상자가 놓여 있었다. 보슈는 그것이 예전에 불심검문 카드를 보관하던 상자라는 것을 알아보았다. 경찰국이 컴퓨터에 정보를 보관하기 전에는 카드를 이렇게 상자에 담아 보관했었다.

"짜자잔! 마침 여기 트루 스토리 파일이 있네." 갠트가 말했다.

"우와, 진짜 짜자잔이구면." 파일을 받아들며 보슈가 말했다.

파일을 펼치자 인도에 죽어 자빠져 있는 남자를 찍은 8×10 사진이 가장 먼저 눈에 들어왔다. 왼쪽 관자놀이에는 총구를 접사해 발사한 사입구가 있었다. 오른쪽 눈이 있던 자리에는 커다란 사출구가 있었나. 소량의 피가 콘크리트로 흘러내려 응고되어 있는 것도 보였다.

"저런." 보슈가 말했다. "누가 너무 가까이 다가오게 내버려뒀구면. 아직 해결 안 됐나?"

"응."

보슈는 사진을 넘기고 사건 조서에 나온 사건발생일자를 확인했다. 트루먼트 스토리가 살해된 지 3년이 다 되어가고 있었다. 보슈는 파일을 덮은 후, 책상 앞 의자에 앉아 히죽거리고 있는 갠트를 쳐다보았다.

"트루 스토리는 2009년에 사망했는데 그 자료를 아직도 책상에 두고 있었어?"

"아니, 당신을 위해 꺼내둔 거지. 다른 두 건의 사건 파일도 꺼내놨고. 92년도 불심검문 카드를 보고 싶어 할지 모른다 싶어서 그 상자도 꺼내놨고. 당신한테 중요한 의미가 있는 이름이 거기 있을지도 모르니까."

"그럴 수도 있겠군. 근데 다른 사건 파일은 왜 꺼내놓은 거야?"

"우리 지난번에 당신이 맡은 사건하고 다른 두 사건에 쓰인 총기가 일치한다는 ATF의 검색결과에 대해서 얘기했잖아. 사건은 세 건, 범인도 세명, 근데 범행에 쓰인 총은 하나다, 그런 얘기. 그 얘길 듣고 나서……."

"범인이 두 명일 수도 있어. 가능성이 그리 높지는 않지만. 92년에 내 피해자를 죽인 놈이 2003년에 돌아와서 에디 본을 친 거지."

갠트는 고개를 가로저었다.

"뭐 그럴 수도 있겠지만 내 생각은 아닌 것 같아. 그럴 가능성이 별로 없을 것 같거든. 그래서 피해자가 세 명, 범인도 세 명, 근데 범행에 쓰인 총은 하나라는 가정 하에서 생각을 해봤어. 롤링 식스티즈 사건 자료들을 쭉 훑어봤지. 범인으로든 피해자로든 롤링 식스티즈 애들이 등장하는 사건. 이 총과 관련이 있을 것 같은 사건들을 전부 훑어봤더니 탄도학적 증거가 수거되지 않은 총격 살인사건이 세 건 있더라고. 두 건은 세븐 트레이즈 애들을 친 거고 한 건은 트루 스토리가 피살된 거고."

그때까지 서 있던 보슈가 의자를 끌어와 앉았다.

"다른 두 사건 파일 잠깐 볼 수 있을까?"

보슈는 갠트가 책상 너머로 건네주는 파일들을 받아들고 재빨리 훑어보았다. 이 파일들은 살인사건 자료가 아니라 폭력조직 관련 자료였고, 따라서 갠트가 말한 두 건의 살인사건에 관해서는 짧게 요약되어 있었다. 정식 살인사건 파일은 사건을 맡았던 강력계 형사들이 보관하고 있을 것이다. 그 파일이 필요하면 공식적으로 자료 열람을 요청하거나 담당 형사 자리에 들러 잠깐 보여 달라고 해야 할 것이다.

"전형적인 사건들이야." 보슈가 자료를 훑어보는 동안 갠트가 말했다. "남의 동네에서 약을 팔거나 여자를 만나다가 걸려서 죽임을 당한 거지. 근데 트루 스토리 사건을 여기 덧붙인 이유는 다른 곳에서 총에 맞은 뒤 현장에 유기됐기 때문이고."

보슈가 파일 너머로 갠트를 쳐다보았다.

"근데 그게 왜 중요하지?"

"내부자의 소행이라는 뜻일 수 있으니까. 자기 조직원이 그랬을 수 있다는 거지. 조직폭력배 관련 살인사건에서는 시신을 유기하는 경우가 별로 없어. 차를 타고 가면서 쏴버리거나 눈앞에 불쑥 나타나서 암살하고 가버리는 경우가 대부분이지. 총을 쏘고 나서 굳이 시간과 노력을 들여서 시신을 옮기는 일은 하지 않는단 말이야. 무슨 이유가 있지 않으면. 그러니까 예를 들어 조직 내부의 권력다툼이나 정화작업이었다는 사실을 숨기기 위해서라면 몰라도. 트루 스토리의 시신은 세븐 트레이즈 관할 지역에 버려졌어. 그러니까 놈이 자기 관할지역에서 살해된 후 적의 영토에 유기됐다고 생각해볼 수 있는 거지. 어쩌다가 남의 땅에 발을 잘못 들여서 살해된 것처럼 보이게 하려고 말이지."

보슈는 갠트의 설명을 다 이해했다. 갠트는 어깨를 으쓱거렸다.

"그냥 그럴 수 있겠다고 짐작해보는 정도야." 갠트가 말했다. "사건은 아직도 해결이 안 됐고."

"그냥 짐작해보는 정도가 아닌 것 같은데." 보슈가 말했다. "그렇게 짐작하게 된 계기가 있지 않아? 아직도 이 사건 수사 중이지?"

"난 살인전담팀이 아니라 정보팀이거든. 자문 요청을 받고 살펴봤을 뿐이야. 그것도 3년 전에. 사건이 발생했을 때. 지금 내가 아는 건 아직도 미제로 남아있다는 사실 정도고."

조직폭력 수사대는 LA 경찰국에서 폭력조직 수사를 담당하는 대규모 부서로, 산하에 강력범죄팀과 기타범죄팀, 정보수집팀, 교육홍보팀을 두고 있었다.

"그래, 3년 전에 자문을 해주면서 알게 된 사실은?" 보슈가 물었다.

"스토리는 내가 요전 날 말했던 폭력조직의 계급 피라미드에서 꽤 높은 곳에 있던 사람이었어. 거기까지 올라가면 분란이 끊이질 않지. 정적도 많이 생기고. 다들 꼭대기에 올라가고 싶어 하잖아. 그러니까 막상 거기 올라가면 자꾸 뒤를 돌아보게 되고 누가 뒤쫓아 오지는 않는지 살피게 되지."

갠트는 보슈가 들고 있는 파일들을 가리켰다.

"아까 사진 보고 당신도 말했잖아. 누가 너무 가까이 다가오게 내버려

됐다고. 맞는 말이야. 조직폭력배들이 관련된 살인사건 중에 접사총상이 있는 경우가 얼마나 되는지 알아? 거의 없어. 클럽 총격사건 같은 걸 빼면 말이지. 그것도 아주 드물게 일어나고. 대부분의 경우에는 그렇게 가까이 가서 총을 갖다 대고 쏘진 않아. 근데 트루 스토리의 경우에는 그렇게 했단 말이지. 그래서 당시에는 같은 롤링 식스티즈 조직원의 소행일 거라고 추측했어. 피라미드 꼭대기 근처에 있는 누군가가 트루 스토리를 제거할 필요성을 느끼고 실행에 옮겼다고. 그러니까 요는, 그때 쓴 총이 당신이 찾고 있는 총과 같은 총일 수 있다는 거야. 수거된 총알도 탄피도 없지만, 9밀리미터 권총으로 입은 상처라는 것과 샌쿠엔틴에서 루퍼스 콜먼이 한 진술이 있잖아. 당신이 찾고 있는 92년형 베레타 권총을 트루 스토리에게서 받았다는 진술. 그렇다면 뭐 확실한 거지."

보슈는 고개를 끄덕였다. 충분히 일리가 있는 말이었다.

"그리고 조직폭력 수사대는 이 사건에 관해서 진상규명을 못했고?"

갠트가 고개를 가로저었다.

"응, 진상규명 근처에도 못 갔어. 근데 이건 알아야 돼. 폭력조직 계급 피라미드의 맨 아랫부분은, 다시 말해 거리로 나서는 행동책들은 경찰의 단속에 매우 취약해. 거긴 거의 투명하게 다 보인다고 할 수 있지."

갠트의 말은 조직폭력 수사대가 거리의 마약상 단속과 길거리 범죄 해결에 주력하고 있다는 뜻이었다. 조직폭력배가 관련된 살인사건이 48시간 안에 해결되지 못하면, 곧 새로운 살인사건이 터지곤 했다. 조직들 간의 소모전이기 때문이었다.

"그러니까……." 보슈가 말했다. "월터 리지스 피살사건으로 돌아가자. 1996년 루퍼스 콜먼이 살해한 후 유죄평결을 받던 사건. 콜먼은 트루 스토리가 총을 주면서 월터 리지스를 살해하라고 지시했고, 자신은 지시대로 한 후에 총을 스토리에게 반납했다고 했어. 그리고 리지스를 제거하는 게 트루 스토리의 뜻이 아니었다고도 했고. 스토리도 지시를 받았다는 거지. 그렇다면 그 지시가 어디에서 내려왔을까? 96년 당시 롤링 식스티즈에서 청부살인을 지시할 만한 위치에 있었던 두목은 누구였을까?"

갠트가 다시 고개를 가로저었다. 고개 가로젓기가 습관인 모양이었다.

"그땐 내가 여기 들어오기 전이었어. 사우스이스트에서 순경 일을 하고 있었지. 그리고 솔직히 말해서 그때 우린 굉장히 순진했던 것 같아. 그때 크래쉬(CRASH)를 실시했잖아. 크래쉬 기억나?"

물론 보슈도 기억하고 있었다. 1980년대에 크랙이라는 마약이 전염병처럼 순식간에 퍼져나갔던 것처럼, 1990년대에는 조직폭력배들이 폭발적으로 늘어나면서 폭력 사태도 급증했다. 이에 압도된 LA 경찰국은 '불량배 집중단속(Community Resources Against Street Hoodlums. CRASH.)' 프로그램으로 대응했다. 프로그램 이름의 약자가 기발해서 경찰이 실제 프로그램 개발보다는 이름 짓기에 더 골몰한 거 아니냐고 비아냥거리는 사람들도 있었다. 크래쉬는 계급 피라미드의 하층 조직원들을 공격했다. 크래쉬는 폭력조직이 길거리에서 벌이는 사업을 방해했지만 최고위층에까지 이르는 경우는 거의 없었다. 그리고 그것은 놀라운 일도 아니었다. 거리에서 마약을 팔고 보복과 협박이라는 임무를 수행하는 거리의 전사들이 그날의 임무 이상의 것을 알고 있는 경우는 매우 드물었고, 그것마저 포기하고 경찰에 자백하는 경우도 거의 없었다.

이들은 LA 남부에 살면서 경찰에 적대적인 정서가 몸에 밴 젊은이들이었다. 인종차별과 마약, 사회적 무관심, 전통적인 가족제도와 교육제도의 붕괴를 직접 겪은 뒤 거리로 내몰린 청년들이었다. 그들의 어머니들이 한 달간 뼈 빠지게 일해서 버는 것보다 많은 돈을 그들은 거리에서 하루에 벌어들일 수 있었다. 그들은 대형휴대용 카세트플레이어와 카스테레오에서 나오는, 경찰과 사회 전반을 맹렬히 비난하는 랩을 들으면서 여가를 즐기는 사람들이었다. 19세의 조직폭력배를 조사실에 집어넣고 조직 내 바로 윗선이 누군지 불게 하는 것은 원터치 캔이 아닌 통조림 뚜껑을 손으로 따는 것만큼 어려운 일이었다. 그는 조직 내 윗선이 누군지 알지 못했고, 안다고 해도 불지 않았다. 유치장과 교도소 생활은 조직생활의 연장이자 성장과정의 일부이며 조직 내에서 계급장을 다는 일로 여겨졌다. 경찰에 협조하는 것은 아무런 가치가 없었다. 오직 단점과 위험만 있을 뿐이었다. 조직 내에서 원한을 사게 하고 살인협박에 시달리게 할 뿐이었다.

"그러니까 자네 말은 그 당시에 트루먼트 스토리가 누구 밑에서 일했는지, 혹은 스토리가 리지스를 없애라고 콜먼에게 준 총을 어디에서 구했는지 우리가 알 수 없다는 얘기네." 보슈가 말했다.

"그래 맞아. 총 얘기만 빼고. 내 추측으로는 트루가 항상 그 총을 갖고 있었고 필요할 때마다 필요한 사람에게 그 총을 준 것 같아. 우린 그 당시보다 지금 훨씬 더 많은 것을 알고 있잖아. 그러니까 지금 알고 있는 것을 가지고 옛날 일을 정리해보면, 일이 이런 식으로 진행이 됐을 거야. 우선 롤링 식스티즈의 피라미드 맨 꼭대기에 혹은 그 근처에 누가 있다고 치자. 말하자면 그 조직의 고위간부겠지. 그 간부는 월터 리지스가 약을 팔면 안 되는 곳에서 팔고 있다는 걸 알고 리지스를 죽이고 싶어 해. 그래서 신임하는 오른팔, 트루먼트 스토리를 불러서 리지스를 처치하라고 스토리의 귀에 대고 속삭이지. 그 순간부터 그 일은 스토리의 임무가 되는 거야. 조직에서 자신의 지위를 유지하기 위해서는 그 일을 꼭 해내야 하게 된 거지. 그래서 스토리는 자기 오른팔 루퍼스 콜먼을 불러 총을 건네면서 표적은 리지스이고 어느 클럽에 단골로 드나든다고 말해주는 거야. 콜먼이 임무를 수행하러 간 사이 스토리도 나가서 알리바이를 만들지. 그 총을 보관하는 사람이 스토리 자신이니까. 자신과 총이 연결될 경우를 대비해서 약간의 안전장치를 마련해두는 거야. 요즘 조폭들이 다 그런 식으로 하니까, 그 당시에도 그렇게 했겠지. 그땐 몰랐지만 말이야."

보슈는 고개를 끄덕였다. 이제까지의 수사가 헛수고였다는 느낌이 들기 시작했다. 트루먼트 스토리는 사망했고 총과의 연결고리도 끊어졌다. 보슈는 20년 전 안네케 예스페르센의 시신을 내려다보면서 사과를 했던 그날 밤에서 한 걸음도 앞으로 나아가지를 못했다. 막막한 상황이었다.

갠트가 보슈의 실망감을 알아차렸다.

"미안해, 해리."

"자네 잘못이 아닌데 뭘."

"어쨌든 덕분에 골치 아픈 일이 줄긴 했네."

"그건 또 어째서 그렇지?"

"그 당시에 발생한 사건들 중에서 미제로 남은 것들이 많잖아. 그 하고 많은 사건들 중에서 우리가 종결한 유일한 사건이 백인 여자 피살사건이라고 하면 시민들이 어떻게 생각하겠어. 보는 눈들이 곱지 않을걸. 내 말 무슨 뜻인지 알겠어?"

보슈가 갠트를 바라보았다. 갠트는 흑인이었다. 보슈는 이 사건을 인종적인 측면에서 본 적이 없었다. 그저 20년간 마음 한 구석에 부담으로 남아있던 살인사건을 해결하려고 노력하고 있을 뿐이었다.

"알 것 같아." 보슈가 말했다.

두 사람은 오랫동안 말없이 앉아있었고, 보슈가 먼저 입을 열었다.

"그래서, 어떻게 생각해, 그런 일이 또 일어날까?"

"뭐? 폭동?"

보슈가 고개를 끄덕였다. 갠트는 줄곧 사우스 LA에서 경찰 생활을 했으니까, 그 질문에 대한 답을 어느 누구보다도 잘 알고 있을 것이었다.

"그럼, 여기 남부에서는 어떤 일이라도 일어날 수 있어." 갠트가 대답했다. "시민들과 경찰국의 관계가 좋아졌나? 그럼, 훨씬 더 좋아졌지. 요즘엔 경찰을 신뢰하는 사람들도 꽤 있어. 살인사건도 훨씬 줄어들었고. 일반 범죄율도 많이 줄었고 조폭들이 처벌받지 않고 거리를 활보하는 일도 없지. 경찰이 치안 유지를 잘 하고 있고, 시민들도 자제력을 잘 발휘하고 있고."

갠트는 여기서 말을 멈췄다. 보슈는 말이 이어지기를 기다렸지만 그것으로 끝이었다.

"하지만……." 보슈가 말을 재촉했다.

갠트는 어깨를 으쓱거렸다.

"하지만 실직자가 많고, 장사가 잘 안 돼서 문을 닫는 상점과 기업들도 많아. 기회는 많지 않고. 그러면 어떻게 되겠어. 좌절과 분노와 절박함이 팽배해지지. 아까 내가 어떤 일이라도 일어날 수 있다고 했던 것도 바로 그런 이유야. 역사는 주기적으로 순환하고 있어. 역사는 반복된다고. 그러니 그런 일이 다시 일어날 수 있고말고."

보슈는 고개를 끄덕였다. 갠트의 현실인식이 보슈의 의견과 크게 다르지 않았다.

"이 자료들 내가 갖고 가도 될까?" 보슈가 물었다.

"다시 돌려주기만 한다면야." 갠트가 말했다. "블랙박스도 빌려줄게."

갠트는 뒤를 돌아 손을 뻗어 판지 상자를 집어 들었다. 그가 다시 돌아앉았을 때 보슈가 웃고 있었다.

"왜? 필요 없어?"

"아니, 아니, 필요 없긴. 예전에 함께 일했던 파트너가 생각나서. 아주 옛날에. 프랭키 쉬헌이라는 친구였는데……."

"프랭키, 나도 잘 알지. 너무 안타깝게 죽었어."

"그래. 근데 그 전에, 우리가 파트너로 일할 때, 살인사건 수사에 관해서 그 친구가 항상 했던 말이 있어. 살인사건을 수사하려면 블랙박스를 찾아야 한다고 했어. 그게 가장 먼저 할 일이라고, 블랙박스부터 찾아야 한다고."

갠트가 어리둥절한 표정을 지었다.

"비행기에 설치된 블랙박스 같은 거?"

보슈가 고개를 끄덕였다.

"응. 비행기 추락사고가 일어나면 블랙박스부터 찾으려고 난리잖아. 비행정보가 거기에 다 기록되어 있으니까, 블랙박스를 찾으면 무슨 일이 있었는지 정확히 알게 되지. 프랭키는 살인 현장이나 살인사건 수사에서도 마찬가지라고 했어. 모든 것을 종합해서 그림을 완성시키는 하나의 퍼즐 조각이 있을 거라는 거지. 그걸 찾으면 모든 것을 이해할 수 있게 되는 거라고. 그걸 찾는 게 블랙박스를 찾는 것과 같다고 했어. 근데 지금 자네가 블랙박스를 준다고 하니까 그 친구 말이 생각나서."

"에이, 여기선 너무 기대하지 마. 이거 그냥 옛날 불심검문 카드를 담아놓은 상자일뿐이라고."

순찰차마다 이동식 정보 단말기를 설치하기 이전 시절에는 순경들이 바지 뒷주머니에 현장검문 카드를 넣고 다녔다. 그것은 현장검문 내용을 적기 위한 3×5 크기의 카드였다. 그 카드에는 검문 일자와 시각, 장소는 물론이고, 피검문자의 이름, 나이, 주소, 가명, 문신 여부, 폭력조직 소속 여부 등을 적었다. 또한 검문 순경의 의견을 적는 칸도 있었는데, 피검문자에 대해 주목할 만한 다른 관찰 사실을 기록했다.

미국시민자유연맹 캘리포니아 지부는 오래전부터 경찰국의 현장검문 관행을 비판해왔다. 현장검문을 불법수색에 비유하면서 헌법에 위배되는 부당한 행위라고 맹비난했다. 그러나 경찰국은 이에 굴하지 않고 검문 관행을 유지해오고 있고 경찰들 사이에서는 현장검문 카드가 불심검문 카드로 알려지게 되었다.

보슈가 건네받은 상자를 열어보니 낡은 카드가 한 가득 들어있었다.

"얘네들은 숙청작업에서 어떻게 살아남았대?" 보슈가 물었다.

갠트는 보슈가 말한 숙청작업이 경찰국의 디지털 정보화를 뜻한다는 것을 알고 있었다. 경찰국은 조직 전반에 걸쳐 전자화된 미래를 열기 위해 유형의 자료들을 디지털 자료로 전환하고 있었다.

"이것들을 다 컴퓨터에 보관하면 중간에 잃을 게 많다는 걸 알고 있었거든. 다 손으로 쓴 것들이라 뭐라고 쓴 건지 도저히 못 알아보는 것들도 꽤 있어. 그러니까 컴퓨터에 입력 못 하고 버려지는 정보도 엄청 많다는 거지. 그래서 이 블랙박스를 최대한 많이 꿍쳐놓은 거야. 운이 좋았어, 해리. 식스티즈 상자가 아직 있으니. 그 안에 도움이 될 게 좀 있어야 할 텐데."

보슈는 의자를 뒤로 밀고 일어섰다.

"나중에 꼭 돌려줄게."

4

보슈는 정오가 되기 전에 미제사건 전담반 사무실로 돌아와 있었다. 대다수의 형사들이 일찍 출근해 이른 점심시간을 가져서 그런지 사무실은 한산했다. 보슈의 파트너인 데이비드 추 형사의 모습도 보이지 않았지만 걱정할 건 없었다. 점심을 먹으러 나갔거나 건물 안 어딘가에 있을 것이다. 그것도 아니라면 시 외곽에 흩어져 있는 여러 법과학 연구실을 돌아다니고 있거나. 보슈는 추가 유전자나 지문이나 탄도학적 증거를 준비해서 분석과 대조를 의뢰하러 다니고 있다는 것을 알고 있었다. 수사의 초기 단계를 맡아 하고 있는 거였다.

보슈는 파일과 블랙박스를 책상에 내려놓은 뒤 전화기를 들고 메시지가 남겨져 있는지 확인했다. 하나도 없었다. 자리에 앉아 갠트에게서 넘겨받은 자료를 훑어보려고 할 때 새로 온 전담반장이 그의 칸막이자리로 왔다. 클리프 오툴은 전담반에만 새로 온 것이 아니라 경찰국 강력계에도 새로 온 인물이었다. 밸리 지국 형사과장으로 일하다가 전보되어 온 것이다. 보슈는 아직 오툴과 교류가 별로 없었지만, 보고 들은 바로는 그리 호감이 가는 인물은 아니었다. 오툴 경위는 미제사건 전담반장으로 오고 나서 최단시간 안에 부정적인 의미를 함축한 별명을 하나도 아니고 둘씩이나 얻었다.

"보슈 형사, 위에 올라갔던 일은 잘 됐어요?" 오툴이 물었다.

오툴은 샌쿠엔틴 출장을 허가해주기 전에 예스페르센 사건에 사용된 총기와 루퍼스 콜먼이 저지른 월터 리지스 살인사건에 사용된 총기의 연관성에 대해 보슈로부터 충분히 설명을 들었다.

"잘 된 것도 있고 잘 안 된 것도 있고." 보슈가 대답했다. "콜먼한테서 이름을 하나 들었어. 트루먼트 스토리라고. 콜먼은 리지스를 죽일 때 사용한 총을 스토리에게서 받았고 죽이고 난 뒤에는 스토리에게 반납했다고 했어. 문제는 스토리를 찾아갈 수가 없다는 거야. 죽었거든. 2009년에 피살됐대. 그래서 오전 내내 사우스 지국에서 연대를 확인해봤더니 딱 맞아. 콜먼이 진실을 얘기한 거란 말이지. 죽은 놈한테 몽땅 뒤집어씌운 게 아니라. 그런 면에서 보자면 완전히 헛고생한 건 아닌데, 안네케 예스페르센을 죽인 범인을 알아내는 덴 한 걸음도 더 나아가지 못했어."

보슈는 자기 책상에 놓인 파일과 검문카드가 든 상자를 가리켰다.

오툴은 생각하는 표정으로 고개를 끄덕이더니 가슴에 팔짱을 끼고 데이비드 추의 책상 가장자리에 걸터앉았다. 추가 항상 커피를 놓는 자리였다. 추가 봤으면 언짢아했을 것이다.

"헛물켜고 왔는데 출장비 주기가 좀 그러네요." 오툴이 말했다.

"완전히 헛물켠 건 아니라니까 그러네." 보슈가 말했다. "이름 하나 건졌고 정황상 딱 들어맞더라니까."

"그럼, '공소권 없음'으로 처리하고 끝내야겠네요." 오툴이 말했다.

'공소권 없음'이란 사건이 다른 방법으로 해결되었다는 뜻이었다. 어떤 사건의 범인이 밝혀졌지만, 용의자가 사망하거나 다른 이유로 법의 심판을 받을 수 없게 되어 체포나 기소로 이어지지 못할 경우, 공식적으로 사건을 종결하면서 사용하는 용어였다. 미제사건 전담반이 맡은 사건 중에는 발생한지 수십 년이 지났고 지문이나 DNA가 일치하는 용의자를 찾아낸다고 해도 이미 오래전에 사망한 경우가 많아서 '공소권 없음'으로 종결되는 사건이 많았다. 수사를 통해 그 용의자가 범죄 발생 시각에 그 사건 현장에 있었던 것이 사실로 밝혀지면, 전담반장이 '공소권 없음'으로 사건을 종결하고, 그 사실을 검찰에 통보했다.

그러나 보슈는 아직은 예스페르센 사선을 그렇게 마무리힐 준비가 되어있지 않았다.

"아니, '공소권 없음'은 무슨." 보슈가 단호하게 말했다. "예스페르센 사건 발생 후 4년간은 총이 트루먼트 스토리의 수중에 있었는지 없었는지도 모르는데. 스토리에게 들어가기 전에 다른 사람들 손을 거쳤을 수도 있고."

"뭐 그럴 수도 있고요." 오툴이 말했다. "그래도 이 일을 취미삼아 하라고 놔둘 수는 없습니다. 이것 말고도 사건이 6천 건이나 되는데. 사건 관리가 곧 시간 관리고요."

그는 두 손목을 모아 보였는데, 마치 자신의 직책이 가진 제약에 손이 묶여 어쩔 수가 없다고 말하고 싶은 것 같았다. 지금까지도 보슈가 좋아할 수 없었던 것이 바로 이런 거들먹거리는 태도였다. 오툴은 경찰의 경찰이 아니라 행정가였다. 그가 제일 먼저 얻은 별명이 '더툴(The Tool, '도구, 수단, 꼭두각시, 앞잡이')'인 것도 바로 그런 이유에서였다.

"알아, 경위." 보슈가 말했다. "나도 이 자료 가지고 수사해보다가 아무 것도 안 나오면 다음 사건으로 옮겨갈 생각이야. 하지만 지금까지 수사한 내용으로 볼 때 '공소권 없음'은 아니야. 사건 종결률을 높이는 도구로 쓰이지는 않을 거란 말이지. 다시 미제사건으로 남게 될 거야."

보슈는 통계 놀음에 동참할 생각이 없다는 사실을 신임 전담반장에게 분명히 밝히려고 노력했다. 그는 사건이 진실로 종결되었다고 자신이 확신할 수 있어야 종결된 것이라고 믿었다. 사건 발생 4년 후에 어느 조직 폭력배가 살인무기를 갖고 있었다는 사실을 알아낸 것만으로는 사건을 종결했다고 보기 어려웠다.

"좋아요, 그럼 그 자료들 다 훑어보고 나서 다시 얘기하죠." 오툴이 말했다. "나도 있지도 않은 걸 찾아내라고 재촉하는 그런 사람 아니니까. 하지만 이 전담반을 이끌어 나가는 게 내 일이에요. 내가 볼 때 우리 반의 최우선 과제는 바로 종결률을 높이는 겁니다. 그러려면 더 많은 사건을 수사해야 하고요. 그러니까 내 말은, 이 사건이 별 볼 일 없는 것 같으면, 다음 사건으로 옮겨가야 한다는 거죠. 그 다음 사건이야말로 종결할 수 있는 사건일지 모르니까. 취미로 수사하는 건 안 됩니다, 보슈 형사. 여기 와 보니까 취미로 수사하는 형사들이 너무 많은데, 이젠 그럴 시간 없어요."

"알았어, 반장." 보슈가 딱 부러지는 어조로 말했다.

오툴이 자기 사무실을 향해 걸어가기 시작했다. 보슈는 그의 등에 대고 경례하는 시늉을 했고, 오툴의 바지 엉덩이 부분에 동그랗게 커피 컵 자국이 나 있는 것을 보았다.

오툴의 전임자는 자기 사무실에 들어앉아 블라인드까지 치고 숨어있는 걸 좋아하던 여자였다. 그녀는 전담반 형사들과 교류가 거의 없었다. 오툴은 정반대였다. 그는 때로는 고압적이라는 생각이 들 정도로 모든 일에 직접 나섰다. 전담반 형사들의 절반이 자기보다 나이가 많고 보슈하고는 20년 가까이 나이 차이가 나는데도 아랑곳하지 않았다. 베테랑 형사들이 하는 일에 그렇게까지 참견할 필요가 없는데도 사사건건 참견해서, 보슈는 오툴이 나타날 때마다 슬며시 짜증이 나곤 했다.

게다가 오툴은 숫자에 민감한 행정가였다. 경찰국장에게 올려 보내는 월간, 연간 보고서를 위해 사건을 종결하고 싶어 했다. 잊힌 지 오래된 피살자들의 원한을 풀어주고 살인자를 처벌하는 것에는 관심이 없었다. 지금까지 본 바로는, 오툴은 자기 직업이 갖는 인간적인 측면에는 무심하기 짝이 없었다. 전담반에 온 지 얼마 되지 않았지만 벌써 보슈를 질책한 적이 있었는데, 22년 전 살인사건으로 아버지를 잃은 아들이 사건 현장을 둘러보고 싶다고 해서 보슈가 오후 한 나절을 할애해 그를 안내한 이유였다. 오툴 경위는 피살자의 아들이 스스로 그 현장을 찾아갈 수 있었을 것이고 보슈는 그 오후 한 나절 동안 다른 사건을 수사할 수 있었을 거라고 말했다.

경위가 갑자기 방향을 바꿔 보슈의 자리로 돌아왔다. 보슈는 사무실 창문으로 조롱 섞인 경례를 봤나 싶어 뜨끔했다.

"그리고 두 가지 더, 보슈 형사. 첫째, 출장 때 쓴 비용은 하나도 빠짐없이 경비내역에 적어주세요. 출장비 명세서 제때 제출하라고 난린데, 형사님 주머니에서 나간 돈은 다 돌려받게 해주고 싶으니까요."

보슈는 두 번째로 면회한 수용자에게 넣어준 영치금을 떠올렸다.

"걱정하지 마." 보슈가 말했다. "사비 쓴 건 없으니까. 발보아에 잠깐 들러 햄버거 사먹은 것 밖에 없어."

발보아 바앤그릴은 샌프란시스코 공항에서 샌쿠엔틴 교도소로 가는 길 중간쯤에 있는, LA 경찰국 강력계 형사들이 단골로 다니는 식당이었다.

"진짜요?" 오툴이 물었다. "괜히 나중에 돈 덜 받았다 하지 말고."

"진짜."

"네, 뭐, 그렇다면."

오툴이 돌아서서 다시 걸어가기 시작했는데, 보슈가 그를 불러 세웠다.

"다른 하나는 뭔데? 아까 말할 게 두 가지 더 있다고 했잖아."

"아, 참. 생일 축하합니다, 보슈 형사."

보슈는 내심 놀라면서 고개를 뒤로 젖히고 오툴을 바라보았다.

"어떻게 알았어?"

"반원들 생일은 다 알죠. 내 밑에서 일하는 사람들인데."

보슈는 고개를 끄덕였다. 자기와 '함께' 일한다고 하면 좋을 것을 자기 '밑에서' 일한다니 듣기 거북했다.

"고마워." 보슈가 말했다.

마침내 오툴이 진짜로 자리를 떴다. 보슈는 전담반 사무실이 비어있고, 오늘이 그의 생일이라는 말을 들은 사람이 아무도 없어서 다행이라고 생각했다. 그의 나이가 되면 생일이라는 말 끝에는 정년퇴직에 관한 질문이 쏟아질 수 있었다. 정년퇴직은 그가 웬만하면 피하고 싶은 화제였다.

* * *

혼자 남은 보슈는 연대표를 만드는 작업부터 시작했다. 우선 예스페르센 피살사건을 쓰고 1992년 5월 1일이라고 사건발생일자를 적었다. 사망시각이 확정적이지 않고 4월 30일 늦은 시각에 살해됐을 수도 있었지만, 예스페르센의 시신이 발견된 날이 5월 1일이고 그날 살해됐을 가능성이 매우 높았기 때문에 공식적으로 5월 1일로 가기로 했다. 그 다음으로는 그 특정한 베레타 92 권총과 관련이 있거나 관련이 있을 가능성이 있는 모든 살인사건을 기록했다. 또한 갠트가 관련이 있을 것 같다고 생각하고 자료를 모아서 넘겨준 다른 두 사건도 포함시켰다.

보슈는 대다수의 동료들처럼 컴퓨터에 입력하지 않고 백지 한 장에 모든 살인사건을 기록했다. 그는 자기 방식을 고수했고 구체적인 문서를 원했다. 서류를 들고 연구하고 접어서 주머니에 넣고 다닐 수 있기를 바랐다. 그 문서와 더불어 살기를 바랐다.

그는 수사를 진행하면서 내용을 덧붙일 수 있도록 사건마다 주위에 여백을 많이 두었다. 그는 항상 이런 식으로 일했다.

1992년 5월 1일 – 안네케 예스페르센 – 67번가와 크렌쇼 사거리
(범인 미상)

1996년 1월 2일 – 월터 리지스 – 63번가와 브라이언 허스트 사거리
(범인 루퍼스 콜먼)

2003년 9월 30일 – 에디 본 – 68번가와 이스트파크 사거리
(범인 미상)

2004년 6월 18일 – 단테 스팍스 – 11번가와 하이드파크 사거리
(범인 미상)

2007년 7월 8일 – 바이런 베클즈 – 센티넬라파크와 스테프니 사거리
(범인 미상)

2009년 12월 1일 – 트루먼트 스토리 – W.76번가와 서클파크 사거리
(범인 미상)

목록에 나온 마지막 세 사건은 갠트한테서 받은 자료에 나온 사건으로 탄도학적 증거가 없는 것들이었다. 사건 목록을 뚫어지게 쳐다보던 보슈는 베레타 92년형을 사용한 것으로 알려져 있는 리지스 사건과 본 사건 사이에 7년의 시간차가 있다는 것에 주목하고, 전국범죄정보센터 데이터뱅크에서 뽑은 트루먼트 스토리에 관한 전과기록을 살펴보았다. 거기에

는 스토리가 가중폭행죄로 5년형을 선고받고 1997년에서 2002년까지 복역했다고 적혀 있었다. 스토리가 자기만 아는 장소에 총을 은닉했다면 무기를 사용하는데 있어 7년의 시간차가 있는 것은 설명이 되었다.

다음으로 보슈는 토머스 형제 지도책을 펴고 목록에 나온 살인사건이 일어난 장소를 지도에 연필로 표시해보았다. 앞의 살인사건 다섯 건은 그 두꺼운 지도책에서도 한 페이지 안에 다 들어갔다. 다섯 건 모두 롤링 식 스티즈 영역에서 발생했다. 마지막 사건인 트루먼트 스토리 피살사건은 지도책 다음 페이지로 넘어갔다. 스토리의 시신은 서클파크 안 인도에서 발견됐는데, 그곳은 세븐 트레이즈의 심장부였다.

보슈는 지도책 페이지를 앞뒤로 넘겨가면서 오랫동안 지도를 살펴보았다. 그는 스토리의 시신이 유기되었을 가능성이 높다는 조디 갠트의 말을 고려해볼 때 목록에 오른 여섯 건의 살인사건이 아주 작은 지역에서 집중해서 발생했다고 결론지었다. 여섯 건의 살인사건에 하나의 총이 사용되었을 가능성이 높았다. 그리고 이 모든 일은 나머지 다섯 건과는 전혀 어울리지 않는 하나의 살인사건에서 비롯되었다. 보도사진작가 안네케 예스페르센이 머나먼 타국에서 살해된 사건.

"백설 공주." 보슈가 중얼거렸다.

그는 예스페르센 피살사건 파일을 펼쳐 기자출입증에 붙어있는 그녀의 사진을 바라보았다. 그녀가 거기서 혼자 무엇을 하고 있었는지 그리고 무슨 일이 일어났는지 상상조차 할 수 없었다.

보슈는 책상 한 구석에 놓인 블랙박스를 자기 쪽으로 끌어왔다. 상자를 열려는 순간 휴대전화벨이 울렸다. 1년 가까이 만나고 있는 연인 해나 스톤의 이름이 액정화면에 떠있었다.

"생일 축하해요, 해리!"

"어떻게 알았어?"

"작은 새가 말해주던데요."

그의 딸한테 들었다는 이야기였다.

"자기 일이나 잘 할 일이지."

"이게 자기 일이지 누구 일이에요. 오늘 밤엔 매디가 당신을 독차지하려고 할 테니까, 생일맞이 점심 어떤가 해서 전화했어요."

보슈는 손목시계를 보았다. 벌써 정오였다.

"오늘?"

"당신 생일이 오늘 아니에요? 좀 더 일찍 전화하려고 했는데 집단상담이 늦게 끝났어요. 어때요? 이 도시에서 제일가는 타코 트럭이 이 근처에 있는데."

보슈는 샌쿠엔틴 일을 그녀에게 알려야 한다고 생각했다.

"제일가는지 어떤지는 모르겠는데, 차가 많이 안 밀리면 20분 안에 갈수 있을 거야."

"좋아요."

"이따 만나."

보슈는 전화를 끊고 책상에 놓인 블랙박스를 바라보았다. 점심 먹고 와서 살펴봐야겠다고 생각했다.

* * *

그들은 타코 트럭 대신 앉아서 먹는 식당에 가기로 결정했다. 파노라마 시티에는 고급 식당이 없었기 때문에 밴나이스로 내려와 법원 지하 카페에서 점심을 먹었다. 이곳도 고급 식당은 아니었지만, 나이든 재즈피아니스트가 구석에 놓인 소형 그랜드피아노를 연주했다. 그것은 보슈가 알고 있는 이 도시의 비밀들 중 하나였다. 해나가 아주 좋아했다. 그들은 피아노 근처에 있는 테이블에 앉았다.

그들은 칠면조 샌드위치 한 개를 나눠 먹었고 수프는 따로 시켜 먹었다. 대화 중에 생기는 침묵을 음악이 자연스럽게 메워주고 있었다. 보슈는 해나와 편안하게 함께 있는 법을 배워가고 있었다. 그는 1년 전에 사건을 수사하다가 그녀를 만났다. 그녀는 교도소에서 출소한 성범죄자들의 사회적응을 돕는 심리치료사였다. 힘든 일이었고, 그녀는 그 일을 하면서 보슈가 그랬듯 세상의 어두운 면을 알게 되었다.

"며칠 동안 연락도 없고." 해나가 말했다. "어떻게 지냈어요?"

"아, 사건 때문에. 총을 걸게 하고 있었지."

"그게 무슨 말이에요?"

"사건에서 사건으로 또 그 다음 사건으로 옮겨 다니면서 총이 가진 연관성을 알아보는 걸 총을 걸게 한다고 말해. 우리가 총을 갖고 있지 않지만 탄도학적 증거들이 사건들을 연결시켜줄 때가 있거든. 세월을 뛰어 넘어 여러 지역의 여러 피해자들을 연결시켜줄 때가 있어. 그런 사건을 '건워크(gun walk)', 즉 '총이 걸어 다니는 사건'이라고 해."

보슈는 여기까지 말하고 입을 다물었고 해나 스톤은 고개를 끄덕였다. 그녀는 보슈가 자기 일에 관해서는 말을 아낀다는 것을 알고 있었다.

보슈는 피아노맨이 연주하는 〈무드 인디고〉를 끝까지 다 듣고 나서 목소리를 가다듬었다.

"어제 당신 아들을 만났어, 해나." 그가 말했다.

보슈는 그 이야기를 어떻게 꺼낼까 고민하다가 그냥 단도직입적으로 말해버렸다. 스톤이 수프 숟가락을 접시에 내려놓자 쩽그랑 하는 날카로운 소리가 났고 피아노맨이 이 소리에 놀라 잠시 건반에서 손을 뗐다.

"무슨 말이에요?" 스톤이 물었다.

"샌쿠엔틴에 출장 갔었어." 보슈가 말했다. "아까 말했던 총이 걸어 다니는 사건 때문에 누굴 만나야 했거든. 만나고 나서 시간이 좀 남아서 당신 아들 면회를 신청했지. 겨우 10분에서 15분 정도 함께 있었어. 내가 누군지 말했더니 당신한테서 내 얘기 들었다고 하더라고."

스톤은 멍하니 허공을 응시했다. 보슈는 자신이 경솔했다는 것을 깨달았다. 그녀의 아들은 비밀이 아니었다. 두 사람은 그 아들에 대해 길게 이야기를 나누었다. 보슈는 그 아들이 강간죄로 복역 중인 성범죄자라는 사실을 알고 있었다. 그 아들의 범죄는 그의 어머니를 비탕 끝으로 내몰았지만 그녀는 자기 전문분야를 바꿈으로써 살길을 찾았다. 그녀는 가족 치료에서 자기 아들 같은 성범죄자들 치료로 전문분야를 바꾸었다. 그리고 그 일 덕분에 그녀는 보슈와 만날 수 있었다. 보슈는 그녀가 자기 삶에 들어와 준 것에 감사했고 그 음울한 아이러니를 받아들였다. 그 아들이 그런 끔찍한 범죄를 저지르지 않았다면 보슈는 그 어머니를 만나지 못했을 것이다.

"미리 말을 하고 갈 걸 잘못했군." 보슈가 말했다. "미안해. 근데 걔를 만날 시간이 있을지 없을지 알 수가 없었어. 예산이 삭감돼서 하룻밤 자고 오는 게 허용이 안 되거든. 당일치기로 갔다 와야 돼. 그래서 알 수가 없었어."

"어떻든가요?"

목소리에서 어머니의 두려움이 느껴졌다.

"괜찮아 보였어. 괜찮냐고 물었더니 괜찮다고, 잘 있다고 하더라고. 걱정할 건 없어 보였어, 해나."

그녀의 아들은 포식자와 먹이가 공존하는 곳에 살았다. 그는 덩치가 크지 않았다. 강간할 때도 피해자를 힘으로 제압한 것이 아니라 약을 먹였었다. 그러나 교도소에서는 전세가 역전되어 그가 먹이가 되어 괴롭힘을 당하는 일이 잦았다. 해나 스톤은 이런 사실을 보슈에게 털어놓았었다.

"그 얘긴 그만 하자." 보슈가 말했다. "알아두는 게 좋겠다 싶어서 그냥 말한 거야. 진짜 계획한 일이 아니었어. 시간이 남아서 면회 신청을 했더니 만나게 해주더라고."

스톤은 처음에는 잠자코 있더니, 잠시 후 갑자기 다급한 어조로 말했다.

"아뇨, 얘기해줘요. 그 아이가 무슨 말을 했는지, 당신이 무엇을 보았는지, 하나도 빼지 말고 다 얘기해줘요. 걔는 내 아들이에요, 해리. 걔가 무슨 짓을 저질렀든, 내 아들이라고요."

보슈는 고개를 끄덕였다.

"당신에게 사랑한다고 전해 달랬어."

5

보슈가 점심 식사를 마치고 미제사건 전담반 사무실로 돌아와 보니 동료들도 모두 돌아와 앉아있었다. 블랙박스는 보슈가 놓아둔 자리에 그대로 있었고, 파트너는 칸막이 공간 안 자기 책상 앞에 앉아서 컴퓨터 자판을 두들기고 있었다. 추가 컴퓨터 화면에서 고개를 들지도 않은 채 말했다.

"안녕하십니까, 보슈 형사님."

"안녕."

보슈는 자리에 앉아서 추가 생일축하인사를 하기를 기다렸지만 추는 아무 말도 하지 않았다. 두 사람의 책상은 칸막이 양쪽 벽에 붙여져 놓여 있어서 둘은 서로를 등지고 일했다. 보슈가 경찰로 일한 세월의 대부분을 보냈던 옛 경찰국 본부 건물인 파커 센터에서는 책상을 맞붙여놓고 파트너들이 서로를 마주보며 일했다. 보슈는 서로 등지고 있는 게 더 좋았다. 사생활이 더 보장되는 느낌이었다.

"그 검은 상자는 뭡니까?" 보슈의 등 뒤에서 추가 물었다.

"롤링 식스티즈 애들 불심검문 카드. 지푸라기라도 잡는 심정으로 갖고 온 거야, 뭐라도 튀어나오기를 바라면서."

"아, 예, 행운을 빕니다."

보슈와 추는 2인 1조로 같은 사건을 배정받았지만 업무를 분담해서 각자 수사를 하다가, 잠복근무나 수색영장 집행과 같은 현장근무를 나갈 땐 함께 나갔다. 용의자 체포도 물론 함께 했다. 이렇게 하다 보니 서로의 업무를 파악하고 이해하는 일이 중요해졌다. 보통 그들은 월요일 아침에 함께 커피를 마시면서 자기가 맡은 수사의 진척상황을 서로에게 알려주곤 했다. 보슈는 전날 오후 샌프란시스코 공항에서 탑승수속을 하면서 추에게 전화를 걸어 샌쿠엔틴 출장 결과에 대해 간략히 설명해주었었다.

보슈는 상자를 열고 두꺼운 불심검문 카드 뭉치를 물끄러미 바라보았다. 자세히 살펴보자면 오후는 물론이고 저녁때까지도 읽어야 할 것 같았다. 그건 상관없었지만 그는 성격이 급한 사람이기도 했다. 벽돌 같은 3×5카드 뭉치를 꺼내 재빨리 넘겨보니 상자 라벨에 적힌 대로 4년간의 검문 카드가 연대순으로 정리되어 있었다. 그는 먼저 안네케 예스페르센이 살해당한 연도에 집중하기로 했다. 그래서 1992년 카드 뭉치를 따로 떼어내 읽기 시작했다.

카드 한 장을 소화하는 데는 몇 초밖에 걸리지 않았다. 성명, 가명, 주소, 운전면허번호와 기타 사항이 적혀 있었고, 검문을 실시한 순경이 피검문자와 함께 있던 다른 조직원의 이름을 적어놓은 경우도 종종 있었다. 보슈는 몇몇 이름들이 피검문자 혹은 피검문자와 함께 있던 동료로 카드에 반복적으로 등장하는 것을 알아차렸다.

보슈는 검문카드에 적힌 검문장소와 피검문자의 운전면허증에 기재된 주소 등 모든 주소를 토머스 형제 지도에 표시했다. 그가 이미 베레타 92년형 권총을 사용한 살인사건 발생 장소를 표시해놓은 지도였다. 그는 검문카드 내용 중 살인사건 연대표 살인사건목록에 적어놓은 여섯 건의 살인사건과 밀접한 관련이 있는 것들을 찾고 있었다. 그런 것들이 여러 개 있었고 대개는 그 이유가 분명했다. 여섯 건의 살인사건 중 두 건은 마약밀매가 공공연히 이루어지던 거리의 길모퉁이에서 발생했다. 순경들과 크래쉬(CRASH) 형사들이 그런 장소에 모여 있는 조직폭력배들을 검문하는 것은 당연한 일이었다.

검문카드를 훑어보기 시작한지 두 시간이 넘어가면서 카드 내용을 지도에 표시하는 반복작업으로 인해 능과 목이 뻣뻣해질 즈음, 보슈는 눈이 번쩍 뜨이는 것을 발견했다. 검문카드에 롤링 식스티즈의 '애기' 조직원이라고 적힌 십대 소년이 1992년 2월 9일 플로렌스와 크렌쇼 사거리를 배회하다가 검문을 받았다. 운전면허증에 적힌 본명은 찰스 윌리엄 워시번이었다. 카드에는 조직원들끼리 부르는 그의 별명이 '투 스몰(2 Small)'이라고 적혀 있었다. 키 160센티미터에 16세인 워시번은 벌써 왼쪽 이두박근에 롤링 식스티즈 소속임을 밝히는 문신을 하고 있었다. 묘비에 60이라는 숫자가 적힌 문신이었는데, 죽을 때까지 롤링 식스티즈에 충성을 다하겠다는 뜻을 담고 있었다. 보슈의 관심을 끈 것은 운전면허증에 적힌 주소였다. 찰스 '투 스몰' 워시번은 웨스트 66번지에 살았는데, 보슈가 지도에서 그 주소를 찾아보니 안네케 예스페르센이 피살된 골목에 있는 집이었다. 워시번은 예스페르센의 시신이 발견된 장소에서 15미터도 채 떨어지지 않은 곳에 살고 있었던 것이다.

보슈는 조직범죄 전담반에서 일해본 적은 없지만 그동안 폭력조직 관련 살인사건을 여러 건 수사한 경험이 있었다. 그래서 '애기' 조직원이란 조직원이 되기 위한 준비단계에 있고 아직 공식적으로 입회는 되지 않은 청소년이라는 사실을 알고 있었다. 조직에 가입하기 위해서는 입회비가 필요했는데, 입회비는 보통 조직에 대한 자부심이나 충성을 보여주는 행동이었다. 보통 이것은 폭력행위를 의미했고, 심지어 살인을 의미할 때도 있었다. 살인전과가 있는 사람은 곧장 정식 조직원으로 승격되었다.

보슈는 의자에 등을 기대고 앉아 뭉친 어깨 근육을 풀려고 스트레칭을 했다. 그러면서 찰스 워시번에 대해 생각해보았다. 1992년 초 워시번은 조직폭력배가 되고 싶은 십대 청소년이었다. 정식 조직원이 되기 위한 기회를 호시탐탐 노리고 있었을 것이다. 순경이 플로렌스와 크렌쇼 사거리에서 그를 불심검문한 지 3개월도 채 안 되어 그의 동네에서 폭동이 일어나고 그의 집 뒷골목에서 보도사진 기자가 바로 얼굴 가까이에서 총을 맞고 살해된다.

너무나 기막힌 우연의 일치라서 무시해버릴 수가 없었다. 보슈는 20년 전 폭동범죄 전담반이 작성한 예스페르센 피살사건 파일을 집어 들었다.

"추, 이름 하나만 검색해줄래?" 보슈가 파트너를 돌아보지도 않은 채 물었다.

"잠깐만요."

추는 컴퓨터를 다루는 손길이 번개처럼 빨랐다. 반면에 보슈의 컴퓨터 실력은 형편없었다. 그래서 전국범죄정보센터 데이터베이스에서 이름을 검색하는 일은 보통 추가 맡아서 했다.

보슈는 살인사건 파일의 페이지를 넘기기 시작했다. 사건 발생 당시 전면적인 수사는 이루어지지 못했지만, 골목길 담을 따라 늘어선 집들을 찾아가 탐문 수사를 하기는 했었다. 그는 얇은 보고서 뭉치를 발견하고 이름들을 읽기 시작했다.

"네, 말씀하세요." 추가 말했다.

"찰스 윌리엄 워시번. 생년월일 1975년 7월 4일."

"헐, 7월 4일생."

보슈는 파트너의 손가락이 자판 위를 날아다니는 소리를 들으면서, 워시번의 주소지인 웨스트 66번지에 대한 탐문 수사 보고서를 찾아냈다. 예스페르센이 살해되고 50일이 지난 1992년 6월 20일, 형사 두 명이 그 집을 방문했고 그 집에 살고 있는 모녀—메리언 워시번(54세)과 리타 워시번(34세)—와 이야기를 나누었다. 모녀는 5월 1일 골목에서 있은 총격 사건에 관해서 아무런 정보도 주지 않았다. 탐문 수사는 우호적으로 진행됐고 금방 끝이 났으며 보고서에는 단 한 문단으로 요약되어 있었다. 그 집에 그 가족의 3대가 살고 있다는 언급은 없었다. 찰스 워시번이라는 16세 소년에 관해서는 한마디도 언급이 없었다. 보슈는 살인사건 파일을 탁 소리가 나게 덮었다.

"찾았습니다." 추가 말했다.

보슈가 돌아앉아 파트너의 등을 쳐다보았다.

"말해봐, 뭔지."

"찰스 윌리엄 워시번, 일명 투 스몰, 숫자 투(two). 전과가 꽤 많은데요. 주로 마약 전과지만, 폭행도 있고……. 아동을 위험에 빠뜨린 혐의도 있네요. 가만있어 보자, 징역살이를 두 번 하고 지금은 나와 있는데, 7월부터 수배 중입니다. 양육비 미지급으로 영장이 발부됐고요. 행방이 묘연하네요."

추가 보슈를 돌아보았다.

"누굽니까, 보슈 형사님?"

"만나봐야 할 사람. 그거 인쇄 좀 해줄래?"

"네, 바로 해드릴게요."

추는 전국범죄정보센터 데이터를 전담반 공용 프린터로 전송했다. 보슈는 휴대전화에 비밀번호를 입력한 후 조디 갠트에게 전화를 걸었다.

"찰스 '투 스몰' 워시번. 투는 숫자 투. 알아?"

"'투 스몰'이라……어, 잠깐만."

상대편이 갑자기 조용해졌고, 보슈가 일 분 가까이 기다리자 갠트가 돌아왔다.

"찾아보니 있네. 식스티즈 조직원이야, 피라미드에서 맨 밑에 있는 놈. 당신이 찾는 간부급이 아닌데. 그 이름은 어디서 났어?"

"블랙박스에서. 92년에 놈은 예스페르센 피살사건 현장에 있는 벽 반대쪽에 살고 있었어. 당시엔 열여섯 살이었고 식스티즈에 들어가려고 애를 쓰고 있었던 것 같고."

보슈가 말하는 동안 수화기 너머로 자판 두드리는 소리가 들렸다. 갠트가 계속 찾아보고 있었다.

"새크라멘토 가정법원에서 체포영장이 발부됐네." 갠트가 말했다. "전처한테 양육비를 지급하지 않아서. 알려진 마지막 주소지는 66번지의 그 집이고. 근데 그게 4년 전 정보야."

사우스 LA에서 양육비 떼어먹는 아빠에 대한 체포영장은 거의 의미가 없다는 것을 보슈는 알고 있었다. 언론의 주목을 받는다면 또 몰라도 그렇지 않으면 보안관국 수사관들의 관심을 끌지 못할 것이다. 워시번이 다시 법집행기관과 얽혀서 그 이름을 검색하게 되기 전에는 데이터뱅크에서 잠자고 있을 영장이었다. 그가 납죽 엎드려 있는 동안은 잡히지 않을 것이다.

"그 집 찾아가서 내 운이 어떤지 알아봐야겠다." 보슈가 말했다.

"지원 필요해?" 갠트가 물었다.

"아냐, 파트너 있어. 그래도 순찰 중인 순경들한테 공지 좀 띄워줘."

"알았어. 투 스몰에 대해 알려놓을게. 사냥 즐겁게 해, 해리. 잡았거나, 혹시 내가 필요하면 연락해."

"그래, 그럴게."

보슈는 전화를 끊고 추를 돌아보았다.

"나갈 준비 됐어?"

추는 찌푸린 얼굴로 마지못해 고개를 끄덕였다.

"4시까진 돌아올 수 있을까요?"

"모르지 뭐. 놈이 거기 있으면 시간이 좀 걸릴 수도 있어. 다른 사람 찾아볼까?"

"아뇨, 그냥 제가 오늘밤에 할 일이 좀 있어서."

보슈는 늦지 말고 저녁 식사 때에 맞춰 오라던 딸의 명령이 생각이 났다.

"뭐야, 데이트?" 그가 추에게 물었다.

"아뇨, 가시죠."

추가 자리에서 일어섰다. 사생활에 대한 질문에 대답하느니 외근을 나가고 싶은 모양이었다.

* * *

워시번의 집은 작은 목장주택으로, 잔디밭에는 잔디가 듬성듬성 나 있었고 진입로에는 중요한 부품은 다 사라지고 고물이 된 포드 자동차가 서 있었다. 보슈와 추는 집 주위를 빙빙 돌다가 집 앞에 차를 세웠고, 집 뒷마당의 서쪽 모퉁이에서 불과 5~6미터 떨어진 곳이 안네케 예스페르센이 벽에 기대 무릎 꿇려진 채 사살된 지점이라는 사실을 알아차렸다.

보슈는 현관문을 세게 두드린 후 계단 옆쪽으로 비켜섰다. 추는 반대편으로 비켜섰다. 현관문 앞에는 쇠창살로 된 보안문이 달려 있었고 보안문은 잠겨있었다.

마침내 현관문이 열리고 20대 중반의 여자가 보안문 창살 사이로 그들을 바라보았다. 그녀 옆에는 작은 사내아이가 한 팔로 그녀의 넓적다리를 감싸 안고 있었다.

"무슨 일이세요? 경찰 안 불렀는데." 보슈와 추가 경찰인 것을 알아보고 여자가 쌀쌀맞게 말했다.

"찰스 워시번을 찾고 있는데요." 보슈가 말했다. "주소지가 여기로 나와 있던데. 지금 집에 있어요?"

여자가 갑자기 꺅 소리를 질렀고, 2~3초 지나고 나서야 보슈는 그것이 웃음소리라는 것을 깨달았다.

"부인?"

"지금 투 스몰 말씀하시는 거예요? 그 찰스 워시번이요?"

"맞아요. 지금 집에 있어요?"

"아니, 어떻게 여기 있겠어요. 하여튼 경찰은 멍청이들이라니까. 나한테 빚진 게 있는데, 여기 있겠어요? 여기 발을 들여놓으려면 돈부터 갖고 오라 그래요."

이제야 보슈는 그녀의 말뜻을 이해했다. 그는 문간에 서 있는 사내아이를 내려다보다가 다시 고개를 들고 여자를 바라보았다.

"실례지만 부인 이름은?"

"레티샤 세틀즈예요."

"아들 이름은?"

"찰스 주니어."

"이 아이 아빠 찰스가 어디 있는지 알아요? 당신한테 양육비를 지급하지 않았기 때문에 체포영장을 발부받아서 지금 찾고 있는 건데."

"당연히 그래야죠. 그 인간이 차 타고 지나가는 걸 볼 때마다 신고해도 아무도 안 나타나고 아무 짓도 안 하더니, 이제야 경찰 아저씨들이 오셨네. 근데 그 인간 못 본 지 두 달 가까이 됐어요."

"뭐 들은 건 없어요, 레티샤? 찰스가 돌아다니는 걸 봤다는 사람이라도 있어요?"

그녀가 단호하게 고개를 가로저었다.

"사라졌어요."

"찰스 어머니와 할머니는? 이 집에 살았었는데."

"할머니는 돌아가셨고 어머니는 오래전에 랭커스터로 이사 가셨어요. 여길 떴다고요."

"찰스가 엄마 보러 자주 가나?"

"모르죠. 예전에는 생신 때마다 갔는데. 지금은 그 인간 죽었는지 살았는지. 내가 아는 건 내 아들이 치과도 다른 병원도 못 가고, 새 옷을 한 번도 입어본 적이 없다는 거예요."

보슈는 고개를 끄덕였다. 그리고 아빠도 없고, 그는 생각했다. 찰스 위시번을 체포한다면 그것은 양육비를 지급하게 하기 위해서가 아니라는 것은 말하지 않았다.

"레티샤, 좀 들어가도 돼요?"

"왜요?"

"그냥 좀 둘러보려고, 이 집이 안전한지 확인하려고."

그녀가 쇠창살을 쾅 하고 쳤다.

"안전하니까 걱정 마세요."

"그래서, 들어가면 안 된다고?"

"안돼요. 집이 너무 엉망이라 아무도 안 보여주고 싶어요."

"좋아요, 그럼 뒷마당은? 거긴 가 봐도 되죠?"

여자는 그 질문에 어리둥절한 것 같았지만 잠시 후 어깨를 으쓱거렸다.

"그러시든가요. 근데 거기도 없을걸요."

"집 뒷문은 안 잠겨 있나?"

"문이 부서졌어요."

"그렇군. 좀 둘러보고 올게요."

보슈와 추는 현관 앞을 떠나 진입로로 걸어갔다. 진입로는 집 옆으로 이어지다가 나무 울타리 앞에서 끝이 났다. 추가 출입문을 들어 녹슨 경첩 위에 올려놓고 지탱하면서 문을 열었다. 두 사람은 뒷마당으로 들어갔다. 뒷마당에는 낡고 부서진 장난감과 가구가 나뒹굴고 있었다. 한쪽 편에 식기세척기가 놓여있었고, 보슈는 그것을 보자 20년 전 이 옆 골목길에 완전히 망가진 가전제품들이 마구 쌓여있었던 것이 기억이 났다.

그 집의 왼쪽에 예전에 타이어 가게였던 곳의 뒤쪽 담이 있었다. 보슈는 마당과 골목을 나누는 그 담으로 다가갔다. 담이 너무 높아 넘겨다 볼 수가 없어서, 그는 뒷바퀴 한 개가 사라진 세발자전거를 벽에 갖다 댔다.

"조심하세요, 보슈 형사님." 추가 말했다.

보슈는 세발자전거 안장에 한 발을 올려놓고 담 꼭대기를 잡고 자전거 위로 올라섰다. 그러고는 20년 전 안네케 에스페르센이 살해된 지점을 담 너머로 바라보았다.

잠시 후 보슈는 땅으로 내려서서 벽을 따라 걷기 시작했다. 그러면서 한 손으로 벽을 이루는 널빤지를 누르면서 헐거운 널빤지나 골목으로 손쉽게 드나들 수 있는 비밀통로가 있는지 찾아보았다. 그렇게 2/3쯤 갔을 때 그가 누른 널빤지 한 개가 탁 하고 뒤로 밀렸다. 보슈는 걸음을 멈추고 자세히 살펴보다가 그 널빤지를 자기 쪽으로 잡아당겼다. 그것은 위나 아래쪽 가로대에 붙어있지 않았다. 보슈가 그 널빤지를 벽에서 손쉽게 떼어내자 너비 25센티미터 정도의 개구멍이 생겼다.

추가 옆으로 다가와 그 구멍을 살펴보았다.

"체구가 작은 사람은 쉽게 통과해서 골목으로 나갈 수 있겠는데요." 추가 말했다.

"나도 그렇게 생각해." 보슈가 대꾸했다.

그것은 분명한 사실이었다. 문제는 그 널빤지가 세월이 흐름에 따라 헐거워진 것인가 아니면 16세의 애기 조직원 찰스 '투 스물' 워시번이 폭력조직의 정식 조직원이 되는 것을 꿈꾸며 여기 살았을 때 사용했던 비밀 통로였는가 하는 점이었다.

보슈는 추에게 그 개구멍을 휴대전화로 사진 찍으라고 말했다. 나중에 인화해서 사건 파일에 넣어둘 생각이었다. 그는 널빤지를 제자리에 다시 넣고 돌아서서 마당을 다시 한 번 둘러보았다. 레티샤 세틀즈가 집의 열려있는 뒷문 안에 서서 또다른 보안문의 쇠창살 사이로 그를 보고 있었다. 그녀는 보슈와 추가 양육비 미지급 문제로 찰스를 찾는 것이 아닌 것 같다고 생각하고 있을 것이 틀림없었다.

6

보슈가 집에 돌아와 보니 식탁에는 생일 케이크가 놓여있었고 딸은 부엌에서 요리책을 보면서 저녁 식사를 준비하고 있었다.

"우와, 냄새 좋은데." 그가 말했다.

그는 예스페르센 피살사건 파일을 옆구리에 끼고 있었다.

"부엌에 들어오지 마, 아빠." 딸이 말했다. "준비됐다고 할 때까지 테라스에 나가 있어. 그 일거리는 책꽂이에 두고. 식사 끝날 때까지 만이라도. 음악도 틀고."

"네, 대장님."

식탁에는 두 사람을 위해 식기가 차려져 있었다. 보슈는 살인사건 파일을 식탁 뒤에 있는 책장 책꽂이에 놓은 후 스테레오를 켜고 CD 서랍을 열었다. 딸이 벌써 CD 트레이에 그가 좋아하는 CD 다섯 장을 넣어두었다. 프랭크 모건, 조지 케이블스, 아트 페퍼, 론 카터, 셀로니우스 몽크. 보슈는 무작위 연주로 설정한 뒤 테라스로 나갔다.

테라스 테이블 위, 얼음을 채운 흙 화분 속에는 팻타이어 병맥주 한 병이 그를 기다리고 있었다. 그는 어리둥절했다. 팻타이어는 그가 좋아하는 맥주이긴 하지만 집에 술을 사다 놓은 것이 거의 없었고 최근 맥주를 산 일도 전혀 없었다. 열여섯 살인 딸은 나이가 들어 보이기는 하지만 운전 면허증을 제시하지 않고 맥주를 살 만큼 나이가 들어 보이지는 않았다.

그는 병마개를 따고 한 모금 쭉 들이켰다. 얼음처럼 차가운 맥주가 짜 릿하게 넘어가는 느낌이 좋았다. 총을 걸게 하고 찰스 워시번을 향해 수 사망을 좁혀가느라고 분주하게 하루를 보낸 후에 느끼는 기분 좋은 휴식 이었다.

조디 갠트의 도움을 받아 미리 계획을 짜두었다. 내일 마지막 점호 때 까지는 사우스 지국의 모든 순경들과 조직범죄 전담반 형사들이 워시번 의 사진을 보고 워시번이 최우선 체포 대상자라는 사실을 고지받을 것이 다. 먼저 내세울 체포이유는 양육비 미지급에 따른 체포영장 발부가 되겠 지만, 일단 워시번이 구금되고 나면 보슈에게 통지가 될 것이고 그러면 전혀 다른 이야기 거리를 가지고 워시번을 찾아갈 예정이었다.

그러나 수배 전단에만 의지할 수는 없었다. 보슈가 해야 할 일이 있었 다. 그는 수사 자료를 샅샅이 훑으면서 워시번이 언급된 부분이 있는지 찾고 자신이 놓쳤거나 끝까지 찾아보지 못한 다른 어떤 것이 있는지 찾아 볼 계획을 세웠다. 그러느라 자기 생일이라는 것도 까맣게 잊은 채 살인 사건 파일을 들고 퇴근을 한 것이다.

그러나 지금은 그 계획을 수정하고 있었다. 딸이 그의 생일을 맞아 저 녁 식사를 준비하고 있으니, 먼저 생일상부터 받아야 했다. 세상에서 딸 의 온전한 관심을 받는 것보다 더 좋은 것은 아무것도 없었다.

보슈는 맥주를 들고 서서 20년 이상 살아온 협곡의 풍경을 바라보았 다. 그는 그 협곡의 색깔과 윤곽을 눈을 감고도 그릴 수 있었다. 언덕 밑 고속도로에서 올라오는 소음을 알고 있었다. 코요테들이 더 깊은 숲속으 로 들어갈 때 이용하는 길을 알고 있었다. 그리고 자신은 이곳을 결코 떠나고 싶지 않다는 것을 알고 있었다. 죽을 때까지 여기서 살 작정이었다.

"아빠, 준비됐어. 맛있어야 할 텐데 모르겠어."

보슈가 돌아섰다. 어느새 매디가 테라스 문을 열고 그를 보고 있었다. 그는 미소를 지었다. 매디는 부엌에서 나와 특별한 저녁 식사를 위해 예쁜 원피스로 갈아입은 모습이었다.

"기대가 되는데." 보슈가 말했다.

음식이 벌써 식탁에 차려져 있었다. 구운 감자와 사과 소스를 곁들인 폭찹 스테이크. 식탁 한쪽에는 수제 케이크가 놓여있었다.

"마음에 들길 바래, 아빠." 식탁 앞에 앉으면서 매디가 말했다.

"냄새도 좋고 보기도 좋은데." 보슈가 말했다. "틀림없이 맛도 있을 거야."

보슈는 함박웃음을 지었다. 매디가 아빠와 같이 살기 시작한 이후로 맞았던 지난 두 번의 아빠 생일 때는 이렇게까지 신경을 쓰지는 않았었다.

매디가 닥터페퍼를 가득 따른 자신의 와인 잔을 들었다.

"건배해, 아빠."

보슈는 마시고 있던 맥주병을 들었다. 벌써 거의 비어 있었다.

"맛있는 음식과 좋은 음악을 위하여, 그리고 무엇보다도 이렇게 함께 있어 주는 사랑하는 우리 딸을 위하여, 건배."

둘은 잔을 부딪쳤다.

"냉장고에 맥주 더 있어, 아빠." 매디가 말했다.

"응. 근데 어디서 난 거야?"

"걱정하지 마, 다 방법이 있으니까."

매디가 모사꾼처럼 눈을 가늘게 떴다.

"그걸 걱정하는 거야."

"아빠, 잔소리는 거기까지. 내가 만든 음식 맛있게 먹어줄 수 없어?"

보슈는 고개를 끄덕였다. 이 이야기는 잠시 접어둘 생각이었다.

"당연히 있지."

그는 음식을 먹기 시작했다. 스테레오에서는 〈헬렌의 노래〉가 나오고 있었다. 아름다운 곡이었고 조지 케이블스가 그 곡에 담은 사랑을 느낄 수 있었다. 보슈는 항상 헬렌이 아내나 여자 친구일 거라고 추측했다.

재빨리 튀겨낸 맛있는 돼지고기와 사과의 만남은 환상이었다. 보슈는 시판 사과 소스라고 생각했었는데 아니었다. 시판 소스를 사서 한 거라면 너무 쉬웠을 것이다. 이것은 매디가 사과를 살아 스토브에서 오래도록 뭉근하게 조린 것이었다. 듀파스에서 파는 애플파이의 소처럼.

보슈의 입가에 미소가 돌아왔다.

"이거 진짜 맛있다. 고마워, 매디."

"평가는 케이크를 맛볼 때까지 기다려. 마블 케이크야, 아빠처럼."

"내가 왜 마블 케이크야?"

"빛과 어둠이 섞여 있잖아. 아빠가 하는 일 때문에, 아빠가 본 것들 때문에."

보슈는 딸이 한 말을 곱씹어 보았다.

"이제까지 누가 나에 관해 한 말들 중에 가장 심오한 말인 것 같다. 마블 케이크 같다고 한 말."

두 사람은 웃음을 터뜨렸다.

"선물도 있어!" 매디가 외쳤다. "근데 시간이 없어서 포장을 못 했으니까, 이따가 줄게."

"우와, 정말 애썼구나. 고맙다, 딸."

"아빠도 항상 나를 위해 애쓰잖아."

그 말에 보슈는 뭉클한 느낌이 들었다.

"그렇다면 다행이고."

* * *

식사를 마친 보슈 부녀는 소화 좀 시키고 나서 마블 케이크를 공략하기로 했다. 매들린은 선물을 포장한다고 자기 방으로 들어갔고 보슈는 살인 사건 파일을 책꽂이에서 내렸다. 그러고는 소파에 앉는데 커피 탁자 옆 바닥에 딸의 책가방이 놓여있는 것이 보였다.

보슈는 딸이 잠자리에 들 때까지 기다릴까 잠깐 고민했다. 그러나 딸이 배낭을 방으로 가지고 들어가서 방문을 닫으면 그다음에는 어쩔 수가 없었다.

그는 기다리지 않기로 했다. 손을 뻗어 배낭 앞쪽 작은 주머니의 지퍼를 열었다. 딸의 지갑이 맨 위에 놓여있었다. 핸드백을 따로 들고 다니지 않으니까 지갑이 거기 있는 게 당연했다. 지갑 겉면에는 평화를 상징하는 문양이 자수로 새겨져 있었다. 그는 재빨리 지갑을 열고 내용물을 확인했다. 그가 비상시에 쓰라고 준 신용카드 한 장과 얼마 전에 딴 운전면허증이 들어있었다. 면허증의 생일을 확인해보니 맞게 나와 있었다. 그밖에도 영수증 두 장과 스타벅스와 아이튠즈의 기프트카드, 쇼핑몰 스무디 가게에서 찍어주는 펀치카드가 있었다. 열 잔을 마시면 다음 한 잔은 공짜로 주는 카드였다.

"아빠, 뭐해?"

보슈가 고개를 들었다. 딸이 거기 서 있었다. 포장한 생일선물을 한 손에 하나씩 들고 있었다. 포장지가 흰색과 검은색의 소용돌이무늬인 걸 보니 포장지도 마블 모양으로 신경 써서 골랐나 보았다.

"어, 돈은 좀 갖고 다니나 봤는데, 한 푼도 안 갖고 다니네."

"저녁 식사 준비하느라고 돈 다 썼어. 맥주 때문에 그러는 거지, 그치?"

"너한테 문제가 생길까 봐 그러는 거야, 매디. 대학에 지원할 때 이런 일로······."

"가짜 신분증 같은 거 없어. 맥주는 해나 아줌마한테 사달라고 했고. 됐어?"

매디가 커피 탁자 위로 선물을 툭 떨어뜨리고는 홱 돌아서서 복도로 사라졌다. 잠시 후 딸의 방문이 쾅 하고 닫히는 소리가 났다.

보슈는 잠깐 망설이다가 일어섰다. 복도를 걸어가 딸의 방문 앞에 서서 부드럽게 문을 두드렸다.

"저기, 매디, 나와라, 아빠가 미안해. 이 일은 잊어버리고 같이 케이크 먹자."

아무 대답이 없었다. 보슈가 손잡이를 돌리려 했지만 잠겨있었다.

"매디, 문 열어. 아빠가 미안해."

"케이크 아빠 혼자 먹어."

"너 없이 아빠 혼자 어떻게 먹냐. 매디, 미안해. 난 네 아빠야. 널 지키고 보호할 의무가 있어. 네가 스스로를 곤란에 빠뜨리지는 않았는지 확인하고 싶었어."

이번에도 아무 대답이 없었다.

"매디, 운전면허증을 딴 이후로 너 훨씬 더 자유로워졌잖아. 예전에는 아빠가 널 쇼핑몰까지 태워다주곤 했는데 이젠 네가 운전해서 가잖아. 나중에 너 자신에게 해가 될 수 있는 실수를 하지는 않았는지 확인하고 싶었어. 그래도 내 방식이 틀렸다는 건 알겠어. 미안하다. 사과할게. 응, 매디?"

"나 지금 이어폰 끼고 있어. 이제 아빠가 하는 말 안 들을 거야. 잘 자."

보슈는 어깨로 문을 쳐서 열고 싶은 마음이 굴뚝같지만 꾹 눌러 참았다. 대신 문에 이마를 대고 귀를 기울였다. 매디의 이어폰에서 금속성의 시끄러운 음악이 흘러나오는 것을 들을 수 있었다.

그는 거실로 돌아가 소파에 앉았다. 휴대전화기를 꺼내 LA 경찰국 철자법을 이용해 딸에게 사과 문자를 보냈다. 매디가 해독할 수 있다는 것을 알고 있었다.

Sam

Ocean

Robert

Robert

Young

Frank

Robert

Ocean

Mary

Young

Ocean

Union

Robert

David

Union

Mary

Boy

Adam

Sam

Sam

David

Adam

David

보슈는 딸의 답장을 기다렸지만 아무런 반응이 없자, 사건 파일을 집어 들고 일을 시작했다. 백설 공주 사건에 몰입하면 조금 전에 저지른 아버지로서의 실수를 잊을 수 있기를 바랐다.

살인사건 파일에서 가장 두꺼운 서류는 수사 일지였다. 담당 형사들이 취한 모든 조치를 일일이 기술해놓았을 뿐만 아니라, 사건과 관련한 모든 신고전화와 문의전화 내용까지도 기록해놓았기 때문이었다. 폭동범죄 전담반은 미제로 남은 예스페르센 피살사건에 대해 시민들의 주의를 환기시키기 위해 크렌쇼 대로에 세 개의 대형 광고판을 설치했다. 피의자 체포와 유죄평결에 이르게 하는 결정적인 제보자에게는 2만 5천 달러의 보상금을 지급하겠다고 약속했다. 그 광고판과 보상금 약속 덕분에 수백 건의 제보전화가 걸려왔는데, 신빙성이 있는 내용도 있었고 터무니없는 장난전화도 있었으며, 폭동 중에 수많은 흑인과 라틴계 시민이 피살된 사건들은 제쳐두고 백인 여자 피살사건에만 매달린다고 경찰을 비난하는 전화도 있었다. 폭동범죄 전담반 형사들은 걸려오는 모든 전화의 내용을 꼼꼼히 기록했고, 후속조치를 취한 경우 그 내용도 기록해놓았다. 보슈는 사건 파일을 처음 살펴볼 때 이 일지를 재빨리 훑어보았지만, 이젠 사건과 관련하여 특정 이름 몇 개를 확보한 상황이라 일지를 다시 한 번 자세히 살펴보면서 확보한 이름이 등장하는지 확인하고 싶었다.

다음 한 시간 넘게 보슈는 수십 쪽에 달하는 수사 일지를 샅샅이 훑었다. 그러나 찰스 워시번이나 루퍼스 콜먼, 트루먼트 스토리라는 이름은 어디에도 보이지 않았다. 제보내용 대다수는 아무 쓸모가 없는 것으로 보였고, 형사들이 그 제보들을 무시한 이유를 알 것 같았다. 다른 이름을 댄 제보자도 여러 명 있었지만 추가 수사를 통해 그 용의자들은 혐의가 없는 것으로 밝혀졌다. 익명의 제보자들이 무고한 사람을 용의자로 지목하는 경우가 많았는데, 혐의가 벗겨질 때까지 경찰이 그들을 수사하고 힘들게 할 것임을 알고 그러는 거였다. 그 살인사건과는 무관한 다른 일에 대한 보복행위였다.

1993년 폭동범죄 전담반이 해체되고 광고판이 사라지자 수사 일지에 올라오는 제보전화가 줄어들기 시작했다. 예스페르센 사건이 77번가 경찰서 강력반으로 이첩되고 나서는 더욱 드물어졌다. 예스페르센의 오빠 헨릭과 다수의 기자들이 가끔 전화를 걸어 수사 진행 상황을 물었을 뿐이었다. 그런데 거의 마지막에 올라온 내용 하나가 보슈의 관심을 끌었다.

예스페르센 피살사건 발생 10주년이 되던 2002년 5월 1일, 알렉스 화이트라는 사람이 경찰에 전화를 걸어온 것으로 수사 일지에 기록되어 있었다. 보슈에게는 생소한 이름이었다. 일지 속 그 이름 옆에는 지역 번호 209로 시작되는 전화번호가 적혀있었고 수사 진척을 묻는 전화였다고 기록되어 있었다. 사건이 종결되었는지 물었다고 했다.

화이트가 이 사건에 관심을 갖는 이유에 대해서는 아무런 설명도 나와 있지 않았다. 보슈는 화이트가 누군지 알지 못했지만 지역 번호에 호기심이 생겼다. LA 지역 번호가 아닌 것은 분명한데 어딘지 알 수가 없었다.

보슈는 노트북을 열고 구글로 지역 번호를 검색했고, 곧 그 번호가 캘리포니아주 센트럴밸리, 스태니슬라우스 카운티의 번호라는 것을 알아냈다. 로스앤젤레스에서 4백 킬로미터 정도 떨어진 곳이었다.

보슈는 손목시계를 보았다. 늦은 시각이었지만 너무 늦지는 않았다. 그는 수사 일지 속 알렉스 화이트라는 이름 옆에 적힌 전화번호로 전화를 걸었다. 벨이 한번 울린 뒤 녹음된 메시지로 넘어갔다. 여자가 상냥한 목소리로 말했다.

"센트럴밸리 최고의 존 디어(미국의 농기구, 트랙터 등 산업장비 제조업체—옮긴이) 대리점, 코스그로브 트랙터에 전화 주셔서 감사합니다. 저희 코스그로브 트랙터는 머데스토 크로우즈 랜딩 길 912번지에 위치해 있고 골든스테이트 고속도로에 인접해 있어 찾아오시기 편리합니다. 월요일부터 토요일까지 영업하며 영업시간은 오전 9시부터 오후 6시까지입니다. 메시지를 남기시면 저희 영업직원이 최대한 빨리 고객님께 연락드리겠습니다."

보슈는 다음날 영업시간에 다시 전화하기로 하고 삐 소리가 나기 전에 전화를 끊었다. 코스그로브 트랙터는 그 문의전화하고는 아무 관련이 없을 수도 있다는 것을 그는 알고 있었다. 2002년에는 그 전화번호가 다른 영업장이나 개인의 전화번호였을 수도 있었다.

"케이크 먹을 준비 됐어?"

보슈가 고개를 들었다. 어느새 딸이 방에서 나와 있었다. 지금은 긴 잠옷셔츠를 입고 있었다. 예쁜 원피스는 벽장에 걸려 있을 것이었다.

"그럼."

그는 사건 파일을 덮고 일어서면서 파일을 커피 탁자 위에 올려놓았다. 식당으로 향하면서 딸을 안으려고 했지만 매디는 슬며시 몸을 빼더니 부엌을 향해 돌아섰다.

"나이프랑 포크랑 접시 가져올게."

선물을 풀어보라고, 뭔지 확실히 알겠는 것부터 먼저 풀어보라고 부엌에서 매디가 소리쳤지만, 보슈는 딸이 돌아올 때까지 기다렸다.

매디가 케이크를 자르는 동안, 보슈는 넥타이가 들어있는 것이 분명한 길고 얇은 상자를 열었다. 매디는 그의 넥타이가 너무 촌스럽고 칙칙하다고 말하곤 했었다. 언젠가는 흑백 TV 시절의 TV 드라마 〈드래그넷〉에 나오는 넥타이 같다고 말한 적도 있었다.

상자 속에는 파란색과 녹색과 보라색의 홀치기염색 무늬가 있는 넥타이가 들어있었다.

"진짜 예쁘다." 보슈가 감탄하며 말했다. "내일 매고 출근해야겠다."

매디가 생긋 웃었고 보슈는 두 번째 선물로 관심을 돌렸다. 포장지를 벗기자 CD 케이스 여섯 장이 든 CD 박스가 나타났다. 최근에 발매된 아트 페퍼의 공연 실황녹음을 담은 CD 컬렉션이었다.

"〈비공개 작품〉." 보슈가 CD 박스에 적힌 제목을 읽었다. "CD 케이스가 여섯 장이나 되네. 이걸 어디서 찾았어?"

"인터넷." 매디가 말했다. "죽은 아트 페퍼의 부인이 발매했던데."

"난 처음 듣는 얘긴데."

"그 부인의 독자적인 상표가 있더라고. '미망인의 취향'이라고."

일부 CD 케이스에는 CD가 여러 장 들어있었다. 곡이 엄청 많이 들어있는 거였다.

"들어볼까?"

매디가 마블 케이크 한 조각을 담은 접시를 보슈에게 건넸다.

"숙제해야 돼." 매디가 말했다. "난 내 방 갈 테니까, 아빠 혼자 들어."

"첫 장부터 시작해야겠다."

"마음에 들었으면 좋겠어."

"당연히 마음에 들지. 고마워, 매디. 전부 다."

보슈는 접시와 CD들을 탁자에 내려놓고 팔을 뻗어 딸을 안았다. 이번에는 매디가 피하지 않았고 보슈는 그게 너무 고마웠다.

7

수요일 이른 아침 보슈는 미제사건 전담반 형사들 중 제일 먼저 출근했다. 책상 서랍에 넣어 둔 머그컵을 꺼내 사갖고 들어온 커피를 옮겨 담았다. 그런 다음에는 돋보기안경을 끼고 메시지를 확인했다. 찰스 워시번이 간밤에 체포되어 77번가 경찰서 유치장에서 그를 기다리고 있다는 소식이 들어와 있기를 바랐다. 그러나 투 스몰에 관한 전화 메시지나 이메일은 한 통도 없었다. 아직도 행방이 묘연했다. 그러나 안네케 예스페르센의 오빠로부터 이메일 답장이 와 있었다. 보슈는 자신이 쓴 '여동생 피살 사건 수사에 관하여'라는 제목을 알아보고 흥분감을 느꼈다.

일주일 전 주류담배 화기단속국(ATF)으로부터 예스페르센 피살사건 현장에서 발견된 탄피가 다른 두 살인사건의 탄도학적 증거들과 일치한다는 결과를 통지받은 순간부터, 예스페르센 사건은 수사준비 단계에서 적극적인 수사 단계로 전환되었다. 적극적인 수사로 전환됐다는 사실을 유족에게 알리는 것이 미제사건 전담반의 규칙이었다. 그러나 그것은 매우 까다로운 일이었다. 수사관들이 제일 꺼리는 일이 바로 유족에게 잘못된 희망을 주는 일, 사랑하는 사람을 잃은 그 고통스러운 기억을 불필요하게 되살리는 일이었다. 그래서 수사 재개를 알리는 1차 통지는 항상 신중하게 이루어져야 했고, 그 말은 신중하게 고르고 다듬은 정보를 가지고 선택된 한 명의 유족에게 접근해야 한다는 뜻이었다.

예스페르센 사건에서 연락이 닿은 유족은 한 명뿐이었다. 코펜하겐에 살고 있는 안네케의 오빠 헨릭 예스페르센이 초기 사건조서에 연락 가능한 유족으로 기록되어 있었다. 그 후 1999년에는 그의 이메일 주소가 연대순으로 적힌 수사 일지에 적혀 있었다. 그 이메일 주소가 13년이 지난 지금도 유효한지 알 수 없었지만 일단 이메일을 보내봤다. 이메일이 반송되어 오진 않았지만 답장도 없었다. 이틀 후 다시 보냈지만 이번에도 답장이 없었다. 그러자 보슈는 유족 통지 문제는 제쳐두고 수사에 집중하기로 하고 샌쿠엔틴으로 루퍼스 콜먼을 조사하러 갈 준비를 했다.

우연의 일치일까, 보슈가 일찍 출근한 이유 중에 하나가 헨릭 예스페르센의 전화번호를 수소문해서 로스앤젤레스보다 아홉 시간이 빠른 코펜하겐에 사는 그에게 전화를 걸기 위해서였다.

헨릭 예스페르센이 선수를 쳐서 보슈가 보낸 이메일에 답장을 보내왔다. 답장은 LA 시각으로 새벽 2시에 보슈의 이메일 받은 편지함에 들어와 있었다.

보슈 형사님께. 이메일 감사합니다. 어찌된 일인지 스팸메일함에 들어가 있는 바람에 지금 확인하고 급히 답장을 씁니다. 제 누이를 죽인 범인을 잡으려고 애써주시는 보슈 형사님과 LA 경찰국에 감사드립니다. 여기 코펜하겐에 살고 있는 우리는 아직도 안네케를 많이 그리워하고 있습니다. 안네케가 일했던 베를링스케 티엔데 신문사 건물에는 영웅이었던 이 용감한 기자를 기리는 기념동판이 걸려있습니다. 안네케를 죽인 나쁜 인간을 형사님이 꼭 잡아주시기 바랍니다. 통화할 일이 있으면 제가 총지배인으로 일하는 호텔로 전화 주십시오.

제 직장 전화번호는 00-45-25-14-63-69입니다.

범인을 꼭 잡아주십시오. 그것이 제게는 매우 중요한 일입니다. 안네케는 제 쌍둥이 여동생입니다. 누이가 정말 보고 싶군요.

헨릭

추신: 안네케 예스페르센은 휴기(vaction) 중이 아니었습니다. 기사를 쓰기 위해 취재 중이었습니다.

보슈는 마지막 줄을 한참 바라보았다. 헨릭이 '휴가(vacation)'를 쓰려다 '휴기(vaction)'로 잘못 쓴 것 같았다. 추신은 보슈가 보낸 이메일 내용에 대한 반응 같았다. 보슈가 보낸 이메일이 그 답장 아래쪽에 복사되어 있었다.

예스페르센 씨께. 저는 로스앤젤레스 경찰국 강력계 형사입니다. 1992년 5월 1일에 발생한 선생님의 누이 안네케의 피살사건을 계속 수사하라는 지시를 받았습니다. 선생님을 다시 힘들게 하거나 슬프게 하고 싶진 않지만, 새로운 단서들을 찾아 적극적으로 수사하고 있다는 사실을 유족에게 알리는 것이 수사관인 저의 의무입니다. 선생님 나라의 언어를 알지 못해 죄송합니다. 선생님이 영어로 소통할 수 있으시다면 답장을 보내주시거나 아래에 적힌 전화번호 중 어느 번호로라도 전화 주십시오.

선생님의 누이가 휴가차 미국에 왔다가 목숨을 잃은 지 벌써 20년이 흘렀습니다. 코펜하겐에 있는 신문사에 보낼 기사를 작성하기 위해 휴가지를 벗어나 불타는 도시를 취재하러 로스앤젤레스에 갔다가 살해된 것이죠. 이 사건을 완전히 종결하는 것이 저의 바람이자 의무입니다. 최선을 다하겠습니다. 그리고 선생님과 연락이 닿기를 기대하고 기다리겠습니다.

헨릭이 말한 '휴가'와 '취재'가 꼭 LA 폭동을 언급한 것이 아닐 수도 있다는 생각이 들었다. 누이가 취재를 위해 미국에 왔다가 그 취재를 집어 던지고 LA 폭동 현장으로 달려갔다고 말하는 것일 수도 있었다.

헨릭과 직접 이야기하기 전에는 그 의미를 추측만 할 수 있을 뿐이었다. 보슈는 고개를 들고 벽시계를 보면서 시차를 계산했다. 코펜하겐은 오후 4시가 조금 넘은 시각이었다. 호텔로 전화하면 헨릭과 통화할 수 있을 것 같았다.

보슈가 전화를 걸자 호텔 프런트데스크 직원이 바로 전화를 받아서 한 발 늦었다고, 헨릭이 조금 전에 퇴근했다고 말해주었다. 보슈는 메시지 없이 이름과 전화번호만 남겼다. 전화를 끊고 나서 헨릭에게 이메일을 보내 밤이건 낮이건 상관없이 최대한 빨리 전화해달라고 부탁했다.

보슈는 낡은 서류 가방에서 사건 기록들을 꺼내 다시 읽기 시작했다. 이번에는 안네케 예스페르센이 취재 목적으로 미국에 왔다는 새로운 가설을 염두에 두고 읽었다.

곧 퍼즐 조각들이 제자리를 찾아가기 시작했다. 예스페르센이 짐을 가볍게 싼 것은 휴가를 가는 게 아니었기 때문이다. 일을 하러 가는 거였기 때문에 작업복을 싸 온 것이다. 그래서 배낭 한 개로 충분했던 것이고. 신속하게 간편하게 움직일 수 있기 위해서. 무엇에 관한 기사이든 간에, 기사를 좇아 계속 움직일 수 있기 위해서.

각도를 조금 바꾸자 이제껏 놓치고 있었던 것들이 새롭게 보였다. 예스페르센은 사진기자이자 칼럼니스트였다. 기사에 맞는 사진을 찍었고 기사를 직접 썼다. 그런데도 시신에서나 모텔 방에 있던 유류품에서 수첩이 발견되지 않았다. 취재 중이었다면 메모가 있어야 하지 않을까? 입고 있던 조끼 주머니나 배낭 속에 수첩이 있어야 하지 않을까?

"또 뭐가 있지?" 보슈가 큰 소리로 말해놓고는 사무실 안을 둘러보며 아직 자기 혼자 있다는 것을 확인하고 안심했다.

사라진 것이 또 뭐가 있을까? 예스페르센이 갖고 있었어야 하는 게 무엇일까? 보슈는 곰곰이 생각했다. 자신이 모텔 방에 있다고 상상해보았다. 방을 나가 문을 잠그고 떠나고 있었다. 그럴 때 주머니에는 무엇이 들어있을까?

한참 생각하니까 갑자기 떠오르는 게 있었다. 그는 재빨리 사건 파일 페이지를 넘겨 법의관이 작성한 유류품 목록을 찾아냈다. 시신과 시신이 입고 있던 옷에서 발견된 모든 물품의 목록을 수기로 작성해놓은 것이었다. 의류품과 지갑, 잔돈, 시계와 수수한 은목걸이 같은 보석류가 적혀있었다.

"방 열쇠가 없네." 보슈가 중얼거렸다.

이것은 두 가지 중 하나를 의미했다. 하나는 예스페르센이 모텔 방 열쇠를 렌터카에 두었는데 나중에 차를 약탈한 사람이 가져간 거라는 시나리오였다. 가능성이 좀 더 높은 다른 시나리오는 누군가가 예스페르센을 살해한 후 주머니에서 방 열쇠를 꺼내 가져갔다는 것이었다.

보슈는 유류품 목록을 다시 한번 확인한 후, 20년 전 자신이 찍은 폴라로이드 사진들이 들어있는 비닐 페이지를 펼쳤다. 빛바랜 사진들은 발견된 상태 그대로의 시신을 비롯하여 사건 현장의 모습을 여러 각도에서 보여주었다. 그 중 두 장은 몸통을 근접 촬영한 것으로 피해자의 바지가 선명하게 보였다. 바지 왼쪽 주머니 윗부분에 흰색 안감이 보였다. 보슈는 누군가가 피해자의 주머니를 뒤져 보석과 현금은 그대로 두고 모텔 방 열쇠를 갖고 가면서 안감이 끌려 올라 온 게 틀림없다고 생각했다.

그런 다음 범인이 모텔 방을 뒤졌을 가능성이 매우 컸다. 무엇을 찾으려고 그랬는지는 모르겠지만. 모텔 직원이 경찰에 인계한 유류품 중에는 수첩은 물론이고 종이 한 장 발견되지 않았다.

보슈는 너무 흥분이 되어 가만히 앉아있을 수가 없어서 벌떡 일어섰다.

뭔가 중요한 것을 잡은 것 같긴 한데 그게 뭔지, 그게 안네케 예스페르센 피살사건과 관련이 있는지 조차 알지 못했다.

"안녕하십니까, 보슈 형사님."

보슈가 뒤를 돌아보니 파트너가 칸막이자리로 들어와 있었다.

"안녕."

"일찍 오셨네요."

"아냐, 늘 오던 대로 왔어. 자네가 늦은 거지."

"형사님, 혹시 생일이었어요?"

보슈가 추를 잠깐 바라보다가 대답했다.

"응, 어제. 어떻게 알았어?"

추는 어깨를 으쓱거렸다.

"넥타이요. 새것 같고, 그렇게 밝은 색상을 형사님이 골랐을 것 같지는 않아서요."

보슈는 넥타이를 내려다보면서 부드럽게 어루만졌다.

"딸이 사준 거야." 그가 말했다.

"다행히 딸은 감각이 있네요. 형사님과는 달리."

추가 웃더니 카페에 가서 커피 한 잔 사오겠다고 말했다. 아침마다 출근하고 나서 곧바로 티타임을 갖는 것이 그의 일상이었다.

"뭐 원하시는 거 있으세요?"

"응. 이름 하나 검색 좀 해줘."

"그런 게 아니라 커피나 뭐 좀 사다드릴까 묻는 건데요."

"아냐, 난 됐어."

"검색은 돌아와서 바로 해드릴게요."

보슈는 추에게 가라고 손짓을 한 뒤 자기 책상 앞에 앉았다. 그는 기다리지 않기로 했다. 컴퓨터를 켜고 교통국 데이터베이스 검색부터 시작했다. 독수리타법으로 알렉스 화이트라는 이름을 입력해보니, 캘리포니아에 사는 알렉스, 알렉산더, 혹은 알렉산드라 화이트라는 이름을 가진 운전면허 소지자가 거의 4백 명에 달했다. 그중 머데스토에 사는 사람은 단세 명뿐이었고, 셋 다 28세에서 54세 사이의 남자였다. 보슈는 그 정보를 따로 베껴 쓴 후, 이 세 이름을 전국범죄정보센터 데이터뱅크에 넣고 돌려보았다. 전과자는 한 명도 없었다.

사무실 벽시계를 보니 이제 겨우 8시 30분이었다. 10년 전 알렉스 화이트라는 남자가 건 전화의 발신지인 존 디어 대리점은 30분 후에야 문을 열었다. 보슈는 지역 번호 209의 전화번호안내로 진화를 걸었지만 알렉스 화이트라는 이름으로 등록된 전화번호는 한 개도 없었다.

추가 돌아와 칸막이자리로 들어오더니 전날 오툴 경위가 걸터앉았던 바로 그 자리에 커피 컵을 내려놓았다.

"이름이 뭔데요, 보슈 형사님?" 추가 물었다.

"내가 검색했어." 보슈가 말했다. "자넨 TLO에 한번 돌려보고 전화번호를 찾아봐줘."

"알겠습니다. 이름 알려주세요."

보슈는 추의 곁으로 의자를 굴려가서 세 명의 알렉스 화이트에 대한 정보를 베껴 적은 종이를 그에게 건네주었다. TLO는 많은 공공기관과 민간기관의 정보를 통합 분석 정리해놓은 데이터베이스로, 경찰국이 종종 이용하곤 했다. 쓸모 있는 도구였다. 대출신청서나 입사지원서에 적혀 있지만 전화번호부에 등록되어 있지 않은 전화번호나 휴대전화번호를 제공하기도 했다. 이 데이터베이스를 이용하기 위해서는 전문적인 기술이 필요했다. 검색 조건을 정확하게 파악해서 입력해야 했는데, 그런 건 추가 보슈보다 훨씬 잘 했다.

"자, 이제, 몇 분만 시간을 주세요." 추가 말했다.

보슈는 자기 책상으로 돌아갔다. 책상 오른쪽에 사진 한 뭉치가 차곡차곡 쌓여있었다. 안네케 예스페르센의 기자출입증에 붙은 사진을 3×5 크기로 확대한 것으로 필요할 때 배포하려고 형사사진반에 요청한 거였다. 그는 한 장을 들고 그녀의 얼굴을 바라보았다. 그녀의 눈이, 그 무심한 눈길이 자꾸 마음에 걸렸다.

보슈는 책상을 덮고 있는 유리 상판 밑으로 그 사진을 밀어 넣었다. 안네케 예스페르센이 다른 사람들을 만났다. 여자들. 피해자들. 그가 항상 기억하고 싶은 사건들과 얼굴들.

"보슈 형사, 여기서 뭐 해요?"

보슈가 고개를 들어보니 오툴 경위가 와있었다.

"일하는데." 보슈가 말했다.

"오늘 총기소지자격 갱신을 위한 연수가 있잖아요. 또 연기할 수는 없는 걸로 아는데."

"10시에 있는데 어차피 뒤로 밀릴 거야. 걱정 말라고, 반장, 내가 다 알아서 할 테니까."

"평계는 더 이상 안 통합니다."

오툴이 자기 사무실 쪽으로 걸어갔다. 보슈는 그가 가는 것을 보면서 고개를 절레절레했다.

추가 보슈를 향해 돌아앉더니 보슈가 준 종이를 내밀었다.

"쉽던데요." 추가 말했다.

보슈는 종이를 받아서 훑어보았다. 추는 세 명 모두의 이름 밑에 전화번호를 적어놓았다. 보슈는 그것을 보자마자 오툴 일은 까맣게 잊었다.

"고마워, 파트너."

"그래서, 그 사람이 누군데요?"

"잘 몰라. 10년 전에 알렉스 화이트라는 사람이 머데스토에서 전화를 걸어서 예스페르센 사건 수사가 어떻게 되어 가느냐고 물었어. 그 이유를 알아야겠어."

"사건 파일에 요약 내용이 없어요?"

"없어. 연대별 수사 일지에 전화가 왔다는 사실만 기록되어 있어. 그나마 다행이지 뭐야. 누가 시간을 내서 그 사실만이라도 기록을 해뒀으니까."

보슈는 세 명의 알렉스 화이트에게 전화를 걸기 시작했다. 그는 운이 좋기도 하고 나쁘기도 했다. 세 명 모두와 통화할 수 있었지만 자신이 예스페르센 사건에 대해 문의를 했었다고 인정한 사람은 아무도 없었다. 세 명 모두 로스앤젤레스에서 전화가 와서 어리둥절한 눈치였다. 보슈는 전화를 할 때마다 예스페르센에 관해 물었을 뿐만 아니라, 상대방이 당시 어떤 직업을 갖고 있었는지, 그리고 그 문의전화의 발신지인 존 디어 대리점을 잘 알았는지 어떤지 물었다. 보슈가 그나마 가장 밀접한 연관성을 발견한 것은 마지막 통화에서였다.

마지막으로 통화한 알렉스 화이트는 셋 중에서 가장 나이가 많았고 여러 곳에 미개발 토지를 소유하고 있는 회계사였다. 그는 10년 전쯤 머데스토에 있는 그 대리점에서 자동식 예초기를 구매했는데, 당장은 구매 날짜를 알려줄 수 없고 집에 가서 기록을 찾아봐야 한다고 말했다. 보슈가 전화를 걸었을 때 그는 지금 골프 중이라면서, 끝나고 집에 가서 구매일을 확인한 뒤 전화해 주겠다고 약속했다. 직업이 회계사라 아직 기록을 갖고 있을 것으로 확신한다고 말했다.

보슈는 전화를 끊었다. 시간낭비를 하는 건지 어떤 건지 알 수가 없었지만, 알렉스 화이트의 전화가 자꾸 마음에 걸렸다. 이제 9시가 넘어서 그는 2002년 문의전화의 발신지인 존 디어 대리점에 전화를 걸었다.

무작정 전화를 거는 것은 언제나 섬세한 기술을 요했다. 보슈는 신중하게 일을 진행하고 싶었다. 괜히 실수를 해서 일을 그르치거나, 형사가 수사하고 있다는 사실을 용의자가 눈치 채고 경계하게 하고 싶지 않았다. 그래서 그는 자기 신원과 용건을 사실대로 밝히지 않고 연극을 하기로 했다.

안내직원이 전화를 받자 보슈는 알렉스 화이트를 바꿔달라고 했다. 잠깐 침묵이 흘렀다.

"직원 명단에는 알렉스 화이트라는 이름이 보이지 않는데요. 코스그로브 트랙터에 전화하신 것 맞습니까, 고객님?"

"그 사람이 준 번혼데. 실례지만 거기서 일한지 얼마나 됐죠?"

"22년 됐습니다. 잠깐만 기다려주십시오."

안내직원은 보슈의 대답을 기다리지 않았다. 보슈를 기다리게 하고 다른 전화를 처리하는 것 같았다. 곧 그녀가 돌아왔다.

"저희 대리점에는 알렉스 화이트라는 직원이 없습니다, 고객님. 다른 직원이 도와드리는 건 어떨까요?"

"점장 좀 바꿔줘요."

"네, 알겠습니다. 누구시라고 전해드릴까요?"

"존 배그널이요."

"잠깐만 기다려주십시오."

존 배그널은 미제사건 전담반 형사들이 전화로 연극을 할 때 사용하는 가명이었다.

전화가 대리점 점장에게로 금방 연결이 되었다.

"제리 히메네스입니다. 무엇을 도와드릴까요?"

"네, 나는 존 배그널이라는 사람인데, 입사지원서를 훑어보다가 문의할 일이 있어서 전화했는데요. 알렉스 화이트라는 사람이 2000년부터 2004년까지 코스그로브 트랙터의 직원이었다고 적혀있는데, 사실인지 확인 가능할까요?"

"제가 확인해드릴 수는 없을 것 같습니다. 저도 그때 여기서 근무했지만 알렉스 화이트라는 직원은 기억이 안 나네요. 어디서 일을 했죠?"

"바로 그게 문젠데, 구체적으로 어디서 일했는지 안 나와 있네요."

"저런. 그러면 제가 도와드릴 수 있는 게 없는 것 같군요. 그 당시 저는 영업부장이어서. 여기서 일하는 직원은 전부 알고 있었거든요. 그건 지금도 그렇지만요. 근데 알렉스 화이트라는 직원은 없었거든요. 여긴 그렇게 큰 영업점이 아닙니다. 영업, 서비스, 부품, 관리 담당, 모두 합해서 직원이 총 24명밖에 안 되니까요. 저까지 포함해서요."

보슈는 알렉스 화이트가 사용한 전화번호를 불러주고서 그 대리점이 그 번호를 사용한지 얼마나 됐느냐고 물었다.

"처음부터 쭉이요. 1990년 개업 이후로 쭉. 저도 그때부터 여기서 일했고요."

"시간 내줘서 고마워요. 그럼 이만."

보슈는 2002년에 걸려온 알렉스 화이트의 전화에 대한 궁금증이 더욱 커진 상태로 전화를 끊었다.

* * *

보슈는 6개월마다 한 번씩 받는 총기소지자격 갱신을 위한 연수에 나머지 오전 시간을 할애해야 했다. 처음 한 시간 동안은 강의실에 앉아서 경찰업무와 관련한 최신 법원판결과 그에 따른 LA 경찰국의 정책 변화에 대해서 강의를 들었다. 최근에 있었던 경찰의 총격 사례를 검토하면서 각 사건마다 잘된 점과 잘못된 점에 대해 토론도 했다. 그런 다음에는 사격 연습장으로 이동해 총기소지자격을 유지하기 위해 사격실습을 해야 했다. 보슈의 오랜 친구인 사격 교관이 딸의 안부를 물었다. 그러자 보슈는 주말에 매디와 함께 하고 싶은 일이 떠올랐다.

보슈가 어디 가서 뭘 먹을까 생각하며 주차장을 가로질러 차를 향해 걸어가고 있을 때, 머데스토에서 알렉스 화이트가 예초기 구매에 관한 정보를 가지고 전화를 했다. 그는 그날 아침 불쑥 걸려온 전화 내용에 굉장한 호기심이 발동해서 9홀만 돌고 골프를 중단했다고 말했다. 59점이라는 점수가 그 결정에 영향을 미쳤다는 말도 했다.

회계사 알렉스 화이트의 기록에 따르면, 그는 2002년 4월 27일 코스 그로브 트랙터에서 자동식 예초기를 구입했고, 5월 1일에 그 예초기를 건네받았다. 그날은 안네케 예스페르센의 사망 10주기가 되는 날이었고, 알렉스 화이트라고 주장하는 사람이 그 대리점 번호로 LA 경찰국에 전화를 걸어 예스페르센 사건의 수사 진행 상황에 대해 문의를 한 날이기도 했다.

"화이트 씨, 죄송하지만 다시 한 번 묻겠습니다. 선생님이 예초기를 건네받으신 날 그 대리점에서 여기 경찰국으로 전화를 걸어 살인사건에 관해 문의하지 않으셨습니까?"

화이트는 심기가 불편한 듯 허허 웃다가 대답했다.

"살다 살다 별 이야기를 다 듣는군요." 화이트가 말했다. "아뇨, LA 경찰국에 전화하지 않았습니다. 살면서 LA 경찰국에 전화한 적이 단 한 번도 없어요. 누가 내 이름을 훔쳐 쓴 모양인데 왜 그랬는지 모르겠군요. 도대체 어떻게 된 영문인지, 원."

보슈는 화이트가 예초기를 구매하면서 받은 서류에 그 대리점 직원의 이름이 있는지 물었다. 화이트가 두 사람의 이름을 알려주었다. 영업직원의 이름은 레지 뱅크스였고 계약서에 서명한 영업부장의 이름은 제리 히메네스였다.

"화이트 씨, 정말 큰 도움이 되었습니다." 보슈가 말했다. "대단히 감사합니다. 그리고 오늘 골프 게임 저 때문에 망치셨다면 죄송하고요."

"괜찮습니다, 형사님. 오늘따라 템포가 영 안 맞더라고요. 그건 그렇고, 누가 내 이름을 사용해서 전화를 걸었는지 알아내시면 저한테도 알려 주세요, 아시겠죠?"

"그러겠습니다, 선생님. 즐거운 하루 보내시고요."

보슈는 차 문을 열면서 상황을 정리해보았다. 알렉스 화이트 미스터리는 이제 설명이 필요한 세부사실 이상의 의미를 지니게 되었다. 누군가 존 디어 대리점에서 LA 경찰국으로 전화를 걸어 예스페르센 사건에 대해 문의하면서, 그날 대리점에 왔었던 고객의 이름을 차용해서 신원을 속이고 문의한 것이다. 보슈는 이로 인해 그 문의전화가 갖는 의미가 완전히 바뀌었다고 생각했다. 이젠 그의 레이더망에 걸린 사소한 문제가 아니었다. 확실히 뭔가 중요한 의미가 있는 사실이었고, 이에 대해 설명하고 이해하고 넘어갈 필요가 있었다.

8

보슈는 점심을 거르기로 하고 전담반 사무실로 돌아갔다. 다행히도 추가 아직 점심 먹으러 나가지 않아서, 보슈는 그에게 레지널드 뱅크스와 제리 히메네스라는 이름을 알려주면서 데이터베이스에서 검색해달라고 부탁했다. 그러고 나서 책상에 놓인 일반전화기의 불빛이 깜박이는 걸 보고 메시지를 확인했다. 헨릭 예스페르센에게서 부재중 전화가 와 있었다. 보슈는 투덜거리면서 이메일에 휴대전화번호를 적어놓았는데 왜 휴대전화로도 전화를 걸지 않았을까 궁금해 했다.

보슈는 벽시계를 보면서 시차를 계산해보았다. 덴마크는 지금 밤 9시였다. 헨릭이 메시지에 집 전화번호를 남겨놓아서 그리로 전화를 걸었다. 전화 신호가 대륙과 대양을 건너가느라고 긴 침묵이 이어졌다. 전화 신호가 동쪽으로 가는지 서쪽으로 가는지 궁금해 하는 찰나에 남자가 전화를 받았다. 전화벨이 두 번 울리고 나서였다.

"로스엔젤레스의 보슈 형삽니다. 헨릭 예스페르센 씨?"

"네, 헨릭입니다."

"너무 늦은 시각에 전화해서 죄송합니다. 잠깐 통화 가능할까요?"

"네, 물론이죠."

"좋습니다. 이메일에 답장 보내주셔서 감사합니다. 괜찮으시다면 몇 가지 더 질문할 게 있는데요."

"네, 괜찮고말고요. 얼마든지 물어보세요."

"감사합니다. 우선, 이메일에서도 말씀드렸지만, 선생님 누이의 죽음을 수사하는 것이 지금 저의 최우선과제라서, 적극적으로 수사하고 있습니다. 20년 전 일이긴 하지만 여동생의 죽음이 아직까지도 아픔으로 남아있을 것 같은데, 다시 한 번 조의를 표합니다."

"감사합니다, 형사님. 안네케는 정말 아름다웠고 모든 일에 굉장히 열정적이었어요. 지금도 안네케가 많이 그립군요."

"그러시겠죠."

지난 수십 년 동안 보슈는 폭력사건으로 사랑하는 사람을 잃은 사람들을 많이 만나보았다. 수를 셀 수 없을 정도로 많이 만나봤지만 유족을 만나는 일은 조금도 쉬워지지 않았고 아픈 마음이 조금도 줄어들지 않았다.

"뭘 물어보고 싶으시죠?" 예스페르센이 물었다.

"네, 우선 선생님이 답 메일에 쓰신 추신에 대해서 물어보고 싶은데요. 안네케가 휴가 중이 아니었다고 하셨는데 그 부분을 좀 더 설명해주실 수 있을까요?"

"네, 휴가 중이 아니었어요."

"네, 물론 LA에서는 휴가 중이 아니었죠. 폭동을 취재 중이었으니까요. 근데 선생님은 안네케가 미국에 온 것 자체가 휴가차 온 게 아니었다고 말씀하시는 건가요?"

"네, 계속 일을 하고 있었어요. 기사를 쓰려고 취재 중이었죠."

보슈는 메모를 하려고 메모장을 앞으로 끌어당겨 놓았다.

"어떤 기사였는지 아십니까?"

"아뇨, 말하지 않았어요."

"그럼, 취재를 위해 미국에 왔다는 건 어떻게 아시죠?"

"안네케가 취재하러 간다고 말했거든요. 어떤 기사인지는 말하지 않았습니다. 기자니까 비밀을 지켜야 했겠죠."

"어떤 기사였는지 안네케의 상관이나 편집자는 알고 있었을까요?"

"아닐걸요. 안네케는 프리랜서였거든요. 사진과 기사를 〈베를링스케 티엔데〉에 팔았어요. 기사를 의뢰받아 취재하는 경우도 종종 있었지만 항상 그런 건 아니었고요. 독자적으로 기사를 썼고 그런 다음에 어떤 기사가 있는지 신문사에 알리곤 했었죠."

수사 일지와 신문기사에 안네케의 편집자에 대한 언급이 있었기 때문에 보슈가 찾으려고만 하면 쉽게 찾을 수 있었지만 어쨌든 헨릭에게 먼저 물어보기로 했다.

"그 당시 안네케의 편집자 이름을 혹시 아십니까?"

"네, 야닉 프레이요. 추도식에서 추도사를 했죠. 아주 친절한 사람이에요."

보슈는 그 이름의 철자를 말해달라고 한 뒤 프레이의 연락 전화번호가 있는지 물었다.

"아뇨, 번호는 없네요. 죄송합니다."

"괜찮습니다. 제가 알아보죠. 그럼, 여동생과 마지막으로 이야기를 나눈 게 언제였는지 기억하세요?"

"그럼요. 안네케가 미국으로 떠나기 바로 전날이었어요. 직접 만났죠."

"안네케는 취재 중인 기사에 대해서 아무 말도 하지 않았고요?"

"저도 안 물어봤고 안네케도 말하지 않았고요."

"하지만 안네케가 미국에 간다는 걸 선생님은 알고 계셨고요, 그렇죠? 그래서 작별인사를 하러 가서 만났고요."

"네, 그리고 호텔 정보도 알려줄겸 해서요."

"무슨 정보요?"

"제가 호텔업계에서 일한 지 30년이 됩니다. 당시에는 안네케가 여행을 할 때 호텔 예약을 제가 해줬죠."

"신문사가 아니라요?"

"네, 신문사가 아니라요. 안네케가 프리랜서였잖아요. 그리고 저를 통해서 더 쉽게 예약할 수 있었거든요. 여행 관련 준비는 항상 제가 대신해줬습니다. 분쟁지역을 다닐 때도요. 당시엔 인터넷이 없었잖습니까. 묵을 장소를 찾기가 지금보다 힘들었죠. 그래서 안네케는 항상 저한테 부탁을 했었죠."

"그렇군요. 안네케가 미국 내 어디에 갔었는지 혹시 아십니까? 폭동 전에 여러 날을 미국에 있었는데요. 뉴욕과 샌프란시스코 말고 또 어디에 갔었죠?"

"내가 알고 있는지 어떤지 찾아봐야 알겠는데요."

"네?"

"창고를 뒤져서 기록을 찾아봐야 알겠다고요. 그 시기의 물건들을 많이 모아뒀거든요,……그일 때문에. 찾아볼게요. 확실히 기억나는 건 안네케가 뉴욕에 머물지는 않았다는 겁니다."

"거기 공항에 착륙만 한 건가요?"

"네, 그러고는 비행기를 바꿔 타고 애틀랜타로 갔어요."

"애틀랜타에 뭐가 있었는데요?"

"그건 모르겠네요."

"네, 그럼, 언제쯤 창고에 가실 수 있을까요?"

보슈는 재촉하고 싶었지만 너무 심하게 재촉하는 인상은 주고 싶지 않았다.

"글쎄요. 여기서 멀리 있어서. 하루 휴가를 내든가 해야 할 것 같은데."

"알겠습니다, 헨릭. 근데 수사에 굉장히 도움이 될 것 같군요. 찾아보는 즉시 이메일이나 전화로 연락주시겠습니까?"

"네, 물론이죠."

보슈는 메모장을 노려보면서 더 물어볼 게 있는지 생각해 보았다.

"헨릭, 안네케가 미국에 오기 전에는 어디 있었죠?"

"여기 코펜하겐에요."

"아니, 제 말은, 미국에 오기. 전에 마지막으로 여행한 곳이 어디였냐고요."

"한동안 독일에 있었고, 그 전에는 전쟁 때문에 쿠웨이트시티에 있었고요."

보슈는 헨릭이 말한 전쟁이 사막의 폭풍 작전을 의미한다는 것을 알고 있었다. 그는 안네케에 관한 신문기사들을 통해서 그녀가 쿠웨이트시티에 있었다는 사실을 알고 있었다. 그는 '독일'을 메모장에 적었다. 그건 새로운 정보였다.

"독일 어디에 있었는지 아십니까?"

"슈투트가르트요. 그건 기억합니다."

보슈는 이것도 메모했다. 헨릭이 창고에 가서 안네케의 여행에 관한 기록을 찾아보기 전에 그에게서 얻을 수 있는 정보는 다 얻었다는 생각이 들었다.

"안네케가 독일에 가는 이유를 말하던가요? 거기도 취재차 간 겁니까?"

"말 안 했어요. 미군기지 근처에 있는 호텔을 잡아달라더군요. 그건 기억나네요."

"다른 얘긴 안 했고요?"

"그게 전붑니다. 안네케는 로스앤젤레스에서 살해됐는데 그런 게 왜 중요한지 모르겠군요."

"중요하진 않을 겁니다. 하지만 큰 그물을 던져보는 게 좋을 때도 있거든요."

"그건 무슨 뜻이죠?"

"질문을 많이 하면 얻는 정보도 많다는 뜻이죠. 그 정보가 전부 다 쓸모 있는 건 아니지만, 다행히 유용한 정보를 얻을 때도 있거든요. 인내심을 갖고 질문에 답해주셔서 감사합니다."

"이젠 사건을 해결할 겁니까, 형사님?"

보슈는 잠깐 고민하다가 대답했다.

"최선을 다할게요, 헨릭. 그리고 그 결과를 선생님께 가장 먼저 알려드 릴게요."

* * *

보슈는 헨릭 예스페르센과 통화하면서 얻어야 할 것을 다 얻진 못했는데도 힘이 났다. 무슨 일이 일어나고 있는지 정확히 알 수는 없었지만, 어느새 상황이 변해 있었다. 불과 하루 전만 해도 수사에 아무런 성과가 없다고 생각했고, 곧 자료들을 상자에 다시 담아 미제사건과 잊힌 피해자들이 모여 있는 창고 깊숙한 곳으로 돌려보내야 할 거라고 생각했었다. 그런데 지금은 불꽃이 튀었다. 미스터리가 불쏘시개가 되어 불을 붙이고 있었다. 해답을 찾아야 할 물음들이 있었고 게임은 아직 끝나지 않았다.

보슈는 〈베를링스케 티엔데〉에서 일하는 안네케의 편집자에게 연락을 해보기로 했다. 헨릭이 알려준 야닉 프레이라는 이름을 살인사건 파일에 있는 신문 스크랩과 수사기록에서 찾아보았다. 그런데 이름이 일치하지 않았다. 폭동 후에 나온 신문기사들은 아르네 하겐이라는 편집자의 말을 인용하고 있었다. 수사 일지에도 폭동범죄 전담반 형사들이 예스페르센 사건과 관련하여 조사한 편집자가 하겐이라고 적혀 있었다.

보슈는 편집자의 이름이 다른 이유를 알 수가 없었다. 〈베를링스케 티엔데〉의 뉴스룸 전화번호를 구글에서 검색해서 전화를 걸었다. 늦은 시각이긴 했지만 뉴스룸에 분명 누군가 있을 거라고 추측했다.

"레락쇼우웅, 구뗴이(편집부입니다. 안녕하세요.)"

보슈는 언어장벽에 맞닥뜨릴 수 있다는 사실을 잊고 있었다. 그는 전화를 받은 여자가 자기 이름을 말하는 건지, 아니면 덴마크어 단어를 말하는 건지도 알지 못했다.

"니호스레락쇼우웅, 케 아 일브(뉴스편집부입니다. 무엇을 도와드릴까요)?"

"어, 여보세요? 영어 할 줄 알아요?"

"조금이요. 무엇을 도와드릴까요?"

보슈는 메모를 보면서 말했다.

"아르네 하겐 씨나 야닉 프레이 씨를 찾는데요."

잠깐 침묵이 흐르더니 수화기 저편의 여자가 말했다.

"하겐 씨는 돌아가셨는데, 아닌가요?"

"돌아가셨다고요? 그러면 프레이 씨는요?"

"그런 이름을 가진 직원은 여기 없습니다."

"하겐 씨는 언제 돌아가셨죠?"

"잠깐만 기다려주세요."

거의 5분 가까이 기다리면서 사무실 안을 둘러보던 보슈는 반장실 창문을 통해 자기를 노려보고 있는 오툴 경위와 눈이 마주쳤다. 오툴은 총을 쏘는 시늉을 해보이더니 엄지손가락을 치켜 올리면서 질문을 하듯 눈을 치켜떴다. 총기소지자격을 갱신했느냐고 묻는 거였다. 보슈는 엄지손가락을 치켜 올려 보인 후 고개를 돌렸다. 마침내 수화기 저편에서 남자의 목소리가 들렸다. 이 남자의 영어는 억양이 아주 살짝 느껴지긴 해도 매우 훌륭했다.

"미켈 본입니다. 무엇을 도와드릴까요?"

"네, 아르네 하겐 씨와 통화하고 싶은데, 아까 전화를 받은 직원이 하겐 씨가 돌아가셨다고 하더군요. 사실입니까?"

"네, 아르네 하겐 씨는 4년 전에 돌아가셨는데요. 무슨 일로 그러시죠?"

"로스앤젤레스 경찰국의 해리 보슈 형삽니다. 20년 전에 있었던 안네케 예스페르센 피살사건을 수사 중인데요. 그 사건 아십니까?"

"안네케 예스페르센이 누군지 잘 압니다. 우리 직원들 모두 잘 알고 있죠. 아르네 하겐 씨는 그 당시의 편집자였고요. 하지만 정년퇴임하셨고 그 후에 돌아가셨습니다."

"야닉 프레이라는 편집자는요? 아직 거기 있습니까?"

"야닉 프레이……, 아뇨, 프레이 씨는 여기 없습니다."

"언제 그만뒀죠? 아직 살아있어요?"

"2~3년 전에 정년퇴임하셨죠. 제가 알기로 아직 살아계시고요."

"그렇군요. 어떻게 연락할 방법 없을까요? 꼭 통화를 해야 되는데."

"연락전화번호를 갖고 있는 사람이 있는지 알아보겠습니다. 교열 담당자들 중에 아직도 연락하고 지내는 사람이 있을 수도 있는데. 근데 사건과 관련하여 무슨 일이 있나보죠? 저도 기자라서 알고……."

"수사가 재개됐어요. 제가 수사를 하고 있지만 아직 별다른 사항은 없고요. 이제 막 시작했거든요."

"그렇군요. 야닉 프레이 씨 연락정보 알아내서 다시 연락드릴게요."

"찾아보시는 동안 기다리고 싶은데."

잠깐 침묵이 흘렀다.

"네, 알겠습니다. 빨리 찾아볼게요."

보슈는 다시 대기상태에 있게 되었다. 이번에는 반장실 쪽을 쳐다보지 않았다. 뒤를 돌아보니 추가 보이지 않았다. 점심을 먹으러 나간 모양이었다.

"보슈 형사님?"

본이 돌아왔다.

"네."

"야닉 프레이 씨의 이메일 주소가 있는데요."

"전화번호는요?"

"지금 당장은 구할 수가 없네요. 계속 찾아보고 연락드리겠습니다. 우선 이메일 주소라도 알려드릴까요?"

"네, 부탁합니다."

보슈는 프레이의 이메일 주소를 받아 적은 뒤, 자기 이메일 주소와 전화번호를 본에게 알려주었다.

"행운을 빕니다, 형사님." 본이 말했다.

"고마워요."

"사건 발생 당시에는 제가 여기 없었는데요. 10년 전엔 여기 있었고, 그때 안네케 사건에 관해 특집기사를 실었던 게 기억납니다. 보시겠습니까?"

보슈는 망설였다.

"덴마크어로 되어있겠네요, 그렇죠?"

"그렇죠, 물론. 하지만 인터넷에 번역사이트가 많이 있으니까요."

보슈는 그게 무슨 뜻인지 잘 알지 못했지만, 본에게 기사 링크를 보내달라고 말했다. 그러고는 다시 한 번 감사를 표한 뒤 전화를 끊었다.

9

보슈는 갑자기 너무 배가 고팠다. 엘리베이터를 타고 로비로 내려간 그는 주 출입문을 나가 앞에 있는 광장을 가로질러 갔다. 필리페스에 가서 로스트비프 샌드위치를 사먹을 계획이었는데 1번가를 다 건너가기도 전에 휴대전화가 울렸다. 조디 갠트 형사였다.

"해리, 당신이 찾는 놈 벌써 잡았어."

"투 스몰?"

"응. 방금 우리 순경한테서 전화가 왔는데, 놈이 노르망디에 있는 맥도날드에서 나오는 걸 잡았대. 오늘 아침 점호 때 순경들한테 그놈 사진을 줬더니 순찰차 차광판에 붙여 뒀었나 봐. 덕분에 쉽게 알아봤다더라고."

"어디에 데려다놨어?"

"77번가. 지금 입건 중인데, 현재로선 그 양육비 미지급 건 체포영장 갖고 붙잡아두고 있어. 지금 움직이면 놈이 변호사 만나기 전에 도착할 수 있을 거야."

"바로 출발할게."

"나도 따라갈까?"

"그래, 거기서 보자."

한낮이라 차가 별로 없어서 77번가 경찰서에 보슈는 20분 만에 도착했다. 가는 동안 그는 워시번을 어떻게 요리할지 고민했다. 워시번에 대해서는 사건 현장 인근에 살았다는 사실에서 비롯된 예감 외에는 아무것도 갖고 있지 않았다. 아무런 증거가 없었고 확실한 것도 없었다. 게임을 해보는 것밖에 다른 방법이 없을 것 같았다. 보슈가 뭔가 결정적인 단서를 잡았다고 워시번이 믿게 만든 후 자백을 이끌어내야 할 것 같았다. 경찰서에 자주 들락거려 경찰을 잘 알고 있는 용의자에게는 잘 먹히지 않는 방법이었지만, 이것밖에 달리 방도가 없었다.

보슈가 77번가 경찰서에 도착해보니, 갠트가 벌써 와서 상황실에서 기다리고 있었다.

"형사과에 데려다 놨어. 준비됐어?"

"응."

순찰대장 책상 뒤에 있는 카운터에 크리스피크림 도넛 상자가 놓여있었다. 상자가 열려 있었고 도넛 두 개가 남아있었다. 아침 점호시간 때부터 그렇게 놓여있었을 것이다.

"저거 내가 먹어도 될까?"

보슈가 도넛을 가리키며 말했다.

"그럼, 되고말고." 갠트가 말했다.

보슈는 당의를 바른 도넛 한 개를 집어 들고 갠트를 따라 형사과 사무실을 향해 경찰서의 어두운 복도를 걸어가면서 네 입에 다 먹어치웠다.

그들은 책상과 파일 캐비닛이 즐비하고 책상마다 서류가 수북이 쌓여있는 넓은 사무실로 들어갔다. 대다수의 책상이 비어있는 걸 보니 형사들이 외근을 나갔거나 점심을 먹으러 나간 모양이었다. 빈 책상에서 티슈상자를 발견한 보슈는 세 장을 뽑아서 손가락에 묻은 설탕을 닦았다.

조사실 두 개 중 하나의 문 밖에 순경이 앉아있었다. 갠트와 보슈가 다가가자 순경이 일어섰다. 갠트는 그가 투 스몰 워시번을 발견한 크리스 머서 순경이라고 보슈에게 소개했다.

"수고했어." 보슈가 순경과 악수를 하면서 말했다. "권리 고지했고?"

피의자가 지니는 헌법상의 권리와 보호조항을 알려주었느냐고 묻는 거였다.

"네, 했습니다."

"잘했어."

"고마워, 크리스." 갠트가 말했다. "이제부터는 우리가 알아서 할게."

순경이 거수경례를 하는 시늉을 하더니 자리를 떴다. 갠트가 보슈를 바라보았다.

"특별히 어떤 식으로 하겠다 하는 거 있어?"

"놈에 대해 영장 말고 우리가 쥐고 있는 게 있나?"

"조금. 마리화나를 15그램 정도 갖고 있었어."

보슈는 얼굴을 찌푸렸다. 그 정도로는 부족했다.

"현금도 6백 달러 갖고 있었고."

보슈는 고개를 끄덕였다. 그럼 좀 나았다. 그 돈을 문제 삼아 게임을 해볼 수 있을 것 같았다. 그 게임의 승패는 워시번이 현행 마약관련법에 대해 얼마나 잘 알고 있느냐에 달려있었다.

"게임을 해보려고. 놈이 속아 넘어갈지 어떨지 봐야지. 놈을 궁지로 몰아서 입을 열게 하는 게 최선인 것 같아."

"그래. 필요하면 맞장구쳐줄게."

두 조사실 문 사이의 벽에 서류 파일이 달려있었다. 보슈는 표준 권리 포기각서를 한 장 떼어내 접어서 재킷 안주머니에 넣었다.

"문 열어줘. 내가 먼저 들어갈게." 보슈가 말했다.

갠트가 문을 열자 보슈가 심각한 표정을 지으며 조사실로 들어갔다. 워시번은 뒷짐을 져 두 손목을 의자 등판 밑 세로대에 스냅타이로 묶인 채로 작은 탁자 앞에 앉아있었다. 별명에 걸맞게 덩치가 작았고 작은 몸을 숨기기 위해 헐렁한 옷을 입고 있었다. 탁자 위에는 체포 당시 옷에서 발견된 물품들을 담은 비닐 증거물 봉투가 놓여있었다. 보슈는 워시번 바로 맞은편에 있는 의자에 앉았다. 갠트는 다른 의자를 문까지 끌고 가서 수문장처럼 문 앞에 앉았다. 그는 보슈의 왼쪽 어깨 뒤로 1미터 정도 떨어져 있었다.

보슈는 증거물 봉투를 집어 들고 안을 들여다보았다. 봉투 안에는 지갑, 휴대전화, 열쇠꾸러미, 돌돌 만 지폐, 그리고 마리화나 15그램이 든 비닐봉지가 들어있었다.

"찰스 워시번." 보슈가 말했다. "별명은 투 스몰, 맞지? 숫자 투. 기발한데. 네가 만든 거야, 그 별명?"

보슈는 봉투에서 고개를 들어 워시번을 바라보았다. 워시번은 대꾸 없이 잠자코 있었다. 보슈는 다시 증거물 봉투를 내려다보면서 고개를 가로저었다.

"문제가 있네, 투 스몰. 그게 뭔지 알겠어?"

"알게 뭐야."

"이 봉투 안에 없는 게 뭔지 알아?"

"그게 나랑 뭔 상관."

"파이프가 없잖아. 종이도. 근데 이렇게 두둑한 돈 뭉치와 궐련은. 이 모든 걸 합하면 무슨 뜻이 되는지?"

"이 모든 걸 합하면 변호사를 불러달라는 뜻이 되지. 괜히 나한테 말 걸고 그러지 마요, 어차피 아무 말도 안 할 거니까. 전화나 줘 봐요, 변호사 부르게."

보슈가 봉투 속에 든 투 스몰의 핸드폰의 주 버튼을 봉투 겉에서 누르자 화면이 살아났다. 예상했던 대로 그 전화기는 비밀번호로 보호받고 있었다.

"이런, 비번 걸어놨네."

보슈는 워시번이 볼 수 있도록 전화기를 들어 보였다.

"번호 알려주면, 내가 대신 변호사한테 전화해줄게."

"아이고, 됐거든요. 유치장에 가서 공중전화 쓰지 뭐."

"이거 쓰지 그래? 변호사는 단축번호로 저장해뒀잖아, 안 그래?"

"내 전화기가 아니라서 비번을 모르거든요."

그 전화기에 통화정보와 연락처가 들어있기 때문에 비번을 풀어주면 워시번이 더 난처한 상황이 될 수 있었다. 그래서 웃기는 일이지만 그 전화기의 소유권을 부인하는 수밖에 없었을 것이다.

"진짜? 거 참 이상하네. 니 주머니에서 나왔잖아. 마리화나하고 돈하고 같이."

"애먼 사람 잡지 말고, 빨리 변호사나 불러줘요."

보슈는 고개를 끄덕이고는 갠트를 돌아보았다. 그는 지금 헌법이 보장하는 피의자의 권리와 관련하여 아슬아슬한 줄타기를 하고 있었다.

"그게 무슨 뜻인지 알아, 조디?"

"뭔데?"

"이 친구가 한 주머니에는 규제약물을, 다른 주머니에는 현금 뭉치를 갖고 있었다는 뜻이야. 근데 파이프를 갖고 있지 않은 건 실수였어. 개인 소비용 도구가 없으면 법은 판매할 의도가 있는 소지행위로 판단하거든. 그럼 중범죄가 되는 거지. 변호사가 알아서 잘 설명해주겠지 뭐."

"도대체 뭔 얘기를 하는 거야?" 워시번이 반발했다. "손톱만큼도 안 되는데. 팔려는 게 아니었다고요. 잘 알면서 그러시네."

보슈가 워시번을 다시 바라보았다.

"나한테 말한 거야?" 보슈가 물었다. "아까는 변호사 불러달라며. 자네가 그 말을 하면 다 중단해야 되거든. 근데 지금부턴 나랑 얘기할 거야?"

"내 말은 그러니까 난 아무것도 안 팔았다니까."

"나랑 얘기할 거냐고."

"그래요, 이 기가 막힌 상황을 해결하려면 얘길 해야지 뭐."

"좋아, 그럼, 제대로 하자."

보슈는 재킷 주머니에서 권리포기각서를 꺼내 워시번의 서명을 받았다. 지금 하는 게임이 법정에 가서도 정당한 것으로 인정될 거라는 자신은 없었지만 사실 그 단계까지 갈 거라고 생각하지도 않았다.

"자, 그럼, 얘기 좀 해보자, 투 스몰." 보슈가 말했다. "내가 아는 건 이 증거물 봉투 안에 들어있는 것뿐이야. 그 안에 든 걸 보니까 넌 마약상이구먼 뭐. 그러니까 마약밀매 혐의로 기소하려고."

보슈는 워시번이 가녀린 어깨를 움츠리고 고개를 푹 숙이는 것을 보았다. 보슈는 손목시계를 확인했다.

"근데 그게 문제가 아니야, 투 스몰. 마리화나는 걱정거리 축에도 안 들어. 그건 그냥 내가 널 붙잡아 놓을 수단에 불과하거든. 양육비도 못 주는 인간이 2만 5천 달러나 되는 보석금이 있을 리 만무하니까."

보슈는 마리화나가 든 봉투를 다시 한 번 들어보였다.

"이건 내가 더 중요한 다른 일을 수사하는 동안 널 감방에 붙잡아 두기 위한 용도지."

워시번이 고개를 들었다.

"흥, 개소리 작작 하시지. 내가 왜 감방을 가요. 도와줄 사람이 얼마나 많은데."

"그래? 좋겠네. 근데 보석금 내 달라고 하면 다들 사라지는 것 같던데."

보슈가 갠트를 돌아보았다.

"그런 거 못 느꼈어, 조디?"

"느꼈지, 물론. 형제가 쓰러지겠다 싶으면 다들 흩어져서 도망가는 것 같더라고. 애써봤자 감방 갈 게 뻔한데 뭐하러 보석금을 내주나 그렇게 생각하는 거지."

보슈는 고개를 끄덕이고는 다시 워시번을 바라보았다.

"이건 또 무슨 개소리?" 워시번이 말했다. "나한테 왜 이래요? 내가 뭘 잘못했다고?"

보슈가 한 손으로 탁자를 톡톡 두드렸다.

"그래, 무슨 개소리인지 말해줄게, 투 스몰. 난 경찰국 본부에서 일해. 조무래기들 잔돈푼이나 오가는 마약 거래판을 깨자고 여기까지 달려온 게 아니야. 난 살인사건 담당이야. 미제사건을 수사하지. 미제사건이 뭔지 알아? 오래전에 일어난 사건. 수년 전에 일어난 사건. 20년 전에 일어난 사건도 있고."

보슈가 워시번의 반응을 살폈지만 변화를 전혀 느끼지 못했다.

"이제부터 우리가 얘기할 그 사건처럼."

"살인사건에 대해서는 아무것도 몰라요. 번지수 잘못 찾아 오셨네, 형사양반."

"아, 진짜? 내가 들은 얘기하고 다르네. 그럼 사람들이 너에 대해서 거짓말을 하고 있었던 거네."

"그렇다니까요. 그러니 헛소리 집어치우시지."

보슈는 의자에 등을 기대고 워시번의 지시에 따를까 말까 고민하는 표정을 짓다가 곧 고개를 한 번 가로저었다.

"근데 그럴 수가 없어. 증인이 있거든. 사실 전문증인(傳聞證人)이야. 전문증인이 뭔지는 알아?"

워시번은 고개를 돌리면서 대답했다.

"내가 아는 건 당신이 헛소리만 뻑뻑 한다는 것뿐인데."

"네가 범죄를 자백하는 걸 들었다는 증인이 있어, 투 스몰. 네가 그 여자한테 말했다며. 백인 여자를 벽 앞에 무릎 꿇려 앉혀놓고 총으로 쏴 죽였다고 되게 으스대면서 말했다던데. 그 일 덕분에 식스티즈에 바로 들어갈 수 있을 것 같다면서 엄청 자랑스러워했고."

워시번이 일어서려고 했지만 손이 의자에 묶여있어 바로 잡아당겨져 앉을 수밖에 없었다.

"백인 여자? 뭐야, 이건 또 무슨 개소리야? 레티샤가 그래요? 그 여자 말 다 헛소리예요. 4개월 동안 양육비 안 줬다고 날 골탕 먹이려고 그러는 거라니까. 거짓말을 밥 먹듯이 하는 여잔데 무슨 말인들 못할까."

보슈는 탁자에 두 팔꿈치를 올려놓고 워시번에게로 상체를 숙였다.

"난 제보자 이름은 말 안 해, 찰스. 하지만 확실히 말할 수 있는 건 너 이제 큰일 났다는 거야. 내가 들은 이야기를 바탕으로 조사를 좀 했더니, 1992년에 네가 살던 집 바로 뒷골목에서 백인 여자가 피살됐던데. 그러니까 그 말이 꾸며낸 이야기가 아닌 거지."

무슨 말인지 알아들었는지 워시번의 눈이 반짝였다.

"폭동 때 살해된 그 여기자? 그걸 나한테 뒤집어씌우겠다고? 어림도 없는 소리. 난 아니거든요. 그러니까 그 전문증인인가 뭔가한테 전해요, 계속 그렇게 거짓말하면 가만 안 둔다고."

"지금 경찰관들 앞에서 증인을 협박하는 건 아니겠지, 설마. 레티샤가 증인이든 아니든, 레티샤에게 무슨 일이 생기면 너부터 찾아가야겠다, 야."

워시번은 아무 말도 하지 않았고 보슈는 좀 더 밀고 나갔다.

"사실, 증인이 한 명만 있는 게 아니야, 찰스. 네가 그 당시에 권총을 갖고 있었다고 증언한 사람도 있어. 그 동네 주민. 구체적으로 베레타 권총이라고까지 말했어. 근데 골목에서 여자를 살해하는데 쓰인 총이 베레타 거든."

"그 총? 그거 우리 집 뒷마당에서 주운 건데!"

야호! 워시번이 인정을 했다. 그러나 동시에 그럴듯한 이유를 댔다. 그이유가 너무나 진짜 같고 별 생각 없이 툭 튀어나와서 지어냈다고 생각하긴 힘들었다. 보슈는 일단 반박하지 않고 받아들이기로 했다.

"집 뒷마당? 자기 집 뒷마당에서 주웠다는 말을 나보고 믿으라고!?"

"이봐요, 형사님, 그때 난 열여섯 살이었거든요. 우리 엄마는 폭동 때 내가 밖에 나가지도 못하게 했어요. 내 방 문을 밖에서 잠가버렸고 창문에는 창살이 있었고. 날 방에 가둬놨었다니까요. 못 믿겠으면 엄마한테 확인해 보든가."

"그럼 그 총은 언제 발견했는데?"

"폭동 끝나고 나서요. 완전히 끝나고 나서. 뒷마당에서 잔디를 깎고 있는데 풀 속에 있더라니까요. 그게 어디서 온 건지도 몰랐어요. 심지어 살인사건이 난 줄도 몰랐다니까요. 경찰이 찾아왔었다는 말을 엄마한테 듣기 전까지는."

"엄마한테 그 총 얘기 했어?"

"미쳤어요, 그런 얘길 하게. 총 얘기는 한 마디도 안 했어요. 그리고 그때쯤엔 총을 갖고 있지도 않았고."

보슈는 어깨 너머로 갠트를 슬쩍 쳐다보았다. 갠트에게 바통을 넘기겠다는 신호였다. 워시번의 이야기는 진실이 갖는 절박함과 세세함을 갖고 있었다. 예스페르센을 쏜 범인이 범행도구를 없애기 위해 담 너머로 던져버렸을 가능성이 충분히 있었다.

갠트는 보슈가 쳐다본 뜻을 알아차리고 일어섰다. 그러고는 앉았던 의자를 끌어와 보슈 옆에 앉았다. 이제부턴 보슈와 동등하게 게임에 나서는 선수였다.

"찰스, 넌 지금 심각한 일로 여기 있는 거야." 갠트가 그 심각함을 완벽히 표현하는 어조로 말했다. "이 일에 대해서 우리가 너보다 더 많이 알고 있다는 걸 잊지 마. 우리한테 헛소리하지 않고 사실대로 얘기하면 여길 무사히 걸어 나갈 수 있어. 근데 거짓말을 하면, 우리가 알게 될 거야."

"알았어요. 뭘 알고 싶은데요?" 워시번이 온순하게 말했다.

"20년 전에 그 총을 어떻게 했는지 말해주면 돼."

"누구 줬어요. 처음엔 숨겨놨다가 누구 줬다고요."

"누구?"

"아는 사람. 지금은 죽고 없지만."

"다시 안 묻는다. 누구?"

"이름이 트루먼드랬는데 본명인지 아닌지는 모르겠고. 거리에서는 다들 트루 스토리라고 불렀어요."

"별명이야? 성이 뭔데?"

갠트는 이미 답을 알고 있으면서도 모르는 척 물어보는 전형적인 조사 기법을 쓰고 있었다. 이 기법은 피조사자의 진실성을 가늠하는데 도움이 되었고, 조사관이 실제보다 더 적게 안다고 피조사자가 생각하게 하는 것이 전략적으로 이로울 때도 있었다.

"내가 어떻게 압니까." 워시번이 말했다. "어쨌든 죽었어요. 몇 년 전에 살해됐다고 하더라고요."

"누가 죽였는데?"

"모르죠. 조폭이었잖아요. 누가 죽였겠죠, 뭐. 그런 일 종종 있으니까."

갠트가 의자에 등을 기댔다. 원한다면 바통을 이어받아 조사하라고 보슈에게 보내는 신호였다.

보슈가 나섰다.

"총 얘기 좀 해봐."

"형사님 말처럼 베레타였어요. 검은색이었고."

"정확히 마당 어디에서 발견했어?"

"잘 기억이 안 나요. 그네 옆이었던 것 같기도 하고. 풀 속에 있었는데 예초기가 그 위를 지나가면서 총 겉면이 크게 긁혔던 건 기억이 나는데."

"겉면 어디가 긁혔는데?"

"총열 한쪽 면."

보슈는 총이 발견될 경우 긁힌 자국을 찾아보면 그 총이 맞는지를 확인할 수 있겠다고 생각했다. 무엇보다 워시번의 진술이 사실인지를 확인할 수 있었다.

"총이 작동했어?"

"아, 그럼요, 작동했죠. 성능 좋던데요. 그 자리에서 한 번 쏴봤거든요. 울타리 말뚝에 총알이 박히더라고요. 방아쇠를 당긴 것 같지도 않았는데 발사가 돼서 얼마나 깜짝 놀랐는데."

"총소리를 네 어머니가 들었고?"

"네, 소릴 듣고 나왔더라고요. 하지만 그 전에 미리 총을 바지춤에 꽂고 셔츠를 겉으로 내어 입어서 감춰놨죠. 예초기가 뭔가에 부딪혀서 그런 소리가 났다고 말했고."

보슈는 울타리 말뚝에 박힌 총알에 대해서 생각해보았다. 그 총알이 아직도 거기 있다면 워시번의 진술이 사실임을 확인하는 또 하나의 증거가될 것이다. 그는 이야기를 이어나갔다.

"그랬군. 폭동이 진행되는 동안엔 어머니가 널 방에 가둬놨었다고 했는데, 맞아?"

"네, 맞아요."

"좋아, 그럼 그 총을 언제 발견했어? 폭동은 사흘 만에 거의 끝났는데.

5월 1일이 마지막 밤이었잖아. 총을 언제 발견했는지 기억해?"

워시번은 짜증이 난 표정으로 고개를 가로저었다.

"그걸 어떻게 기억합니까, 그렇게 옛날 일을. 내가 기억하는 건 총을 발견했다는 것뿐이에요."

"그걸 왜 트루 스토리에게 줬지?"

"우리 형님이었으니까 줬죠."

"롤링 식스티즈 크립스의 형님?"

"네, 맞습니다!"

워시번은 백인 남자가 비웃는 듯한 목소리로 말했다. 보슈가 아니라 갠트와 이야기하고 싶어 하는 것 같았다. 보슈가 갠트를 흘끗 쳐다보자 갠트가 질문을 이어갔다.

"트루먼드라고 했는데, 트루먼트 아냐? 트루먼트 스토리?"

"그런 것 같아요. 그렇게 잘 아는 사람은 아니었어요."

"모르는 사람한테 총은 왜 줬어?"

"안면을 트고 싶었으니까요. 조직에서 올라가보고 싶었고."

"그래서 원하는 대로 됐어?"

"아뇨. 그러고 나서 바로 잡혀 들어가서 실마에 있는 청소년 보호감찰소에서 2년 가까이 사는 바람에. 그 다음에는 기회가 없었고."

전국에서 가장 큰 청소년 보호감찰소 중 하나가 샌퍼낸도 밸리 북쪽 교외지역인 실마에 있었다. 소년법정은 촉법소년과 폭력조직과의 연계를 끊기 위해 거주지에서 먼 보호감찰소로 보내는 경우가 많았다.

"그 후에 그 총을 다시 본 적 있어?" 갠트가 물었다.

"아뇨, 한 번도 못 봤어요." 워시번이 대답했다.

"트루 스토리는?" 보슈가 물었다. "그 사람은 다시 본 적 있어?"

"거리에서 본 적은 있는데 함께 어울린 적은 없어요. 말해 본 적도 없고."

보슈는 워시번이 말을 더 할까 싶어 잠깐 기다렸지만 그걸로 끝이었다.

"좋아. 얌전히 앉아있어, 투 스몰." 그가 말했다.

보슈가 일어서면서 갠트의 어깨를 톡톡 쳤다. 형사들은 조사실을 나가 문을 닫고 서로를 마주보았다. 갠트가 어깨를 으쓱거리더니 먼저 입을 열었다.

"이야기가 잘 들어맞네." 갠트가 말했다.

보슈가 마지못해 고개를 끄덕였다. 워시번의 진술에서 진실성이 느껴졌다. 그러나 그런 느낌이 중요한 것이 아니었다. 워시번은 자기 집 뒷마당에서 총을 주웠다고 시인했다. 그 총이 보슈가 찾는 총일 가능성이 높았지만, 그렇다는 증거는 전혀 없었다. 투 스몰 워시번과 안네케 예스페르센 피살사건의 관련성이 그가 인정한 것 이상일 것이라는 증거도 없었다.

"쟤 어떡할 거야?" 갠트가 물었다.

"난 볼일 다 봤어. 체포 영장 나온 것 하고 마리화나 소지 혐의로 입건해. 그 전에 제보자가 레티샤나 다른 누가 아니었다는 사실을 알려주고."

"그럴게. 일이 잘 안 돼서 유감이야, 해리."

"그러게 말이야. 자꾸 이런 생각이 드는데……."

"무슨 생각?"

"트루먼트 스토리 말이야. 만약에 그자가 자기 총으로 살해된 게 아니라면?"

갠트는 한 손으로 팔꿈치를 감싸 안고 다른 손으로 턱을 문질렀다.

"그게 벌써 3년 전이잖아."

"그래, 알아. 가능성이 별로 없다는 것. 근데 스토리가 펠리컨 베이에 나타난 후로 5년간은 그 총을 사용한 사람이 없어. 계속 숨겨져 있었던 거지."

갠트가 고개를 끄덕였다.

"스토리는 73번가에 살았어. 1년 전쯤 지역연계 프로그램이 있어서 그 동네에 간 적이 있어. 그 집 문을 두드렸더니 스토리의 자식을 낳아 기르고 있는 동거녀가 아직도 그 집에서 살고 있더라고."

보슈는 고개를 끄덕였다.

"스토리 피살사건을 맡았던 팀이 그 집을 수색해봤어?"

갠트는 고개를 가로저었다.

"모르겠어. 살펴봤다 해도 자세히 살펴보진 않았을 거야. 영장을 받아서 수색해보진 않았을 거라고. 확인해볼게."

보슈는 고개를 끄덕이고는 형사과 사무실 문을 향해 걸어가기 시작했다.

"결과 알려줘." 그가 말했다. "이제 와서 수색하기 어려우면, 내가 가보려고."

"그래 볼 가치가 있을 것 같아." 갠트가 말했다. "근데, 해리, 스토리의 동거녀는 조직의 핵심 간부였어. 줄을 제대로 탔으면 지금쯤 조직 맨 꼭대기에 앉아있을 거야. 아주 무서운 여자야."

보슈는 들은 이야기에 대해 잠깐 생각했다.

"우리에게 유리하게 상황을 만들어갈 수도 있지 않을까. 지금 영장을 얻어낼 만큼 뭐가 충분히 있을 것 같지 않아서 말이야."

보슈의 말은 트루먼트 스토리가 사망한 지 3년이 다 되어가는 지금에 와서 그가 살았던 집에 대한 수색영장을 받아낼 합리적인 이유가 그렇게 많지 않을 것 같다는 뜻이었다. 그 집에 들어가는 가장 좋은 방법은 압수수색영장을 발부받지 않고 들어가는 것이었다. 그러기 위한 가장 좋은 방법은 초대받아 들어가는 것이고. 연극만 제대로 한다면 가장 가능성이 없어 보이는 사람에게서 가장 가능성이 없어 보이는 초대를 받아 들어갈 수도 있을 것이었다.

"내가 각본을 한번 짜볼게, 해리." 갠트가 제안했다.

"그래, 다 짜면 알려줘."

10

보슈가 미제사건 전담반 사무실로 돌아와 보니 추는 컴퓨터 앞에 앉아 워드 문서를 작성하고 있었다.

"그건 뭐야?"

"클랜시 사건 가석방 편지요."

보슈는 고개를 끄덕였다. 편지를 쓰고 있는 추가 기특했다. 유죄평결을 받아 복역 중인 살인자가 가석방 심사를 앞두고 있을 때마다 경찰국에 그 사실이 통지되었다. 의무사항은 아니지만, 그 사건을 맡았던 수사관들이 그 살인자의 가석방에 반대하거나 찬성한다는 내용의 편지를 가석방 심사위원회에 보내 달라고 권고를 받았다. 평소 업무량이 많아서 편지를 보내는 수사관이 그리 많지 않았지만 보슈는 웬만하면 보내는 편이었다. 그 살인자가 저지른 범죄의 잔혹성이 심사위원들의 마음을 움직여 가석방을 거부하게 만들기를 내심 바라면서 잔혹한 범죄사실을 상세하게 묘사하는 편지를 써 보내곤 했다. 그는 이러한 관행을 파트너에게 물려주고 싶었다. 그래서 성폭행을 시도하다가 피해자를 칼로 찔러 잔인하게 살해한 클랜시 살인사건에 관한 가석방 반대 편지를 추에게 써보라고 시켰었다.

"내일쯤이면 읽어보실 수 있을 겁니다."

"그래, 좋아." 보슈가 말했다. "내가 준 이름들은 검색해봤어?"

"네, 근데 별거 없던데요. 히메네스는 깨끗했고 뱅크스는 음주운전 전과 하나만 있고요."

"확실해?"

"제가 찾은 건 그게 전부예요."

보슈는 실망하면서 의자를 끌어내 자기 책상 앞에 앉았다. 알렉스 화이트 미스터리가 즉석에서 해결될 거라고 기대하진 않았지만 음주운전 전과보다는 더 심각한 뭔가가 나올 거라고 기대했었다. 곱씹으며 고민해볼 무언가를 기대했었다.

"별 말씀을요." 추가 말했다.

보슈가 추를 돌아보았고, 실망감이 짜증으로 바뀌었다.

"해야 할 일을 해놓고 항상 고맙다는 말을 듣고 싶다면, 직업을 잘못 선택한 거야."

추는 아무 말도 하지 않았다. 보슈는 컴퓨터를 켰고 〈베를링스케 티엔데〉의 미켈 본이 보낸 이메일을 발견했다. 한 시간 전쯤 들어와 있었다.

보슈 형사님, 알아봤더니 야닉 프레이 씨는 프리랜서 담당 편집자로서 안네케 예스페르센 기자와 일을 했더군요. 하지만 영어 실력이 형편없어서 1992년 당시 로스앤젤레스의 수사관들과 기자들과 직접 소통은 하지 않았답니다. 대신 아르네 하겐 씨가 소통을 맡았는데 영어를 아주 잘했고 우리 신문사의 편집장이었기 때문이죠.

프레이 씨에게 연락을 해봤는데요, 아직도 영어를 잘 못하신다는군요. 혹시 프레이 씨에게 질문하실 게 있으면 제가 중간자 역할을 해드리겠습니다. 형사님께 도움이 된다면 기꺼이 해드리고 말고요. 답장 기다리겠습니다.

보슈는 그 제안에 대해서 생각해보았다. 본이 단순한 선의로 도움을 제안한 것으로 보여도 속으로는 바라는 게 있다는 걸 그는 알고 있었다. 본은 신문기자였고 항상 기사거리를 찾고 있었다. 게다가 보슈가 그를 중간자로 이용한다면 그는 수사와 관련하여 매우 중요한 정보를 알게 될 것이었다. 보슈는 별로 내키지 않았지만 계속해서 여세를 몰아갈 필요성을 느꼈다. 그는 답장을 쓰기 시작했다.

본 씨, 당신의 제안을 받아들이겠습니다. 단, 조건이 있습니다. 프레이 씨가 제공하는 정보를 신문기사에 써도 된다고 제가 허락할 때까지 비밀로 해주셔야 합니다. 제 조건에 동의하실 경우, 제가 프레이 씨께 질문하고 싶은 것은 다음과 같습니다.

안네케 예스페르센이 기사거리를 좇아 미국에 왔다는 사실을 알고 계십니까?

알고 계신다면, 무엇에 관한 기사였습니까? 예스페르센이 여기서 무엇을 하고 있었죠?

미국에서 예스페르센이 가고자 했던 목적지에 대해서 해주실 말씀 있습니까? 예스페르센은 LA에 오기 전에 애틀랜타와 샌프란시스코에 갔는데요. 그 이유가 무엇이죠? 미국 내 다른 도시에도 갔는지 알고 계십니까?

예스페르센은 미국에 오기 전에 독일 슈투트가르트에 가서 미군기지 근처의 호텔에 묵었는데요. 그 이유를 아십니까?

저는 이것이 좋은 출발이라고 생각합니다. 안네케의 미국 여행과 관련해 어떠한 정보라도 입수해주신다면 감사하겠습니다. 도와주셔서 감사하고, 이 정보를 비밀로 해주실 것을 다시 한 번 부탁드립니다.

보슈는 이메일을 보내기 전에 다시 한 번 읽어보았다. 전송 버튼을 누름과 동시에 본을 이 일에 끌어들인 것을 후회했다. 한 번 만난 적도 없고 대화도 한 번 밖에 안 해본 기자인데.

그는 컴퓨터 화면에서 고개를 돌려 벽시계를 보았다. 4시가 다 되어가고 있으니 탬파는 7시 가까이 됐을 것이다. 보슈는 살인사건 파일을 펼쳐 자신이 표지 뒷면에 써놓은 개리 해로드의 전화번호를 찾았다. 개리 해로드는 1992년 당시 예스페르센 사건을 담당했던 폭동범죄 전담반 형사인데 지금은 퇴직한 상태였다. 보슈는 재수사를 시작하면서 해로드와 통화를 했었다. 그땐 물어볼 것이 별로 없었는데 지금은 많았다.

보슈는 갖고 있는 해로드의 전화번호가 집 전화번호인지 휴대선화번호인지 아니면 직장 번호인지 알지 못했다. 해로드는 비교적 젊었을 때인, 근속 20년 만에 퇴직했고 아내의 고향인 플로리다로 이사해서 지금은 거기서 꽤 큰 부동산 회사를 운영하고 있었다.

"개리입니다."

"안녕하세요, 개리, LA 경찰국의 해리 보슈입니다. 지난달에 예스페르센 사건 때문에 통화했는데, 기억하세요?"

"그럼요, 물론이죠, 보슈 형사."

"잠깐 통화 가능합니까, 아니면 지금 식사 중이신가요?"

"저녁은 30분 후에나 먹을 거니까, 그때까진 시간 돼요. 백설 공주 사건을 벌써 해결했다고는 하지 말아요."

보슈는 지난달에 통화하면서 살인사건이 발생한 날 밤 자신의 파트너가 안네케에게 백설 공주라는 별명을 붙였다고 말했었다.

"아이고, 그럴리가요. 아직도 이것저것 알아보는 중입니다. 몇 가지 단서를 잡았는데, 물어볼 게 있어서요."

"물어봐요."

"네, 우선 예스페르센이 일했던 신문사 말인데, 덴마크의 그 신문사 사람들과 접촉한 사람이 형사님인가요?"

해로드가 그 사건에 관한 기억을 더듬는 동안 긴 침묵이 이어졌다. 보슈는 해로드와 직접적으로 함께 일한 적은 없었지만 형사 시절의 그를 알고 있었다. 해로드는 믿음직한 수사관이라는 평판을 얻고 있었다. 보슈가 사건 발생 후 몇 년간 수사에 참여했던 많은 수사관들 중에서 해로드를 선택한 것도 바로 그런 이유에서였다. 해로드는 할 수만 있다면 보슈를 도울 사람이었고, 정보를 안 주고 쥐고 있지는 않을 사람이었다.

보슈는 늘 미제사건 발생 당시에 수사에 참여했던 수사관들과 접촉하려고 노력했다. 놀라운건 아직도 직업적인 자존심을 내세우면서, 자신이 종결하지 못한 사건을 다른 수사관이 종결하도록 돕는 것을 꺼려하는 수사관이 너무나 많다는 사실이었다.

그러나 해로드는 그렇지 않았다. 지난달 처음 통화할 때, 그는 자신에게 배정됐던 예스페르센 사건을 비롯한 여러 폭동 관련 살인사건들을 종결하지 못해서 죄책감을 느끼고 있다고 고백했다. 쫓을 증거가 거의 없는 미제사건이 너무 많아서 압도됐었다고 말했다. 전담반의 수사는 거의가 예스페르센 사건 때와 마찬가지로 사건 현장에 관한 수사가 불완전하거나 거의 없는 상태에서 진행되었다. 법과학적 증거가 턱없이 부족했다.

"도대체 어디서부터 시작해야할지를 모르겠더라구요." 해로드가 보슈에게 말했었다. "다들 어둠 속을 뛰어다니는 형국이었죠. 그래서 광고판을 세우고 보상금을 약속했고, 주로 제보에 의존해서 수사를 진행했어요. 하지만 별 성과를 거두지 못했고, 어떤 새로운 전기도 만들지 못했죠. 종결한 사건이 단 한 건도 기억나질 않는군요. 좌절감이 들었어요. 그게 근속 20년 만에 경찰 일을 그만둔 이유 중 하나였죠. 빨리 LA를 떠나고 싶더라고요."

보슈는 이 도시와 경찰국이 좋은 사람을 잃었다는 생각이 들었다. 자신이 예스페르센 사건을 종결할 수만 있다면 해로드가 조금이나마 위안을 얻을 거라는 생각도 들었고 또 그러기를 바랐다.

"거기 신문사 사람하고 통화 한 거 기억나요." 해로드가 말했다. "피해자의 직접적인 상관은 아니었던 걸로 기억하는데. 직접적인 상관은 영어를 못한다고 하더라고요. 그래서 그 신문사 편집장하고 통화를 하면서 일반적인 정보를 얻었죠. 아, 그리고 이것도 기억나네. 데번셔의 한 순경이 덴마크어를 할 줄 알더라고요. 그래서 그 친구를 통해서 그곳 사람들하고 통화를 몇 번 했었죠."

이것은 보슈에게는 새로운 정보였다. 그 신문사의 아르네 하센 편집장이 아닌 다른 사람의 도움을 받아 전화 조사를 했다는 보고는 살인사건 파일 어디에도 없었다.

"누굴 조사했는지 기억나요?"

"신문사의 다른 직원들이요. 그리고 유가족도 있었고."

"오빠요?"

"아마도요. 기억이 잘 안 나네요, 보슈 형사. 20년 전 일이고 그 이후로 내 삶이 완전히 바뀌어서."

"이해합니다. 통역을 해줬다는 그 데번셔 경찰서 순경은 누구였는지 기억하세요?"

"사건 파일에 없어요?"

"네, 덴마크어로 진행된 전화 조사에 대해서는 전혀 언급이 없던데. 데번셔 순찰대 사람이었어요?"

"네. 덴마크에서 태어나고 미국에서 자라서 덴마크어를 잘 알고 있더라고요. 이름은 기억이 안 나요. 인사계에서 연결해줬거든요. 하지만 사건 파일에 아무 보고가 없다면 별 의미가 없었다는 겁니다. 뭐 건진 게 있으면 써놨을 테니까요."

보슈는 고개를 끄덕였다. 해로드의 말이 맞다는 걸 알았다. 하지만 사건 파일 같은 공식 기록에 올라있지 않은 수사 조치에 대한 이야기를 들으면 항상 신경이 쓰였다.

"좋아요, 개리, 이제 그만 놔드릴게요. 그걸 확인해보고 싶었습니다."

"정말이요? 더 없어요? 당신 전화 받고 나서 계속 그 사건이 머릿속을 맴돌더라고요. 그 사건하고 아직도 마음에 걸리는 또 다른 사건."

"어떤 건데요? 아직 아무도 안 맡았으면 내가 한 번 볼 수도 있는데."

해로드의 기억이 한 사건에서 다른 사건으로 옮겨가는 동안 다시 침묵이 흘렀다.

"이름은 기억이 안 나요." 해로드가 말했다. "저 위 패코이마에 살던 남자였어요. 유타 주 출신인데 패코이마에 있는 허름한 모텔에 묵고 있었죠. 서부를 돌아다니면서 쇼핑몰을 짓는 건설공사장 인부들 중 한 명이었어요. 타일공이었다는 건 기억나네요."

"무슨 일이 있었죠?"

"글쎄, 그걸 모르겠어요. 그는 모텔에서 한 블록 떨어진 도로 한가운데에서 머리에 총을 맞은 시신으로 발견됐어요. 모텔 방에는 TV가 켜져 있었고. TV를 보고 있었던 게 틀림없어요. 도시가 불에 타고 부서져 내리는 모습을 보고 있었던 거죠. 그러다가 무슨 이유에선지 밖으로 나갔고. 항상 그 부분이 마음에 걸리더라고요."

"밖으로 나간 거요?"

"그래요, 밖으로 나간 거. 왜 나갔을까? 도시는 불 타고 있었는데. 규칙이 사라지고 완전 무정부상태였는데, 그걸 보겠다고 안전한 곳을 버리고 나간 거죠. 우리가 판단한 바로는, 누군가가 차를 타고 지나가면서 쏘고 간 겁니다. 증인도, 범행 동기도, 증거도 없었죠. 그 사건을 맡는 순간 직감했어요, '아 이건 힘들겠다'라고. 피해자 부모님과 통화한 게 기억나네요. 그 부모님은 솔트레이크 시티에 살고 있었죠. 어떻게 아들에게 이런 일이 일어날 수 있었는지 도무지 이해가 안 간다고 했어요. LA가 다른 행성 같이 느껴진다고 하더라고요. 도무지 상상할 수 없는 곳이라고."

"그렇군요." 보슈가 말했다.

달리 할 말이 없었다.

"어쨌든, 이제 손 씻고 저녁 먹을 준비를 해야겠군요." 해로드가 애써 기억을 떨쳐버리며 말했다. "아내가 파스타를 만들고 있거든요."

"맛있겠는데요. 도와주셔서 감사합니다."

"무슨 도움이 되었다고."

"도움이 됐어요. 또 더 생각나는 것 있으면 연락 주세요."

"그럴게요."

보슈는 전화를 끊고 나서 아는 사람들 중에 20년 전 데번셔 경찰서에서 일했던 사람이 있는지 기억을 되살려보았다. 당시 그곳은 관할 지역은 가장 넓지만 가장 조용한 경찰서였다. 샌퍼낸도밸리의 북서쪽 전체를 관할하고 있었다. 신축건물이고 업무량은 적어서 클럽 데브라고 불리기도 했다.

보슈는 예전에 미제사건 전담반장이었던 래리 갠들이 1990년대에 데번셔에서 일했다는 것을 기억해냈다. 그렇다면 덴마크어를 할 줄 아는 순경이 누군지 알 수도 있었다. 보슈는 갠들의 사무실로 전화를 걸었다. 갠들은 경감으로 승진해서 현재 강력계장으로 일하고 있었다.

보슈의 전화는 갠들에게로 지체 없이 연결이 되었다. 보슈가 누구를 찾는지 설명하자 갠들이 나쁜 소식을 전했다.

"아, 매그너스 베스터가르트 말이구먼. 근데 10여 년 전에 죽었어. 오토바이 사고로."

"빌어먹을."

"무슨 일인데?"

"요즘 내가 수사하고 있는 사건과 관련해서 덴마크어 통역을 해줬대요.

뭐 기억나는 게 있나 물어보려고요, 사건 파일에 없는 걸 기억하고 있을 수도 있으니까."

"유감이군, 해리."

"그러게나 말입니다."

* * *

보슈가 수화기를 내려놓고 손을 떼기도 전에 전화벨이 울렸다. 오툴 경위였다.

"형사, 잠깐 내 사무실로 올래요?"

"그러지."

보슈는 컴퓨터 화면을 끄고 일어섰다. 반장실 호출은 좋은 일이 아니었다. 그는 여러 개의 눈들이 모퉁이에 있는 반장실로 향하는 자기를 따라오는 것을 느꼈다. 반장실 안은 밝았다. 전담반 사무실이 내다보이는 안쪽 창문에 달린 블라인드뿐만 아니라 로스앤젤레스 타임스 건물이 내다보이는 바깥쪽 창문에 달린 블라인드까지 모두 올라가 있었다. 오툴은 기자들이 자기를 훔쳐보고 있다는 두려움에 사로잡혀 항상 블라인드를 내리고 있었던 전임자와는 사뭇 대조적이었다.

"무슨 일인데, 반장?" 보슈가 물었다.

"맡기고 싶은 게 있어서요."

"뭘?"

"사건이죠, 뭐. 암살반(The Death Squad)에 있는 프란이라는 분석가한테서 전화가 왔는데요. 2006년에 일어난 미제사건하고 1999년에 발생한 사건하고의 연관성을 발견했다더라고요. 그 사건을 맡아주시죠. 괜찮은 것 같던데. 이건 프란 연락처고요."

오툴은 전화번호 하나가 적힌 노란색 포스트잇을 내밀었다. 암살반은 신설된 정보 평가 및 이론분석반(The Data Evaluation and Theory Unit)을 부르는 약칭이었다. 정보 통합이라고 불리는 미제사건 수사 기법을 실현하는 부서였다.

지난 3년 동안 암살반은 창고에 쌓여있던 살인사건 파일들을 디지털화하는 작업을 통해 쉽게 접근할 수 있고 비교 가능한 정보를 담은 거대한 데이터베이스를 창조해냈다. 암살반에 있는 공중전화박스 만한 IBM 컴퓨터가 용의자와 증인, 범행 도구, 현장의 위치, 신조어 등 사건 현장과 수사에 관계된 수많은 세부 사실들을 끊임없이 데이터화하여 저장하고 있었다. 그야말로 미제사건 수사에 혁신을 가져온 것이다.

보슈가 손을 뻗어 포스트잇을 받지는 않았지만 결국에는 호기심이 승리했다.

"그 두 사건 사이의 연관성이 뭔데?"

"목격자요. 총격범이 달아나는 것을 본 목격자가 한 사람이라는 거죠. 하나는 밸리, 다른 하나는 시내에서 일어난 청부 살인사건이고 전혀 관련이 없어 보이는데 두 번 다 같은 사람이 목격을 했다네요. 이 목격자를 완전히 새로운 각도에서 살펴볼 필요가 있을 것 같아요. 번호 받아요."

보슈는 받지 않았다.

"왜 이래, 반장. 예스페르센 사건 수사 중인 거 알면서, 왜 이걸 나한테 주는 거야?"

"어제는 예스페르센 사건이 교착상태에 빠졌다면서요."

"내가 언제 교착상태에 빠졌다고 그랬어. '공소권 없음'으로 처리할 사건은 아닌 것 같다고 했지."

보슈는 무슨 일이 일어나고 있는지를 갑자기 깨달았다. 조디 갠트가 말한 것이 오툴이 하려는 일과 관련이 있었다. 게다가 전날 오후, 오툴은 매

주 10층에서 열리는 간부 회의에 참석했다. 보슈는 홱 돌아서서 문을 향해 걸어갔다.

"보슈 형사, 나가지 말아요. 어디 가요?"

보슈는 오툴을 돌아보지도 않고 말했다.

"그 사건 잭슨 줘. 사건이 필요한 건 잭슨이니까."

"아뇨, 당신 줄 건데요. 이봐요!"

보슈는 중앙 복도를 성큼성큼 걸어가 문을 열고 엘리베이터가 있는 로비로 나갔다. 다행히도 오툴이 따라 나오지 않았다. 보슈가 가장 참지 못하는 두 가지가 바로 정치와 관료주의였다. 보슈는 오툴이 둘 다에 발을 담갔다고 믿었다. 자신이 원해서 그런 것은 아니라고 해도.

보슈는 엘리베이터를 타고 10층으로 올라가 경찰국장실의 열린 문 안으로 성큼성큼 걸어 들어갔다. 앞쪽 비서실에는 책상이 네 개 있었다. 그 중 세 개의 책상 뒤에는 정복을 입은 경찰관이 앉아있었다. 나머지 하나의 책상 뒤에는 경찰국 내에서 가장 힘 있는 민간인인 앨타 로즈가 앉아 있었다. 그녀는 30년 가까이 국장실 문 앞을 지키고 있었다. 그녀는 사납고 공격적인 면과 부드럽고 상냥한 면을 다 갖고 있었다. 그녀를 비서라고 무시하는 사람들은 잘못 생각한 것이다. 그녀는 국장의 일정을 조정하고 국장에게 언제 어디에 있어야 하는지를 알리는 국장의 최측근이었다.

지난 수십 년 동안 보슈가 국장실에 얼마나 자주 불려 다녔던지 로즈는 그를 보자마자 알아보았고, 자신의 책상으로 다가오는 그를 향해 반갑게 웃으며 인사했다.

"안녕하세요, 보슈 형사님?"

"안녕합니다, 로즈 여사님. 여긴 잘 돌아가고 있습니까?"

"더할 나위 없어요. 근데 죄송하지만 국장님의 오늘 일정표에 형사님 이름이 보이질 않네요. 제가 실수한 건가요?"

"아뇨, 실수 아닙니다, 로즈 여사님. 전 그냥 마티가, 그러니까 국장님이 5분 정도 저를 위해 시간을 내주실 수 있을까 해서."

그녀의 눈이 책상에 놓인 여러 회선의 전화기를 슬쩍 훑고 지나갔다. 한 회선의 버튼에 빨갛게 불이 들어와 있었다.

"저런, 지금은 통화중이신데."

그러나 보슈는 그 버튼에는 항상 불이 들어와 있다는 것을, 필요할 경우 사람들을 돌려보내기 위해 그렇게 해놓았다는 것을 알고 있었다. 예전에 파트너였던 키즈 라이더가 국장실에서 일할 때 그 비밀을 말해줬었다.

"그리고 저녁 약속이 있어서 통화가 끝나는 대로 바로 출발하셔야……."

"3분만요, 로즈 여사님. 여쭤보기만이라도 해주세요. 어쩌면 저를 기다리고 계실지도 모릅니다."

앨타 로즈는 얼굴을 찌푸리면서도 일어서서 큰 문 뒤의 내실로 사라졌다. 보슈는 서서 기다렸다.

경찰국장 마틴 메이콕은 경찰국 말단에서부터 차근차근 승진을 거듭해 국장 자리까지 오른 사람이었다. 25년 전 그는 특수 살인사건을 담당하던 강력계 형사였다. 보슈도 마찬가지였다. 그들이 파트너로 함께 일한 적은 없었지만 전담반이 꾸려진 사건 몇 건을 함께 수사했다. 기억에 가장 선명하게 남아있는 둘이 함께 수사한 사건은 인형사 사건이었는데, 그때 보슈가 그 악명 높은 연쇄살인범을 사살함으로써 수사가 종결되었다. 메이콕은 잘 생기고 매우 유능한 형사였으며, 듣기 거북하지만 쉽게 기억할 수 있는 이름을 갖고 있었다. 그는 대형 사건들을 수사한 데서 오는 언론의 관심과 유명세를 이용해서 고속 승진을 거듭했고, 경찰위원회에 의해 경찰국장에 임명됨으로써 정점에 이르렀다.

경찰국 평직원들은 자기와 같은 평직원이 경찰국장 자리까지 오른 것에 처음에는 굉장히 들뜨고 기뻐했다. 그러나 임기 3년째에 접어들자, 달콤한 신혼기가 끝이 났다. 메이콕은 고용동결과 심각한 예산부족, 두세 달이 멀다하고 터지는 다양하고 잡다한 추문들로 만신창이가 된 경찰국을 이끌고 있었다. 범죄율이 급락했지만 그렇다고 그것이 그에게 득이 되거나 정치적인 입지를 굳건히 해주지는 않았다. 더 심각한 것은 평직원들이 그를 점호 때나 경찰관 총격 현장에 나타나기 보다는 6시 뉴스에 나오는 것에 더 관심이 있는 정치인으로 보기 시작했다는 사실이었다. 국장의 오랜 별명인 마티 마이콕(Marty MyCock. cock은 남자의 음경을 뜻함-옮긴이)이 경찰관들이 모이는 라커룸이나 주차장, 술집 등지에서 다시 인기를 끌고 있었다.

보슈는 오랫동안 경찰국장을 믿었지만 그 전 해에는 경찰국의 가장 날선 비평가였던 시의원과의 위험한 정치 투쟁에서 국장이 승리하도록 도와주었다. 키즈 라이더가 미리 계획하고 보슈를 이용한 거였다. 그 일로 라이더는 경감으로 승진해서 지금은 웨스트밸리 경찰서장으로 일하고 있었다. 보슈는 그 이후로 라이더나 국장과 만나거나 통화한 적이 한 번도 없었다.

앨타 로즈가 내실에서 나와서 보슈를 위해 문을 잡고 있었다.

"딱 5분이에요, 보슈 형사님."

"고맙습니다, 로즈 여사님."

보슈가 국장실로 들어가 보니 메이콕은 경찰과 스포츠 관련 소품들로 장식된 커다란 책상 뒤에 앉아있었다. 사무실이 넓었고 전용 발코니도 있었으며 창문 너머로는 관청가가 한눈에 들어왔다. 그 방 옆에는 회의실이 있었고 길이가 4미터에 달하는 회의 탁자도 보였다.

"해리 보슈, 안 그래도 오늘쯤 자네한테서 연락이 오지 않을까 생각하고 있었네."

그들은 악수를 했다. 보슈는 커다란 책상 앞에 서 있었다. 그는 오랜 동료를 좋아한다는 사실을 부인할 수 없었다. 다만 그 동료가 지금 하는 일과 동료의 변한 모습이 마음에 안 들뿐이었다.

"그럼, 왜 오툴을 이용하셨습니까? 저를 직접 부르지 그러셨어요. 작년에는 어빙 일로 저를 불러올리셨으면서."

"그래, 그랬지. 그래서 상황이 골치 아프게 됐잖나. 그래서 이번에는 오툴을 이용했는데 골치 아픈 건 이번에도 마찬가지군."

"무엇을 바라십니끼, 국장님?"

"그걸 내 입으로 얘기해야 하나?"

"그 여자는 처형됐습니다, 국장님. 담벼락 앞에 무릎 꿇려 앉혀놓고 바로 앞에서 눈을 쐈습니다. 근데 피해자가 백인이니까 종결하지 말라는 말씀입니까?"

"그런 게 아닐세. 물론 나도 자네가 그 사건을 종결해주길 바라네. 하지만 지금은 민감한 상황이란 말이지. 폭동 발생 20주년이 되는 해에 경찰이 종결한 유일한 폭동관련 살인사건이 백인 여자가 조폭에 의해 살해된 사건이라는 사실이 대서특필되면, 또 무슨 일이 터질지 모르거든. 20년이 지났지만 상황은 별반 달라지지 않았어. 또 무슨 일이 발화점이 될지 알 수 없단 말일세."

보슈는 책상에서 돌아서서 창문 너머로 시청을 바라보았다.

"국장님은 정치적으로 말씀하시는군요." 보슈가 말했다. "저는 살인사건 이야기를 하고 있는데요. 피해자가 누구든 상관없이 모두가 중요하다는 원칙은 어떻게 됐습니까? 특수살인사건 전담반의 원칙 기억하십니까?"

"물론 기억하지. 아직도 유효하고. 그 사건을 포기하라는 게 아닐세. 다만 약간 휴지기를 두자는 거지. 한 달만 기다렸다가 1일이 지난 다음에 조용히 종결하게. 그런 다음 유족에게 통지하고 끝내는 거지. 운이 좋으면 용의자가 이미 사망했을 것이고 그럼 재판 걱정은 안 해도 되겠지. 오툴 말로는 암살반에서 아주 괜찮은 사건이 들어왔다던데, 자네가 수사할 수 있을 거라고 하고. 그 사건이 우리가 바라는 관심과 주목을 받을 수 있게 해줄 걸세."

보슈는 고개를 가로저었다.

"저는 현재 수사하고 있는 사건이 있습니다."

메이콕은 보슈에게 인내심을 잃어가고 있었다. 그의 불그스레한 낯빛이 점점 더 빨개지고 있었다.

"그걸 잠깐 미뤄두고 괜찮은 사건부터 처리하게."

"이 사건을 종결하면 다른 대여섯 건도 줄줄이 종결할 수 있다는 말 오툴 경위가 하던가요?"

메이콕은 고개를 끄덕였지만 그건 별것 아니라는 듯 손을 내저었다.

"하더군, 전부 다 조폭 사건이고, 폭동 중에 일어난 건 하나도 없다고."

"이 사건들을 재조사하는 건 국장님 아이디어였습니다."

"자네는 하나에 꽂히면 물불을 안 가리는데 그 하나가 백설 공주 사건이 되리라는 걸 내가 어떻게 알았겠나. 빌어먹을, 별명도 정말. 앞으로는 그렇게 부르지 말게."

보슈는 방안을 서성거렸다. 그러다가 시청사의 첨탑이 경찰국 건물 북쪽 유리측벽에 반사되어 두 개로 보이는 각도를 발견했다. 최근에 발생한 살인사건이든 미제 살인사건이든, 살인범을 쫓을 때는 가차 없이 맹렬히 달려가야 했다. 그것이 살인범을 쫓는 유일한 방식이었고 보슈가 아는 유일한 방식이었다. 그러나 거기에 정치적인 혹은 사회적인 고려사항이 끼어들면, 항상 인내심이 줄어들곤 했다.

"빌어먹을." 보슈가 투덜거렸다.

"어떤 기분인지 아네." 국장이 말했다.

보슈가 그를 돌아보았다.

"아뇨, 국장님은 모르십니다. 이젠 모르신다고요."

"그렇다고 해두지. 자넨 자신의 의견을 개진할 권리가 있으니까."

"하지만 제가 맡은 사건을 수사할 권리는 없고요."

"다시 말하지만, 내 말은 그런 뜻이 아닐세. 그걸 조금만 미뤄두자는 것……."

"그럼 너무 늦습니다, 국장님. 곧 알려질 거니까요."

"어떻게 알려진단 말인가?"

"피해자에 대한 정보가 필요해서 피해자가 일하던 신문사에 연락해 정보를 맞교환하기로 했습니다. 거기 기자하고요. 그래놓고 그 사건을 제쳐두면, 그 기자가 그 이유를 알게 될 것이고, 그러면 그건 제가 그 사건을 종결하는 것보다 더 큰 기사거리가 될 텐데요."

"야, 이 개자식아. 어느 신문이야? 스웨덴인가?"

"덴마크요. 피해자가 덴마크인이거든요. 하지만 그 기사가 덴마크 안에만 머무를 거라고 생각하진 마십시오. 글로벌 시대 아닙니까. 거기서 기사가 나와 여기로 바로 넘어올 겁니다. 그러면 왜 수사를 못하게 했는지 국장님이 대답을 하셔야 할 겁니다."

메이콕은 책상에 있던 야구공을 집어 들고 투수가 새 공을 길들이듯 손가락으로 만지작거리기 시작했다.

"가보게." 국장이 말했다.

"알겠습니다. 그리고요?"

"그냥 꺼지라고. 얘기 끝났으니까."

보슈는 잠깐 멈칫하다가 곧 문을 향해 걸어가기 시작했다.

"수사하면서 홍보쪽에 신경 쓰겠습니다."

미약하나마 화해의 제스처였다.

"그래, 그렇게 하도록, 형사." 국장이 말했다.

보슈는 국장실을 나서면서 앨타 로즈에게 들여보내줘서 고맙다고 인사를 했다.

11

저녁 6시, 보슈는 73번지 주택의 현관문을 두드렸다. 주거지에 대한 수색영장은 이웃의 관심을 덜 끌기 위해서 보통 오전 시간에 집행했다. 사람들이 직장에 있거나 학교에 있거나 늦잠을 자고 있을 때.

그러나 이번에는 그럴 생각이 없었다. 기다리고 싶지 않았다. 수사에 탄력이 붙었는데 기다리다가 다시 늘어지고 싶지 않았다.

문을 세 번째 두드리자 홈드레스를 입고 머릿수건을 쓴 키 작은 여자가 문을 열었다. 문신이 스카프처럼 목을 두르고 아래 턱선까지 올라가 있었다. 여자는 보안문 뒤에 서 있었다. 이 동네 집들은 거의 다 보안문이 설치되어 있었다.

보슈는 현관 계단 한가운데에 떡 버티고 서 있었다. 계획적인 행동이었다. 뒤에는 조직범죄 전담반 소속 백인 형사 두 명이 서 있었다. 더 뒤로 앞마당에는 조디 갠트와 데이비드 추가 서 있었다. 보슈는 곧 대대적인 침입이 있을 것임을, 경찰복을 입은 백인 경찰관들이 자기 집을 수색할 것임을 이 집 여자가 분명히 깨닫기를 바랐다.

"게일 브리스코 씨? LA 경찰국의 보슈 형사입니다. 당신 집 수색을 허락하는 수색영장을 갖고 왔습니다만."

"내 집을 수색한다고? 왜?"

"영장엔 트루먼트 스토리가 소유하고 있었던 것으로 알려진 베레타 92년형 권총을 찾기 위해서라고 적혀 있네요. 2009년 12월 1일 사망할 때까지 스토리가 여기 살았던 것으로 아는데요."

보슈가 여자에게 영장을 내밀었지만 여자는 보안문 때문에 영장을 잡을 수가 없었다. 사실 보슈도 영장을 넘겨주고 싶었던 것은 아니었다.

여자가 버럭 화를 냈다.

"웃기는 소리 하고 자빠졌네." 여자가 말했다. "어딜 들어와서 뒤진다고 난리야. 여긴 내 집이야, 개새끼들아."

"부인, 게일 브리스코 씨 맞죠?" 보슈가 침착하게 말했다.

"그래, 맞다. 여긴 내 집이고."

"문 좀 열고 영장을 읽어보시죠? 당신이 협조를 하든 안 하든 우린 영장을 완전히 집행할 수 있다고 되어있는데."

"읽긴 뭘 읽으란 말이야, 쓸데없이. 내 권리 내가 알거든. 종이 쪼가리 한 장 삐죽 내밀고 문을 열라고? 흥, 어림도 없지."

"부인, 당신은……."

"해리, 내가 그 부인하고 얘기 좀 해도 될까?"

미리 짜둔 시나리오대로 갠트가 적절한 시점에 계단 위로 올라서면서 말했다.

"되지, 그럼. 열심히 해봐." 보슈는 브리스코보다는 갠트가 끼어든 것에 더 짜증이 난 것처럼 무뚝뚝하게 말했다. 그가 뒤로 물러서자 갠트가 계단 위로 올라왔다.

"5분 안에 문 안 열면 수갑 채워 차에 가둬놓고 들어가자. 지원요청 할게." 보슈가 말했다.

보슈는 전화 거는 것을 브리스코가 볼 수 있도록 휴대전화를 꺼내면서 앞마당의 키 큰 잡초 속으로 내려섰다.

갠트가 문간에 서 있는 여자에게 낮은 목소리로 속삭이기 시작했다. 루이스 고셋 2세(〈사관과 신사〉〈뿌리〉 등에 출연한 배우－옮긴이)처럼 감언이설로 여자를 꾀어 원하는 바를 얻으려는 것 같았다.

"부인, 나 기억 안 나요? 몇 달 전에 여기 왔었는데. 지금 이 경찰들은 내가 부인과 안면이 있으니 말 잘해서 쉽게 쉽게 가자고 나를 데리고 온 거예요. 근데 이들을 막을 수는 없어요. 들어가서 집안을 확 뒤집어 놓을 거예요. 벽장을 뒤지고 서랍을 열어보고 개인적인 물건들을 만져보고 집 안에 있는 물건이란 물건은 다 만져보고 가져가고 할 거란 말이죠. 그걸 원해요?"

"그러니까 이게 무슨 말 같지도 않은 짓이냐고. 트루가 죽은 지 3년이 됐는데 이제 와서 뭐 어째? 트루 사건도 해결 못했으면서 내 앞에 영장을 들이밀어?"

"알아요, 부인, 알죠. 하지만 지금은 무엇이 이로운지 생각해야 돼요. 이 사람들이 당신 집을 쑥대밭으로 만드는 걸 원하지는 않을 거 아니에요. 그렇죠? 그 총은 어디 있죠? 트루가 갖고 있었다는 거 다 알고 왔어요. 그 총을 줘버리면 이 사람들도 당신을 가만 놔둘 거예요."

보슈는 전화를 끊는 시늉을 하고는 다시 그들을 향해 걸어오기 시작했다.

"됐어, 조디. 지원팀이 올 거야. 5분 다 됐어."

갠트가 손바닥을 펴서 보슈를 향해 들어보였다.

"잠깐만, 형사, 지금 얘기 중이야."

그리고 나서 갠트는 브리스코를 바라보며 마지막으로 한 번 더 설득했다.

"우리 얘기 중인 거 맞죠, 그렇죠? 이 모든 일을 피하고 싶죠? 이웃들에게 이런 꼴 보이기 싫죠? 수갑차고 차에 앉아있는 거 보이기 싫잖아요, 안 그래요?"

갠트는 말을 멈췄고 보슈는 걸음을 멈췄고 모두가 기다렸다.

"당신만 들어와." 마침내 브리스코가 말했다.

그녀는 보안문 너머로 갠트를 가리켰다.

"좋아요." 갠트가 말했다. "총 있는 데로 나를 데려다 줄 거죠?"

브리스코는 보안문의 잠금장치를 풀고 갠트를 향해 문을 밀었다.

"당신만."

갠트가 보슈를 돌아보며 눈을 찡긋했다. 계획대로 되어가고 있었다. 갠트가 집안으로 들어가자 브리스코는 보안문을 닫고 다시 잠갔다.

보슈는 마지막 부분이 마음에 안 들었다. 그는 계단을 올라가서 보안문 창살 사이로 안을 들여다보았다. 브리스코가 갠트를 안내해 집안 뒤쪽을 향해 복도를 걸어가고 있었다. 아홉 살이나 열 살쯤 되어 보이는 사내아이가 소파에 앉아서 소형 비디오 게임기를 들고 게임을 하고 있었다.

"조디, 괜찮아?" 보슈가 소리쳤다.

갠트가 뒤를 돌아보자, 보슈는 보안문의 손잡이를 두 손으로 잡고 흔들었다. 갠트가 집안에 갇혀있고 문이 잠겨 있어 지원팀이 와도 못 들어간다는 것을 상기시키기 위해서였다.

"괜찮아." 갠트가 큰 소리로 대답했다. "부인이 총을 넘겨줄 거야. 경찰이 집을 난장판으로 만드는 것을 원하지 않는대."

갠트는 보슈의 시야에서 사라지면서 미소를 지었다. 보슈는 문 앞에 서서 혹시 무슨 소리가 들릴까 문에 몸을 기대고 귀를 기울였다. 그러면서 옛날 영장을 베껴서 만든 가짜 수색영장을 나중에 또 써먹기 위해 재킷 안주머니에 넣었다.

보슈가 5분을 기다렸지만 소년의 게임기에서 나는 전자음 외에는 아무 소리도 들리지 않았다. 그는 소년이 트루먼트 스토리의 아들일 거라고 추측했다.

"이봐, 조디?" 기다리다 못해 보슈가 소리쳤다.

소년은 게임기에서 눈을 떼지 않았다. 아무 대답도 없었다.

"조디?"

이번에도 대답이 없었다. 보슈는 문이 잠겨있는 걸 알면서도 손잡이를 돌려보았다. 조직범죄 전담반 형사들을 돌아보며 집 뒤쪽으로 돌아가 보라고 손짓으로 지시했다. 혹시 열려있는 문이 있을지도 모르는 일이었다. 추 형사가 계단 위로 뛰어 올라왔다.

그때 보슈는 갠트가 복도 입구에 나타나는 것을 보았다. 갠트는 웃으면서 검은색 권총을 담은 커다란 지퍼백을 들어 보였다.

"찾았어, 해리. 작전 성공."

보슈는 추에게 다른 형사들을 데려오라고 한 뒤 10분 만에 처음으로 크게 숨을 내쉬었다. 일이 정말 잘 풀렸다. 수색영장을 신청하겠다고 하면 오툴이 허락해줄 리 없었다. 수색 대상자가 사망한 지 3년이 넘은 상황이라 판사가 영장을 발부해줄 근거도 충분치 않았다. 그래서 가짜 영장 속임수가 최선의 방법이었다. 그리고 갠트의 시나리오가 완벽하게 맞아 들어갔다. 불법 수색을 할 필요도 없이 브리스코가 자발적으로 총을 내주었으니 말이다.

보슈는 문을 향해 다가오는 갠트가 들고 있는 지퍼백이 젖어있는 것을 알아차렸다.

"변기 수조?"

뻔한 장소였다. 범죄자들이 애용하는 은닉 장소 5위 안에 들었다. 다들 살면서 한 번쯤 〈대부〉를 본 것이다.

"아니. 세탁기 밑에 있는 물받이."

보슈는 고개를 끄덕였다. 거기는 25위 안에도 들지 않았다. 브리스코가 갠트 옆을 지나와서 보안문의 잠금장치를 열었다. 보슈는 갠트가 나올 수 있도록 문을 잡아 당겨 열어서 잡고 있었다.

"협조 감사합니다, 부인." 보슈가 말했다.

"당장 꺼지고 다시는 얼씬거리지 마." 브리스코가 말했다.

"그러죠, 부인, 기꺼이."

보슈는 그녀에게 거수경례를 하는 시늉을 한 뒤 갠트를 따라 계단을 내려갔다. 갠트가 지퍼백을 건넸고 보슈는 걸어가면서 지퍼백 안에 든 총을 살펴보았다. 비닐봉투에 검은 곰팡이가 끼어있고 여러 해를 사용해서 봉투 겉면 곳곳에 긁힌 자국이 있었지만 그 총이 베레타 92년형이라는 것은 분명히 알 수 있었다.

보슈는 자기 차 트렁크에서 라텍스 장갑을 꺼내 끼고 지퍼백에서 권총을 꺼내 자세히 살펴보았다. 먼저 총열의 왼쪽 면에 깊게 긁힌 자국이 있고 그 위에 마커를 칠해 덮은 것이 눈에 띄었다. 예스페르센이 피살된 후 자기 집 뒷마당에서 주웠다고 찰스 투 스몰 워시번이 말했던 그 총이 맞는 것 같았다.

다음으로 프레임 왼쪽 면에 있는 일련번호를 살펴보았다. 그런데 기계로 찍은 그 일련번호가 지워진 것 같았다. 권총을 더 가까이 들고 각도를 바꿔서 빛 속에 비춰보니까 프레임 금속에 긁힌 자국이 여러 개 나 있는 것이 보였다. 아무리 봐도 예초기 칼날 때문에 생긴 자국이 아니었다. 일련번호를 지우기 위해 의도적으로 집중해서 긁어낸 자국인 것 같았다. 금속에 난 긁힌 자국을 더 자세히 들여다볼수록 확신이 들었다. 트루먼트 스토리나 그 이전 소유자가 일부러 일련번호를 지운 것이다.

"그거 맞아?" 갠트가 물었다.

"그런 것 같아."

"일련번호는 보이고?"

"아니, 지워졌어."

보슈는 총알이 가득 든 탄창과 약실의 총알을 꺼냈다. 그런 다음 그 총을 새 증거물 봉투에 옮겨 담았다. 이 총이 예스페르센 피살사건과 그 이후에 있었던 살인사건들과 관계가 있는지를 확인하기 위해서는 탄도학적 검사를 해봐야 하겠지만, 보슈는 예스페르센 사건 발생 20년 만에 처음으로 유형의 증거를 확보해 들고 있는 거라고 확신했다. 이것이 보슈를 안네케 예스페르센을 살해한 범인에게 더 가까이 가게 해주진 못 한다고 해도 중요한 의미가 있었다. 좋은 출발점이었다.

"다들 꺼지라고 했다!" 브리스코가 보안문 뒤에 서서 소리쳤다. "나를 가만히 내버려두지 않으면 무고한 시민을 괴롭혔다고 다 고소할 거야! 가서 밥값 좀 하라고! 트루 스토리를 죽인 범인이나 잡으란 말이야!"

보슈는 트렁크에 항상 넣고 다니는 판지 상자에 총을 넣은 후 트렁크 뚜껑을 탁 소리 나게 덮고 나서 차 지붕 너머로 여자를 노려보았다. 그러고는 입을 꾹 다문 채 운전석 쪽으로 돌아갔다.

* * *

그들은 운이 좋았다. 찰스 워시번은 보석금을 마련하지 못했을 뿐만 아니라 시내 구치소로 이송되지 않고 아직 77번가 경찰서 유치장에 남아있었다. 보슈와 추와 갠트가 그 경찰서 조사실로 들어가보니 워시번이 미리 와서 기다리고 있었다.

"뭐야, 세 명씩이나?" 워시번이 말했다. "떼거지로 와서 날 괴롭히겠다고?"

"널 괴롭히러 온 거 아니야, 찰리." 갠트가 말했다. "네 도움을 받아서 진상을 파악하려고 왔지."

"나보고 뭘 어쩌라고요?"

보슈는 의자를 끌어내 워시번 맞은편에 앉았다. 그리고는 뚜껑이 덮여 있는 판지 상자를 탁자 위에 놓았다. 갠트와 추는 좁은 방 안에 그대로 서 있었다.

"우리하고 거래하자." 갠트가 말했다. "먼저 네가 어릴 때 살던 집으로 우릴 데리고 가서 총알을 박아 넣은 울타리 말뚝이 어디 있는지 보여주는 거야. 그러면 우린 네가 받고 있는 혐의들 중에서 일부라도 기소를 취하할 수 있는 방안을 마련할게. 협조하는 증인이니까, 보상 차원에서."

"뭐야, 지금? 밖은 깜깜하잖아요."

"손전등 있어, 투 스몰." 보슈가 말했다.

"협조하는 증인 아니니까 보상 필요 없고요. 스토리는 죽었으니까 얘기해준 거지. 유치장에 다시 넣어줘요."

워시번이 일어서려고 하자 갠트가 친근함을 표시하듯 어깨를 탁 쳐서 눌러 앉혔다.

"걱정하지 마, 누구를 잡아넣는 일에 협조하라는 거 아니니까. 그 총알이 있는 데로 우릴 안내하기만 하면 돼. 우리가 바라는 건 그게 전부야."

"그게 전부라고요? 진짜?"

워시번의 눈길이 탁자에 놓인 상자로 옮겨갔다. 갠트의 눈짓을 신호로 보슈가 말을 이었다.

"그리고 우리가 수거한 권총이 몇 자루 있는데 그중에 네가 20년 전에 주웠던 그 총이 있는지 살펴봐 줘. 네가 트루먼트 스토리에게 준 총 말이야."

보슈는 앞으로 몸을 숙이고 상자를 열었다. 여기 오기 전에 그들은 장

전 안 된 다른 9밀리미터 권총 두 자루를 증거물 봉투에 넣어 게일 브리스코가 내준 권총과 함께 상자 속에 넣어 두었었다. 보슈는 총이 든 비닐봉투들을 꺼내 탁자 위에 놓은 뒤 상자는 바닥에 내려놓았다. 그러자 워시번이 비닐봉투에서 총을 꺼내지 않고 봉투를 하나씩 들고 살펴볼 수 있도록 갠트가 워시번의 수갑을 풀어주었다.

투 스몰은 트루먼트 스토리의 집에서 갖고 온 베레타를 마지막으로 살펴보았다. 총의 양면을 두루 살펴보더니 고개를 끄덕였다.

"이거네요." 워시번이 말했다.

"확실해?" 보슈가 물었다.

워시번은 베레타의 왼쪽 면을 손가락으로 어루만졌다.

"아마도. 긁힌 자국을 더 긁어놓긴 했는데. 그래도 느낄 수 있어요. 예초기 칼날에 긁힌 자국."

"아마도라니. 확실하게 말해. 네가 주운 총 맞아, 안 맞아?"

"맞아요, 형사님."

보슈가 그 봉투를 뺏어 들고 일련번호가 찍혀 있었을 프레임 부분의 비닐을 쫙 잡아당겼다.

"이거 봐봐. 네가 주웠을 때도 이랬어?"

"뭘 보라는 거예요?"

"모르는 척하지 말고, 찰스. 일련번호가 지워졌잖아. 네가 발견했을 때도 이랬냐고."

"긁힌 자국? 그랬던 것 같은데. 예초기가 그랬다니까요."

"예초기가 그런 거 아냐. 줄로 긁은 거지. 네가 발견했을 때도 이랬던 거 확실해?"

"아니, 20년 전 일을 어떻게 다 기억하라고. 도대체 뭘 바라는 거예요? 기억 안 나요."

보슈는 워시번의 태도에 짜증이 나기 시작했다.

"이거 네가 지웠어, 찰스? 이 총을 더 가치 있는 것으로 보이게 하려고? 트루 스토리 같은 사람에게?"

"아뇨, 형사님, 내가 안 그랬어요."

"그럼, 말해봐, 살면서 이렇게 총을 주운 게 몇 자루나 돼, 찰스?"

"이거 하나요."

"그래. 그래서 넌 이걸 발견하자마자, 이게 가치가 있다는 걸 안 거야, 그렇지? 이걸 조직의 형님에게 갖다 바치면 뭔가 보상이 있을 거라고 생각했지. 어쩌면 조직에 가입시켜 줄지도 모른다고 생각했고, 안 그래? 그러니까 기억 안 난다면서 발뺌하려고 하지 마. 총을 발견했을 때 일련번호가 사라지고 없었다면 트루먼트 스토리에게 그렇다고 얘기했겠지. 그러면 더 좋은 선물이 될 거라는 걸 알았으니까. 어느 쪽이야, 찰스?"

"그래요, 형사님, 없었어요. 됐어요? 없었다고. 총을 발견했을 때 일련번호가 없었다고요. 그래서 트루에게 그렇게 말했고. 그러니까 제발 그 얼굴 좀 치워요."

보슈는 자신이 탁자 위로 몸을 깊숙이 숙이고 워시번의 사적인 공간을 침범했다는 사실을 깨달았다. 그는 몸을 들어 의자에 등을 기댔다.

"알았어, 찰스, 고마워."

워시번의 진술은 안네케 예스페르센을 살해한 범인이 어떻게 범행을 저질렀나에 대해 중요한 사실을 말해주고 있기 때문에 큰 의미가 있었다. 보슈는 범인이 왜 총을 울타리 너머로 던져버렸을까 하는 문제를 두고 계속 고민을 했었다. 골목길에서 무슨 일이 일어나서 그 총을 버릴 수밖에 없게 된 것일까? 총성이 다른 사람들의 관심을 끌었을까? 범인이 추적이 불가능한 총을 사용하고 있었다는 사실은 상황을 좀 더 잘 이해할 수 있게 했다. 일련번호가 지워져 있으니까 범인은 그 살인사건과 연결이 될 유일한 길은 살인 무기를 소지하고 있다가 잡히는 거라고 생각했을 것이다. 그걸 피할 가장 좋은 방법은 총을 빨리 버리는 것이었고. 그러면 총이 울타리 너머로 던져진 이유가 설명이 됐다.

보슈는 항상 범죄에서 일어난 일들의 연속성과 차례를 이해하는 것을 중요하게 생각했다.

"이제 기소 취하해 줄 거죠?" 워시번이 물었다.

보슈는 퍼뜩 정신을 차리고 워시번을 바라보았다.

"아니, 아직은 아냐. 총알을 찾아야 되니까."

"총알이 왜 필요해요? 총이 있는데."

"사건의 전말을 이해하는 데 도움이 되니까. 배심원들은 그런 세부적인 사실들을 좋아하거든. 가자."

보슈는 일어서서 권총 세 자루를 다시 판지 상자에 집어넣기 시작했다. 갠트가 수갑을 내밀고 워시번에게 일어서라고 손짓을 했다. 워시번은 그대로 앉아서 계속 반항을 했다.

"총알이 어디 있는지 말해줬으니까 굳이 내가 안 가도 되잖아요."

보슈는 갑자기 무언가를 깨닫고 손을 들어 갠트를 막았다.

"이렇게 하자, 찰스. 거기 가서 협조하겠다고 약속하면 수갑 안 채울게. 그리고 전부인이 가까이 오지 못하게 해주고. 그럼 됐지?"

워시번이 보슈를 바라보며 고개를 끄덕였다. 보슈는 변화를 감지했다. 이 작은 남자는 수갑 찬 모습을 아들이 보게 될까봐 걱정하고 있었던 것이다.

"하지만 우릴 내버려두고 토끼면 내가 널 끝까지 쫓아가서 잡는다." 갠트가 말했다. "잡히면 도망간 걸 후회하게 만들어줄게. 자 가자."

이번에는 갠트가 워시번이 자리에서 일어나는 것을 막지 않고 도와주었다.

* * *

30분 후 보슈와 추는 워시번이 어릴 때 살았던 집의 뒷마당에 워시번과 함께 서 있었다. 갠트는 집 앞에서 워시번의 전 부인을 지키고 있었다. 그녀의 분노가 자기 아들의 아버지에 대한 공격적인 행동으로 나타나지 않게 하기 위해서였다.

워시번이 20년 전 총알을 박아 넣은 울타리 말뚝을 찾아내는 데는 그리 오래 걸리지 않았다. 총알이 박힌 모습이 비스듬히 비추는 손전등 불빛 속에 잘 드러나 보였다. 세월이 흐르면서 총알이 박힌 구멍을 중심으로 목재가 수해를 입은 흔적이 보였다. 보슈가 크기를 비교할 수 있도록 구멍 옆에 명함을 들고 있는 동안 추가 휴대전화로 사진을 찍었다. 그런 다음 보슈가 접이식 칼을 펴서 물렁물렁해지고 썩어가고 있는 나무속으로 칼날을 밀어 넣었고 곧 납으로 된 총알을 파냈다. 그는 두 손가락으로 총알을 굴려 겉에 묻은 것을 닦은 후 높이 들고 들여다보았다. 총 속에서 이 총알 앞에 있었던 총알이 안네케 예스페르센을 죽인 것이다.

보슈는 추가 벌리고 있는 작은 증거물 봉투에 그 총알을 떨어뜨렸다.

"이제 가도 돼요?" 워시번이 조심스럽게 집 뒷문 쪽을 흘끔거리면서 물었다.

"아직은 안 돼." 보슈가 말했다. "77번가로 돌아가서 서류작업을 해야지."

"도와주면 기소를 취하해준다면서요. 협조 증인이니 뭐니 해서."

"네가 협조해준 거 맞아, 찰스. 그 점에 대해서는 고마워하고 있고. 하지만 모든 혐의에 대한 기소를 취하해준다고는 안 했는데. 네가 우릴 도와주면 우리도 널 돕겠다고 했지. 그러니까 돌아가자. 가서 몇 군데 전화를 걸어서 네가 더 나은 입장이 되게 해줄게. 마약밀매 혐의는 우리가 처리할 수 있을 거야. 하지만 자녀양육비 건은 네가 처리해야 돼. 판사가 발부한 영장이니까, 네가 그를 만나서 해결해야 돼."

"판사 남자 아니고 여잔데요. 그리고 감방에 처넣으면 나보고 어떻게 처리를 하라고요."

보슈는 어깨를 쫙 펴고 두 다리를 벌리고 서서 워시번을 바라보았다. 투 스몰이 도주를 할 거라면 지금 할 것 같았다. 추도 보슈의 뜻을 간파하고 경계자세를 취했다.

"그건 네 변호사한테 물어봐야지, 왜 나한테 물어." 보슈가 말했다.

"변호사 말도 하지 마요. 개새끼. 코빼기도 한번 안 비치더라고요."

"그럼 새 변호사를 구하는 일부터 시작해야겠네. 가자."

그들이 다 부서진 대문을 향해 마당을 가로질러 가고 있을 때, 집 뒤쪽 창문의 커튼 밑으로 사내아이의 얼굴이 보였다. 워시번은 손을 들어 아이에게 엄지손가락을 치켜 올려 보였다.

* * *

보슈가 워시번을 유치장에 남겨두고 77번가 경찰서를 나섰을 땐, 수거한 총과 총알을 가지고 칼 스테이트(캘리포니아 주립대학교−옮긴이)에 있는 법과학 연구실을 찾아가기에는 너무 늦은 시각이었다. 그래서 그는 추 형사와 함께 경찰국 본부로 돌아가서 총과 총알을 미제사건 전담반 증거물 금고에 보관했다.

보슈는 퇴근하기 전에 메시지가 있나 책상을 살피다가 의자 등받이에 포스트잇이 붙어 있는 것을 발견했다. 그걸 읽기도 전에 오툴 경위가 쓴 거라는 걸 알아차렸다. 포스트잇은 오툴이 좋아하는 소통수단이었다. 메시지는 간단했다. '얘기 좀 하죠.'

"내일 아침에 오풀(O'Fool)과 면담이 있나보네요, 보슈 형사님." 추가 말했다.

"응. 너무 기대가 돼."

보슈는 포스트잇을 꼬깃꼬깃 접어서 휴지통에 던졌다. 내일 아침에 오툴을 보겠다고 서둘러 출근하지는 않을 작정이었다. 다른 할 일이 있었다.

12

그들은 팀으로 일했다. 매들린이 인터넷으로 주문을 했고 보슈가 프랭클린 대로에 있는 버즈에 들러 음식을 찾아왔다. 그가 집에 도착했을 때에도 음식은 아직 따뜻했다. 부녀는 테이크아웃 상자를 열어서 자기가 주문한 음식이 아닌 것을 알고는 식탁 위에 놓인 상자를 상대방에게로 밀어 서로 바꿨다. 두 사람 다 버즈의 간판메뉴인 로티세리 치킨을 주문했지만 곁들여 먹는 음식은 보슈는 삶은 콩과 코울슬로에 바비큐 소스를, 딸은 마카로니 치즈에 맵고 달콤한 말레이시아 소스를 주문했다. 라바쉬 빵은 돌돌 말아 알루미늄 호일에 싸여 있었고 작은 세 번째 용기에는 둘이 나눠먹기로 하고 주문한 프라이드 피클이 담겨 있었다.

음식은 맛있었다. 버즈에 직접 가서 먹는 것만큼은 아니지만 거의 비슷했다. 부녀는 식탁에 마주 앉아 식사를 하면서도 말은 별로 하지 않았다. 보슈는 그날 확보한 총을 가지고 어떻게 수사를 할까 생각하느라고 여념이 없었다. 그의 딸은 음식을 먹으면서 책을 읽고 있었다. 보슈는 매들린이 늘 그렇듯이 문자를 주고받거나 페이스북을 하면서 먹는 것보다는 훨씬 낫다 싶어서 책을 읽는다고 뭐라고 하지 않았다.

보슈는 성질이 급한 형사였다. 그에게는 수사의 추진력이 매우 중요했다. 그 추진력을 확보하고 유지하고 약화되는 것을 막아내는 것이 매우 중요했다. 총을 총기분석 전담반에 갖다 주고 분석과 일련번호의 복구를 의뢰할 수 있었다. 그러나 그렇게 하면 결과를 듣기까지 몇 달은 아니더라도 몇 주는 걸릴 것이 분명했다. 다른 방법을 찾아야 했다. 관료주의와 과도한 업무량이라는 장애물을 피해갈 방법을 찾아야 했다. 한참을 고민하던 보슈에게 좋은 생각이 떠올랐다.

잠시 후 보슈는 음식을 다 먹었다. 마주 앉은 딸과 그 앞에 놓인 음식을 보니 운이 좋으면 마카로니 치즈를 좀 얻어먹을 수도 있을 것 같았다.

"피클 더 먹을 거야?" 보슈가 물었다.

"아냐, 나머진 아빠 먹어도 돼." 매디가 말했다.

보슈는 남아있는 피클을 한 입에 다 먹었다. 그러면서 딸이 읽고 있는 책을 바라보았다. 문학 과목 필독 도서였다. 거의 다 읽고 한두 챕터 정도 남은 것 같았다.

"책을 그렇게 열심히 읽는 거 처음 본다, 매디." 보슈가 말했다. "오늘밤에 끝내려고?"

"마지막 챕터는 오늘 밤에 읽으면 안 되는데 도저히 멈출 수가 없어. 너무 슬퍼."

"남자 주인공이 죽니?"

"아니, 그니까 내 말은, 아직 모르겠어. 아마 안 죽을걸. 내 말은, 곧 끝날 거라는 게 슬프다고."

보슈는 고개를 끄덕였다. 독서를 많이 하지는 않지만 매디의 말이 무슨 뜻인지는 알았다. 《스트레이트 라이프》(재즈연주자 아트 페퍼의 아내가 쓴 아트 페퍼 자서전 – 옮긴이)의 끝부분에 이르렀을 때 그렇게 느꼈던 것이 기억이 났다. 그 책은 아마도 보슈가 처음부터 끝까지 읽은 마지막 책일 것이다.

매들린은 책을 내려놓고 음식을 마저 먹었다. 보슈는 마카로니 치즈가 남지 않을 거라는 걸 알 수 있었다.

"있잖아, 아빠를 보면 생각나는 사람이 있어." 매디가 말했다.

"그래? 누구? 그 책에 나오는 아이?"

"몰 선생님은 이 책이 순수함에 관한 거라고 했어. 선생님은 어린 아이들이 절벽에서 떨어지기 전에 붙들고 싶대. 절벽은 순수함을 잃는 것을 상징하는 거고. 선생님은 실제 세상의 현실을 알고 있고, 순수한 아이들이 그 현실을 직접 마주하는 일이 없기를 바라서."

몰 선생님은 매디의 학교 선생님이었다. 언젠가 매디한테서 들었는데, 시험을 칠 때 몰 선생님은 책상 위에 올라가 서서 학생들을 굽어보며 컨닝을 못하게 시험 감독을 했다. 그래서 학생들은 그를 '책상 위의 파수꾼'이라고 불렀다.

보슈는 그 책을 읽어보지 않았기 때문에 딸의 말에 어떤 반응을 보여야 할지 알 수가 없었다. 어린 시절 그는 청소년 보호관찰소와 위탁가정을 전전하며 자랐다. 독서 숙제를 받아본 적이 없었다. 혹시 있었다고 해도 읽지 않았을 것이다. 그는 성실한 학생이 아니었다.

"나는 아마도 그 아이들이 절벽에서 떨어지고 난 다음에 등장할 것 같다, 그렇지 않니? 살인사건을 수사하는 게 내 일이니까."

"아냐. 아빠는 아빠 자신이 절벽에서 그렇게 떨어져 봤기 때문에 형사가 된 것 같아." 매디가 말했다. "어릴 때 많은 것을 빼앗겨 봤잖아. 그런 경험 때문에 경찰이 된 거 아닐까?"

보슈는 할 말을 잃었다. 딸의 통찰력이 놀라웠다. 딸이 정곡을 찌를 때마다 당혹스럽기도 하고 놀랍기도 했다. 어릴 때 많은 것을 빼앗긴 것은 매디도 마찬가지였다. 그래서일까, 매디는 아빠처럼 경찰이 되고 싶다고 했다. 보슈는 그 말에 영광스럽기도 하고 두렵기도 했다. 속으로는 매디가 말이나 남자친구나 음악 같은 다른 무언가에 정신이 팔려 거기에 집중하면서 삶의 방향을 바꾸기를 바랐다.

지금까지는 그런 일이 일어나지 않았다. 그래서 보슈는 딸이 자신의 사명을 완수할 수 있도록 최선을 다해 준비시키고 있었다.

매디가 세 칸으로 나눠진 용기에 있는 음식을 다 먹어치웠고 남은 거라고는 닭 뼈 밖에 없었다. 매디는 에너지를 많이 쓰는 아이였고, 보슈가 딸이 남긴 음식을 먹어치울 수 있었던 날들은 이미 지나갔다. 보슈는 쓰레기를 모두 모아서 부엌으로 갖고 가서 버렸다. 그런 다음 냉장고를 열고 생일날 마시고 남은 팻타이어 한 병을 집어 들었다.

거실로 나와 보니 매디는 책을 들고 소파에 앉아있었다.

"매디, 내일 아침엔 아빠가 아주 일찍 나가야 돼." 그가 말했다. "아침에 너 스스로 일어나서 점심 싸 갖고 학교갈 수 있지?"

"당연하지."

"뭐 먹을 건데?"

"맨날 먹는 거. 라면. 그리고 자판기에서 요거트도 살 거야."

국수와 발효유. 보슈가 보기엔 점심이라고 할 수 있는 것들이 아니었다.

"자판기 뽑을 돈은 있어?"

"이번 주까지 쓸 돈은 있어."

"아직까지 화장 안 한다고 널 놀리던 놈은 어떻게 됐어?"

"내가 걔를 피해. 별것 아냐, 아빠. 그리고 '아직까지'가 아니라 앞으로도 계속 안 할 거야."

"미안, 그런 뜻으로 말한 건데."

보슈가 기다렸지만 대화는 그걸로 끝이었다. 딸은 놀림을 당하는 것이 별것 아니라고 말했지만 사실은 별것이라고 생각하면서 표현을 반대로 한 것이 아닐까 하는 생각이 들었다. 대화를 할 땐 책에서 고개를 들고 아빠를 바라봐주면 좋겠는데, 지금 마지막 챕터를 읽고 있었다. 보슈는 그냥 넘어가기로 했다.

보슈는 맥주를 들고 테라스로 나가 도시를 바라보았다. 공기가 차갑고 상쾌했다. 그래선지 계곡의 집들과 아래쪽 고속도로에서 나오는 불빛들이 더 날카롭고 선명하게 보였다. 그는 쌀쌀한 밤이면 항상 외로움을 느꼈다. 냉기가 뼛속으로 스며들면서 그로 하여금 이세까지 살아오면서 잃은 것들을 생각하게 만들었다.

그는 돌아서서 거실 유리문을 통해 소파에 앉아있는 딸을 바라보았다. 그는 딸이 읽고 있던 책을 끝내는 것을 지켜보았다. 마지막 페이지에 이르렀을 때 딸이 울고 있었다.

13

목요일 아침 6시, 보슈는 법과학 연구실 앞 주차장에 있었다. LA 동쪽 하늘이 피가 번지듯 서서히 밝아오고 있었다. 이른 시각이라 그런지 칼 스테이트 캠퍼스는 고요하기 이를 데 없었다. 보슈는 연구실 근무자들이 주차하고 연구실 건물로 향하는 모습을 다 볼 수 있는 곳에 차를 세우고 앉아서 커피를 마시면서 기다렸다.

6시 25분, 기다리던 사람이 눈앞에 나타났다. 보슈는 커피를 차에 두고 총이 든 봉투를 옆구리에 끼고 급히 차에서 내렸다. 그러고는 그 남자를 막아 세우기 위해 차들 사이로 그리고 차선을 가로질러 성큼성큼 걸어갔다. 그 남자가 돌과 유리로 된 건물의 출입구에 도착하기 전에 보슈가 그의 곁에 이르렀다.

"이게 누구야, 피스톨 피트. 안그래도 만나고 싶었는데. 마침 나도 3층 가는 길이야."

보슈는 출입문을 열고 피터 사전트를 위해 잡고 있었다. 사전트는 법과학 연구실 총기분석팀의 베테랑 연구원으로, 과거에도 몇 번 보슈와 함께 일한 적이 있었다.

사전트는 카드 키를 이용해 전자 출입문을 통과했다. 보슈는 책상 뒤에 앉은 보안담당자에게 경찰 배지를 들어 보인 후 사전트를 따라 통과했다. 그러고는 그를 따라 엘리베이터 타는 곳으로 걸어갔다.

"무슨 일이에요, 보슈 형사님? 나를 기다리고 있었던 것 같은데."

보슈는 '이런, 어떻게 알았지?'라고 말하는 듯한 표정으로 웃으면서 고개를 끄덕였다.

"응, 아마 그랬을 거야. 자네 도움이 필요해서. 피스톨 피트가 필요해서 말이야."

몇 년 전 서로 관계가 없어 보이는 네 건의 살인사건에 쓰인 총알이 하나의 권총에서 나왔다는 사실을 사전트가 끈질긴 분석을 통해 밝혀내자, 〈LA 타임스〉는 그 사실을 소개하는 기사를 실으면서 기사 제목에서 '피스톨 피트'라는 별명을 그에게 붙여 주었다. 그의 증언 덕분에 폭력조직의 살인청부업자를 기소할 수 있었다.

"어떤 사건인데요?" 사전트가 물었다.

"20년 된 살인사건. 살인무기로 짐작되는 것을 어제 드디어 확보했어. 총알이 거기서 발사된 건지 검사해야 되고, 또 일련번호를 살릴 수 있는지도 봐야 돼. 그게 진짜 중요한 거야. 번호를 살릴 수 있다면, 용의자 찾기는 시간문제거든. 사건을 해결할 수 있지."

"그렇게 간단하다고요?"

엘리베이터 문이 3층에서 열리자 사전트가 총이 든 봉투를 향해 손을 내밀었다.

"어떤 것도 그렇게 간단하지 않다는 거 우리 둘 다 잘 알잖아. 근데 이 사건은 묘한 매력이 있어서, 수사 속도를 늦추고 싶지 않아."

"번호를 줄로 긁었어요, 아니면 산으로 부식시켰어요?"

그들은 총기분석팀 사무실의 쌍여닫이문을 향해 복도를 걸어가고 있었다.

"줄로 긁어서 지운 것 같아. 하지만 자네가 살려낼 수 있겠지, 그치?"

"살려낼 수 있을 때도 있죠, 부분적으로라도. 하지만 그 과정이 4시간이나 걸린다는 거 아시잖아요. 반나절이 걸린다니까요. 그리고 모든 업무를 순서대로 처리하게 되어 있어서, 지금 맡기면 한 5주쯤 기다려야 할 것 같은데. 새치기 안 되고요."

보슈는 그 말을 기다리고 있었다.

"새치기를 하겠다는 게 아니야. 그냥 점심시간에 한번 보고 나오겠다 싶으면 마법의 약을 뿌려놨다가 하루 일과가 끝나고 나서 확인해 봐달라는 거지. 그러면 4시간이 걸리긴 하지만 자네 업무는 단 일 분도 지장을 안 받잖아, 안 그래?"

보슈는 너무나 간단해서 아름다운 무언가를 설명하는 것처럼 두 팔을 활짝 펴들고 말했다.

"규칙도 지키고 아무도 열 받게 안 하고."

사전트는 웃으면서 총기분석팀 사무실 문 도어락 비밀번호를 누르기 위해 손을 들었다. 그는 스미스 앤 웨슨의 창립년도인 1 8 5 2를 눌렀다.

사전트가 문을 밀어 열었다.

"글쎄요, 보슈 형사님. 점심시간이 딱 50분인데 밖에 나가야 하거든요. 몇몇 직원들처럼 점심을 싸갖고 다니질 않아서."

"그러니까 뭘 먹고 싶은지 말만 해. 11시 15분에 딱 갖다가 대령할 테니까."

"진짜로요?"

"진짜로."

사전트는 자신의 작업공간으로 보슈를 데려갔다. 거기에는 등받이가 없고 속을 댄 걸상과 다리가 긴 작업 테이블이 있었다. 테이블 위에는 권총 부품들과 총열이 어질러져 있었고, 총알이나 권총이 든 증거물 봉투도 몇 개 있었다. 테이블 뒤 벽에는 〈타임스〉 기사의 표제가 테이프로 붙여져 있었다.

"피스톨 피트" 폭력조직 살인청부업자에 맞서
검찰 편을 들어줘

사전트는 보슈의 총이 든 봉투를 테이블 한가운데에 내려놓았고, 보슈는 그것을 좋은 징조라고 생각했다. 보슈는 주위를 돌아보며 자신이 사전트를 구워삶고 있는 것을 보는 사람이 아무도 없는 것을 확인했다. 아직까지 이 사무실에는 그들 둘 뿐이었다.

"점심 뭐 먹고 싶어?" 보슈가 물었다. "이 밑으로 내려오고 나서는 지아멜라스의 페퍼 스테이크는 한 번도 못 먹지 않았어?"

사전트는 생각하는 표정으로 고개를 끄덕였다. 칼 스테이트 법과학 연구실은 LA 경찰국과 LA 카운티 보안관국에 있는 법과학 연구실을 통합한 것으로 설립된 지 몇 년 되지 않았다. LA 경찰국의 총기분석팀은 예전에는 애트워터 근처에 있는 노스이스트 경찰서에 사무실을 두고 있었다. 그 근처에 꽤 유명한 맛집이 있었는데, 바로 지아멜라스라는 서브 샌드위치 가게였다. 보슈는 파트너와 함께 종종 그곳에 들르곤 했고, 총기분석을 의뢰하러 갈 때도 점심시간에 맞춰가서 샌드위치를 사가지고 근처에 있는 포레스트 론 메모리얼파크에 가서 먹곤 했다. 보슈의 파트너들 중에 야구 열성팬이 있었는데 그는 항상 케이시 스텐젤(미국 야구 메이저리그의 명 감독-옮긴이)의 묘소를 보고 가야 한다고 주장했다. 묘에 잡초가 무성하고 관리가 잘 안 되어 있으면 관리인을 찾아가서 문제를 지적하기도 했다.

"정말 먹고 싶은 게 뭔줄 알아요?" 사전트가 말했다. "지아멜라스의 미트볼 샌드위치요. 소스가 정말 환상이었는데."

"알았어, 미트볼 서브 샌드위치 한 개." 보슈가 말했다. "치즈 넣어달라고 할까?"

"아뇨, 치즈는 됐어요. 근데 소스를 컵에 따로 담아다 줄 수 있어요? 샌드위치가 눅눅해지는 게 싫어서."

"좋은 생각이야. 11시 15분에 보자고."

거래가 성사되자 보슈는 사전트의 마음이 바뀌기 전에 빨리 자리를 뜨려고 돌아섰다.

"아, 그리고, 보슈 형사님." 사전트가 재빨리 말했다. "탄도학적 분석은요? 그것도 필요하죠?"

사전트가 샌드위치를 하나 더 먹고 싶어서 그러나 하는 생각이 들었다.

"필요해. 근데 일련번호가 먼저야. 그걸 갖고 수사하는 동안 탄도학적 증거 분석은 천천히 해도 되고. 사실 일치한다는 건 이미 확인이 된 것 같아. 그 총이 맞다고 확인해준 목격자가 있거든."

사전트가 고개를 끄덕였고 보슈는 다시 문을 향해 걸어가기 시작했다.

"이따 보자, 피스톨 피트."

* * *

보슈는 사무실 자기 자리로 돌아오자마자 컴퓨터 앞에 앉았다. 집에서 새벽 4시에 알람을 맞춰놓고 일어나서 덴마크에서 이메일이 왔는지 확인해봤는데, 그땐 한 통도 없었다. 지금은 열어보니 일전에 통화했던 미켈 본 기자한테서 이메일이 한 통 와 있었다.

보슈 형사님, 야닉 프레이 씨와 통화했습니다. 형사님의 질문에 대한 프레이 씨의 대답은 굵은 글씨체로 쓰겠습니다. 안네케 예스페르센이 기사거리를 좇아 미국에 왔다는 사실을 알고 계십니까? 알고 계신다면, 무엇에 관한 기사였습니까? 예스페르센이 여기서 무엇을 하고 있었죠? **프레이 씨는 그녀가 사막의 폭풍 작전 때의 전쟁범죄에 관해 취재 중이었지만 기사를 쓸 수 있을 만큼 충분히 취재가 될 때까지는 내용을 알리지 않는 것이 그녀의 관행이었다고 말했습니다. 프레이 씨는 그녀가 누구를 만났는지 혹은 미국 내에서 어디에 갔었는지 모른다고 하십니다.** 그녀에게서 마지막으로 받은 이메일에는 그녀가 그 기사 취재차 LA에 갈 계획인데 〈베를링스케 티엔데〉가 별도로 고료를 지불할 의향이 있다면 LA 폭동도 취재해서 기사를 쓰겠다고 적혀있었답니다. 이 문제와 관련해서 제가 질문을 많이 했는데 **프레이 씨는 그녀가 그 전쟁 관련 기사 취재차 LA에 가는 것이고 신문사가 별도로 돈을 준다면 폭동에 관해서도 기사를 쓰겠다고 했다고 주장했습니다.** 이 정도인데 도움이 될까요?

미국에서 예스페르센이 가고자 했던 목적지에 대해서 해주실 말씀 있습니까? 예스페르센은 LA에 오기 전에 애틀랜타와 샌프란시스코에 갔는데요. 그 이유가 무엇이죠? 미국 내 다른 도시에도 갔는지 알고 계십니까? **프레이 씨는 여기에 대해서는 해줄 대답이 없다고 하십니다.**

예스페르센은 미국에 오기 전에 독일 슈투트가르트에 가서 미군기지 근처의 호텔에 묵었는데요. 그 이유를 아십니까? 그 기사 취재의 시작이 그 때부터였습니다만 **프레이 씨는 안네케가 누구를 만나러 갔는지 모른다고 하셨습니다. 어쩌면 거기 군사 기지에 전쟁범죄 조사반이 있었는지도 모르겠다고 하셨고요.**

그 이메일은 별 도움이 안 되는 것 같았다. 보슈는 초조해진 마음으로 의자 등받이에 등을 기대고 컴퓨터 화면을 노려보았다. 거리와 언어의 장벽이 너무 커보였다. 프레이의 대답은 감질나면서도 불완전했다. 보슈는 더 많은 정보를 가져다 줄 답장을 써 보내야 했다. 그는 몸을 앞으로 기울이고 자판을 두드리기 시작했다.

> 본 기자님, 수고해주셔서 감사합니다. 제가 야닉 프레이 씨와 직접 통화할 수 있을
> 까요? 프레이 씨가 조금이라도 영어를 하실 수 있습니까? 수사에 점점 속도가 붙고 있
> 는데 이쪽 분야만 너무 느리게 진행되고 있어서요. 제 질문에 대한 대답을 듣는데 꼬
> 박 하루가 걸리니 어쩝니까. 프레이 씨와 직접 통화가 불가능하다면 본 기자님이 통역
> 해주시면서 셋이서 전화 회담을 하는 건 어떨까요? 최대한 빨리 대답

그때 책상에 놓인 일반전화기의 전화벨이 울렸고 보슈는 컴퓨터 화면
에서 눈을 떼지 않은 채 전화를 받았다.

"보슙니다."

"오툴 경원데요."

보슈는 모퉁이에 있는 반장실을 돌아보았다. 블라인드가 걷힌 창유리
를 통해서 오툴이 책상 뒤에 앉아 그를 보고 있는 것을 확인할 수 있었다.

"무슨 일이야, 반장?"

"얘기 좀 하자는 메모 붙여놨는데 못 봤어요?"

"봤어. 어젯밤에 봤는데 벌써 퇴근했더라고. 오늘은 아직 출근 안 한줄
알았지. 덴마크에 중요한 이메일도 보내야 했고. 상황이……."

"들어오시죠. 지금 당장."

"갈게."

보슈는 서둘러 타이핑을 마치고 이메일을 전송했다. 그러고는 반장실
로 향하면서 사무실을 둘러보았다. 아직은 오툴과 자기 밖에 없었다. 무
슨 일이 일어날지는 몰라도, 목격자는 없을 것이다.

보슈가 반장실로 들어가자 오툴이 그에게 앉으라고 말했다. 보슈는 반
장이 시키는 대로 했다.

"암살반 사건 때문에 부른 거야? 내가 이미……."

"션 스톤이 누굽니까?"

"뭐?"

"션 스톤이 누구냐고요."

보슈는 대답을 망설이면서, 오툴의 의도가 무엇인지 알아내려고 애를 썼다. 이럴 때 가장 좋은 대처법은 모든 것을 개방하고 정직하게 대답하는 것이라는 걸 그는 직감적으로 알아차렸다.

"샌쿠엔틴에서 복역 중인 강간범."

"그럼 그 친구랑 형사님이 무슨 볼일이 있죠?"

"아무 볼일 없는데."

"월요일에 거기 올라갔을 때 그 친구 면회했죠?"

오툴은 두 팔꿈치를 책상에 괴고 두 손으로 종이 한 장을 들고 보고 있었다.

"응, 했어."

"영치금으로 1백 달러를 넣었고요?"

"응, 그랬어. 그게 왜……."

"볼일은 없다고 했으니까, 그럼 그 친구와 무슨 관계죠?"

"내 친구 아들이야. 샌쿠엔틴에서 시간이 남길래 면회를 신청했어. 한 번도 본 적 없었거든."

오툴은 얼굴을 찌푸리면서 두 손으로 들고 있는 종이를 노려보고 있었다.

"그러니까 형사님은 국민들의 세금으로 친구 아들을 찾아가서 1백 달러를 넣어주고 왔군요. 내가 맞게 이해했나요?"

보슈는 아무 말 없이 상황 판단에 집중했다. 그는 오툴의 의도를 알아차렸다.

"아냐, 경위, 다 틀렸어. 나는 안네케 예스페르센 사건과 관련해 중요한 정보를 갖고 있는 기결수를 만나러 샌쿠엔틴에 갔어. 그래, 국민들의 세금으로. 그런데 공항으로 돌아가기 전에 시간이 남아서 션 스톤을 면회한 거야. 영치금도 넣어줬고. 면회하고 영치금 넣는데 30분도 채 안 걸렸고 이 때문에 로스앤젤레스로 돌아오는 일이 늦어지지도 않았어. 나한테 달려들 거면, 경위, 좀 더 확실한 걸 갖고 달려들어."

오툴은 생각하는 표정으로 고개를 끄덕였다.

"그건 PSB가 판단하게 해야겠네요."

보슈는 책상 위로 팔을 뻗어 오툴의 멱살을 잡고 흔들고 싶었다. PSB는 직업표준국(The Professional Standards Bureau)의 약자로 감찰계의 새로운 이름이었다. 그는 똥은 어떻게 부르더라도 똥냄새가 난다고 생각했다. 그가 일어섰다.

"감찰 요청 제기하려고?"

"네."

보슈는 고개를 절레절레했다. 오툴이 그런 근시안적인 조치를 취하려 한다는 게 도무지 믿어지지가 않았다.

"그러면 반원들을 모두 잃게 될 거라는 건 알아?"

샌쿠엔틴에서 15분 면회한 것 같은 사소한 일로 오툴이 보슈를 징계하려 한다는 것을 다른 반원들이 알게 되면, 그나마 오툴이 갖고 있던 미약한 권위도 이쑤시개로 만든 다리처럼 단번에 무너져 내리고 말 것이 분명했다. 이상하게도 보슈는 오툴의 경솔한 조치로 인해 감찰을 받게 된 자신보다 오툴의 입지가 더 걱정이 되었다.

"그런 건 관심 없고요." 오툴이 말했다. "내 관심사는 우리 반이 원칙에 따라 제대로 일을 해나가느냐 하는 거거든요."

"지금 실수하는 거야, 반장. 왜 그러는 건데? 수사를 그만두라는 말을 내가 안 들어서?"

"분명히 말하지만, 그건 이 일하고는 아무런 관련이 없어요."

보슈는 다시 고개를 가로저었다.

"나도 분명히 말하지만, 나는 이 일에서 큰 상처받지 않고 살아나올 수 있지만 반장은 그러지 못할 거야."

"협박인가요?"

답할 가치도 없는 질문이었다. 보슈는 놀라서서 반상실을 나왔다.

"어디 가요, 보슈 형사?"

"수사 계속 하러."

"오래 하진 못 할 겁니다."

보슈는 자기 자리로 돌아갔다. 오툴은 그에게 정직 처분을 내릴 권한이 없었다. 경찰노조의 규정이 명확했다. 정직 처분을 내리기 전에 먼저 감찰조사가 있어야 하고 공식적으로 감찰조사 결과를 보고한 후 처분을 결정하게 되어 있었다. 그러나 오툴이 하고 있는 일로 인해서 시계태엽이 더 세게 감겨지게 되었다. 탄력 받은 수사를 더욱 몰아붙일 필요성이 그 어느 때보다도 커졌다.

보슈가 칸막이자리로 들어가 보니 추가 자기 책상 앞에 앉아 커피를 마시고 있었다.

"안녕하십니까, 보슈 형사님."

"응, 안녕해."

보슈는 자기 의자에 풀썩 주저앉았다. 키보드에 있는 스페이스 바를 치자 컴퓨터 화면이 되살아났다. 미켈 본에게서 벌써 답장이 와 있었다. 보슈는 이메일을 열었다.

보슈 형사님, 프레이 씨와 연락해서 전화회의 일정을 잡아보겠습니다. 자세한 내용을 갖고 최대한 빨리 다시 연락드리겠습니다. 그리고 이 시점에서 서로의 의도를 분명히 하고 넘어가야겠는데요. 형사님이 용의자를 체포하거나 시민들의 도움을 구하고 싶을 때, 어느 것이 먼저가 됐든 말이죠, 그것에 관한 첫 기사는 제가 독점적으로 쓸 수 있게 해주신다고 약속해 주시죠. 그러면 이 문제에 대해 비밀을 지켜드리겠습니다.

동의하십니까?

보슈는 이 덴마크 기자와 교류를 하면 결국에는 이런 얘기를 하게 될 것임을 이미 알고 있었다. 그는 답장 버튼을 누른 후 본에게 수사와 관련해서 보도 가치가 있는 일이 발생하면 독점 취재권을 주겠다고 약속했다.

그는 전송 버튼을 꾹 눌러 이메일을 보낸 후 의자를 홱 돌려서 반장실을 향해 돌아앉았다. 오툴이 아직도 책상 앞에 앉아있는 것이 보였다.

"무슨 일이에요, 보슈 형사님?" 추가 물었다. "툴이 또 무슨 짓을 했어요?"

"아무것도 아니야." 보슈가 말했다. "걱정하지 마. 나 나간다."

"어딜 가시게요?"

"케이시 스텐젤 만나러."

"지원 필요하세요?"

보슈는 잠깐 추를 쳐다보았다. 추는 중국계 미국인이었다. 보슈가 볼 때 그는 스포츠에 문외한인 것 같았다. 추는 케이시 스텐젤이 사망하고도 한참 지나서 태어났다. 진지한 표정을 하고 있는 걸 보면 명예의 전당에 오른 야구선수이자 감독을 모르는 게 분명했다.

"아냐, 지원은 필요 없을 것 같아. 나중에 연락할게."

"전 여기 있을 겁니다, 형사님."

"알아."

14

　보슈는 지아멜라스에서 샌드위치를 살 시각이 되기를 기다리면서 한 시간 가량 포레스트 론 공원묘지를 둘러보았다. 예전 파트너 프랭키 쉬헌을 추억하며 케이시 스텐젤의 무덤부터 시작해서, 클라크 게이블과 캐롤 롬바드 부부, 월트 디즈니, 에롤 플린, 앨런 래드, 냇킹콜 같은 유명 인사들의 묘비 앞을 지나, 그 거대한 공원묘지의 착한 목자 구역을 향해 걸어갔다. 그 구역에 다다르자 그는 잘 알지 못했던 자기 아버지의 무덤을 찾아가서 그 앞에 서서 묵념을 했다. 'J. 마이클 할러, 아버지이자 남편이었다'라고 비석에 적혀있었다. 그러나 보슈는 자신은 그 가족에 포함된 적이 없었다는 것을 잘 알고 있었다.

　한참 후 그는 언덕을 걸어 내려와 좀 더 평평하고 무덤이 더 가깝게 붙어있는 곳에 이르렀다. 12년 전 기억에 의지하자니 시간이 좀 걸렸지만 결국에는 아서 들라크루아의 묘비를 찾아냈다. 들라크루아는 보슈가 수사한 살인사건의 피해자였다. 묘비 옆에 놓인 싸구려 플라스틱 꽃병에는 오래 전에 시들어 말라버린 꽃들이 꽂혀있었다. 그 꽃들을 보니 소년이 살아서도 그렇게 잊히고 소외되더니 죽어서도 마찬가지구나 하는 생각이 들었다. 보슈는 꽃병을 들고 묘지를 나가다가 쓰레기통에 버렸다.

오전 11시, 보슈는 따뜻한 지아멜라스 서브 샌드위치 두 개와 소스를 따로 담은 컵이 든 봉투를 들고 총기분석팀에 도착했다. 그들은 샌드위치를 먹기 위해 휴게실에 갔다. 피스톨 피트가 미트볼 샌드위치를 한 입 베어 물고 나서 신음소리를 어찌나 크게 냈는지 총기분석팀 동료들 두 명이 무슨 일이 있나 싶어 휴게실로 달려왔다. 사전트와 보슈는 마지못해 그들과 샌드위치를 나눠먹었다.

사전트와 함께 그의 작업대로 돌아온 보슈는 자신이 갖다 준 베레타가 왼쪽 면이 비스듬히 위로 오게 해서 바이스에 고정되어 있는 것을 보았다. 프레임은 벌써 쇠수세미로 매끈하게 닦여져서 일련번호를 살려낼 준비를 마친 상태였다.

"자, 시작해볼까요." 사전트가 말했다.

그는 두꺼운 라텍스 실험장갑과 플라스틱 보안경을 끼고 바이스 앞 걸상에 앉았다. 그러고는 작업대에 붙어있는 확대경을 바이스의 팔 옆으로 끌어당기고 불을 켰다.

보슈는 세계 어디서든 합법적으로 제조된 모든 총은 고유의 일련번호를 갖고 있어서 소유자 정보는 물론이고 절도 사실까지도 추적할 수 있다는 것을 알고 있었다. 정보 추적을 피하고 싶은 사람들은 다양한 도구로 일련번호를 쏠어서 지워버리거나 산에 부식시켜 없애버리기를 시도했다.

그러나 총 제조과정과 일련번호를 총에 찍는 과정은 법집행기관이 일련번호를 되살릴 가능성을 높여주었다. 제조과정에서 일련번호가 총의 표면에 찍힐 때, 기계가 문자와 숫자 밑의 금속을 누른다. 그러면 나중에 총의 표면이 줄에 쏠리거나 산에 부식되어도 밑의 눌린 자국은 그대로 남아있는 경우가 많다. 그 일련번호를 살려내기 위해 다양한 방법을 시도해볼 수 있다. 그 중 하나는 눌린 금속에 반응하는 산과 구리염의 혼합액을 발라서 숫자가 드러나게 하는 것이다. 또 다른 방법은 자석과 철 잔류물을 이용하는 것이다.

"우선 매그나플럭스로 시작해볼게요. 효과가 있으면 더 빨리 알아낼 수 있고 총을 상하게 하지 않으니까." 사전트가 말했다. "탄도학적 증거분석도 해야 하니까 작동되는 상태로 남겨두는 게 낫죠."

"자네가 대장이야." 보슈가 말했다. "그리고 나도 빠른 게 더 좋고."

"네, 그럼 어떤지 한번 볼까요."

사전트는 총 아랫면 슬라이드 바로 밑에다가 커다란 둥근 자석을 갖다 댔다.

"우선 이렇게 자화(磁化)한 다음에……."

그런 다음 그는 작업대 위에 있는 선반으로 팔을 뻗어 플라스틱 스프레이 병을 내리더니 그 병을 흔든 다음 권총을 향해 뿌릴 준비를 했다.

"이렇게 피스톨 피트가 특허 낸 철과 기름 비법을 이용해서……."

보슈는 스프레이를 뿌리는 사전트에게로 몸을 기울였다.

"철과 기름?"

"기름은 걸쭉해서 자화된 철이 움직이지 않고 멈춰있게 붙잡아 주거든요. 기름을 뿌리면 자석이 철을 총의 표면으로 끌어당길 거예요. 일련번호가 찍혀있고 금속의 밀도가 더 높으면 자력은 더 크죠. 그럼 철이 숫자의 형태로 나타날 거예요. 이론상으로는 그래요."

"얼마나 오랫동안?"

"별로 오래가지 않아요. 효과가 잠깐 나타났다 사라지죠. 효과가 없으면, 산을 이용해야 하는데 그러면 총이 상하게 될 가능성이 커요. 그러니까 탄도학적 분석 작업을 마칠 때까지는 그 방법은 안 쓰는 게 좋죠. 분석 작업 신청해놨어요?"

"아니, 아직."

사전트는 안네케 예스페르센을 죽인 총알이 그들 앞에 놓인 총에서 발사됐다는 사실을 확인해주는 분석 작업 이야기를 하고 있었다. 보슈는 그렇다고 확신했지만 그래도 법과학적인 확인을 받을 필요가 있었다. 그러나 그는 분석 작업이 필요한 것을 알면서도 수사에 박차를 가하기 위해 뒤로 미루고 있었다. 그는 총을 추적하기 위해 일련번호를 되살리고 싶었다. 그러나 사전트의 철과 기름 요법이 효과가 없으면 속도를 늦추고 적합한 순서에 따라 수사를 진행해야 할 거라는 걸 알고 있었다. 오툴이 그에 대한 감찰을 요청한 이상, 수사를 지연시키면 계속하기 어렵게 될 수도 있었다. 그것은 오툴이 바라는 바였다. 그렇게 되면 경찰국장의 총애를 받을 수 있을 테니까.

"자, 효과가 있기를 바랍시다." 사전트의 말이 보슈를 생각의 늪에서 끌어냈다.

"그래야 될 텐데." 보슈가 말했다. "여기서 기다릴까, 아니면 전화해줄래?"

"40분쯤 기다려야 돼요. 원하면 기다리셔도 되고."

"결과가 나오는 즉시 전화해줘."

"알겠습니다, 보슈 형사님. 샌드위치 감사합니다."

"수고해줘서 고마워, 피트."

* * *

보슈가 경찰 생활을 하면서 경찰노조 변호인실의 전화번호를 외우고 다니던 때가 있었다. 그러나 지금 차로 돌아와 오툴 문제로 변호인과 상담을 하려고 휴대전화기를 펼친 그는 번호를 잊어버렸다는 사실을 깨달았다. 번호가 생각나기를 바라면서 잠깐 기다렸다. 젊은 법과학자 두 명이 하얀 실험복 자락을 펄럭이며 주차장을 걸어갔다. 보슈가 모르는 사람들인 걸 보니 사건 현장 감식 전문가들인 것 같았다. 보슈는 이제 실제 사건 현장에 출동하는 경우가 거의 없었다.

노조 변호인실 전화번호가 생각나기 전에 보슈가 손에 쥔 전화기에서 전화벨이 울리기 시작했다. 액정화면에는 +표시 다음에 일련의 숫자들이 떠 있었다. 국제전화였다.

"해리 보슙니다."

"네, 형사님, 미켈 본입니다. 야닉 프레이 씨가 선화로 연결되어 있는데, 통화하시겠습니까? 제가 통역해드릴게요."

"네, 잠깐만 기다려줘요."

보슈는 전화기를 차 좌석에 내려놓고 수첩과 펜을 꺼냈다.

"네, 여보세요. 야닉 프레이 씨, 거기 계십니까?"

보슈의 질문을 덴마크어로 통역하는 것 같은 말이 들리더니 잠시 후 새로운 목소리가 대답했다.

"네, 안녕하세요, 형사님."

억양이 강했지만 그런대로 알아들을 만 했다.

"미안해. 영어를 잘 못해서."

"제가 덴마크어 하는 것 보다는 잘하시는데요. 시간 내주셔서 감사합니다, 선생님."

본이 통역했고 그 후로 30분간 끊어졌다 이어졌다하며 통화가 이루어졌다. 이 통화를 통해 보슈는 안네케 예스페르센의 로스앤젤레스 여행에 대해 보다 명확히 알게 해줄 정보는 별로 얻지 못했다. 그러나 프레이는 예스페르센의 성격과 사진기자로서의 능력에 대해서는, 그리고 어떤 위험과 반대가 있어도 취재를 포기하지 않는 그녀의 결단력에 대해서는 자세하게 들려주었다. 그러나 보슈가 예스페르센이 취재 중이던 전쟁범죄에 대해 묻자 프레이는 그 범죄가 어떤 것이었는지, 누가 저질렀는지, 어디에서 그런 일이 있었는지 자신은 전혀 알지 못한다고 말했다. 예스페르센이 프리랜서라는 사실을 상기시키면서, 신문사 편집자에게 자기 기사를 다 보여주지 않고 꼭꼭 숨기는 편이었다고 말했다. 기사 초안을 듣고 아무런 감사 인사도 하지 않은 채 자기네 정규직 기자들과 사진기자들에게 그 기사를 쓰게 시키는 편집자들한테 너무 많이 당해서 더 그랬다고 했다.

보슈는 영어로 통역된 프레이의 대답 내용은 물론이고 통역을 통해 느리게 진행되는 대화에 갈수록 좌절감이 커졌다. 물어볼 질문은 다 떨어졌고 프레이의 이야기를 듣고도 수첩에는 아무것도 적지 않았다. 보슈가 더 질문할 것이 없나 생각하고 있을 때 다른 두 남자는 자기네 모국어로 대화를 계속하고 있었다.

"뭐라는 겁니까?" 보슈가 물었다. "두 분이 무슨 이야기를 하는 거죠?"

"좌절감이 든답니다, 보슈 형사님." 본이 말했다. "안네케를 아주 많이 좋아했기 때문에 형사님을 많이 도와드리고 싶은데 형사님이 필요로 하는 정보를 자기가 갖고 있지 않아서요. 형사님도 좌절감을 느끼고 있다는 걸 알기 때문에 좌절감이 든다네요."

"기분 나빠하지 마시라고 전해줘요."

본이 통역했고 프레이는 그 말을 듣고 긴 대답을 하기 시작했다.

"잠깐만 뒤로 돌아가서." 보슈가 그들의 말을 끊고 나섰다. "나도 여기 기자들을 많이 아는데요. 종군기자는 아니지만 기자들이 일하는 방식은 거의 같을 거라고 생각합니다. 보통 하나의 기사가 또 다른 기사로 이어지죠. 혹은 기자들이 믿을만한 사람을 찾으면 자꾸만 그 우물로 돌아가는 경향이 있죠. 그 말은 다른 기사를 가지고도 같은 사람을 찾아간다는 뜻입니다. 그러니까 프레이 씨한테 그 무렵에 안네케와 함께 작업했던 다른 기사들을 기억하는지 물어봐 줘요. 그 전년도에 안네케가 쿠웨이트에 갔었다고 하는데 한 번 물어봐줘요. 그녀가 어떤 기사들을 취재 중이었는지 기억하느냐고."

본과 프레이는 그때부터 오랫동안 대화를 주고받았다. 보슈는 그들 중 한 명이 자판 치는 소리를 들었고 본일 거라고 추측했다. 그들의 대화내용이 영어로 통역되기를 기다리고 있는데 자기 전화기에서 통화대기음이 울렸다. 발신자를 확인해보니 총기분석팀에서 온 전화였다. 피스톨 피트. 보슈는 당장 전화를 받고 싶었지만 일단 프레이와의 통화부터 끝내기로 했다.

"아, 여기 있군요." 본이 말했다. "제가 지금 우리 신문 디지털 문서보관소를 찾아봤는데요. 사망하기 전 해에 안네케는 형사님 말씀대로 사막의 폭풍작전이 벌어지는 쿠웨이트에서 기사를 쓰고 사진을 보내고 있었네요. 〈베를링스케 티엔데〉도 기사와 사진을 여러 번 샀고요."

"그렇군요. 전쟁범죄나 잔혹행위에 관한 기사였나요?"

"어……, 아뇨, 그런 건 안 보이네요. 일반 시민들의 측면에서 기사를 썼네요. 쿠웨이트시티에 사는 일반 시민들이요. 포토에세이가 세 편이 있는데……."

"'일반 시민들의 측면'이라뇨?"

"집중 포화를 받고 있는 곳에서의 삶, 가족을 잃은 사람들, 그런 것에 대해서 썼다고요."

보슈는 잠깐 생각했다. 가족을 잃은 사람들……. 전쟁범죄는 중간에 끼인 무고한 시민들에게 자행되는 잔혹행위일 경우가 많았다.

"저기 있잖아요." 보슈가 말했다. "지금 보고 있는 기사들 링크 좀 보내줄래요?"

"네, 그럴게요. 번역을 하셔야 할 텐데."

"그래야죠."

"얼마 전 것까지 보낼까요?"

"한 1년쯤?"

"1년. 알겠습니다. 기사가 많을 겁니다."

"괜찮아요. 프레이 씨는 더 하실 말씀 없답니까? 뭐 더 기억나시는 거라도?"

보슈는 마지막 질문이 통역되기를 기다렸다. 전화를 빨리 끊고 어서 빨리 피스톨 피트에게 연락해보고 싶었다.

"더 생각해 보시겠답니다." 본이 말했다. "웹사이트도 확인해서 기억을 더 더듬어 보시겠다고 하네요."

"웹사이트요?"

"안네케를 위한 웹사이트요."

"네? 그런 웹사이트가 있어요?"

"네, 물론이죠. 안네케의 오빠가 만든 거요. 안네케를 추모하는 공간으로 만들었고 안네케가 찍은 사진과 안네케가 쓴 기사를 많이 올려놨죠."

보슈는 당혹스러워서 잠깐 아무 말도 할 수 없었다. 그런 웹사이트가 있다는 걸 알려주지 않았다고 안네케의 오빠를 비난할 수도 있겠지만 그건 책임전가에 지나지 않았다. 보슈 자신이 요령 있게 먼저 물어봤어야 했었다.

"웹사이트 주소는요?" 보슈가 물었다.

본이 철자를 하나하나 불러주었고 보슈는 이제야 처음으로 수첩에 뭔가를 받아 적었다.

* * *

법과학 연구실 건물로 돌아가 보안검색대를 통과해 들어가는 것보다

전화통화가 더 빨랐다. 벨이 두 번 울리자 피스톨 피트가 전화를 받았다.

"나 보슈. 결과 나왔어?"

"메시지로 남겨놨는데요." 사전트가 말했다.

목소리가 단조로웠다. 그 목소리를 들으니 나쁜 소식인 것 같았다.

"안 듣고 바로 전화한 거야. 어떻게 됐어?"

보슈가 숨을 죽이고 기다렸다.

"꽤 좋은 소식이에요. 숫자 한 개 빼고 다 나왔어요. 덕분에 가능성이 10개로 줄어들었죠."

일련번호 숫자를 그것보다 훨씬 적게 알아내고도 총기 추적을 해야 했던 적도 많았다. 그는 아직 수첩을 꺼내놓고 있어서 사전트에게 알아낸 일련번호를 말해달라고 했다. 그 번호를 받아 적은 다음 자신이 읽어서 확인했다.

BER0060_5Z

"여덟 번째 숫자가 안 나타나요." 사전트가 말했다. "위에 살짝 초승달 모양이 있는 것까진 잡았거든요. 그렇다면 또 0이거나 3, 8, 9 중에 하나겠죠. 위쪽이 초승달 모양인 숫자."

"알았어. 지금 사무실 들어가는 길이니까 가서 검색해볼게. 피스톨 피트, 한 건 해줬군. 고마워."

"언제라도 도와드려야죠. 지아멜라스 샌드위치만 사갖고 오신다면야 언제라도."

보슈는 전화를 끊고 나서 출발했다. 운전을 하면서 파트너에게 전화를 걸었고, 파트너는 사무실에서 전화를 받았다. 보슈는 추에게 베레타 일련번호를 불러준 뒤 완전한 번호가 되기 위한 10가지 가능성을 모두 추적해보라고 지시했다. 먼저 캘리포니아 법무부 데이터베이스부터 시작하라고 했다. 추가 그 데이터베이스에 접근할 수 있고 그것을 통해서 캘리포니아주에서 판매되는 모든 총기를 추적할 수 있기 때문이었다. 거기에 맞아떨어지는 결과가 없으면 연방 주류담배화기 단속국(ATF)에 조회를 요청해야 할 것이었다. 그렇게 되면 진행이 많이 느려질 것이다. 연방기관원들은 일을 빨리 처리하는 사람들이 아니었고 ATF는 이미 일련의 스캔들과 실수로 큰 타격을 받은 상태라서 지방법집행기관의 요청에 빠릿빠릿하게 나서주질 않았다.

그러나 보슈는 긍정적으로 생각했다. 다행히도 피스톨 피트를 통해 일련번호를 완벽에 가깝게 알아낼 수 있었다. 그 행운이 지속되지 않을 거라고 생각할 이유가 하나도 없었다.

샌퍼낸도 길로 들어서서 남쪽으로 달려가는데 교통정체가 극심했다. 경찰국 본부에 도착하기까지 시간이 얼마나 걸릴지 알 수 없었다.

"저기요, 보슈 형사님?" 추가 낮은 목소리로 말했다.

"왜?"

"감찰계에서 누가 나와서 형사님을 찾았어요."

행운은 여기까지인가 보았다. 오툴이 직접 직업표준국에 보슈의 감찰을 요청한 것이 틀림없었다. 공식 명칭이 바뀌었는데도 대다수의 경찰관들은 아직도 감찰계라고 부르고 있었다.

"이름이 뭐래? 아직도 거기 있어?"

"여잔데 멘덴홀 형사라던데요. 오툴과 함께 반장실로 들어가서 문 닫고 얘기하더니 갔나 봐요."

"알았어. 그 문제는 내가 알아서 할 테니까, 일련번호 조회해줘."

"알겠습니다."

보슈는 전화를 끊었다. 그의 차선은 전혀 움직이지 않고 있었고 바로 앞에 험비(군의 장갑수송차량. 다목적SUV – 옮긴이)가 시야를 가리고 있어서 앞이 전혀 보이지 않았다. 그는 좌절감에 크게 한숨을 쉬면서 경적을 울렸다. 행운만이 아니라 다른 것들도 서서히 빠져나가는 것 같은 느낌이 들었다. 수사의 가속도가 떨어지고 긍정적인 마음도 바뀌고 있었다. 갑자기 밖이 어두워지는 것 같은 느낌이 들었다.

15

보슈가 경찰국으로 돌아왔을 때 추는 자리에 없었다. 벽시계는 이제 겨우 3시를 가리키고 있었다. 파트너가 전날 늦게까지 일한 것을 보상받기 위해 일련번호를 법무부 컴퓨터 데이터베이스에 조회해보지도 않고 일찍 퇴근한 거라면, 보슈는 도저히 참을 수 없을 것 같았다. 그는 파트너의 자리로 걸어가 컴퓨터 자판에 있는 스페이스 바를 쳤다. 화면이 밝아졌지만 비밀번호를 묻는 창이 떴다. 법무부의 총기등록서식을 인쇄한 것이 있나 추의 책상을 둘러보았지만 아무것도 보이지 않았다. 1미터 차단벽 반대편은 릭 잭슨의 자리였다.

"추 봤어?" 보슈가 잭슨에게 물었다.

잭슨은 몸을 곧추세우고 앉아서 전담반 사무실을 둘러보았다. 마치 보슈는 추를 못 찾아도 자신은 찾을 수 있다는 듯이.

"아니……, 여기 있었는데. 반장한테 갔거나 그런 것 같은데."

보슈는 추가 오툴과 단둘이 앉아있나 싶어 반장실을 흘끗 쳐다보았다. 추는 거기 없었다. 오툴이 책상 위로 어깨를 웅크리고 앉아서 뭔가를 쓰고 있었다.

보슈는 자기 책상으로 걸어갔다. 책상에 누가 갖다놓은 인쇄물은 없었지만 직업표준국의 3급 형사 낸시 멘덴홀의 명함이 남겨져 있었다.

"저기, 해리⋯⋯." 잭슨이 낮은 목소리로 말했다. "툴이 자네에 대한 감찰을 요청했다며."

"응."

"헛짓 한 거지?"

"응."

잭슨이 고개를 가로저었다.

"그럴 줄 알았어. 멍청한 새끼."

잭슨은 이 전담반에서 보슈 빼고는 경력이 가장 오래된 형사였다. 그는 오툴의 계략이 결국에는 보슈보다 오툴 자신에게 더 큰 상처를 남길 것을 알고 있었다. 이젠 전담반원 어느 누구도 그를 믿지 않을 것이다. 누구든 그에게는 꼭 필요한 최소한의 말만 할 것이다. 어떤 관리자들은 반원들에게 영감을 주어 최고의 업무성과를 이끌어냈다. 그러나 미제사건 전담반 형사들은 이제 책임자의 방해를 무릅쓰고 최선의 노력을 다해야 하게 생긴 것이다.

보슈는 의자를 끌어내서 앉았다. 멘덴홀의 명함을 보고 있자니 전화를 걸어 그 얼토당토않은 감찰 요청에 정면으로 맞서볼까 하는 생각이 들었다. 책상 가운데 서랍을 열어 30년 전부터 갖고 있었던 가죽으로 된 주소록을 꺼냈다. 아까 기억이 나지 않았던 번호를 찾아 경찰노조 변호인실에 전화를 걸었다. 이름과 직급, 소속을 밝힌 뒤 변호인과의 통화를 요청했다. 노조 관리자는 지금은 변호인을 바꿔줄 수 없고 나중에 지체 없이 전화 주겠다고 말했다. 보슈는 그러면 지체되는 것 아니냐고 따지려다가 참고, 감사인사를 한 후 전화를 끊었다.

전화를 끊는 것과 거의 동시에 책상 위로 그림자가 드리워졌다. 보슈가 고개를 들어보니 오툴이 서 있었다. 오툴은 정장 재킷을 입고 있었다. 10층에 올라갈 일이 있는 모양이었다.

"어디 갔다 왔어요, 형사?"

"법과학 연구실."

오툴은 마치 보슈의 말이 사실인지 나중에 확인하려고 그 대답을 외우기라도 하는 것처럼 잠깐 잠자코 서 있었다.

"피트 사전트한테 전화해봐." 보슈가 말했다. "점심도 함께 먹었는데. 규칙위반이 아니어야 할 텐데 말이야."

오툴은 어깨를 으쓱거리며 보슈의 말을 털고는 몸을 숙이고 책상에 놓인 멘덴홀의 명함을 톡톡 쳤다.

"전화해 봐요. 면담 약속 잡자던데."

"알았어. 할 수 있을 때 할게."

보슈는 추가 바깥 복도에서 안으로 들어오는 것을 보았다. 추는 칸막이 안에 오툴이 서 있는 것을 보고 걸음을 멈추더니 갑자기 뭔가 잊은 게 생각난 것처럼 홱 돌아서서 다시 밖으로 나갔다.

오툴은 알아차리지 못했다.

"이런 상황을 만든 건 내 의도가 아닙니다." 오툴이 말했다. "난 내 전담반 형사들과 신뢰를 바탕으로 둔 굳건한 관계를 맺기를 바랐다고요."

보슈는 오툴을 올려다보지도 않은 채 대답했다.

"그래, 근데 잘 안 됐다, 그치?" 보슈가 말했다. "그리고 이건 자네 전담반이 아니야, 반장. 그냥 전담반이지. 자네가 오기 전에도 여기 있었고 간 뒤에도 여기 있을 거야. 그런 생각 때문에 자네 인기가 떨어진 건지도 모르겠군, 물론 자넨 몰랐겠지만."

보슈는 사무실에 앉아있는 다른 반원들이 들으라는 듯이 큰 소리로 말했다.

"그런 감상이 징계 요청을 받고 감찰계를 들락거리기 바쁜 형사가 아니라 보통의 형사에게서 나왔다면 내가 모욕감을 느낄지도 모르겠네요."

보슈는 의자에 등을 기대고 마침내 오툴을 올려다보았다.

"그래, 그렇게 징계 요청을 많이 받고 감찰을 받고서도 난 아직도 여기 앉아있어. 자네가 요청한 감찰을 받고 나서도 여전히 여기 앉아있을 거고."

"두고 봐야죠."

오툴은 자리를 뜨려고 했지만 도저히 그냥 갈 수 없나 보았다. 보슈의 책상을 한 손으로 짚고 몸을 숙이고 서서 악의에 찬 낮은 목소리로 말했다.

"당신은 최악의 경찰관이야, 보슈. 오만하고 악의적이고. 법과 원칙이 자신에게는 해당 안 된다고 생각하지. 경찰국에서 당신을 쫓아내려고 노력한 사람이 내가 처음이 아닌 건 아는데 내가 제일 마지막 사람이 될 거야."

할 말을 마친 오툴은 책상에서 손을 떼고 똑바로 섰다. 재킷을 아래쪽에서 탁탁 소리가 나게 잡아당겨 옷매무새를 단정히 했다.

"빼놓은 게 있는데, 경위." 보슈가 말했다.

"뭘요?" 오툴이 물었다.

"내가 사건을 종결한다는 걸 잊었잖아. 자네가 10층 가서 파워포인트 쇼 할 때 쓸 통계수치를 위해서가 아니라, 피해자와 유족을 위해서, 사건을 종결하지. 자넨 그걸 절대로 이해 못 할 거야. 우리처럼 현장에 나가지 않으니까."

보슈가 전담반의 다른 반원들을 가리켰다. 잭슨은 보슈와 오툴의 대화를 들으면서 눈 한번 깜박이지 않고 오툴을 노려보고 있었다.

"일을 하는 건 우리야. 사건을 종결하는 건 우리라고. 엘리베이터 타고 올라가서 칭찬받고 내려오는 건 자네고."

보슈가 일어서서 오툴을 마주보았다.

"그래서 내가 자네의 그런 헛소리를 들어주고 상대해줄 시간이 없는 거야."

보슈는 자리를 떠나 추가 들어왔던 문을 향해 걸어갔고, 오툴은 엘리베이터 타는 곳으로 나가는 문을 향해 걸어갔다.

* * *

보슈는 문을 열고 복도로 나갔다. 복도 바깥 벽은 전면 유리로 되어 있어 바로 앞에 있는 광장과 그 주변의 관청가가 한 눈에 들어왔다. 추는 유리벽 앞에 서서 익숙한 시청 첨탑을 보고 있었다.

"추, 무슨 일이야?"

추는 보슈가 갑자기 나타나서 깜짝 놀랐다.

"아, 보슈 형사님, 죄송해요, 잊은 게 있어서, 그리고 또……어…….''

"뭐, 똥 누고 궁둥이 닦는 걸 잊었어? 기다리고 있었는데. 법무부 건은 어떻게 됐어?"

"맞는 게 없던데요. 죄송합니다, 보슈 형사님."

"없어? 열 개 다 조회해봤어?"

"네, 근데 캘리포니아 거래 기록이 없더라고요. 그 총이 캘리포니아주에서 판매되지 않았다는 뜻이죠. 누가 여기로 갖고 들어온 거고, 등록되지 않은 총인 거죠."

보슈는 난간에 한 손을 올리고 몸을 숙여 유리에 이마를 댔다. 직각의 복도를 따라 설치된 기다란 전면 유리창 벽에 시청 건물이 반사되어 보였다. 그는 이보다 더 운이 나쁠 수는 없겠다는 생각에 한숨이 절로 나왔다.

"ATF에 아는 사람 있어?" 보슈가 물었다.

"아뇨." 추가 말했다. "형사님은요?"

"급행으로 처리해줄 수 있는 사람은 없어. 지난번엔 탄피 하나 조회하는데 넉 달을 기다렸어."

보슈는 연방법집행기관들과 자신의 관계가 원만하지 않았다는 것은 말하지 않았다. ATF나 다른 어느 기관에도 그의 편의를 봐줄 사람은 한 명도 없었다. 그가 표준 절차에 따라 서식을 작성해서 신청하면 결과를 받기까지 최소 6주는 걸릴 거였다.

시도해볼 데가 한 군데 있긴 했다. 보슈는 유리벽에서 떨어져서 전담반 사무실 문을 향해 걸어갔다.

"어디 가세요?" 추가 물었다.

"일하러."

추가 그를 따라오기 시작했다.

"제가 맡은 사건에 대해서 드릴 말씀이 있었는데요. 우리 미네소타에 픽업하러 가야 합니다."

보슈는 전담반 사무실 문 앞에서 걸음을 멈췄다. '픽업'은 형사들끼리 하는 말로, 다른 주에 가서 미제사건의 피의자를 체포해 데려오는 것을 의미했다. 보통 그런 피의자는 DNA 증거나 지문 증거 조회를 통해 옛날 살인사건의 범인으로 밝혀지는 경우가 많았다. 전담반 사무실 벽에 지도 가 하나 걸려있었는데, 거기에는 10년 전 전담반이 설립된 후 지금까지 픽업을 한 장소들에 빨간색 핀이 꽂혀있었다. 수십 개의 핀이 전국 곳곳 에 흩어져 있었다.

"어떤 사건?" 보슈가 물었다.

"스틸웰이요. 드디어 놈을 미니애폴리스에서 찾았습니다. 언제 가실 수 있으세요?"

"우와, 진짜로 콜드 케이스(미제사건이란 뜻의 콜드 케이스를 여기선 말 그대 로 추운 곳에서 발생한 사건이란 뜻으로 해석해 말장난을 하고 있음－옮긴이)구먼. 거기 올라가서 얼어 죽으면 어떡하나."

"그러게요. 어쩌실 겁니까? 저는 출장신청서를 내야할 것 같은데요."

"난 앞으로 며칠간은 예스페르센 사건이 어떻게 되가는지 따라가 봐야 돼. 직업표준국 일도 있었고. 정직을 먹을 수도 있어."

추가 고개를 끄덕였지만 보슈는 파트너가 실망한 것을 느낄 수 있었다. 추는 보슈가 스틸웰을 픽업하는 일에 좀 더 열의를 보여주기를 바란 것 같았다. 그리고 픽업 일시에 대해서 보다 확실한 대답을 듣고 싶었던 것 같았다. 형사들 중에 피의자의 신원과 거주지를 확인하고 나서 기다리는 것을 좋아하는 형사는 단 한명도 없었다.

"한동안은 오툴이 나한테 출장을 허가해주지는 않을 거야. 다른 사람한테 갈 수 있는지 물어봐. 트리시 더 디시(Trish the Dish. 라임을 맞춘 별명. 성에 관한 책을 쓰기 위해 남자들을 만나고 다니는 헤픈 여자를 가리키는 말로도 쓰임-옮긴이)한테 물어보지 그래. 그럼 자네 혼자 방을 쓰고 좋잖아."

경찰국의 출장 규정에 따르면, 형사들은 출장을 가면 파트너와 한 방을 써서 경찰국 예산을 절약할 수 있게 트윈룸을 예약해야 했다. 이것이 출장의 단점이었는데, 화장실을 다른 사람과 같이 쓰고 싶은 사람은 아무도 없고, 상대방이 코를 골 때는 정말 힘들기 때문이었다. 예전에 팀 마샤는 자기 혼자 방을 써야한다고 관리자들을 설득하기 위해서 파트너의 천둥 같은 코고는 소리를 녹음해서 제출하기까지 했었다. 하지만 파트너가 이성(異性)일 때는 쉽게 예외를 허용해주었다. 미제사건 전담반에서는 트리시 올맨드가 매우 인기 있는 파트너였다. 매력적이고—그래서 그런 별명이 생긴 것 아니겠는가— 유능한 수사관이었을 뿐만 아니라 그녀와 출장을 가면 그녀의 파트너는 방을 따로 잡을 수 있기 때문이었다.

"하지만 이건 우리 사건이잖아요, 보슈 형사님." 추가 불만을 제기했다.

"그래, 그러면 자네가 기다려야 되는데 어떡해. 나는 어쩔 도리가 없어."

보슈는 전담반 사무실로 들어가 자기 자리로 갔다. 책상에 두고 나갔던 휴대전화와 수첩을 집어 들었다. 지금 할 통화는 휴대전화나 책상에 놓인 일반전화를 사용하지 않는 게 좋겠다는 생각이 들었다.

보슈는 한 층을 다 차지하고 있는 강력계 사무실을 둘러보았다. 미제사건 전담반은 축구장 길이의 거대한 방에서 남쪽 한구석을 차지하고 있었다. 경찰국이 승진과 고용을 동결했기 때문에 각 전담반 구역마다 빈 칸막이자리가 여러 개 있었다. 보슈는 특수살인사건 전담반의 빈 책상으로 가서 일반전화를 사용하기 위해 책상 앞에 앉았다. 그는 자기 휴대전화에서 필요한 번호를 알아낸 후 일반전화기로 번호를 눌렀다. 상대방이 즉시 전화를 받았다.

"전략팀입니다."

보슈는 그 목소리가 맞다고 생각했지만 너무도 오랜 세월이 흐른 뒤라 확신할 수 없었다.

"레이철?"

침묵이 흘렀다.

"아, 해리. 잘 지내요?"

"응, 잘 지내. 당신은?"

"불만 없이 잘 지내요. 이게 새 전화번호예요?"

"아니, 다른 사람 책상에서 전화하고 있어. 잭은 잘 지내?"

그는 자기 이름이 발신자로 뜨면 전화를 안 받을까봐 다른 사람 전화기를 이용했다는 사실을 그녀가 간파하기 전에 빨리 넘어가려고 애를 썼다. 그와 FBI 요원 레이철 월링은 오랜 역사를 갖고 있었고, 관계가 항상 좋았던 것만은 아니었다.

"잭이 잭이지 어디 가나요. 잘 지내요. 근데 잭의 안부나 물으려고 일부러 다른 사람 전화기까지 이용해서 전화한 건 아닌 거 같은데요."

레이철이 볼 수 없는데도 보슈는 고개를 끄덕였다.

"그래, 맞아. 짐작하고 있겠지만, 부탁이 있어서 전화했어."

"어떤 부탁이요?"

"사건을 하나 맡았는데, 안네케라고 덴마크 여자가 피살된 사건이야. 놀랄 정도로 용감한 여자였어. 종군기자였고…….."

"해리, 피해자를 팔 필요는 없어요. 그러면 내가 당신 부탁을 들어주고 싶어질 거라고 생각하나보죠? 아니에요. 어쨌든 원하는 게 뭔지 말해 봐요."

보슈는 또 고개를 끄덕였다. 레이철 월링은 항상 그를 불안하게 만드는 능력이 있었다. 한때 그들은 연인이었지만 연인관계는 안 좋게 끝이 났다. 오래전 일이었는데도, 그는 그녀와 대화를 할 때마다 그때 그렇게 끝나지 않았다면 어떻게 되었을까 하는 생각에 가슴이 아렸다.

"그래, 알았어. 20년 전 LA폭동 때 이 여자가 피살됐거든. 범행에 사용된 베레타 92년형의 일련번호 일부를 확보했어. 얼마 전에 그 총도 확보하고 일련번호의 일부도 확보한 거야. 근데 숫자 중에 한 개를 모르겠는 거야. 그 말은 열 개의 가능성이 있다는 얘기잖아. 캘리포니아 법무부 데이터베이스에 그 열 개를 다 조회해봤는데, 아무런 성과가 없었어. 그래서 누구 아는 사람 없나 하고…….."

"ATF에요? 그건 ATF 관할이니까."

"그렇지. 근데 거기 아는 사람이 하나도 없는 거야. 원칙대로 하면 2~3개월이나 지나야 결과를 받아볼 수 있을 텐데, 그렇게 오래 기다릴 수는 없고."

"하나도 안 변했네요. 항상 '서둘러 해리'인 거. 그러니까 절차를 간소화할 수 있는 사람을 소개해 달라는 거네요, ATF 직원 중에서."

"그래, 그런 거야."

긴 침묵이 흘렀다. 보슈는 레이철이 뭔가 다른 것에 정신이 팔린 건지, 아니면 도와줄까 말까 망설이고 있는 건지 알 수가 없었다. 그는 다시 한 번 설득을 했다.

"피의자를 체포하면 그 공은 ATF와 똑같이 나눌게. ATF가 그 성과를 홍보에 이용할 수도 있을 거야. 이미 최초의 단서를 제공한 것도 ATF야. 현장에서 발견된 탄피가 다른 두 사건과 같은 총에서 발사된 거라고 확인해줬거든. 이번에도 이걸 통해서 이미지 쇄신을 할 수 있을 거야."

요즘 ATF는 첩보활동을 후원했다가 낭패 본 일로 사람들 입에 오르내리고 있었다. 첩보활동이 완전히 역효과를 내서 수백 정의 총기가 마약범죄자들의 손에 들어가 버렸기 때문이었다. 이로 인한 시민들의 분노가 대통령 선거 판세에 영향을 미칠 정도에 이르렀다.

"무슨 말인지 알겠어요." 월링이 말했다. "거기 친구가 있으니까 얘기해볼 게요. 나한테 일련번호를 알려주면 내가 그걸 그 친구한테 전할게요. 당신한테 그 친구 휴대전화번호를 주고 알아서 하라고 하면 잘 안 될 것 같으니까."

"그래, 그럼, 그렇게 해." 보슈가 재빨리 말했다. "어떻게든 조회만 해주면 돼. 그 친구가 번호를 치면 10분 안에 거래 내역이 뜰 거 아냐."

"일이 그렇게 쉽지가 않아요. 이런 종류의 검색은 전부 감시가 되고 고유번호를 부여받거든요. 내 친구도 상관에게 미리 허가를 받고 조회를 해야 할 거예요."

"작년에 그 많은 총들이 국경을 넘어갈 때 그렇게 깐깐하게 좀 하지 왜 그랬대."

"아이고, 재밌어라. 내 친구한테 당신이 그런 말을 하더라고 전할게요."

"어, 안하는 게 좋을 것 같은데."

그런 다음 월링은 베레타의 일련번호를 불러달라고 했고 보슈는 불러주면서 여덟 번째 숫자가 빠져있다고 강조했다. 그녀는 자기가 다시 전화하거나 자기 친구 수잔 윙고 요원이 직접 연락할 거라고 말했다. 그러고는 사적인 질문을 던지면서 통화를 마무리했다.

"그래서, 해리, 이 일은 앞으로 얼마나 더 할 거예요?"

"이 일이라니?" 보슈는 월링이 무엇을 묻는지 짐작은 하면서도 되물었다.

"배지 달고 총 갖고 일하는 거요. 지금쯤 은퇴할 거라고 생각했는데, 자발적으로든 아니든."

그가 미소를 지었다.

"나가라고 할 때까지. 내 DROP(퇴직자 유예제도-옮긴이) 계약상으로는 4년 더."

"당신이 퇴직하기 전에 함께 일할 기회가 또 있어야 할 텐데, 그죠?"

"그러게 말이야."

"몸조심해요."

"도와줘서 고마워."

"인사는 나중에 해요. 일 다 끝난 다음에."

보슈는 수화기를 내려놓았다. 자기 자리로 돌아가려고 일어서는데 휴대전화가 울렸다. 발신자 표시가 제한된 번호였지만 레이철이 다시 전화한 건지 몰라서 일단 받았다.

레이철이 아니라 직업표준국의 멘덴홀 형사였다.

"보슈 형사님, 면담 약속을 잡아야 해서 연락드렸습니다. 언제 시간 괜찮으세요?"

보슈는 미제사건 전담반 쪽으로 걸어가기 시작했다. 멘덴홀의 목소리가 위협적이진 않았다. 침착하고 사무적인 목소리였다. 어쩌면 오툴의 징계 요청이 터무니없는 짓이라는 걸 이미 알고 있는 건지도 몰랐다. 보슈는 감찰조사를 정면으로 맞닥뜨리기로 결심했다.

"멘덴홀, 이건 정말 말도 안 되는 이의제기예요. 빨리 해결하고 싶은데, 내일 아침 일찍 어때요?"

보슈가 차라리 일찍 출석하고 싶어 한다는 사실에 그녀가 놀랐는지는 몰라도, 목소리에서는 아무런 변화도 느껴지지 않았다.

"저는 8시 괜찮은데. 어떠세요?"

"좋아요. 당신 사무실로 갈까요, 아니면 이리로 올래요?"

"크게 문제가 안 된다면 형사님이 이리로 오시면 좋겠는데요."

직업표준국 부서들이 거의 다 들어있는 브래드베리 빌딩으로 오라는 거였다.

"문제 안 되요, 멘덴홀. 변호인과 함께 갈게요."

"좋아요, 형사님. 만나서 해결 방법을 논의해보도록 하죠. 그리고 마지막으로 하나 부탁드릴게 있는데요."

"뭐죠?"

"저를 부르실 때 형사 혹은 멘덴홀 형사라고 불러주시면 좋겠습니다. 성으로만 부르시니까 저를 무시하시는 것 같아서요. 처음부터 우리의 관계가 객관적이고 상호 존중하는 관계이면 좋겠거든요."

보슈가 자기 자리로 돌아가보니 추가 자기 책상 앞에 앉아있었다. 보슈는 단 한 번도 추를 이름이나 직함으로 부른 적이 없다는 걸 깨달았다. 그럼 그동안 계속 추를 무시하고 있었던 것일까?

"알았어요, 형사." 보슈가 말했다. "내일 8시에 봅시다."

그는 통화를 끝냈다. 자리에 앉기 전에 차단벽 위로 몸을 기대고 릭 잭슨의 자리를 내려다보았다.

"내일 아침 8시에 브래드베리 건물에서 면담이 있어. 오래 걸리진 않을 거야. 아직 노조에서 전화가 안 와서 그런데, 내 변호인 좀 해줄래?"

직업표준국 면담조사에는 경찰국 노조가 변호인을 제공했지만, 그 조사의 대상자가 아닌 경찰관이면 누구나 변호인 역할을 할 수 있었다.

보슈가 잭슨을 택한 것은 그가 경찰국에 오래 있었고 거짓말이나 허튼 수작을 허용하지 않는 표정을 갖고 있기 때문이었다. 피의자를 심문할 때는 그런 표정이 항상 위협적인 힘을 발휘했다. 그래서 보슈는 피의자를 조사할 때 잭슨을 데리고 들어가서 앉혀두는 경우가 종종 있었다. 잭슨이 아무 말 없이 노려보면 피의자들은 오금이 저려했다. 보슈는 잭슨이 멘덴홀 형사와 마주 앉아있으면 자신에게 이롭겠다고 생각했다.

"그래, 해줄게." 잭슨이 말했다. "어떻게 하면 돼?"

"내일 아침 7시에 다이닝카에서 만나자. 아침 먹으면서 설명할게."

"알았어."

보슈는 자리에 앉았고 추에게 변호인을 해달라고 부탁하지 않아서 섭섭해 할 수도 있겠다는 생각이 들었다. 그는 돌아앉아 파트너를 바라보며 말을 걸었다.

"이봐, 추……, 어, 데이비드."

추가 뒤를 돌아보았다.

"자넬 변호인으로 쓸 수가 없어. 멘덴홀이 이 건과 관련해서 자네를 면담할 게 분명하거든. 자넨 증인이 될 거야."

추가 고개를 끄덕였다.

"이해해?"

"네, 보슈 형사님. 이해합니다."

"그리고 항상 자넬 이름이 아닌 성으로 부른 것은, 자넬 무시하려고 그런 게 아니야. 난 항상 다른 사람을 성으로 불러."

보슈가 변명과 사과 비슷한 것을 하자 추가 어리둥절한 표정을 지었다.

"네, 보슈 형사님, 알죠." 추가 말했다.

"그러니까, 우리 좋은 거지?"

"그럼요, 좋죠."

"좋아."

제2부
———
글과 사진

16

보슈는 딸에게서 생일선물로 받은 아트 페퍼 CD들을 차례로 듣고 있었다. 지금은 세 번째 장에 들어있는 〈패트리시아〉를 듣고 있었는데, 30년 전 영국 크로이든의 어느 클럽에서 실황 녹음한 놀라운 버전이었다. 페퍼가 마약중독과 수형생활을 끝내고 컴백했을 시기에 녹음한 거였다. 1981년의 이날 밤 그는 모든 것을 완벽하게 거머쥐고 있었다. 보슈는 페퍼가 이 한 곡으로 자신이 그 누구보다 훌륭한 색소폰 연주자임을 입증하고 있다고 생각했다. '천상의 음악'이라는 말의 뜻을 잘 몰랐지만 이 곡을 듣고 있자니 그 말이 저절로 생각났다. 이 곡은 완벽했다. 색소폰도 완벽했고, 페퍼와 다른 세 밴드멤버들과의 상호작용과 교류도 한 손에 있는 네 손가락의 움직임만큼이나 치밀하고 완벽했다. 재즈 음악을 묘사하는 표현은 말은 많이 있었다. 보슈는 수십 년 동안 잡지와 레코드의 해설에서 그 말들을 읽어왔다. 그렇다고 그 모든 말을 이해한 것은 아니었다. 그는 자신이 좋아하는 것이 무엇인지 알고 있었고, 이 곡이 바로 그가 좋아하는 곡이었다. 강력하고 맹렬하고 때로는 슬픈.

보슈는 연주를 들으면서 컴퓨터 화면에 집중하기가 힘들었다. 밴드가

20분 가까이 이 곡을 연주하고 있었다. 그는 레코드와 CD로 여러 버전의 〈패트리시아〉를 갖고 있었다. 이 곡은 페퍼의 대표곡 중 하나였다. 그러나 지금 이 버전처럼 열정적으로 강렬하게 연주하는 것은 들어본 적이 없었다. 보슈는 소파에 누워 책을 읽고 있는 딸을 바라보았다. 이번에도 학교 필독도서라고 했다.《잘못은 우리 별에 있어》라는 책이었다.

"이건 자기 딸에 관한 거야." 보슈가 말했다.

매디가 책 너머로 보슈를 바라보았다.

"응?"

"이 곡말이야. 〈패트리시아〉. 페퍼가 딸을 위해 쓴 곡이야. 페퍼는 딸의 인생에서 아주 오랜 기간을 딸과 떨어져 살았지만 딸을 사랑했고 많이 그리워했어. 이 곡을 들으면 그걸 느낄 수 있지 않니?"

매디는 잠깐 듣더니 고개를 끄덕였다.

"진짜 그런 것 같아. 색소폰이 울고 있는 것 같은데."

보슈도 고개를 끄덕였다.

"그래, 너도 그렇게 느끼는구나."

그는 다시 일을 시작했다. 미켈 본이 이메일로 보내준 많은 기사 링크들을 살펴보는 중이었다. 거기에는 안네케 예스페르센이 작성해서 〈베를링스케 티엔데〉에 판 기사와 포토 에세이 14편과 2002년 그 신문이 실은 예스페르센 피살 10주기 특집기사가 포함되어 있었다. 기사들이 전부 덴마크어로 쓰여 있어 기사마다 두세 문단씩 인터넷 번역사이트의 도움을 받아 영어로 번역해서 읽자니 지루하기 짝이 없었다.

안네케 예스페르센은 짧았던 제 1차 걸프전쟁을 다각도에서 촬영하고 보도했다. 전쟁터와 활주로, 전투사령부는 물론이고 연합군이 떠 있는 휴양지로 사용한 유람선에서도 사진을 찍고 기사를 썼다. 그녀가 〈베를링스케 티엔데〉에 전송한 기사들은 기자가 본 새로운 종류의 전쟁, 하늘에서 신속하게 감행하는 하이테크 전투를 소개하고 있었다. 그러나 예스페르 센은 안전한 거리에 머무르지 않았다. 사막의 검 작전 때 전투의 형태가 지상전으로 바뀌자 작전지까지 연합군을 따라가 쿠웨이트시티와 알카프 지를 탈환하기 위해 벌인 전투들을 기록했다.

안네케 예스페르센이 쓴 기사들은 사실을 말했고 그녀가 찍은 사진들 은 대가를 보여주었다. 그녀는 한 차례의 스커드 미사일 공격으로 28명의 군인이 사망한 다란 미군 병영의 모습을 카메라에 담았다. 시신을 찍은 사진은 없었지만 검은 연기가 피어오르는 파괴된 험비 차체들의 모습이 인명손실이 있었음을 암시했다. 그녀는 사우디 사막에 있는 전쟁포로 수 용소도 촬영했는데 그곳에서는 이라크 전쟁포로들이 지치고 겁에 질린 눈으로 카메라를 쳐다보고 있었다. 그녀의 카메라는 퇴각하는 이라크 군 인들 뒤로 쿠웨이트 유전들이 불타면서 검은 연기가 솟아오르는 모습도 포착했다. 그녀가 찍은 사진들 중에 보슈에게 가장 충격적이었던 것은 죽 음의 고속도로를 찍은 사진이었다. 이라크와 팔레스타인 민간인들뿐만 아니라 적군들이 긴 행렬을 이루며 퇴각하다가 연합군의 무자비한 공습 을 받고 죽어 나뒹구는 모습이었다.

보슈는 참전 경험이 있었다. 그의 전쟁은 진흙과 피와 혼란의 전쟁이었 다. 그는 자기들이 죽인 사람들을, 그 자신이 죽인 사람들을 가까이서 직 접 보았다. 그런 기억들 중 일부는 지금 그의 컴퓨터 화면에 떠 있는 사진 들만큼이나 선명하게 그의 기억 속에 남아있었다. 그런 기억들은 주로 잠 못 이루는 밤이나, 일상의 어떤 모습이 그가 있었던 정글이나 땅굴을 연 상시킬 때, 불현듯 떠올랐다. 그는 전쟁을 직접 경험으로 알고 있었고, 안 네케 예스페르센의 글과 사진들은 이제까지 그가 기자의 눈을 통해 보아 왔던 것들 중에서 실제 전쟁의 모습과 가장 많이 닮아있었다.

휴전 후에도 예스페르센은 귀국하지 않았다. 몇 달간 그 지역에 남아

난민수용소와 파괴된 마을을 기록했고, 연합군의 작전이 안식제공작전으로 전환되면서 그 지역을 재건하고 회복하기 위해 벌이는 노력을 기록했다.

카메라를 들고 있는 보이지 않는 사람을, 펜을 들고 있는 사람을 알아가는 것이 가능하다면, 이 전후의 기사들과 사진들을 보면 그 사람을 알수 있었다. 예스페르센은 엄마들과 아이들, 전쟁으로 가장 많이 상처받고빼앗긴 사람들을 찾아 카메라에 담았다. 그들은 그냥 글과 사진에 불과할지 모르지만, 그 글과 사진이 합쳐져 하이테크 전쟁의 인간적인 측면과대가, 그 전쟁의 여파를 보여주었다.

아트 페퍼의 감성 풍부한 색소폰 연주를 들으면서 일을 해서 그런지 몰라도, 기사들을 힘들게 번역해서 읽고 사진들을 보고 있자니 보슈는 어쩐지 안네케 예스페르센과 더 가까워진 느낌이 들었다. 그녀가 자기 기사들을 갖고 20년의 세월을 뛰어넘어 그에게 다가와 그를 끌어당기는 것 같았다. 그래서 그는 결의를 더욱 다지게 되었다. 20년 전 그는 그녀에게 사과를 했었다. 이번에는 그녀에게 약속을 했다. 그녀에게서 모든 것을 빼앗아간 사람이 누군지 꼭 알아내겠다고.

안네케 예스페르센의 삶과 일을 찾아 디지털 여행을 하던 보슈가 마지막으로 들른 곳은 그녀의 오빠가 개설한 추모 웹사이트였다. 그 사이트에입장하기 위해서는 이메일 주소로 등록을 해야 했다. 장례식에 가서 방명록에 서명하는 것과 같은 절차였다. 그 사이트는 예스페르센이 찍은 사진과 예스페르센을 찍은 사진, 이렇게 두 부분으로 나뉘어 있었다.

첫 번째 부분에 나온 사진들 상당수는 미켈 본이 보내준 링크를 통해 보슈가 이미 본 기사들에 실린 것들이었다. 같은 장면을 찍은 추가 사진이많이 있었고 그 중 몇 장은 기사와 함께 실린 사진들보다 나은 것 같았다.

두 번째 부분은 가족사진 앨범 같았고, 안네케가 백금발의 빼빼 마른 어린 소녀 때 찍은 사진들부터 나와 있었다. 보슈는 이 사진들을 쭉쭉 훑어 내리다가 안네케가 자신을 찍은 사진에 이르러 속도를 늦췄다. 이 사진들은 여러 해에 걸쳐 다양한 거울 앞에서 찍은 거였다. 예스페르센이 목에 건 카메라를 가슴 높이로 들고 뷰파인더를 들여다보지 않고 찍은 사진들이었다. 쭉 이어서 보니까 그녀의 얼굴에서 세월의 진행과정을 느낄 수 있었다. 나이가 들어도 여전히 아름다웠지만 눈에 지혜가 깊어지는 것을 느낄 수 있었다.

마지막 몇 장에서는 마치 그녀가 보슈를 똑바로 쳐다보고 있는 것 같은 느낌이 들었다. 보슈는 그녀의 눈에서 눈을 뗄 수가 없었다.

그 사이트에는 방문자가 글을 남기는 코너가 있었다. 그 코너를 열어보니 웹사이트가 개설된 1996년에는 추모글이 줄줄이 달리더니 세월이 갈수록 점차 줄어들어 전년도에는 딱 한 개의 글이 게시되어 있었다. 게시자는 그 사이트를 개설하고 관리하는 그녀의 오빠였다. 보슈는 그 게시글을 영어로 읽으려고 복사를 해서 사용 중인 인터넷 번역사이트에 붙여 넣고 번역기를 돌려보았다.

안네케, 세월도 너를 잃은 슬픔을 지우지 못하는구나. 너무 그립다. 항상. 예술가이
자 친구였던 내 동생.

그 글을 읽고 나서 보슈는 웹사이트에서 나와 노트북을 덮었다. 오늘밤 일은 이것으로 끝내기로 했다. 기사와 웹사이트를 통해서 안네케 예스페르센을 더 잘 알게 된 것 같은 느낌은 들었지만, 사막의 폭풍 작전이 있고 1년 후 그녀가 미국에 온 이유에 대해서는 아무 것도 알아내지 못했다. 그녀가 로스앤젤레스에 온 이유에 대해서도 아무런 단서를 찾지 못했다. 전쟁범죄에 대한 기사는 하나도 없었고, 로스앤젤레스에 갈 이유가 되겠

다 싶은 기사는 물론이고, 후속기사가 나오겠다 싶은 기사도 없었다. 안네케가 쫓고 있었던 것이 무엇이었는지 몰라도 그에게는 아직도 베일에 가려져 있었다.

보슈는 손목시계를 보았다. 언제 시간이 이렇게 흘렀는지 벌써 11시가 넘어 있었다. 내일 아침에는 일찍 나가야 했다. 어느새 CD 재생이 끝나고 음악이 멈췄는데도 모르고 있었다. 딸은 소파에서 책을 읽다가 잠들어 있었다. 그는 딸을 깨워 침대로 가게 해야 할지 담요만 덮어주고 그대로 자게 해야 할지 결정해야 했다.

보슈가 일어서서 스트레칭을 하자 오금이 저렸다. 커피 탁자 위에서 피자 상자를 집어 들고 절뚝거리면서 부엌으로 가져가 내일 내버릴 요량으로 쓰레기통 위에 올려놨다. 그러고는 상자를 내려다보면서 딸의 균형 잡힌 식단 보다는 일을 먼저 생각하는 자신을 다시 한 번 반성했다.

보슈가 거실로 돌아가 보니 매들린이 그새 일어나 소파에 앉아서 한 손으로 입을 가리고 하품을 하고 있었다. 눈에는 졸음이 가득했다.

"매디, 늦었어." 보슈가 말했다. "잘 시간이야."

"아냐, 아빠."

"그러지 말고, 방으로 들어가자."

딸이 일어서서 그에게 몸을 기댔다. 보슈는 한 팔을 들어 딸의 양 어깨를 감싸 안고 딸의 방을 향해 복도를 걸어갔다.

"내일 아침에도 너 혼자 있을 거야, 매디. 괜찮겠어?"

"물어볼 필요 없어, 아빠."

"7시에 아침 약속이 있어서……."

"설명할 필요도 없고."

딸의 방 문 앞에서 보슈는 딸을 놓아주고 딸의 정수리에 입을 맞췄다. 석류향 샴푸 냄새가 났다.

"아냐, 설명할 필요 있어. 넌 네 곁에 더 자주 있어주는 아빠가 필요한데. 너를 위해 늘 곁에 있어주는 아빠."

"아빠, 나 너무 피곤해. 이런 얘기 하고 싶지 않은데."

보슈는 복도 저편에 있는 거실을 가리켰다.

"내가 아트 페퍼처럼 그 곡을 연주할 수 있다면 하고 싶다. 그럼 너도 내 마음 알 텐데."

그가 너무 많이 나가 버렸다. 자신이 느끼는 죄책감을 얘기해서 딸에게 부담을 준 것이다.

"알아, 안다니까!" 매들린이 짜증스러운 말투로 말했다. "잘 자, 아빠."

매디가 방안으로 들어가더니 문을 닫았다.

"잘 자, 딸." 보슈가 말했다.

* * *

보슈는 부엌에 가서 피자 상자를 들고 바깥의 쓰레기통으로 가져갔다. 코요테 같은 야행성 동물들이 달려들지 않도록 상자 뚜껑이 잘 닫혀있는지 확인했다.

집안으로 들어가기 전에 그는 간이차고 뒷벽에 연결되어 있는 창고 문의 맹꽁이자물쇠를 열쇠로 열었다. 천장등에 달린 줄을 잡아당겨 불을 켜고 물건이 가득 차있는 선반들을 훑어보기 시작했다. 먼지가 수북한 선반 위에 놓인 상자들 속에는 그가 평생 동안 보관해온 잡동사니들이 들어있었다. 그는 팔을 위로 뻗어 상자 하나를 작업대로 내려놓은 뒤 그 상자 뒤에 있던 것을 집으려고 다시 팔을 뻗었다.

그는 안네케 예스페르센을 만난 날 밤에 자신이 썼던 흰색 시위진압용 헬멧을 내렸다. 헬멧은 여기저기 긁힌 자국이 있고 더러웠다. 그는 손바닥으로 앞쪽에 붙은 스티커 위의 먼지를 닦았다. 날개달린 배지. 헬멧을 살펴보는 동안 도시가 무너져 내렸던 그 밤들이 기억이 났다. 그 후로 20년이 흘렀다. 그 세월을 생각해보았다. 그에게 왔던 시간들. 계속 머물기도 하고 떠나가 버리기도 했던 시간들.

잠시 후 그는 헬멧을 선반 위 뒷자리에 도로 올려놓고 그 앞에 상자를 다시 올려놓아 헬멧을 가렸다. 그러고는 창고 문을 잠그고 집 안으로 들어가 침실로 향했다.

17

낸시 멘덴홀 형사는 작은 여자였고 그리 매력적이진 않아도 진심을 담은 미소를 짓고 있었다. 조금도 위협적으로 보이지 않아서 보슈는 도리어 긴장했다. 그가 릭 잭슨과 함께 감찰조사를 위해 브래드베리 빌딩에 들어서면서도 긴장하지 않았다거나 준비가 되어있지 않았다는 뜻은 아니었다. 오랜 세월 감찰계 형사들을 상대해온 경험 덕분에 그는 멘덴홀의 미소에 미소로 화답해서는 안 된다는 것을 알고 있었고, 자신은 열린 마음으로 진실을 알려고 하는 것뿐이지 상부의 지시에 따라 무슨 의도를 갖고 움직이는 것은 아니라는 그녀의 말을 곧이곧대로 믿어서는 안 된다는 것도 알고 있었다.

멘덴홀은 개인 사무실을 갖고 있었다. 사무실은 작았지만 책상 앞에 놓인 의자는 편안했다. 심지어 벽난로도 있었다. 이 오래된 건물에는 벽난로가 있는 사무실이 많았다. 그녀 뒤에 있는 창문 밖으로 브로드웨이가 펼쳐져 있었고 정면에는 오래된 밀리언달러 극장 건물이 보였다. 멘덴홀은 책상에 디지털 녹음기를 올려놓았고, 잭슨도 자신의 녹음기를 올려놓았다. 그러고는 조사가 시작되었다. 방안에 있는 모든 사람의 신원을 밝히고 경찰관의 의무 진술에 관한 주의사항 안내가 있은 뒤 멘덴홀이 간단하게 말했다. "월요일에 샌쿠엔틴 교도소를 방문했던 일에 대해서 설명해 주세요."

그 다음 20분간 보슈는 안네케 예스페르센 피살사건에 사용된 총에 대해 물어보러 샌쿠엔틴 교도소로 루퍼스 콜먼을 만나러 간 일에 대해 진술했다. 그 수용자가 조사실로 들어오기 전에 기다린 시간을 포함해서 생각나는 것은 전부 자세히 말해주었다. 보슈와 잭슨은 여기 오기 전에 아침을 먹으면서 숨기는 것 없이 다 말하기로 전략을 짰다. 오툴의 징계 요청이 아무런 근거가 없는 허튼 짓이라는 것을 멘덴홀이 상식으로 판단할 수 있기를 바랐다.

보슈는 살인사건 파일에서 추려내 복사해온 문서들을 멘덴홀에게 제출했다. 샌쿠엔틴까지 콜먼을 만나러 갈 필요가 분명히 있었다는 것과, 션 스톤을 만나기 위해 안 가도 되는 출장을 무리하게 계획한 것이 아니라는 것을 증명하는 보충자료였다.

조사는 잘 진행되고 있는 것 같았다. 멘덴홀이 일반적인 질문을 주로 해서 보슈는 자신의 입장을 상세히 설명할 수 있었다. 그의 진술이 끝나자 그녀가 구체적인 사안에 초점을 맞췄다.

"션 스톤은 형사님이 온다는 걸 알고 있었나요?" 멘덴홀이 물었다.

"아뇨, 전혀." 보슈가 대답했다.

"그전에 션의 엄마한테 션을 면회할 거라는 이야기를 하셨어요?"

"아뇨, 안 했어요. 즉석에서 결정한 겁니다. 아까도 말했지만, 항공여행 일정이 정해져 있었어요. 시간이 남아서 잠깐 볼 수 있겠다 싶어서 면회를 신청한 거라니까요."

"근데 교도관들이 션을 법집행관리들이 사용하는 조사실로 데려왔고요?"

"네, 그래요. 일반면회실로 가라고 하지 않았어요. 션을 내가 있는 조사실로 데리고 오겠다고 하더군요."

보슈가 유일하게 켕기는 데가 그 부분이었다. 사실 그가 일반 시민들처럼 션 스톤 면회를 신청한 것이 아니었다. 교도관들이 루퍼스 콜먼을 데려온 조사실에 그대로 앉아서 다른 수용자인 션 스톤도 보게 해달라고 요청한 거였다. 그것이 경찰직권을 남용한 것으로 보일 수도 있다는 걸 그는 알고 있었다.

멘덴홀이 계속 밀고 나갔다.

"그랬군요. 그럼 샌쿠엔틴 출장 계획을 짤 때 션 스톤을 만날 시간을 감안해서 항공여행 일정을 짜셨나요?"

"절대 그렇지 않아요. 교도소에 갈 때 교도관들이 수용자를 데리고 오기까지 시간이 얼마나 걸릴지, 수용자가 얼마나 오랫동안 이야기를 할지 모르고 가는 거잖아요. 오래 걸릴 줄 알고 갔는데 일 분 만에 조사가 끝난 경우도 있고 한 시간 예상하고 갔는데 네 시간 넘게 걸린 적도 있죠. 어떻게 될지 모르니까 항상 여유 있게 시간을 잡는 거죠."

"그래서 교도소에 있는 시간을 네 시간으로 잡으셨군요."

"그렇죠. 게다가 교통상황을 알 수 없거든요. 거기로 비행기를 타고 가서, 기차를 타고 렌터카 센터로 이동하고, 렌터카를 찾아서 도시로 차를 몰고 간 다음, 시내를 가로질러 금문해협까지 가야 하거든요. 돌아올 때는 또 그 길을 고스란히 되돌아와야 하고. 만일의 사태에 대비해서 시간을 넉넉히 잡을 수밖에 없어요. 이번에 샌쿠엔틴에서는 네 시간 조금 넘게 있었는데 그중 두 시간은 콜먼을 만나기 전에 기다리는데 썼고 그 다음엔 콜먼을 만나 조사를 했어요. 계산을 해봐요. 그러고 시간이 조금 남아서 션 스톤을 만났고요."

"교도관들에게 스톤을 만나고 싶다고 말씀하신 게 정확히 언제였죠?"

"콜먼을 데리고 나갈 때 손목시계를 봤던 게 기억납니다. 오후 2시

30분이었어요. 내 비행기 출발 시각은 6시였고. 교통사정과 렌터카 반납 시간을 감안하더라도 적어도 한 시간 정도는 여유가 있더라고요. 공항에 일찍 갈 수도 있고, 다른 수용자를 잠깐 만나볼 수도 있었죠. 나는 후자를 선택했고요."

"좀 더 빠른 항공편이 있는지 알아볼 생각은 안 해보셨어요?"

"안 해봤어요. 그건 중요하지 않았으니까. 어차피 내 근무시간은 LA로 돌아오는 동안에 끝날 테니까요. 사무실로 다시 들어갈 게 아니었기 때문에 5시에 도착하든 7시에 도착하든 그건 별로 중요하지 않았어요. 그날은 그냥 퇴근하면 됐으니까. 이젠 초과근무수당이 안 나오잖아요. 아시다시피."

이때 잭슨이 나서서 조사가 시작된 후 처음으로 입을 열었다.

"그리고 항공편을 변경하려면 수수료가 추가로 발생합니다. 25달러에서 100달러까지 들 수 있는데, 보슈 형사가 항공편을 바꿨다면 그 부분에 대해서 예산과 출장경비 담당자들한테 설명을 해야 했겠죠." 잭슨이 말했다.

보슈는 고개를 끄덕였다. 멘덴홀의 질문에 잭슨이 즉흥적으로 끼어든 거였지만 좋은 내용을 덧붙여주었다.

멘덴홀 앞에 놓인 종이에는 아무것도 적혀있지 않았지만, 질문 목록을 머릿속에 미리 작성해놓고 하나 하나 짚어가며 질문하는 것 같았다. 그녀는 항공여행에 관한 질문은 마음속으로 체크 표시를 하고 다음 질문으로 넘어갔다.

"형사님이 조사의 일환으로 션 스톤을 만나고 싶어 한다고 샌쿠엔틴의 교도관들이 믿게 만드셨나요, 어떤 식으로든?"

보슈는 고개를 가로저었다.

"아뇨, 그러지 않았어요. 그리고 영치금 넣는 법을 물어봤으니까, 그 친구가 조사 대상자가 아니라는 것을 분명히 알았을 겁니다."

"하지만 그 영치금 얘기는 스톤을 만난 후에 물어보신 거잖아요, 맞죠?"

"맞습니다."

멘덴홀은 잠시 말을 멈추고 보슈가 준 문서들을 뒤적였다.

"오늘은 이 정도로 끝내겠습니다, 형사님들."

"질문 더 없어요?" 보슈가 물었다.

"현재로선. 나중에 추가 조사는 있을 수 있습니다."

"이젠 내가 뭐 좀 물어봐도 될까요?"

"물어보세요. 가능한한 대답해 드리겠습니다."

보슈는 고개를 끄덕였다. 공평했다.

"이 일이 얼마나 오래 걸릴까요?"

멘덴홀이 얼굴을 찌푸렸다.

"실제 조사 시간은 그리 오래 걸리지 않을 거예요. 샌쿠엔틴 교도관들 조사는 전화로 하고 올라갈 필요가 없으면요."

"그러니까 내가 거기서 여유 시간 한 시간동안 뭘 했는지 조사하라고 경비를 써가며 당신을 거기까지 올려 보낼 수도 있다는 얘기네요?"

"그건 우리 국장님이 결정하시겠죠. 조사에 필요한 비용을 알아보고 그 비용을 들일 만큼 심각한 일인지 판단하시겠죠. 그리고 지금 제가 다른 조사도 여러 건 맡아서 하고 있는 걸 아시니까, 이 건에 시간과 비용을 들일 가치가 없다고 결정하실 수도 있을 것 같은데요."

보슈는 그들이 필요하다고 판단하면 멘덴홀을 샌쿠엔틴으로 올려 보낼 거라고 확신했다. 멘덴홀은 상부의 압력을 받지 않는지 몰라도 직업표 준국장은 받고 있을 것이었다.

"더 질문 있으세요?" 멘덴홀이 물었다. "9시에 면담이 있어서 미리 준비를 해야 되는데."

"그래요, 하나만 더." 보슈가 말했다. "누가 나를 조사하라고 요청했죠?"

멘덴홀은 이 질문에 놀라는 것 같았다.

"그건 말씀 못 드리지만 아신다고 생각했는데요. 너무 뻔한 거라서."

"아니, 오툴 경위가 감찰조사를 요청한 건 알아요. 근데 내가 션 스톤을 만난 건 어떻게 알았죠?"

"그건 말씀드릴 수 없습니다, 형사님. 조사가 완료되고 권고를 할 때, 그때 아시게 될 수도 있을 것 같네요."

보슈는 고개를 끄덕였지만 의문이 풀리지 않아 마음이 찜찜했다. 샌쿠엔틴에서 누가 오툴에게 전화를 걸어 보슈가 부적절한 행동을 했다고 귀띔을 했을까? 아니면 오툴이 직접 나서서 샌쿠엔틴에서 보슈가 무엇을 했는지 알아본 것일까? 어느 쪽이든 당혹스럽기는 마찬가지였다. 보슈는 멘덴홀에게 설명만 잘하면 감찰조사는 쉽게 마무리될 거라고 믿으면서 여기 들어왔었다. 그런데 지금은 일이 그렇게 쉽게 끝나지 않을지도 모른다는 불안감이 생겼다.

직업표준국을 나선 잭슨과 보슈는 화려하게 장식된 엘리베이터를 타고 로비로 내려왔다. 건축된 지 1세기가 지난 브래드베리 빌딩은 보슈에게는 단연코 이 도시에서 가장 아름다운 건물로 각인되어 있었다. 유일한 옥에 티라면 직업표준국이 그 건물에 들어있다는 사실이었다. 보슈와 잭슨이 웨스트 3번가 출구를 향해 아트리움 밑을 지나가는데, 건물 정문 옆에 있는 샌드위치 가게에서 점심시간에 몰려들 손님들을 맞기 위해 빵을 굽는 냄새가 났다. 이것도 항상 보슈를 괴롭히는 것들 중에 하나였다. 이 도시의 숨은 보석 같은 건물에 직업표준국이 들어있고, 일부 사무실에는 벽난로가 설치되어 있을 뿐만 아니라, 올 때마다 너무나 좋은 냄새가 났다.

로비를 가로질러 걸어가서 왼쪽으로 방향을 틀어 불빛이 어둠침침한

옆문 로비로 들어가는 동안 잭슨은 아무 말도 하지 않았다. 거기에 벤치가 하나 있었고 황동으로 만든 찰리 채플린 조각상이 그 벤치에 앉아있었다. 잭슨이 그 조각상 옆에 앉더니 보슈에게 채플린의 반대쪽 옆에 앉으라고 손짓을 했다.

"왜?" 보슈가 벤치에 앉으면서, 말했다. "사무실에 들어가 봐야지."

잭슨은 화가 난 표정이었다. 고개를 가로젓더니 찰리 채플린의 무릎 위로 몸을 숙이고 보슈에게 낮은 목소리로 속삭였다.

"해리, 이 일로 자네 완전히 망한 것 같아." 잭슨이 말했다.

보슈는 잭슨의 기분을 이해할 수 없었다. 잭슨은 샌쿠엔틴에서 15분간 면회한 일을 가지고 경찰국이 이렇게까지 집요하게 파고드는 것에 놀란 것이 분명했다. 하지만 보슈에게는 별로 새로울 것도 없는 일이었다. 그가 감찰계에서 처음 조사를 받았던 것이 무려 35년 전이었다. 순찰을 마치고 서로 복귀하다가 다림질한 경찰복을 찾으려고 순찰구역 안에 있는 세탁소에 잠시 들른 것을 가지고 누가 문제를 제기해서 감찰을 받았었다. 그 이후로 경찰국이 자기네 직원을 감시하는 방식과 관련해서는 무슨 짓을 해도 보슈는 놀라지 않았다.

"그래서 뭘 어쩌겠어." 보슈가 아무렇지 않은 듯이 말했다. "징계하라고 해. 얼마나 때리겠어. 사흘? 일주일? 애 데리고 하와이나 갔다 오지 뭐."

잭슨이 다시 고개를 가로저었다.

"이해를 못하는구나, 그지?"

이젠 보슈가 혼란스러워졌다.

"뭘 이해를 못한다는 거야? 이름을 어떻게 바꾸든 감찰계야. 이해를 못할 게 뭐가 있어?"

"이건 일주일 정직당하고 말 문제가 아니야. 자넨 드롭(DROP) 계약을 맺은 계약직이잖아. 정규직과 똑같이 보호를 못 받는다고. 노조에서 아무 연락이 없는 것도 그래서일 거야. 쿠보(CUBO)로 걸리면 계약이 취소될 수 있어."

보슈는 이제야 무슨 말인지 이해가 되었다. 1년 전, 그는 퇴직유예제도(the Deferred Retirement Option Plan, DROP) 하에 5년 계약을 맺었다. 그 전에 연금을 동결하기 위해 퇴직했었고 몇 년 후에 계약직으로 돌아온 것이다. 그 계약서에 그가 범죄행위로 유죄판결을 받거나 부적절한 행동을 한 경찰관(Conduct Unbecoming an Officer, CUBO)이라고 내부에서 이의가 제기되어 인정이 되면 계약을 취소하고 해고할 수 있다는 조항이 들어 있었다.

"오풀(O'Fool)이 무슨 짓을 하고 있는건지 모르겠어?" 잭슨이 물었다. "전담반을 재편하는 거야. 자기 전담반을 만들려는 거지. 자기가 싫어하거나, 자기와 갈등이 있거나, 자기를 충분히 존중하지 않거나, 자기한테 충성심을 보이지 않는 사람은 누구라도 이런 말 같잖은 혐의를 씌워서 쫓아내려는 거라고."

보슈는 퍼즐 조각들이 맞춰지는 것을 느끼면서 고개를 끄덕였다. 그는 잭슨이 모르는 것도 알고 있었다. 오툴이 단지 사익을 챙기기 위해 독자적으로 행동하는 것이 아닐 수도 있었다. 10층의 지시대로 움직이는 것일 수도 있었다.

"자네한테 말하지 않은 게 있어." 보슈가 말했다.

"이런, 빌어먹을." 잭슨이 말했다. "뭔데?"

"여기선 안 돼. 나가자."

찰리 채플린 곁을 떠나 경찰국 본부로 걸어 돌아가면서 보슈는 잭슨에게 두 가지 이야기를 들려주었다. 하나는 오래된 이야기였고 다른 하나는 새로운 이야기였다. 첫 번째 이야기는 보슈가 그 전 해에 수사한 어빈 어빙 시의원 아들 피살사건의 내막에 관한 거였다. 보슈는 자신이 경찰국장과 믿었던 예전 파트너에게 이용당해 그들이 정치쿠데타를 성공시키는 것을 도왔고, 그로 인해 어빙은 시의원 재선에 실패했으며, 경찰국에 동조하는 인사가 어빙의 후임으로 선출됐다는 사실을 자세히 설명했다.

"그 일 때문에 이미 국장과는 사이가 틀어졌어." 보슈가 말했다. "그러다가 지금 맡고 있는 사건 때문에 정면충돌을 하게 된 거지."

보슈는 또 경찰국장이 오툴을 통해 안네케 예스페르센 사건의 수사 속도를 늦추라고 압력을 넣고 있다고 말했다. 이야기가 끝날 때쯤 보슈는 잭슨이 변호인으로 서명한 것을 엄청나게 후회하고 있을 거라고 추측했다.

"그러니까 이 거대한 음모의 소용돌이 속에서도 자네는 수사 속도를 늦추거나 수사를 조용히 내년으로 미룰 생각이 전혀 없다는 거지?" 경찰국 본부 앞마당으로 들어서면서 잭슨이 물었다.

보슈는 고개를 가로저었다.

"예스페르센이 너무 오래 기다렸어." 보슈가 말했다. "그리고 그 여자를 살해한 범인이 너무 오래 자유를 만끽했어. 수사를 절대로 늦추지 않을 거야."

잭슨은 보슈와 함께 자동문을 통과해 건물 안으로 들어가면서 고개를 끄덕였다.

"그럴 줄 알았어."

18

보슈는 미제사건 전담반 자기 자리에 앉자마자 새로운 정적인 오툴 경위의 방문을 받았다.

"보슈 형사, 직업표준국 조사관과 만날 약속 정했어요?"

보슈는 회전의자를 돌려 앉아 상관을 올려다보았다. 오툴은 정장 재킷을 벗고 작은 골프채 모양이 그려진 멜빵을 메고 있었다. 넥타이핀은 경찰학교 기념품 가게에서 파는 LA경찰 배지 미니어처였다.

"벌써 만나고 왔어." 보슈가 말했다.

"잘 하셨네. 이 일이 최대한 빨리 해결되길 바랍니다."

"그렇겠지."

"사적인 감정은 없어요, 보슈 형사."

그 말에 보슈가 빙긋 웃었다.

"하나만 물어보자, 반장. 이 모든 걸 혼자 생각해낸 거야, 아니면 위층의 도움을 받았어?"

"해리?" 칸막이 차단벽 반대편에서 잭슨이 말했다. "괜히 쓸데없는……."

보슈는 손을 들어 잭슨이 끼어드는 것을 막았다.

"괜찮아, 릭. 수사학적인 질문이었어. 굳이 대답 안 해도 돼, 반장."

"위층은 무슨 뜻인지 모르겠군요." 오툴이 말했다. "하지만 이의제기 내용이나 자신의 행동보다는 그런 이의제기를 누가 했는지에 더 집중하는 것이 역시 보슈 형사답네요."

보슈의 휴대전화가 울리기 시작했다. 보슈는 주머니에서 휴대전화를 꺼내 오툴에게서 눈을 떼고 액정화면을 보았다. 발신자 표시제한 번호였다.

"나도 하나만 물어봅시다." 오툴이 말을 이었다. "거기 교도소에서 적절하게 행동했어요, 아니면······."

"이 전화 받아야 돼." 보슈가 그의 말을 잘랐다. "수사 중인 사건과 관련된 거라."

오툴이 돌아서서 자리를 떴다. 보슈는 전화를 받았지만 건 사람에게 잠깐만 기다리라고 말했다. 그러고는 상대방이 자기 말을 들을 수 없도록 전화기를 자기 가슴에 댔다.

"반장." 보슈가 말했다.

그는 근처 칸막이자리에 있는 동료 형사들이 들을 수 있도록 큰 소리로 오툴을 불렀다. 오툴이 멈춰 서서 그를 돌아보았다.

"그렇게 계속 나를 괴롭히면 공식적으로 이의제기 할 거야." 보슈가 말했다.

그는 잠깐 동안 오툴과 눈싸움을 한 뒤 전화기를 들어 귀에 갖다 댔다.

"보슈 형삽니다. 무엇을 도와드릴까요?"

"ATF의 수잔 윙고인데요. 지금 경찰국에 계십니까?"

레이철 월링이 소개해준 요원이었다. 보슈는 핏속으로 아드레날린이 쏟아져 들어오는 느낌이 들었다. 이 요원이 벌써 안네케 예스페르센을 살해하는데 쓰인 총이 누구의 소유였는지 추적해서 알아냈는지도 몰랐다.

"네, 그런데요. 벌써……."

"정면에 있는 광장, 벤치에 있어요. 잠깐 내려오시겠어요? 드릴 게 있는데."

"어, 그러죠. 근데 사무실로 올라오시는 게 낫지 않을까요? 내가……."

"아뇨, 형사님이 이리로 내려오시는 게 낫겠어요."

"그럼 2분 안에 내려갈게요."

"혼자 오세요."

그녀가 전화를 끊었다. 보슈는 왜 혼자 오라고 하는지 궁금해 하면서 잠깐 가만히 앉아있었다. 그러다가 레이철 월링의 휴대전화로 급히 전화를 걸었다.

"해리?"

"그래, 나야. 이 수잔 윙고라는 여자, 왜 그래?"

"뭐가요? 일련번호를 조회해보겠다고 했는데. 당신 휴대전화번호 내가 줬어요."

"알아. 근데 전화해서는 광장으로 내려오라고 하더라고. 혼자 오래. 왜 그러는 거야, 레이철?"

월링이 깔깔 웃다가 대답했다.

"별것 아니에요, 해리. 항상 그래요. 굉장히 비밀스럽고 조심스럽죠. 당신 부탁을 들어주긴 들어주는데 다른 사람이 알게 하고 싶진 않은 거예요."

"정말 그게 다야?"

"네. 그리고 부탁을 들어주는 대신 뭘 달라고 할 거예요. 대가로."

"뭘?"

"모르겠어요. 어쩌면 지금 당장 달라는 게 아닐 수도 있어요. 한번 신세를 지는 거니까 나중에 갚으라는 거죠. 어찌 됐든, 당신이 입수한 총의 주인이 누군지 알고 싶으면, 내려가서 만나 봐요."

"알았어. 고마워, 레이철."

보슈는 전화를 끊고 일어섰다. 뒤를 돌아보았다. 추는 아직도 자리에 없었다. 그러고 보니 아침부터 보이지 않았다. 보슈는 잭슨이 자기를 보고 있는 것을 보고, 문 앞으로 나오라고 손짓을 했다. 그러고는 둘이 복도로 나갈 때까지 기다렸다가 입을 열었다.

"잠깐 시간 있어?" 보슈가 물었다.

"있을걸." 잭슨이 말했다. "왜?"

"이리 와봐."

보슈는 광장이 내려다보이는 유리벽으로 걸어갔다. 콘크리트 벤치들을 훑어보다가 여자가 파일을 들고 혼자 앉아있는 벤치를 발견했다. 여자는 골프 셔츠에 바지를 입고 그 위에 재킷을 입고 있었다. 재킷 오른쪽 주머니 뒤쪽이 불룩 솟아 있는 것이 보였다. 재킷 속에 권총을 차고 있는 거였다. 왼고였다. 보슈가 그녀를 가리켰다.

"벤치에 앉아있는 여자 보이지? 파란색 재킷을 입은 여자."

"응."

"내가 내려가서 저 여자를 잠깐 만날 거거든. 자넨 여기서 우릴 보면서 휴대전화로 사진 좀 찍어줘. 그래 줄래?"

"응. 근데 무슨 일인데?"

"별일 아닐 수도 있어. ATF 요원인데 나한테 줄 게 있대."

"그래서?"

"처음 보는 여자라서. 여기로 안 들어오고 나보고 혼자 내려오라고 하더라고."

"아, 알겠어."

"내가 너무 예민해지는 것 같긴 한데, 오툴이 내 일거수일투족을 감시하니까……."

"그래. 근데 아까처럼 그렇게 소리치고 협박하는 건 도움이 안 될 것 같아. 자네 변호인으로서 충고하는 건데 앞으로는……."

"엿 먹어라 그래. 내려간다. 봐 줄 거지?"

"응. 여기 있을게."

"고마워, 친구."

보슈가 잭슨의 팔을 툭 치고 자리를 떴다. 잭슨이 그를 불렀다.

"내가 아는 사람 중에 자네가 제일 예민 덩어리야."

보슈가 눈을 가늘게 뜨고 의심하는 시늉을 했다. "누가 그래?"

잭슨이 웃음을 터뜨렸다. 보슈는 엘리베이터를 타고 내려가 광장을 가로질러 아까 위에서 찾아둔 여자가 있는 곳으로 걸어갔다. 가까이 가면서 보니까 그녀는 30대 중반으로 보였고, 운동으로 다져진 다부진 몸매였으며, 적갈색 머리를 짧게 자른 헤어스타일이었다. 첫인상은 아주 노련한 연방요원 같았다.

"윙고 요원?"

"2분 안에 오신다면서요."

"미안해요. 상관이 막아 세우는 바람에 좀 늦었어요. 아주 개자식이에요."

"상관들은 다 그렇지 않나요."

보슈는 윙고가 질문이 아니라 단정 지어 말해줘서 좋았다. 그는 그녀 옆에 앉아서 그녀가 들고 있는 파일을 바라보았다.

"그래, 비밀요원 놀이예요, 뭐예요? 밖에서 조용히 만나자니. 우리 옛날 건물은 다음번에 지진계에 6이 찍히면 와르르 무너져 내릴 게 분명하니까 다들 들어오길 꺼리는 건 그렇다 치고. 여기 이건 완전 새 건물이거든요. 안전이 보장된. 들어올래요? 구경 한번 시켜줄게요."

"레이철이 이 부탁을 하면서 형사님에 대해 한 얘기가 맞는 것 같네요. 무슨 뜻인지 아시겠어요?"

"아뇨. 나에 대해 뭐라던데요?"

"항상 문제를 달고 다니니까 조심하라고요. 물론 정확히 그런 표현을 쓴 건 아니지만요."

보슈는 고개를 끄덕였다. 윌링이 자기를 '똥 자석'이라고 불렀을 것 같았다. 그렇게 부른 것이 이번이 처음이 아닐 거라는 생각도 들었다.

"여자들끼리 단결을 잘하는구먼."

"남자들 왕국이잖아요. 안 할 수 없죠."

"그래, 일련번호들은 조회해 봤어요?"

"네. 근데 도움이 될지 잘 모르겠어요."

"왜죠?"

"형사님이 입수하신 총은 21년간 사라졌던 총이거든요."

보슈는 솟구쳤던 아드레날린이 빠져나가기 시작하는 것을 느꼈다. 총의 일련번호가 이 사건의 블랙박스를 열어줄 거라고 큰 기대를 했던 것이 후회스러웠다.

"흥미로운 건 그 총이 사라진 장소예요." 윙고가 덧붙였다.

그 말을 듣자마자 보슈의 생각은 후회에서 호기심으로 바뀌었다.

"어디서 사라졌는데요?"

"이라크에서요. 사막의 폭풍 작전 중에."

19

윙고는 파일을 펼쳐 자신이 적어놓은 메모를 읽은 다음 설명을 이어 갔다.

"처음부터 시작합시다." 윙고가 말했다.

"메모를 할까요, 아니면 나중에 그 파일 주고 갈 건가요?" 보슈가 물었다.

"형사님 드리고 갈 거예요. 우선 얘기할 때 참고로 하고요."

"좋아요, 해봐요."

보슈는 레이철 월링에게 사건에 관해서 정확히 무슨 말을 했었는지 기억을 떠올려보았다. 안네케 예스페르센이 사막의 폭풍 작전을 취재했다고 말했었나? 월링이 그 말을 윙고에게 한 것일까? 윙고가 그 사실을 알았다고 해도 일련번호를 추적하는 과정이 바뀌지는 않았을 것이고, 총이 이라크에서 사라졌다는 이 하나의 정보가 모든 것을 새로운 방향으로 바꿔놓는 엄청난 일을 했다는 것을 그녀가 알았을 리 없었다.

"처음부터 시작하죠." 윙고가 말했다. "형사님이 주신 열 개의 일련번호는 1988년 이탈리아에서 생산된 총들에게 부여된 번호예요. 이 권총 10정은 생산되어 이라크 국방부에 판매된 3000정의 총들 속에 포함되어 있었고요. 이 무기 전달은 1989년 2월 1일에 이루어졌고요."

"거기서 흔적이 사라졌다고는 하지 말아요."

"아뇨, 아직은 아니에요. 이라크 군이 세한된 기록을 갖고 있었는데 2차 페르시아만 전쟁 이후로 우리가 그 기록에 접근할 수 있었어요. 사담 후세인의 왕궁과 군 기지에서 압수한 기록을 공개한 덕분이었죠. 대량살상무기를 찾으려고 수색했던 거 기억하세요? 대량살상무기는 못 찾았지만 그보다 덜 중요한 무기들에 관한 별 필요도 없는 기록들은 찾아냈어요. 그리고 나중에는 우리가 그 기록에 접근할 수 있었고요."

"당신들한텐 잘된 일이군. 그래서 그 기록에는 내 총에 대해서 뭐라고 나와 있던가요?"

"이탈리아에서 선적된 총기 전 물량이 공화국 수비대로 들어갔어요. 공화국 수비대는 엘리트 군인 집단이었죠. 당시 상황을 좀 아세요?"

보슈는 고개를 끄덕였다.

"기본적인 건. 사담 후세인이 쿠웨이트를 침공하고 잔혹행위를 저지르니까 연합군이 들어가서 이제 그만하라고 말렸죠."

"맞아요. 사담은 1990년에 쿠웨이트를 침공했어요. 이 무기들을 사들인 직후였죠. 그러니까 결론은 그가 침공 준비를 하고 있었다는 거죠."

"그래서 그 총이 쿠웨이트로 갔구먼."

윙고가 고개를 끄덕였다.

"그럴 가능성이 크지만, 확인은 안 돼요. 기록이 거기서 멈춰버려서."

보슈는 몸을 뒤로 젖히고 하늘을 올려다보았다. 릭 잭슨에게 자기를 지켜봐 달라고 부탁했던 일이 갑자기 생각났다. 더 이상은 필요 없을 것 같아서 경찰국 건물의 유리벽면을 훑어보았다. 태양이 유리에 반사되어 눈이 부시고 보슈가 올려다보는 각도도 매우 작아서 아무것도 보이지 않았다. 그는 한 손을 들어 오케이 사인을 만들어 보였다. 잭슨이 그 뜻을 알아차리고 시간낭비를 그만하기를 바랐다.

"뭐예요?" 윙고가 물었다. "뭐하시는 거죠?"

"아무것도 아니에요. 혼자 내려오라는 둥 당신이 너무 이상하게 굴어서 친구한테 지켜보고 있으라고 했거든요. 괜찮다고 그만 보라고 신호 보낸 겁니다."

"아이고, 감사합니다."

윙고가 빈정대자 보슈는 미소를 지었다. 그녀가 파일을 건넸다. 보니가 끝난 것이다.

"이봐요, 내가 얼마나 예민 덩어리인데, 당신이 제대로 건드렸다니까." 보슈가 말했다.

"가끔은 예민하게 구는 것도 좋아요." 윙고가 대답했다.

"가끔은 그렇지. 그건 그렇고, 그 총은 어떻게 됐을 것 같아요? 미국에는 어떻게 건너왔을까?"

이런 의문에 대해서 보슈 스스로 해답을 찾으려고 노력하겠지만, 윙고가 떠나기 전에 그녀의 생각도 듣고 싶었다. 어찌 됐든 화기 관리를 전문으로 하는 연방정부기관의 직원이 아닌가 말이다.

"사막의 폭풍 작전 중에 쿠웨이트에서 무슨 일이 있었는지는 아시잖아요."

"알죠. 우리가 거기로 가서 사담의 군인들을 쫓아냈죠."

"맞아요. 실제 전쟁이 지속된 기간은 두 달이 채 안돼요. 이라크 군은 처음에는 쿠웨이트시티로 퇴각했다가 나중에는 국경을 건너 바스라로 도주하려고 했죠. 그 과정에 수많은 군인들이 사망했고 그보다 훨씬 더 많은 군인들이 생포됐고요."

"그 도주로를 죽음의 고속도로라고 부르지 않았나?" 안네케 예스페르센이 보도한 기사와 사진들을 떠올리면서 보슈가 말했다.

"맞아요. 어제 구글로 검색했는데, 그 길에서만도 수백 명이 사망하고 수천 명이 포로가 됐어요. 연합군은 그 포로들을 버스에 태우고 압수한 무기는 트럭에 싣고서 전부 사우디아라비아로 실어 날랐죠. 거기에 전쟁 포로 수용소가 있었거든요."

"그럼 내 총도 그 트럭에 실려 있었겠구면."

"그랬겠죠. 아니면 그 총이 살아남지 못한 군인이나 바스라로 도망친 군인의 것이었을 수도 있어요. 정확히는 알 방법이 없죠."

보슈는 잠시 동안 지금까지 들은 이야기를 정리해보았다. 이라크 공화국 수비대가 갖고 있던 총이 어찌 된 영문인지 그 다음해에는 로스앤젤레스에서 사용된 것이다.

"압수된 무기들은 어떻게 됐죠?" 보슈가 물었다.

"한데 모아서 파괴했어요."

"아무도 일련번호를 기록해두지 않았고?"

윙고가 고개를 가로저었다.

"전쟁 중이었잖아요. 처분할 무기가 엄청 많은데 거기 서서 일련번호를 기록할 시간이 어딨겠어요. 수십 대의 트럭에 실릴 만큼 막대한 양인데. 그래서 그냥 파괴해버렸어요. 수천 정의 무기를 한꺼번에. 그것들을 사막 한복판으로 싣고 가서 구덩이를 파고 쏟아버린 다음 고성능 폭탄을 터뜨려 날려버린 거죠. 하루 이틀 불길이 치솟다가 잦아들면 그 위에 모래를 덮어버렸어요. 그걸로 끝인 거죠."

보슈는 고개를 끄덕였다.

"그걸로 끝이라."

보슈는 들은 내용을 곱씹고 있었다. 뭔가가 생각의 언저리를 맴돌고 있었다. 이 일과 관련이 있고, 이 모든 것을 하나로 묶어줄 무언가가. 그런 게 있다는 걸 확신했지만 그게 무언지는 확실하게 떠오르지 않았다.

"뭐 좀 물어봅시다." 보슈가 말했다. "이런 일 전에도 본 적 있어요? 그러니까 내 말은 예전에 딴 나라에 있었던 총이 짠 하고 이 나라에 나타난 사건. 압수되어 파괴된 걸로 생각했던 총이 말이죠."

"오늘 아침에 바로 그 문제를 확인해봤는데, 대답은 있다 예요. 적어도 한 번은요. 정확히 이런 식은 아니었지만."

"그럼 어떤 식이었죠?"

"96년에 노스캐롤라이나주 포트브래그에서 살인사건이 발생했어요. 군인들이 술에 취해 한 여자를 놓고 싸우다가 한 명이 다른 한 명을 쏴죽였죠. 그 군인이 사용한 총도 사담 후세인 군대가 소유했었던 베레타 92년형이었어요. 문제의 그 군인은 사막의 폭풍 작전 때 쿠웨이트에서 복무했었고요. 그는 죽은 이라크 군인의 총을 뺏어서 귀국할 때 몰래 갖고 들어왔다고 자백했어요. 하지만 내가 검토한 기록에서는 그런 일이 어떻게 이루어졌는지를 찾을 수가 없었어요. 어찌 됐든 그는 그렇게 가지고 들어왔고요."

보슈는 무기를 기념품으로 밀반입하는 방법은 다양하게 많이 있다는 걸 알고 있었다. 그런 관행은 군대 그 자체만큼이나 역사가 오래된 것이었다. 그가 베트남에서 복무할 땐, 가장 쉬운 방법이 총을 분해해서 그 부품을 몇 주에 걸쳐 따로따로 고국으로 부치는 것이었다.

"무슨 생각 하세요, 형사님?"

보슈가 싱긋 웃었다.

"무슨 생각 하냐면……, 누가 그 총을 이리로 들여왔는지 찾아야겠다는 생각. 내가 맡은 사건의 피해자는 보도사진작가였어요. 그 전쟁을 취재했죠. 그녀가 죽음의 고속도로에 대해 쓴 기사를 읽어봤어요. 그녀가 찍은 사진들도 봤고……."

안네케 예스페르센이 살해될 때 사용된 권총을 그녀 자신이 로스앤젤레스에 갖고 들어왔을 가능성을 고려해야 했다. 그럴 가능성은 그리 크지 않아 보였지만, 그 총이 마지막으로 있었다고 알려진 곳에 그녀도 함께 있었다는 사실을 무시하고 넘어갈 수가 없었다.

"공항에서 금속 탐지기를 사용하기 시작한 게 언제였더라?" 보슈가 물었다.

"아, 그건 오래됐죠." 윙고가 말했다. "70년대에 항공기 납치 사건이 많이 터지면서 시작됐으니까요. 하지만 수하물로 부친 짐을 X선으로 검사하는 건 달라요. 그건 훨씬 더 최근에 개발되었고 그렇게 효과적이지도 않고요."

보슈는 고개를 가로저었다.

"피해자는 짐이 별로 없이 여행하는 사람이었어요. 짐을 수하물로 부치지는 않았을 것 같은데."

그림이 그려지지 않았다. 안네케 예스페르센이 죽거나 생포된 이라크 군인의 총을 훔쳐서 고국으로 밀반입했다가 다시 미국으로 몰래 갖고 들어와서 결국 그 총으로 죽임을 당했다는 것은 이해하기 힘든 시나리오였다.

"그러게요, 그랬을 것 같지는 않네요." 윙고가 말했다. "하지만 피해자가 살해된 현장 주변의 주민들을 조사해보면, 누가 군 복무를 하면서 페르시아만 전쟁에도 참전했었는지 알 수 있을 거예요. 살인사건이 일어난 현장 근처에 살면서 거기에서 돌아온……."

"당시엔 걸프전쟁 신드롬에 대해서 말들이 많았잖아요. 화학무기와 열에 노출된 후유증 말이에요. 당시 전국에서 발생한 폭력사건 상당수가 그 전쟁이 원인이었던 것으로 여겨졌었죠. 포트브래그의 그 군인도 그렇게 변호를 했고요."

보슈는 고개를 끄덕였지만 이제는 윙고의 말을 듣고 있지 않았다. 갑자기 퍼즐조각들이 움직이며 그림이 맞춰지고 있었다. 글과 사진과 기억들이. 그날 밤 크렌쇼 골목길의 모습이 떠올랐다. 거리에 줄지어 서 있던 군인들. 죽음의 고속도로에 있던 군인들을 찍은 흑백사진들. 다란의 폭파된 막사들. 연기가 솟아오르던 군용 험비. 그날 밤 험비의 불빛 속에 드러난 골목길.

보슈는 몸을 숙여 양 무릎 위에 두 팔꿈치를 괴고 두 손을 머리카락 속으로 넣어 머리를 쓸어 넘겼다.

"괜찮으세요, 보슈 형사님?" 윙고가 물었다.

"괜찮아요. 좋아요."

"그래 보이지 않는데요."

"그들이 거기 있었던 거네⋯⋯."

"누가 어디 있었다는 거예요?"

두 손으로 머리를 감싸 쥐고 있던 보슈는 생각을 소리 내어 말했다는 것을 깨달았다. 그는 윙고를 돌아보았지만 그녀의 질문에는 대답하지 않았다.

"당신이 해냈어요, 윙고 요원. 당신이 블랙박스를 연 것 같군요."

그가 일어서서 그녀를 내려다보았다.

"고마워요. 레이철 월링 요원에게도 고맙고. 먼저 갑니다."

보슈가 돌아서서 경찰국 건물 출입문을 향해 걸어갔다. 윙고가 뒤에서 그를 불렀다.

"블랙박스가 뭐예요?"

그는 대답하지 않고 계속 걸어갔다.

20

보슈는 전담반 사무실로 들어가 자기 책상을 향해 성큼성큼 걸어갔다. 추가 칸막이자리에서 컴퓨터를 향해 비스듬히 돌아앉아 컴퓨터 위로 몸을 웅크리고 있는 것이 보였다. 보슈는 칸막이자리로 들어가 자기 의자를 잡고 추의 의자 옆으로 끌고 갔다. 그러고는 추와는 반대방향으로 의자에 앉아서 다급한 어조로 말했다.

"뭐해, 데이비드?"

"미네소타 출장 준비요."

"나 빼고 갈 거야? 뭐, 괜찮아, 내가 그러라고 했으니까."

"가야할 것 같아요. 아니면 기다리는 동안 새로운 뭔가를 시작하거나."

"그래 맞아, 가야지. 누가 같이 갈 수 있는지 알아봤어?"

"네, 트리시 더 디시가 간답니다. 세인트폴에 가족이 살아서 간다고 나서더라고요, 날씨가 춥고 그런데도."

"잘 됐네. 근데 오툴이 출장경비 내역을 엄청 꼼꼼하게 살펴보니까 조심하라고 해."

"이미 얘기했지요. 근데 뭐가 필요하세요, 보슈 형사님? 지금 뭔가에 흥분하신 것 같은데. 예감이 적중했습니까?"

"어떻게 알았어? 부탁이 있는데, 92년 폭동 때 캘리포니아주 방위군 중 어느 부대가 로스앤젤레스로 차출되어 왔는지 알아봐줘."

"그거야 쉽죠."

"그리고 그 부대들 중에 그 전년도에 사막의 폭풍 작전을 수행하러 페르시아만에 파견된 부대가 있는지도 알아봐줘. 무슨 말인지 알지?"

"네, 어느 부대가 두 곳에 다 있었는지 알고 싶으시나는 거잖아요."

"그렇지. 그리고 목록이 나오면, 그 부대가 캘리포니아에서는 어디에 기시를 두고 있었는지, 사막의 폭풍 작전 때는 뭘 했는지도 알아봐줘. 어떤 임무가 주어졌는지 하는 것들. 할 수 있겠어?"

"그럼요."

"좋아. 그리고 이건 내 추측인데, 이런 부대들 대다수가 온라인 기록보관소를 갖고 있을 것 같아. 웹사이트나 디지털 스크랩북 같은 것들. 난 이름을 찾고 있어. 91년에 사막의 폭풍 작전에 참가했고 1년 뒤에는 LA에 있었던 군인들의 이름."

"알겠습니다."

"좋아. 고마워, 데이비드."

"저기요, 보슈 형사님, 불편하시면 저를 굳이 이름으로 부르지 않으셔도 돼요. 저도 형사님한테 성으로 불리는데 익숙해져 있거든요."

추는 컴퓨터 화면을 바라보면서 말했다.

"그렇게 티가 났어?" 보슈가 말했다.

"그럼요, 티 나고 말고요." 추가 말했다. "그동안 계속 추라고 부르셔놓고."

"있잖아, 아까 말한 것만 찾아주면 이제부턴 추 선생님이라고 부를게."

"그러실 필요는 없고요. 근데 이런 걸 왜 찾고 있는 건지 여쭤 봐도 될까요? 이게 예스페르센과 무슨 관계가 있죠?"

"이게 사건의 핵심인 것 같아."

그러고 나서 보슈는 자신이 쫓고 있는 새로운 이론을 설명했다. 안네케 예스페르센이 취재차 미국에 왔고, LA에는 폭동 때문에 온 것이 아니라 전년도에 페르시아만에 파견됐던 캘리포니아주 방위군 부대 소속의 누군가를 쫓아서 온 거라고 말했다.

"페르시아만에서 무슨 일이 있었기에 예스페르센이 그 사람을 쫓아오게 된 거죠?" 추가 물었다.

"그건 아직 몰라." 보슈가 말했다.

"제가 이 각도에서 수사하는 동안 형사님은 뭐하실 건데요?"

"나는 다른 각도에서 수사해야지. 이 사람들 중 일부는 이미 살인사건 파일에 들어있어. 거기서부터 시작해야지."

보슈가 일어서서 의자를 자기 책상 앞으로 굴려갔다. 그러고는 의자에 앉아서 예스페르센 사건 발생 당시에 작성된 살인사건 파일을 펼쳤다. 목격자 진술서를 읽으려고 하는데 휴대전화가 울렸다.

액정화면을 보니 해나 스톤이라고 떠 있었다. 보슈는 바빴고 수사에 새로이 탄력이 붙은 상태였다. 보통 때 같으면 전화가 음성메일로 넘어가게 내버려뒀겠지만, 지금은 왠지 받아야 한다는 생각이 들었다. 해나는 그의 근무시간에 전화를 거의 하지 않았다. 통화하고 싶으면 미리 문자를 보내 통화할 수 있겠냐고 물었다.

보슈가 전화를 받았다.

"해나? 무슨 일이야?"

스톤이 다급한 목소리로 속삭였다.

"지금 대기실에 경찰국에서 나온 여자가 있어요. 당신과 내 아들에 대해서 물어볼 게 있다고 하네요."

스톤이 공포에 가까운 두려움으로 경직된 목소리로 속삭였다. 그녀는 무슨 일이 벌어지고 있는지 모르고 있었다. 보슈는 멘덴홀이 그녀를 만나는 것이 논리적이라는 것을 깨달았다. 그녀에게 미리 경고를 했어야 했었다.

"괜찮아, 해나. 명함 받았어? 이름이 멘덴홀이야?"

"네, 맞아요. 경찰표준인지 뭔지 하는 일을 하는 형사랬어요. 명함은 안 줬어요. 미리 전화도 없이 불쑥 나타났네요."

"별일 아니야. 직업표준국 형산데 요전 날 내가 션을 만난 일에 대해서 당신이 뭘 알고 있는지 물으러 간 거야."

"뭐라고요? 왜요?"

"우리 전담반장이 나에 대해 감찰을 요청했거든. 내가 공적인 시간을 사적인 용도로 사용했다고. 이봐, 해나, 별일 아니야. 만나서 아는 대로 얘기해줘. 사실을 말하라고."

"정말요? 정말 그 여자와 얘기해야 돼요? 그 여자는 하기 싫으면 안 해도 된다던데."

"얘기해도 되는데 사실만을 말해야 돼. 내게 도움이 될 것 같은 이야기를 하지 말고. 당신이 아는 한도 내에서 사실만을 말하라고. 알겠어, 해나? 진짜 별일 아니야."

"그럼 션은 어떻게 되는 거예요?"

"어떻게 되다니?"

"그 여자가 션한테 무슨 짓을 할 수 있어요?"

"아냐, 해나, 그런 거 없어. 이건 션이 아니라 나에 관한 일이야. 그러니까 그 여자를 사무실로 불러들여서 물어보는 말에 사실대로 대답해줘. 알겠지?"

"당신이 그래도 괜찮다고 하면."

"그래도 괜찮아. 정말이야. 걱정할 거 전혀 없어. 그리고 그 여자가 가고 나면 나한테 다시 전화해줘."

"못 해요. 상담이 계속 있어요. 그 여자를 만나야 하기 때문에 뒤로 밀릴 거거든요."

"그럼 그 여자하고 면담을 빨리 끝내고 환자들을 만나기 전에 전화해줘."

"오늘밤에 저녁 함께 할래요?"

"그래, 좋아. 당신이 전화 주든지 아니면 내가 전화하든지 할게. 만날 장소 같은 건 그때 정하자고."

"좋아요, 해리. 기분이 나아졌어요."

"다행이군. 나중에 통화합시다."

보슈는 전화를 끊고 살인사건 파일로 돌아갔다. 보슈가 해나와 통화하는 것을 들은 추가 뒤에서 끼어들었다.

"끝까지 물고 늘어지는군요." 추가 말했다.

"아직까지는. 멘덴홀이 자네하고는 면담 약속 잡았어?"

"아뇨, 연락 없던데요."

"걱정하지 마, 곧 연락 올 거야. 굉장히 철두철미한 수사관인 것 같더라고."

보슈는 살인사건 파일 앞부분으로 돌아가서, 크렌쇼의 골목길에서 안네케 예스페르센의 시신을 발견한 캘리포니아주 방위군 군인 프랜시스 존 다울러의 진술서를 찾아 다시 읽었다. 그것은 폭동범죄 전담반의 개리 해로드가 전화로 조사한 내용을 글로 옮겨 적은 거였다. 보슈와 에드거는 수사 첫날밤에 다울러를 조사할 기회를 갖지 못했었다. 해로드는 사건 발생 5주 후에 다울러를 전화로 조사했다. 그때 다울러는 민간인 신분으로 돌아가 맨테카라는 마을에서 살고 있었다.

목격자 신문조서와 목격자 진술서에 따르면 다울러는 27세로 직업은 대형트럭 운전기사였다. 캘리포니아주 방위군에서 6년간 복무했으며 머데스토에 있는 237 수송중대 소속이었다.

갑자기 아드레날린이 솟구쳐서 보슈의 온몸을 휘감아 돌았다. 머데스토. 살인사건이 나고 10년 후에 알렉스 화이트라는 사람이 전화를 했던 곳도 머데스토였다.

보슈는 회전의자를 돌려 앉아 237중대에 관한 정보를 추에게 전했다. 추는 인터넷 검색으로 237중대가 사막의 폭풍 작전과 로스앤젤레스 폭동에 부대원을 파견한 주 방위군 3개 부대 중 하나라는 사실을 이미 알아냈다고 말했다.

추가 컴퓨터 화면을 보면서 말했다. "237중대는 머데스토에 있고 2668중대는 프레즈노에 있네요. 둘 다 수송중대였습니다. 기본적으로 트럭 운전사들이었고요. 세 번째 부대는 새크라멘토에 있는 270중대고요. 거긴 헌병중대였네요."

보슈는 '트럭 운전사들' 이후에는 추의 말을 듣고 있지 않았다. 압수한 무기들을 처분하기 위해 트럭에 싣고 사우디 사막으로 달려가는 트럭들이 머릿속에 그려졌다.

"237중대에만 집중하자. 시신을 발견한 친구가 237중대 소속이었어. 그 부대에 대해서는 또 뭘 알아냈지?"

"지금까진 별거 없어요. 로스앤젤레스에서 12일간 복무했다고 나와 있네요. 부상자는 딱 한 명 보고가 됐고요. 누가 병으로 내려치는 바람에 뇌진탕으로 하룻밤 입원했었답니다."

"사막의 폭풍 작전 땐?"

추가 화면을 가리켰다.

"여기 있네요. 사막의 폭풍 작전 중의 활동에 대해서 기술된 부분을 읽어드릴게요. '1990년 9월 20일 237중대원 62명이 동원되었다. 그 부대는 그 해 11월 3일 사우디아라비아에 도착했다. 사막의 방패 작전과 사막의 폭풍 작전 동안 237중대는 2만1천 톤의 화물과 1만 5천 명의 군인들과 전쟁포로들을 수송했으며 무사고 운전 거리가 6만 킬로미터에 달했다. 237부대는 1991년 4월 23일 단 한 명의 사망자도 없이 머데스토로 귀환했다.' 제 말이 맞죠? 이 친구들은 트럭 운전사들과 버스 운전사들이었다니까요."

보슈는 잠시 동안 그 정보와 통계수치에 대해 곰곰이 생각해보았다.

"그 62명의 명단이 필요해." 보슈가 말했다.

"지금 찾아보고 있습니다. 형사님 말씀이 맞았어요. 부대마다 아마추어 웹사이트와 기록보관소 같은 게 있더라고요. 신문기사 같은 것들을 보관하는. 근데 91년과 92년 부대원의 명단은 아무리 찾아봐도 안 보이네요. 다양한 사람들이 여기저기에 언급되어 있기는 한데. 예를 들면 그 당시에 복무했던 한 남자는 지금 스태니슬라우스 카운티의 보안관이더라고요. 그리고 하원의원 선거에 출마했고요."

보슈는 추의 컴퓨터 화면에 떠 있는 것을 보기 위해 의자를 굴려갔다. 녹색 보안관 제복을 입은 남자가 '드러먼드를 하원으로!'라고 적힌 팻말을 들고 있는 사진이 있었다.

"237중대 웹사이트야?"

"네, 여기 보면 이 사람은 90년에서 98년까지 복무했다고 나와 있어요. 그러니까……"

"잠깐만……, 드러먼드, 아는 이름이야."

보슈는 그날 밤의 골목길을 기억에서 되살려보면서 그 이름을 어디서 들었는지 알아내려고 애를 썼다. 너무나 많은 군인들이 서서 지켜보고 있었다. 보슈는 한 얼굴과 이름이 언뜻 머릿속을 스치고 지나가자 손가락을 맞부딪쳐 소리를 냈다.

"드러머. 거기 있던 군인들이 드러머라고 부르던 친구야. 이 친구도 그날 밤 거기 있었어."

"지금은 J.J. 드러먼드가 저 윗동네 보안관이랍니다." 추가 말했다. "그 부대원을 찾는 걸 도와줄 수 있을 것 같은데요."

보슈가 고개를 끄덕였다.

"그럴 수도 있겠지. 근데 상황을 더 잘 알게 될 때까지 좀 더 기다려 봐야 할 것 같아."

21

보슈는 자기 컴퓨터 앞으로 가서 머데스토 지도를 검색해보았다. 프랜시스 다울러의 고향인 맨테카가 어딘지, 머데스토는 어딘지, 지리적으로 이해하기 위해서였다.

맨테카와 머데스토는 샌워킨밸리의 중심부에 위치해 있었다. 샌워킨밸리는 센트럴밸리라고 더 잘 알려진 곳으로, 캘리포니아주의 곡창지대였다. 축산물과 과일, 견과류, 야채 등, 로스앤젤레스를 비롯해 캘리포니아 전 지역에 있는 가정의 식탁이나 식당 테이블에 오르는 모든 식재료가 센트럴밸리에서 생산됐다. 거기에는 식탁에 오르는 와인도 일부 포함되어 있었다.

머데스토는 스태니슬라우스 카운티의 거점도시였고, 맨테카는 머데스토의 북쪽 경계선에 바로 붙어있고 샌워킨 카운티에 속해 있었다. 샌워킨 카운티의 관청소재지는 스탁튼이었고, 스탁튼은 밸리 지역에서 가장 큰 도시였다.

보슈는 이런 곳들을 잘 알지 못했다. 샌프란시스코와 오클랜드를 여행하면서 지나가본 것 말고는 밸리 지역에서 시간을 보낸 적이 거의 없었다. 그러나 5번 주간 고속도로를 달리다 보면 스탁튼 외곽에 이르러 축사가 보이기도 전에 가축 냄새부터 맡을 수 있다는 건 알고 있었다. 또한 캘리포니아 99번 국도의 어느 출구로든 쉽게 진출할 수 있고, 도로에서 내리자마자 과일과 야채를 파는 가판대를 만나게 되는데, 그 농산물들을 보면 우리가 좋은 곳에서 살고 있다는 믿음이 더욱 굳어진다는 것도 경험으로 알고 있었다. 센트럴밸리는 캘리포니아를 '금으로 만든 주'로 만든 일등공신이었다.

보슈는 프랜시스 다울러의 진술서로 돌아갔다. 재수사를 시작한 후로 적어도 두 번은 읽었지만, 그동안 놓쳤던 것을 찾을 수 있을까 싶어서 다시 읽었다.

서명인인 나 프랜시스 존 다울러(64년 7월 21일생)는 1992년 5월 1일 금요일에 캘리포니아주 방위군 237중대 소속으로 로스앤젤레스에서 경계 근무를 서고 있었다. 우리 부대의 임무는 경찰의 로드니 킹 구타 사건에 대한 평결이 나온 후에 발생한 소요사태 기간 동안 주요 교통간선의 치안을 확보하고 유지하는 것이었다. 5월 1일 저녁, 우리 부대는 남쪽으로는 플로렌스길에서부터 북쪽으로는 슬라우슨길에 이르기까지 크렌쇼 대로를 따라 배치되어 있었다. 우리는 그 전날 밤 늦게 그 지역에 도착했는데 그때는 이미 그 지역이 약탈자들과 방화범들에게 광범위하게 피해를 입은 후였다. 내가 배치된 지점은 크렌쇼와 67번가의 사거리였다. 밤 10시경, 나는 소변을 보기 위해 근처 타이어 가게 옆에 있는 골목길로 들어갔다. 이때 나는 한 여자가 전소된 구조물의 벽 근처에 누워있는 것을 보았다. 그 골목 안에서 다른 사람은 보지 못했고 죽은 여자도 처음 보는 사람이었다. 여자는 사살된 것으로 보였다. 나는 팔의 맥박을 짚어서 여자가 사망한 것을 확인한 뒤 골목길에서 나왔다. 무전병인 아서 포글에게 가서 골목길에 시신이 있다는 것을 상관인 유진 버스틴 병장에게 알리게 했다. 버스틴 병장이 와서 골목길과 시신을 살펴본 뒤 무전으로 LA 경찰국 강력계에 연락했다. 나는 내

자리로 돌아갔고 그 후에는 플로렌스로 이동했다. 그 교차로에 성 난 주민들이 많이 모여 있었기 때문에 군중통제가 필요하다고 했다. 지금까지 나는 1992년 5월 1일 금요일 밤에 내가 한 행동에 대해 안전하고도 정확하게 사실만을 진술했다. 그러므로 아래에 내 서명을 하여 이를 증명코자 한다.

보슈는 수첩의 한 페이지에 J.J. 드러먼드, 프랜시스 다울러, 아서 포글, 유진 버스틴이라는 이름을 적었다. 237중대의 1992년 부대원 명단에 올라있는 62명 중 적어도 네 명의 이름은 확보했다. 보슈는 다울러의 진술서를 노려보면서 다음에 취할 조치를 고민했다.

바로 그때 그 진술서 하단에 인쇄된 정보가 그의 눈길을 끌었다. 팩스 정보였다. 개리 해로드가 진술서를 작성해서 승인과 서명을 받기 위해 다울러에게 팩스로 보낸 것이 분명했다. 다울러는 그 진술서를 읽고 서명을 한 뒤 다시 팩스로 해로드에게 보낸 것이다. 진술서 하단에 나온 팩스 정보에는 캘리포니아주 맨테카에 있는 코스그로브 농산이라고 회사 이름과 함께 전화번호가 나와 있었다. 보슈는 이곳이 다울러가 일하는 회사일 거라고 추측했다.

"코스그로브." 보슈가 중얼거렸다.

10년 전 알렉스 화이트라는 사람이 전화를 걸었던 존 디어 대리점도 같은 상호를 쓰고 있었다.

"우와, 찾았어요." 뒤에서 추가 말했다.

보슈가 돌아보았다.

"뭘 찾아?"

"코스그로브요. 칼 코스그로브. 237중대원이었어요. 여기 사진에서도 찾았습니다. 그 동네에선 꽤 알아주는 거물인가 본데요."

보슈는 그들 모두가 하나로 연결되어 있다는 것을 깨달았다.

"그 링크 나한테 보내줄 수 있지?"

"그럼요."

보슈는 컴퓨터를 향해 돌아앉아 이메일이 도착하기를 기다렸다.

"그게 자네가 보고 있는 237중대 웹사이트야?" 보슈가 물었다.

"네. LA폭동 때와 사막의 폭풍 작전 때의 자료들을 여기에 올려놨더라고요."

"부대원 명단은?"

"명단은 없어요. 하지만 기사에 몇 명은 이름이 언급되어 있고 사진도 있고요. 코스그로브도 그 중 한 명이고요."

이메일이 도착했다. 보슈는 재빨리 이메일을 열어서 링크를 클릭했다.

추의 말이 맞았다. 그 웹사이트는 정말로 아마추어의 작품인 것처럼 보였다. 매들린은 열여섯 살 때에도 학교 숙제로 이보다 더 멋진 웹 페이지를 만들어 갔었다. 이 웹사이트는 여러 해 전 웹사이트가 새로운 문화 현상으로 급부상했을 때 개설된 것이 틀림없었다. 그러나 그 후에 현대식 그래픽과 디자인으로 업데이트하는 수고를 한 사람은 아무도 없었던 것이다.

사이트의 맨 위에는 '237중대 전사들의 집'이라는 문구가 간판처럼 적혀있었다. 그 밑에는 '킵 온 트러킹(Keep on Trucking. '트럭을 계속 몰아라', '계속 앞으로 전진하라'라는 뜻—옮긴이)'이라는 문구와 함께 만화작가 로버트 크럼의 대표적인 캐릭터인 트러킹 맨이 거대한 한 발을 앞으로 내밀고 걷고 있는 그림이 있었다. 이 중대의 좌우명과 상징인 것 같았다. 다만 237부대의 트러킹 맨은 군복을 입고 어깨에 소총을 둘러메고 있었다.

그 밑에는 현 중대의 훈련 정보와 여가활동에 관한 정보가 소개되어 있었다. 사이트 관리자에게 연락하기 위한 링크와 그룹토의 참가 신청을 위한 링크도 있었다. 그리고 '역사'라고 적힌 링크가 있어서 보슈는 그 링크를 클릭했다.

그 링크는 보슈를 한 블로그로 데리고 갔다. 거기에는 그 중대의 업적을 소개한 보고서가 20년치가 올라와 있었다. 다행히도 주 방위군 소집이 잦지 않아서 90년대 초까지 스크롤해서 내려가는데 그리 오래 걸리지 않았다. 이 보고서들은 전부 블로그가 개설된 1996년에 게시된 것으로 나와 있었다.

로스앤젤레스 폭동 진압에 소집된 일에 관한 짧은 소개 글이 있었는데, 보슈가 모르고 있었던 정보는 하나도 없었다. 그러나 그 글에는 사우스 LA의 여러 지점에서 경계근무를 서고 있는 237부대원들 사진이 여러 장 게시되어 있었고, 보슈가 갖고 있지 않은 이름도 여러 개 보였다. 그는 수첩에 모든 이름을 베껴 적은 뒤 글을 계속 읽어 내려갔다.

사막의 방패 작전과 사막의 폭풍 작전에서 237중대가 거둔 공적에 관한 부분에 이르자, 안네케 예스페르센이 종군기자로 취재하며 찍은 사진들과 유사한 사진들이 여러 장 나타나서, 보슈의 맥박이 빨라졌다. 237중대는 다란에서 야영을 했는데, 이라크 군의 스커드 미사일 공격으로 파괴된 미군 병영이 그 근처에 있었다. 이 수송중대는 쿠웨이트와 사우디아라비아 사이의 주요 도로를 이용해 군인과 민간인, 포로 들을 열심히 실어 날랐다. 그리고 237부대원들 일부가 페르시아만에 정박 중이던 유람선에서 휴가를 보내는 모습을 찍은 사진들도 있었다.

여기에도 이름이 더 나와 있어서 보슈는 수첩에 계속 이름을 베껴 적었다. 걸프 전쟁과 로스앤젤레스 폭동 진압에 참가한 237부대원이 많이 바뀌지 않았을 가능성이 큰 것 같았다. 전쟁 사진에 이름이 나온 부대원들이 1년 뒤 LA로 파견된 부대에도 소속되어 있었을 가능성이 매우 커 보였다.

237부대원 여러 명이 '사우디 공주'라는 이름의 유람선에서 휴가를 보내는 모습을 찍은 사진이 여러 장 있었다. 그 중에는 수영장 옆에서 배구 시합을 하는 사진들도 있었지만, 술에 취한 남자들이 맥주병을 높이 들고 카메라를 향해 포즈를 취하는 모습을 찍은 것들이 대부분이었다.

보슈는 그 중 한 장의 사진 밑에 적힌 이름들을 보고 깜짝 놀랐다. 유람선 수영장을 둘러싼 나무 데크에 네 명의 남자가 앉아있는 사진이었다. 다들 웃통을 벗고 있었고, 맥주병을 들고 카메라를 향해 평화를 상징하는 수신호를 보여주고 있었다. 그들의 젖은 수영복은 위상복 바시를 잘라 만든 거였다. 다들 많이 취한 것 같았고 햇볕에 많이 탄 모습이었다. 사진 밑에는 칼 코스그로브, 프랭크 다울러, 크리스 헨더슨, 레지 뱅크스라고 이름이 적혀 있었다.

이제 보슈는 또 다른 연결고리를 찾았다. 레지 뱅크스는 10년 전 알렉스 화이트에게 예초기를 판 영업직원이었다. 보슈는 새로운 이름들을 명단에 적은 후 뱅크스의 이름에는 밑줄을 세 번 쳤다.

보슈는 컴퓨터 화면에 떠 있는 사진을 확대해서 다시 한 번 자세히 살펴보았다. 코스그로브를 제외한 나머지 세 명은 오른쪽 어깨에 똑같은 문신을 하고 있었다. 보슈는 그 문신이 그 중대의 상징인 위장복을 입은 킵 온 트러킹 맨이라는 것을 알아차렸다. 그리고 그들 뒤 오른쪽에 쓰레기통이 뒤집혀서 빈병과 캔이 데크에 쏟아져 나와 있는 것을 보았다. 그 사진을 뚫어지게 바라보던 보슈는 그 장면을 전에 본 적이 있다는 것을 깨달았다. 같은 장면을 다른 각도에서 본 적이 있었다.

보슈는 재빨리 새 창을 열고 안네케 예스페르센 추모 사이트로 들어갔다. 그러고는 그녀가 사막의 폭풍 작전 중에 찍은 사진들을 모아놓은 파일을 열었다. 사진을 훑어 내려가다가 유람선에서 찍은 사진들을 발견했다. 여섯 장 중에서 세 번째 장이 수영장 데크에서 찍은 거였다. 그 사진은 유람선 관리인이 뒤집힌 쓰레기통을 똑바로 세우는 모습을 담고 있었다.

이 창에서 저 창으로, 이 사진에서 저 사진으로 옮겨 다니면서 비교해보니 데크에 널린 병과 캔과 상표가 똑같았다. 쏟아진 용기들이 배치된 모습도 정확히 똑같았다. 그것은 분명히 안네케 예스페르센이 237중대원들과 같은 날 같은 시각에 그 유람선에 있었다는 뜻이었다. 확인을 위해 사진 속에 보이는 다른 표지들을 비교해보았다. 두 사진에서 수영장 가장자리 높은 의자에 앉아있는 안전요원이 같은 사람이었다. 똑같이 챙이 넓은 모자를 쓰고 있었고 코 부분이 빨갰다. 수영장 가에 비키니를 입고 누워서 오른 손을 물에 담그고 있는 여자도 같은 여자였다. 그리고 원두막 같은 바의 카운터 뒤에 서있는 바텐더도 같은 사람이었다. 귀 뒤에 구부러진 담배를 꽂고 있는 것도 똑같았다.

의심의 여지가 없었다. 안네케의 사진은 237중대 웹사이트에 실린 사진을 찍고 나서 몇 분 안에 찍은 것이 틀림없었다. 안네케가 그들과 함께 거기 있었던 것이다.

경찰의 수사는 99%의 지루함과 1%의 아드레날린이라는 말이 있다. 생사가 갈리는 결과가 생기는 지극히 강렬한 순간이 1% 밖에 안 된다는 말이다. 보슈는 지금 발견한 사실이 생사가 갈리는 결과로 이어질지는 알 수 없었지만, 지극히 강렬한 순간이라는 것은 느낄 수 있었다. 그는 급히 책상 서랍을 열고 돋보기를 꺼냈다. 그러고는 살인사건 파일의 페이지를 넘기면서 안네케 예스페르센의 조끼에서 발견된 네 통의 필름을 현상한 교정지와 8×10 사진들이 든 비닐 페이지를 찾아냈다.

8×10 사진은 열여섯 장밖에 되지 않았고, 사진마다 뒷면에 네 통의 필름 중 어느 것에 속해 있었는지가 숫자로 표시되어 있었다. 보슈는 수사관들이 필름 한 통마다 네 장씩을 무작위로 뽑은 거라고 추측했다. 보슈는 이 사진들을 빠르게 살펴보면서 각 사진에 나온 군인들과 '사우디 공주' 사진에 나온 네 명의 남자를 비교했다. 세 번째 필름에서 현상한 네

장을 볼 때까지는 아무런 성과가 없었다. 그 네 장은 콜로세움 밖에서 군인들이 줄을 지어 수송용 트럭에 올라타는 모습을 찍은 거였다. 그러나 사진마다 항상 중앙에 있고 초점이 맞춰진 사람은 키가 크고 체격이 좋은 군인이었고, 유람선 사진에는 칼 코스그로브라고 이름이 적혀있던 남자였다.

보슈는 돋보기를 사용해서 비교대상을 확대해 자세히 들여다보았지만 확신은 할 수 없었다. 예스페르센의 사진에 있는 남자는 헬멧을 쓰고 있었고 카메라를 보고 있지 않았다. 보슈는 사진들과 교정지와 네거티브 필름 스트립을 사진 분석팀에 갖다 줘서 돋보기보다 더 좋은 도구를 사용해 비교하게 해야겠다고 생각했다.

237중대 사진을 마지막으로 한 번 더 보던 보슈는 오른쪽 가장자리에 작은 글씨로 사진을 찍은 사람의 이름이 적혀 있는 것을 발견했다.

J.J. 드러먼드 촬영

보슈는 수첩에 적은 명단에서 드러먼드의 이름에 밑줄을 치고는, 지금 보고 있는 우연의 일치에 대해 생각했다. 그가 수사를 통해 이미 알고 있었던 뱅크스와 다울러, 드러먼드라는 세 명의 이름이 종군기자인 안네케 예스페르센과 같은 날 같은 시각에 '사우디 공주'의 수영장 데크에 있었던 남자들의 것이었다. 1년 후 그 중 한 명은 폭동으로 파괴된 로스앤젤레스의 뒷골목에서 예스페르센의 시신을 발견했다. 또 다른 한 명은 보슈를 그 시신이 있는 곳으로 안내했고, 10년 후에 전화를 걸어 그 사건 수사에 대해 문의한 사람은 아마도 나머지 한 명이었을 것이다.

또 다른 연결고리는 칼 코스그로브였다. 그는 1991년에 그 유람선에 있었고 그 다음해에는 로스앤젤레스에 있었던 것으로 추측된다. 프랜시스 다울러의 목격자 진술서에 있는 팩스 정보와 레지 뱅크스가 일한 존 디어 대리점 팩스 정보에 그의 이름이 적혀 있었다.

사건마다 단서들이 움직이며 제자리를 찾고 초점이 확실하게 맞춰져 그림이 선명하게 보이는 순간이 있다. 지금이 그런 때였다. 보슈는 무엇을 해야 할지, 어디에 가야할지 알았다.

"데이비드?" 보슈가 파트너를 불렀다. 그러면서도 컴퓨터 화면에 나온 사진을 계속 보고 있었다. 두려움과 전쟁의 무작위성에서 벗어나 작열하는 태양 아래서 술에 취해 마냥 즐거운 네 명의 남자들.

"네, 형사님."

"멈춰."

"뭘요?"

"지금 하고 있는 일을 멈추라고."

"무슨 말씀이세요? 왜요?"

보슈는 컴퓨터 화면을 돌려 파트너도 사진을 볼 수 있게 했다. 그러고는 추를 바라보았다.

"이 네 명부터 시작해봐." 보슈가 말했다. "컴퓨터로 조회해봐. 어디 사는지 알아내고. 이 친구들에 대해서 알아낼 수 있는 건 다 알아내봐."

"알겠습니다, 보슈 형사님. 드러먼드 보안관은요? 그 사람한테 연락해서 이 남자들에 대해 물어볼까요?"

보슈가 잠깐 생각한 후 대답했다.

"아냐." 그가 말했다. "드러먼드도 명단에 추가해."

추가 놀란 표정을 지었다.

"그 보안관 뒷조사도 하라고요?"

보슈가 고개를 끄덕였다.

"응, 조용히."

254

* * *

보슈가 일어서서 칸막이자리를 나갔다. 중앙 복도를 걸어 반장실로 향했다. 문이 열려 있었고 오툴은 책상 앞에 앉아 고개를 숙이고 펼쳐져 있는 파일에 뭔가를 쓰고 있었다. 보슈가 문틀을 노크하자 오툴이 고개를 들었다. 그는 잠깐 망설이다가 보슈에게 들어오라고 손짓을 했다.

"먼저 확실히 해두죠. 보슈 형사가 자발적으로 들어온 겁니다." 보슈가 들어서자 오툴이 말했다. "내가 괴롭힌 것도 아니고 벌을 준 것도 아니고."

"알았어."

"무슨 일이죠?"

"휴가 좀 써야겠어. 생각할 시간이 필요해서."

오툴은 덫에 걸려드는 건 아닌지 생각하는 듯 잠시 말이 없었다.

"언제 쓰고 싶은데요?" 오툴이 물었다.

"다음 주." 보슈가 말했다. "오늘이 금요일이고 너무 촉박하게 알렸다는 거 아는데, 지금 하고 있는 일은 파트너가 다 맡아서 해줄 거야. 트리시 올맨드와 픽업 출장도 추진 중인 것 같고."

"백설 공주 사건은 어쩌고요? 불과 이틀 전만 해도 수사하는 거 막지 말라고 난리치지 않았어요?"

보슈는 깊이 뉘우치는 표정으로 고개를 끄덕였다.

"그게 그러니까 현재로선 약간 정체된 상태야. 무슨 일이라도 일어나기를 기다리는 중이지."

오툴은 내 그럴 줄 알았다는 듯이 고개를 끄덕였다.

"그렇다고 감찰조사가 취소되거나 하지는 않아요." 오툴이 말했다.

"알아." 보슈가 말했다. "잠깐 머리 좀 식히면서 일의 우선순위에 대해 생각해볼 필요가 있을 것 같아."

보슈는 오툴이 자축하는 웃음을 억지로 참는 것을 보았다. 오툴은 어서 빨리 10층에 전화해서 보슈는 문제 안 될 거라고, 말썽쟁이 형사가 경고를 이해하고 자기자리로 돌아갔다고 보고하고 싶어 안달이 난 것 같았다.

"그럼, 다음 주 한주를 몽땅 쉬겠다고요?" 오툴이 물었다.

"응, 한 주만." 보슈가 대답했다. "휴가 써야 할 게 두 달 정도 있는데."

"보통은 좀 더 일찍 알려줘야 되지만, 이번에는 특별히 예외를 인정할게요. 갔다 와요, 보슈 형사. 처리해 놓을 테니."

"고마워, 반장."

"나가면서 문 좀 닫아줄래요?"

"기꺼이."

보슈는 오툴이 국장에게 편히 보고하라고 문을 잘 닫아주고 왔다. 칸막이자리로 돌아가기도 전에 벌써 출장 기간 동안 매들린은 어떻게 할지 계획이 섰다.

22

카넬솔은 보슈와 스톤의 아지트가 되었다. 그들은 다른 어느 곳보다도 이곳에서 더 자주 만났다. 이곳은 로맨스와 취향—둘 다 이탈리아 음식을 좋아했다—과 가격뿐만 아니라 무엇보다도 서로의 편의를 고려해서 선택한 식당이었다. 노스할리우드에 있는 이 식당은 시간과 교통상황을 감안할 때 두 사람의 집과 직장에서 등거리에 있었다. 솔직히 해나 스톤에게 조금 더 이롭기는 했다.

이롭든 이롭지 않든, 보슈가 먼저 도착해서 늘 앉는 칸막이자리로 안내를 받아 가서 앉았다. 해나는 예상치 못했던 멘덴홀과의 만남으로 인해 상담이 도미노처럼 뒤로 밀려서 좀 늦을지도 모른다고 말했었다. 그녀는 파노라마시티에 있는 사회적응훈련원에서 심리치료사로 일하고 있었다. 보슈는 파일을 갖고 와서 느긋하게 일하면서 기다리기로 했다.

퇴근하기 전에, 데이비드 추는 보슈가 집중하고 싶어 하는 다섯 남자에 대한 간단한 인물소개서를 편집해서 보슈에게 건네주었다. 추는 단 두 시간 만에 공공기관과 법집행기관의 데이터베이스에서 자료를 뽑아서 편집을 끝냈다. 20년 전에 보슈에게 하라고 했으면 2주는 걸렸을 일이었다.

추는 한 명당 대여섯 페이지에 달하는 정보를 인쇄해서 주었다. 보슈는 이 자료들과 함께, 드러먼드와 예스페르센이 '사우디 공주'호에서 찍은 사진들을 인쇄한 것과, 예스페르센이 사진과 함께 〈베를링스케 디엔데〉에 보낸 기사의 번역본을 파일에 넣어 가지고 왔다.

보슈는 파일을 열어 기사를 다시 읽었다. 발행일이 1991년 3월 11일로 나와 있었다. 전쟁이 끝나고 군대가 평화유지군이 된 지 2주 정도 됐을 무렵이었다. 기사가 짧은 걸 보니 사진과 함께 샘플로 보낸 기사의 앞부분일 것 같았다. 그가 사용한 인터넷 번역프로그램은 아주 기본적인 것이어서 문법적인 뉘앙스나 스타일 같은 것은 살려주지 못했고 덕분에 영어로 옮긴 기사는 문장이 고르지 못하고 어색한 느낌이 들었다.

이 배는 '사랑의 배'라고 불리지만 전함인 것만은 틀림이 없다. 최고급 유람선 '사우디 공주'는 항구를 떠나지 않지만, 언제나 최고의 보안과 수용능력을 자랑한다. 이 영국산 선박은 미국 국방부가 전세 내어 사막의 폭풍 작전에 참여하는 미군들을 위한 휴가지로 한시적으로 사용하고 있다.

사우디아라비아에서 복무 중인 남녀 미군은 가끔씩 사흘간의 위로 휴가를 받 있고, 휴전 이후로 '사우디 공주'에 대한 수요가 급증했다. '사우디 공주'는 보수적인 페르시아만 지역에서 군인들이 술을 마실 수 있고 친구를 사귈 수 있고 위장장구를 갖고 다니지 않아도 되는 유일한 장소이다.

제복을 입고 무장한 해병들이 항구에 정박해있는 배를 철통같이 지키고 있다(국방부는 그 배를 방문하는 기자들에게 그 배의 정확한 위치를 밝히지 말라고 주문한다). 그러나 배에 오르면 군복을 입은 군인은 한 명도 없고 인생은 파티가 된다. 그 유람선은 디스코텍 2곳, 24시간 영업하는 바 10곳, 수영장 3곳을 운영하고 있다. 이 지역에 수주간 혹은 수개월간 주둔해있으면서 이라크 군의 스커드 미사일과 총탄을 피해 살아남은 군인들은 72시간의 휴가를 받아 술을 마시고 이성과 시시덕거리면서 여흥을 즐기러 이곳에 온다. 군 기지 내에서는 엄격히 금지된 것들을 즐기러 오는 것이다.

"사흘간 우리는 민간인으로 돌아가는 겁니다." 플로리다주 포트로더데일에서 온 22세의 보 벤틀리 병사가 말했다. "지난주엔 총격전이 한창이던 쿠웨이트시티에 있었는데 오늘은 친구들과 시원한 음료수를 마시고 있네요. 이보다 더 좋을 순 없을 것 같습니다."

바와 수영장 가에서는 술이 흘러넘친다. 연합군의 승리를 자축하는 파티가 여기저기서 벌어지고 있다. 이 배에 타고 있는 남자와 여자의 성비가 15내 1로 남자가 압도적으로 많다. 이것은 페르시아만에 주둔한 미군의 남녀 비율과 비슷하다. '사우디 공주'에서 남녀비율이 좀 더 고르기를 바라는 사람은 남자들만이 아니다.

"여기 있는 동안 음료수를 내 돈 주고 사마신 적이 한 번도 없어요." 조지아주 애틀랜타에서 온 샬럿 잭슨 병사가 말했다. "하지만 남자들이 계속 추근대는 게 시시하고 귀찮아 죽겠어요. 읽을 만한 책이라도 한 권 가지고 올 걸 그랬어요. 이제 선실로 들어가 봐야겠네요."

불과 일주일 전에 총격전이 있었다는 보 벤틀리의 말을 고려해볼 때, 이 기사가 작성된 후에도 〈베를링스케 티엔데〉가 기사를 일주일 가까이 갖고 있다가 신문에 실은 거라고 추측해볼 수 있었다. 그 말은 안네케 예스페르센이 3월 첫째 주에 그 배에 타고 있었을 가능성이 매우 높다는 뜻이었다.

보슈는 처음에는 '사우디 공주'에 관한 기사를 중요하게 생각하지 않았다. 그러나 예스페르센과 그 배에 탔던 237중대원이 관계가 있다는 게 확인된 이상, 상황은 달라졌다. 보슈는 자신이 두 잠재적인 증인의 이름을 확보했다는 것을 깨달았다. 그는 휴대전화를 꺼내 추에게 전화를 걸었다. 전화는 곧바로 음성메일로 넘어갔다. 추가 퇴근했고 오늘 밤엔 더 이상 전화를 받지 않기로 한 것이다. 보슈는 식당에 있는 다른 손님들에게 피해를 주지 않으려고 낮은 목소리로 메시지를 남겼다.

"데이브, 나야. 이름 두 개만 조회해줘. 1991년 신문기사에 나온 건데, 너무 오래됐긴 했지만, 조회 좀 해봐. 첫 번째 이름은 보 벤틀리, 플로리다 주 포트로더데일에 살고 있거나 예전에 살았었어. 두 번째 이름은 샬럿 잭슨. 애틀랜타 출신. 둘 다 사막의 폭풍 작전에 참가한 군인이었어. 어느 부대인지는 모르겠고. 기사에 안 나와 있어. 벤틀리는 당시에 스물두 살이었으니까 지금은 마흔둘, 마흔셋쯤 됐을 거야. 잭슨은 나이가 안 나와 있는데, 서른아홉에서 쉰 살 사이가 아닌가 싶어. 찾아보고 결과 알려줘. 고마워, 파트너."

보슈는 전화를 끊고 나서 식당 출입문 쪽을 바라보았다. 아직도 해나 스톤의 모습이 보이지 않았다. 그는 다시 휴대전화를 들고 딸에게 뭐 좀 먹었느냐고 문자를 보냈다. 그러고는 다시 파일 폴더로 돌아갔다.

그는 다섯 남자에 대해 파트너가 편집해준 인물소개서를 뒤적였다. 네 명의 소개서에는 맨 윗장에 운전면허증 사진이 인쇄되어 있었다. 드러먼드의 운전면허증은 들어있지 않았는데, 법집행기관의 관리는 교통국 컴퓨터에 정보를 공개하지 않기 때문이었다. 크리스토퍼 헨더슨의 소개서에서 보슈의 눈길이 멈췄다. 추가 사진 옆에 손글씨로 '사망'이라고 큼지막하게 적어놓았다.

헨더슨은 237중대원으로 사막의 폭풍 작전과 LA폭동 진압에 참가해서는 살아남았지만, 매니저로 일하던 스탁튼의 식당에서 무장 강도를 만났을 땐 살아남지 못했다. 추가 찾아낸 1998년 신문기사에는 헨더슨이 스티어스라는 유명한 스테이크하우스에서 혼자 문단속을 하다가 무장 강도에게 살해된 사건이 보도되어 있었다. 스키 마스크를 쓰고 롱코트를 입은 무장 강도가 헨더슨을 위협해 식당 안으로 들어갔다. 지나가던 오토바이 운전자가 그 장면을 목격하고 911에 신고했지만, 신고가 접수되고 얼마 지나지 않아 도착한 경찰은 앞문이 열려 있고 헨더슨이 죽어있는 것을 발견했다. 헨더슨은 부엌 안, 사람이 걸어 들어갈 수 있는 대형냉장고 안에서 무릎을 꿇은 채로 사형이 집행되듯 사살되었다. 매니저 사무실에 있던 식당운영자금 보관 금고는 열려 있었고 텅 비어 있었다.

신문기사는 헨더슨이 스티어스를 그만두고 맨테카에 자기 식당을 내려고 준비 중이었다고 보도했다. 추가 인터넷 검색으로 알아낸 바에 따르면, 헨더슨 피살사건은 미제로 남았고 스탁튼 경찰은 용의자 한 명 특정하지 못했다.

존 제임스 드러먼드는 공인이었기 때문에 추가 편집한 그에 대한 인물소개서의 분량이 방대했다. 드러먼드는 1990년에 스태니슬라우스 카운티 보안관국에 입사해 꾸준히 승진을 거듭했고 2006년에는 재임 중인 보안관에 도전장을 내서 뜻밖의 승리를 거두었다. 2010년에는 재선에 성공했고 지금은 워싱턴 D.C.에 입성하려는 목표를 세우고 있었다. 그는 스태니슬라우스 카운티와 샌워킨 카운티를 아우르는 지역을 대표하는 하원의원이 되기 위해 선거운동을 하고 있었다.

드러먼드가 처음 보안관 선거에 출마했을 때 인터넷에 유포된 인물평전에는 그가 그 지역에서 나고 자라 출세한 사람으로 묘사되어 있었다. 그는 머데스토, 그레이스아다파크라는 동네에 사는 한부모 가정에서 자랐다. 보안관보였을 땐 보안관국의 여러 직책을 맡아 실무를 익혔고, 심지어 보안관국에 한 대 뿐이었던 헬리콥터의 조종을 맡기도 했다. 그러나 그가 승진 가도를 달리게 된 것은 무엇보다도 뛰어난 관리능력 덕분이었다. 평전은 또한 그가 주 방위군으로 사막의 폭풍 작전에 참가했고 1992년 로스앤젤레스 폭동 때는 여성복 가게의 약탈을 막다가 부상을 입었다면서 그를 전쟁영웅으로 치켜세웠다.

보슈는 LA 폭동 때 237중대의 유일한 부상자가 드러먼드였다는 사실을 알게 되었다. 그때 그에게 던져진 병 한 개가 지금 그를 워싱턴으로 데려가는 작은 것들 중에 하나일 수 있었다. 보슈는 또한 드러먼드가 주 방위군으로 페르시아만과 로스앤젤레스에 갔을 때 이미 법집행관리였다는 사실에 주목했다.

선거홍보책자 같은 인물평전은 또 드러먼드가 보안관으로 재직하는 동안 스태니슬라우스 카운티의 범죄율이 급감했다는 사실을 강조했다. 다너무 부풀려졌다는 느낌이 들었다. 다음 사람으로 넘어갔다. 레지널드 뱅크스는 46세였고 맨테카에서 태어나 평생을 맨테카에서 산 사람이었다.

뱅크스는 머데스토에 있는 존 디어 대리점에서 영업직원으로 18년을 근무했다. 결혼해서 세 자녀를 두고 있었고, 머데스토 전문대학을 졸업했다.

추는 또 뱅크스가 음주운전으로 기소되어 유죄판결을 받은 적이 한 번 있었고, 그 외에도 음주운전으로 체포된 적은 두 번 더 있었는데 유죄판결로 이어지지는 않았다는 사실을 알아냈다. 그 한 번의 유죄판결은 머데스토가 속해 있는 샌워킨 카운티에서 체포 기소되어 받은 거였다. 그러나 이웃한 스태니슬라우스 카운티에서 음주운전으로 두 번 체포되었을 땐 기소가 되지 않았다. 보슈는 그것이 뱅크스가 스태니슬라우스 카운티 보안관의 전우라는 사실과 관계가 있지 않을까 의심했다.

다음으로 보슈는 프랜시스 존 다울러의 인물소개서를 읽기 시작했다. 그것은 친구인 뱅크스의 인물소개서와 별반 다르지 않았다. 맨테카에서 태어나 성장하고 아직도 살고 있었고, 스탁튼에 있는 샌워킨밸리 대학에 입학했지만 학위를 받겠다고 끝까지 다니지는 않았다.

보슈가 작게 낄낄거리는 소리를 듣고 고개를 들어보니 늘 그를 담당하는 웨이터 피노가 웃고 있었다.

"왜?"

"형사님 서류를 읽었어요. 죄송합니다."

보슈는 다울러에 대한 인물소개서를 내려다보다가 다시 고개를 들어 피노를 바라보았다. 피노는 멕시코 태생이었지만 이탈리아 식당에서 일하기 시작한 이후로 이탈리아 사람인체 했다.

"괜찮아, 피노. 근데 뭐가 그렇게 재밌어?"

웨이터가 인물소개서의 맨 윗줄을 가리켰다.

"맨테카에서 태어났다고 써 있잖아요. 그게 웃겨서요."

"왜?"

"스페인어 할 줄 아신다고 생각했는데요, 보슈 형사님."

"조금 밖에 못해. 맨테카가 뭔데?"

"고기 기름이요. 지방덩어리."

"진짜?"

"네."

보슈는 어깨를 으쓱거렸다.

"그 마을 이름을 지을 때 그 단어가 멋지게 들렸나보지." 보슈가 말했다. "아니면 뜻을 몰랐거나."

"고기 기름이라는 이 마을은 어디 있는데요?" 피노가 물었다.

"여기서 북쪽에. 차타고 다섯 시간쯤 가야 돼."

"가시면, 사진 한 장 찍어다 주세요. '고기 기름에 오신 것을 환영합니다.'"

피노가 하하하 웃더니 다른 테이블 손님들 시중을 들기 위해 자리를 떴다. 보슈는 손목시계를 보았다. 해나가 30분째 나타나지 않고 있었다. 전화해서 확인해볼까 하는 생각이 들었다. 휴대전화를 꺼내보니 '피자 시켰어'라는 딸의 짧은 답장이 들어와 있었다. 자기는 밖에서 샐러드와 파스타에 와인까지 곁들여 낭만적인 저녁 식사를 하려고 기다리고 있는데 딸은 이틀 밤 연속으로 피자를 먹게 생겼다는 생각에 다시 죄책감이 밀려왔다. 어떤 아버지가 되어야 하는지 머리로는 알지만 실천을 못 하고 있었다. 죄책감은 자신을 향한 분노로 바뀌었고, 덕분에 해나가 나타나면 물어보려는 것을 꼭 물어봐야겠다고 결의를 다질 수 있었다.

보슈는 10분 더 기다려보고 그래도 나타나지 않으면 전화를 해봐야겠다고 생각하고 다시 인물소개서로 돌아갔다.

다울러는 마흔여덟 살이었고 코스그로브 농산에서 반평생을 일했다. 인물소개서 직업란엔 운송계약직이라고 적혀있었다. 보슈는 그 말이 아직도 트럭 운전사라는 뜻이 아닐까 생각했다.

뱅크스와 마찬가지로 다울러도 스태니슬라우스 카운티에서 음주운전으로 체포된 적이 한 번 있었지만 기소가 되지 않았다. 또한 그는 머데스토에서 주차요금을 내지 않아 체포영장이 발부되었지만 4년간이나 집행되지 않았다. 만일 그가 LA 카운티에 산다면 충분히 있을 수 있는 일이었다. LA 카운티에서는 우연히 순경에게 검문을 받아 수배사실이 밝혀질 때까지 영장이 집행되지 않고 컴퓨터에서 잠자고 있는 경범죄 관련 수배자가 수천 명에 달하니까. 그러나 스태니슬라우스 같이 작은 카운티에서는 수배된 상습 범법자들을 추적할 인력과 시간이 충분히 있을 터였다. 영장을 집행 의무는 물론 카운티 보안관국에 있었다. 이번에도 사막의 폭풍작전과 다른 작전에 함께 했던 경험이 237중대 전역자를 보호하고 있는게 아닐까 하는 생각이 들었다. 적어도 스태니슬라우스 카운티에서는.

그러나 일정한 유형이 나타났나 싶더니 칼 코스그로브의 인물소개서로 넘어가자 금방 사라졌다. 코스그로브도 맨테카 출신이고 마흔여덟 살로 같은 연령대에 속했지만, 파일에 든 다른 남자들과의 공통점은 나이와 237중대 복무 사실에서 끝이 났다. 코스그로브는 체포 전과가 전혀 없었고, UC데이비스에서 농경영학 학사학위를 받았으며, 코스그로브 농산의 회장이자 최고경영자였다. 2005년 〈캘리포니아 그로워(California

Grower)〉라는 잡지에 실린 그 회사 소개 기사를 보면, 코스그로브 농산은 캘리포니아에 8백 제곱킬로미터가 넘는 농장과 목장 부지를 소유하고 있었다. 그 회사는 가축과 농산물을 생산 유통시켰고, 쇠고기와 아몬드, 양조용 포도에 있어서는 캘리포니아 최대의 공급업체들 중 하나였다. 그뿐만이 아니라 코스그로브 농산은 심지어 바람을 수확하고 있었다. 그 기사에 따르면 칼 코스그로브는 회사 소유의 목초지를 상당부분 풍력발전단지로 전환시켜 전기와 쇠고기를 동시에 생산함으로써 두 배의 수익을 올리고 있었다.

사적인 측면을 보면, 그 기사는 코스그로브가 이혼한지 오래된 독신남이고, 고급자동차와 고급포도주와 더 고급인 여성들의 애호가라고 묘사했다. 그는 스태니슬라우스 카운티 북단 샐리다 근처의 대저택에 살았다. 그 저택은 아몬드 밭으로 둘러싸여 있고 헬리콥터 이착륙장을 갖고 있어서, 샌프란시스코의 펜트하우스와 매머드의 스키 별장을 비롯해 전국 각지에 있는 자신의 자산으로 지체 없이 이동할 수 있었다.

전형적인 금수저 이야기였다. 코스그로브는 아버지 칼 코스그로브 1세가 24만 제곱미터의 딸기농장과 거기 딸린 과일노점을 자본으로 1955년에 설립한 회사를 물려받아 경영하고 있었다. 그 아버지는 76세로 이사장 직함을 갖고 있었지만 이미 10년 전에 아들에게 경영권을 물려주었다. 그 기사는 칼 1세가 아들에게 경영수업을 시킨 것을 자세히 보도하면서, 칼 2세가 목축에서 목장관개, 포도주 양조에 이르기까지 모든 사업부문에서 직접 일을 해보게 시켰다고 설명했다. 또한 아들이 12년간 캘리포니아주 방위군으로 복무하게 하는 등 다양한 방법으로 지역사회에 기여하라고 가르친 것도 그 아버지였다고 소개했다.

그 기사는 칼 코스그로브 2세가 50년 전통 가족기업의 위상을 높이고 새로운 방향으로 과감하게 사업을 확장해나가고 있다고 전했다. 그중에서도 그린에너지를 생산하는 풍력발전단지의 조성과 스티어스라는 스테이크하우스 체인점 사업의 확장이 가장 주목할 만 하다고 했고, 현재 스티어스 체인점은 센트럴밸리 전역에 여섯 개가 있다고도 전했다. 그 기사의 마지막 문장은 다음과 같았다. "코스그로브는 어느 스티어스 레스토랑에서든 자신의 거대기업이 생산한 것을 먹거나 마시지 않고 식사를 하는 것이 사실상 불가능하다는 사실에 대단한 자부심을 느끼고 있다."

보슈는 마지막 문장을 다시 읽었다. 이것은 '사우디 공주' 사진에 나온 두 남자 사이에 또다른 관계가 있었음을 확인시켜주고 있었다. 크리스토퍼 헨더슨은 칼 코스그로브가 소유한 식당 중 한 곳의 매니저였었다. 거기서 살해당하기 전까지.

〈캘리포니아 그로워〉 기사 하단에 추 형사가 덧붙여놓은 메모가 있었다. '아버지 조회했음. 2010년 사망. 자연사. 그 후로 아들이 다해먹고 있음.'

보슈는 추의 마지막 말을 칼 코스그로브가 코스그로브 농산과 그 회사의 많은 자산에 대해 경영권을 완전히 물려받았다는 뜻으로 이해했다. 이로써 칼 코스그로브는 샌워킨밸리의 왕이 된 것이다.

"미안해요. 늦었어요."

보슈가 고개를 드니 해나 스톤이 칸막이자리로 미끄러지듯 들어와 그의 옆에 앉았다. 그러고는 그의 뺨에 재빨리 입을 맞춘 후 배고파 죽겠다고 말했다.

23

그들은 멘덴홀에 대해서 그리고 그날 있었던 일에 대해서 이야기를 시작하기 전에 레드와인을 한잔씩 했다. 스톤은 이야기가 심각해지기 전에 잠깐 한숨 돌리고 싶다고 말했다.

"맛있네." 스톤은 보슈가 주문한 와인에 대해 품평을 했다.

그녀가 테이블 위로 팔을 뻗어 병을 돌려 라벨을 읽더니 미소를 지었다.

"'모더스 오퍼랜디(Modus Operandi, 작업방식 — 옮긴이). 내 이럴 줄 알았다니까."

"역시 날카로워."

스톤은 와인을 한 모금 더 마신 다음 냅킨을 무릎 위에 놓고 쓸데없이 접었다 폈다 했다. 식당에서 대화를 나누다가 화제가 아들 쪽으로 넘어가면 불안한 듯 이런 모습을 자주 보였다.

"멘덴홀 형사는 월요일에 올라가서 션을 만날 예정이래요." 스톤이 말했다.

보슈는 고개를 끄덕였다. 멘덴홀이 샌쿠엔틴에 간다는 건 놀랍지 않았다. 그러나 멘덴홀이 그 이야기를 스톤에게 한 건 약간 놀라웠다. 피조사자에게 다른 피조사자 면담 일정을 알려주는 것은 좋은 조사 방법이 아니었다. 아무리 피조사자들이 모자지간이라고 해도 그랬다.

"가도 아무 문제없어." 보슈가 말했다. "션이 원하지 않으면 멘덴홀을 안 만나도 되고. 하지만 만날 거면 사실만을 얘기……."

보슈는 불현듯 멘덴홀의 의도를 알아차리고는 중간에 말을 멈췄다.

"왜요?" 스톤이 물었다.

"범죄보다 그걸 은폐하는 게 더 나쁘거든, 항상."

"무슨 뜻이에요?"

"멘덴홀이 월요일에 거기 간다고 말했다며. 당신이 내게 그 말을 전할 것을 알았기 때문에 했을 거야. 그럼 내가 션한테 연락해서 어떻게 말하라고 주문하든지, 면회를 거절하라고 시킬 수도 있잖아. 그러는지 어떤지 보려는 거겠지."

스톤이 얼굴을 찌푸렸다.

"그렇게 교활해보이지는 않던데. 솔직해보였어요. 실은 정치적인 의도가 있는 일에 말려들어서 기분이 안 좋은 것 같은 인상을 받았어요."

"그 여자가 그렇게 말했어, 아니면 당신 말이야?"

스톤은 잠시 생각하다가 대답했다.

"내가 그렇게 말했던 것도 같고, 그런 뜻으로 말했던 것도 같아요. 근데 놀라지 않더라고요. 감찰요청의 동기를 파악하고 있다고 했어요. 그 말은 기억나요. 멘덴홀이 그렇게 말했어요, 내가 아니라."

보슈는 고개를 끄덕였다. 멘덴홀은 민원을 제기한 사람이 오툴이라고 생각하는 것 같았다. 그렇다면 그녀를 믿어도 될 것 같았다. 상황을 있는 그대로 보고 객관적으로 판단해줄 거라고 믿어도 될 것 같았다.

피노가 시저 샐러드를 가져오자, 그들은 감찰 이야기를 그만두고 샐러드를 먹었다. 잠시 후 보슈는 대화를 새로운 방향으로 끌어갔다.

"다음 주에 나 휴가야." 보슈가 말했다.

"정말요? 왜 나한테 말 안 했어요? 나도 낼 수 있었을 텐데. 아……, 혼자 있고 싶었던 거군요."

그는 그녀가 그런 결론에 도달하리라는 것을, 아니면 적어도 그런 생각을 해볼 거라는 것을 알고 있었다.

"일할 거야. 우리 주 중부로 올라가려고. 머데스토, 스탁튼, 맨테카 이런 데로."

"백설 공주 사건 때문에요?"

"응. 오툴이 출장을 허가해줄 리가 없거든. 이 사건을 해결하는 것을 원치 않아. 그래서 내 시간과 경비를 들여서 해보려고."

"파트너 없이 혼자요? 해리, 그건 별로……."

보슈가 고개를 가로저었다.

"위험한 일은 안 할 거야. 사람들을 만나보고, 다른 사람들을 지켜보고 그럴 거야. 멀리서."

스톤이 다시 얼굴을 찌푸렸다. 보슈의 계획이 마음에 들지 않는 거였다. 그는 그녀가 다시 반대의 목소리를 내기 전에 몰아붙였다.

"내가 없는 동안 우리 집에서 매디와 함께 지내는 건 어때?"

그녀의 눈이 금방 놀란 토끼 눈이 되었다.

"예전에는 친구네 집에 가서 잤어. 걔네 엄마가 매디를 보살펴 주겠다고 했거든. 근데 매디와 그 친구가 절교를 했어. 그랬는데 거기 보내는 건 이상하잖아. 매디는 혼자 있어도 된다고 하는데 내가 불안해서."

"그러네요, 정말. 근데 난 잘 모르겠어요, 해리. 매디에게 물어봤어요?"

"아직. 오늘 밤에 말하려고."

"매디에게 말하는 게 아니라 매디가 결정하게 해야 해요. 매디에게 물어봐야 한다고요."

"매디가 당신 좋아하는 거 내가 알아. 둘이 말하고 지내는 사이라는 것도 알고."

"진짜로 말하고 지내는 사이가 아니라 페이스북 친구예요."

"매디한테는 똑같은 거야. 페이스북 하고 문자 보내는 게 요즘 아이들이 소통하는 방식이거든. 내 생일 때 맥주 당신이 대신 샀잖아. 매디가 당신한테 도와달라고 손을 내밀었고."

"그건 별거 아니고요. 그거랑 당신 집에서 실제로 함께 지내는 거랑은 차원이 달라요."

"알아, 하지만 매디도 좋아할 거야. 당신이 정 원한다면 오늘밤에 집에 가서 물어볼게. 매디가 좋다고 하면 당신도 오케이 하는 거지?"

피노가 와서 샐러드 접시를 가져갔다. 웨이터가 가고난 후 보슈가 같은 질문을 반복했다.

"네, 그럴게요." 스톤이 말했다. "나도 가서 있고 싶어요. 당신이 집에 있을 때도 가서 있고 싶고."

전에도 그녀가 동거하는 건 어떠냐고 보슈를 떠 본 적이 있었다. 보슈는 그녀와의 관계에서 편안함을 느꼈지만 다음 단계로 넘어가고 싶은 건지 확신이 없었다. 이유는 알 수 없었다. 이제 젊지도 않은데 무엇을 기다리는 것일까?

"이게 그 목표를 향해 가는 한 걸음이 되지 않을까?" 보슈가 그 문제를 피해가기를 바라면서 말했다.

"근데 좀 이상한 시험이긴 하네요. 딸 시험을 통과해야 합격이라니."

"그런 거 아냐, 해나. 근데 지금은 그 이야기 그만하고 싶어. 지금은 한창 수사를 하고 있고, 일요일이나 월요일에 출장을 가야 돼. 직업표준국 형사가 내 뒤를 쫓고 있고. 이런 문제들에 대해서 의논하고 싶어. 중요한 일이야. 그러니까 이런 문제들이 어느 정도 해결될 때까지 기다려줄 순

없을까?"

"그래요, 그럼."

말은 그렇게 했어도 보슈가 그 문제를 옆으로 제쳐두는 것이 마뜩치 않은 것 같았다.

"해나, 화내지 말고."

"화 안 났어요."

"났는데 뭘."

"내가 애나 봐주려고 당신 삶에 끼어드는 게 아니라는 것만은 분명히 해두고 싶네요."

보슈는 고개를 절레절레했다. 대화가 건잡을 수 없어지고 있었다. 그는 반사적으로 웃었다. 코너에 몰린 느낌이 들 때 마다 그는 그렇게 웃었다.

"이봐, 해나, 난 단지 당신이 이 부탁을 들어줄 수 있는지 물은 거야. 들어주고 싶지 않으면, 혹은 들어주긴 할 건데 이렇게 화를 내면서 들어줄 거라면, 그냥 우리……."

"말했잖아요, 화 안 났다고. 이제 그 얘긴 그만하는 게 어때요?"

보슈는 와인 잔을 들고 길게 한 모금을 마셔 잔을 비웠다. 그러고는 병을 들어 다시 한 잔을 따랐다.

"그래, 그러자." 그가 말했다.

24

보슈는 토요일을 일과 가족에 공평하게 분배했다. 그는 추에게 오툴과 다른 전담반원들의 감시를 받지 않고 일할 수 있으니 토요일에 전담반 사무실에서 만나자고 설득했다. 전담반 사무실뿐만 아니라 거대한 강력계 사무실 전체가 텅텅 비어있었다. 초과근무수당이 과거의 일이 되어버린 지금, 주말에도 엘리트 형사들의 사무실에 활기가 넘치는 경우는 대형 사건이 터졌을 때뿐이었다. 그런 사건이 터지지 않아서 보슈와 추에게는 다행이었다. 그들은 칸막이자리에 앉아 다른 사람들의 방해를 받지 않고 일에 전념할 수 있었다.

추는 수당도 없는데 토요일 반나절을 포기해야 하는 거냐고 몇 마디 투덜거리더니 금방 컴퓨터 앞에 앉아 캘리포니아주 방위군 237수송중대 소속 중대원들에 대한 3차 4차 검색에 들어갔다.

보슈는 '사우디 공주'호에서 찍은 사진에 나온 남자들 네 명과 그 사진을 찍은 다섯 번째 남자에 대해 알아내는 데 집중했다. 그러면서 철저한 수사를 위해서는 이제까지 237중대와 관련해서 등장했던 모든 이름을 확인해봐야 한다고 생각했다. 특히 안네케 예스페르센과 같은 시기에 그 유람선에 있었던 다른 사람들도 확인해봐야 했다.

보슈는 이 사건 수사가 기소로 이어질 경우 이렇게 철저히 수사하는 것이 검찰에 큰 도움이 된다는 것을 알고 있었다. 피고인측 변호인들은 항상 재빨리 나서서 경찰이 눈가리개를 하고 자기 의뢰인에게 집중하는 동안 진범은 유유히 사라져버렸다고 주장했다. 그러나 지금 보슈는 수사의 범위를 확대해 1991년과 1992년에 237중대에서 복무한 모든 부대원들을 철저히 살펴봄으로써, 좁은 시각에서 편파수사를 했다는 피고인측의 주장을 그 주장이 제기되기도 전에 무력화시키고 있었다.

추가 컴퓨터로 작업하는 동안 보슈도 컴퓨터 앞에 앉아 주안점을 두고 있는 다섯 남자들에 대해 이제까지 모아둔 모든 자료를 인쇄했다. 전부 합하니 26페이지에 달했는데, 그중 3분의 2 이상이 센트럴밸리의 정치, 경제, 사법 분야에서 막강한 권력을 발휘하고 있는 J.J. 드러먼드 보안관과 칼 코스그로브에 관한 자료였다.

다음으로 보슈는 찾아갈 예정인 센트럴밸리 지역의 지도를 인쇄했다. 이 지도들을 보니 다섯 남자가 일하고 살고 있는 장소들 사이의 지리적인 관계를 알 수 있었다. 이것은 출장 가기 전에 일상적으로 준비하는 부분이었다.

작업하는 동안 보슈는 헨릭 예스페르센으로부터 이메일을 받았다. 드디어 창고에 가서 여동생이 죽기 전 마지막 몇 달 동안 한 여행에 관한 상세한 자료를 찾아왔다고 적혀 있었다. 그 자료를 보니 자기가 안네케의 미국 여행에 관해서 보슈에게 말해주었던 내용이 거의 다 사실인 걸 확인할 수 있었다고 했다. 또한 안네케가 슈투트가르트로 짧은 여행을 간 것도 사실임을 확인했다고 했다.

헨릭의 기록에 따르면, 그의 여동생은 1992년 3월 마지막 주에 독일에서 단 이틀 밤을 묵었다. 미군이 주둔하는 슈투트가르트 패치배릭스 근처에 있는 슈봐비안 인에서 묵었다. 헨릭은 안네케가 거기 간 목적에 대해서는 아무것도 제시하지 못했지만, 보슈는 인터넷 검색을 통해 패치배럭스는 미군의 범죄수사국이 있는 곳이라는 것을 확인할 수 있었다. 또한 그 범죄수사국이 사막의 폭풍 작전과 관련된 모든 전쟁범죄의 수사를 담당하고 있다는 사실도 알아냈다.

보슈는 안네케 예스페르센이 사막의 폭풍 작전 중에 자행된 범죄에 대해서 슈투트가르트 범죄수사국에 문의를 했을 거라고 추측했다. 거기서 알게 된 내용으로 그녀가 미국에 오게 되었는지는 확실하지 않았다. 보슈는 경찰이라는 신분이 군 범죄수사국의 협조를 얻어내는 데는 별 효과를 발휘하지 못한다는 것을 경험으로 알고 있었다. 그러니 문의 당시 수사가 진행 중이었을 가능성이 높은 범죄에 관해 외국인 기자가 정보를 얻으려 했다면 보슈보다 훨씬 더 큰 도전에 직면했을 것 같았다.

정오가 되자 보슈는 출장 준비를 모두 마쳤고 사무실을 나갈 준비가 되어 있었다. 사무실을 떠나고 싶은 마음은 보슈가 추보다 더 컸다. 초과근무수당을 받지 못해서 그러는 게 아니었다. 오후와 저녁에 할 일이 있었다. 딸이 곧 일어날 테니, 딸과 함께 노스할리우드에 있는 헨리스 타코스에 갈 계획이었다. 거기서 보슈는 점심을 매디는 아침을 먹을 거였다. 그런 다음에는 매디가 보고 싶어 하는 3-D 영화를 볼 생각이었다. 이미 표를 예매해 놓았다. 저녁이 되면 멜로즈에 있는 크레이그스라는 식당에서 해나 스톤과 셋이서 저녁을 먹을 예정이었다.

"난 나갈 준비 끝." 보슈가 추에게 말했다.

"네, 저도요." 파트너가 대꾸했다.

"뭐 특별한 것 있어?"

보슈는 추가 다른 237중대원에 대해 폭풍 검색을 한 결과를 묻고 있었다. 추는 고개를 가로저었다.

"흥미로운 건 하나도 없던데요."

"어젯밤에 내가 메시지로 남겨놓은 거 검색해봤어?"

"어떤 거요?"

"'사우디 공주'에 관한 예스페르센의 기사에서 인터뷰를 했던 군인들."

추가 두 손가락을 맞부딪쳐 소리를 냈다.

"아, 깜빡했다. 어젯밤 늦게 메시지를 듣고는 계속 잊고 있었네요. 지금 해보겠습니다."

추가 컴퓨터를 향해 돌아앉았다.

"아냐, 집에 가." 보슈가 말했다. "내일 집에서 해보거나 월요일에 출근해서 해. 어차피 큰 기대 안 하는 거니까."

추가 하하 웃었다.

"왜?" 보슈가 물었다.

"아닙니다, 보슈 형사님. 그냥 형사님은, 무슨일이든 큰 기대를 안 하시잖아요."

보슈가 고개를 끄덕였다.

"그렇긴 하지. 근데 기대 안 하고 있다가 대박을 터뜨리면……."

이젠 추가 고개를 끄덕였다. 보슈가 큰 기대를 안 한 것이 대박을 터뜨린 경우를 많이 봤기 때문이었다.

"잘 다녀오십시오. 몸조심하시고요."

보슈는 추에게 '휴가'를 어떻게 보낼 계획인지 고백했었다.

"연락할게."

* * *

일요일 아침, 보슈는 일찍 일어나서 커피를 만들어 들고 휴대폰을 챙겨 테라스로 나가 아침 풍경을 감상했다. 밖은 쌀쌀하고 습했지만, 보슈는 일요일 아침을 사랑했다. 카후엥가 고갯길에서는 가장 평화로운 시간이기 때문이었다. 고속도로에서 올라오는 소음도 줄었고, 산 곳곳의 건설공사 현장에서 망치소리의 메아리도 들리지 않았고, 코요테가 울지도 않았다.

그는 손목시계를 보았다. 전화 걸 데가 있는데 8시까지 기다릴 생각이었다. 휴대전화를 탁자에 놓고 다리를 뻗을 수 있는 긴 의자에 등을 기대고 앉았다. 아침이슬이 셔츠 등판 속으로 굴러들어오는 것을 느꼈다. 그래도 괜찮았다. 느낌이 좋았다.

보통 땐 자고 일어나면 배가 고팠다. 그러나 오늘은 그렇지 않았다. 전날 밤 크레이그스에서 갈릭브레드 반 바구니를 먹은 다음 그린샐러드와 뉴욕스트립까지 먹은 탓이었다. 거기에다 딸이 디저트로 시킨 브레드푸딩도 절반을 그가 먹어치웠다. 보슈는 오랜만에 이렇게 맛있는 음식을 먹으면서 즐거운 대화를 나눴다고 생각했고, 저녁 모임은 대성공이라고 평가했다. 매디와 해나도 그런 것 같았는데, 사실 두 여자는 뒤쪽 칸막이 테이블에서 배우 라이언 필립이 친구들과 함께 식사하고 있는 것을 발견한 뒤로는 음식 맛 따위는 신경도 쓰지 않았다.

지금 보슈는 커피를 천천히 음미하고 있었고 이걸로 아침을 때워야겠다고 생각했다. 8시가 되자 그는 미닫이 거실 문을 닫고 친구 빌 홀로넥에게 전화를 걸었다. 그와 미리 짜둔 오전 일정이 아직도 유효한지 확인하기 위해서였다. 그는 자기 말을 딸이 듣게 되거나 딸이 너무 일찍 깨지 않도록 작은 목소리로 말했다. 십대 소녀가 학교 안 가는 날 주변의 방해로 너무 일찍 잠이 깨면 그야말로 난리가 난다는 것을 보슈는 경험으로 알고 있었다.

"유효하지, 물론." 홀로넥이 말했다. "어제 레이저 제로에 맞춰놨어. 그후로 아무도 안 들어갔고. 근데 한 가지 질문. 반격 옵션도 쓰고 싶어? 쓰겠다면, 방호복을 입어야 하는데, 별로 안 좋아할 것 같아서 말이야."

홀로넥은 엘리시안파크에 있는 경찰학교에서 대응 모의실험장치(the Force Options Simulator)를 운용하는 LA 경찰국 훈련교관이었다.

"이번에는 반격 옵션은 건너뛰어야 할 것 같아, 빌."

"청소할 게 줄어들겠군. 언제 올 거야?"

"아이가 일어나는 대로."

"그 나이엔 다 그렇지. 나도 다 겪어봤어. 근데 나도 가는 시간이 있으니까."

"10시 어때?"

"좋아."

"그래, 그럼 그때……."

"저기, 해리, 요즘엔 스테레오에 뭐 들어있어?"

"아트 페퍼 공연 실황녹음. 딸내미가 생일선물로 주더라고. 왜, 뭐 좋은 거 있어?"

홀로넥은 재즈마니아였고 보슈가 아는 재즈마니아들 중 단연코 최고였다. 그리고 그가 추천하는 음악은 보슈를 실망시키는 법이 없었다.

"대니 그리셋."

보슈가 들어본 적은 있는 이름이었지만 기억을 한참 되살려야 했다. 보슈와 홀로넥은 종종 이렇게 재즈관련 퀴즈를 내고 맞히곤 했다.

"피아노." 마침내 보슈가 말했다. "탐 해럴의 그룹에서 연주하지 않나? 여기 살고."

보슈는 자신이 자랑스러웠다.

"맞는 것도 있고 틀린 것도 있고. 여기 출신이긴 한데 뉴욕에 살아. 뉴욕으로 건너간 지 꽤 됐지. 지난번에 릴리를 보러 뉴욕에 갔을 때 스탠더드에서 그리셋과 해럴을 봤어."

홀로넥의 딸은 작가였고 뉴욕에 살았다. 그는 뉴욕 딸네 집에 자주 갔는데, 밤마다 딸이 글을 써야 한다고 그를 아파트에서 쫓아내면 클럽을 전전하면서 재즈 공연을 많이 보고 듣곤 했다.

"그리셋이 솔로음반을 꾸준히 내고 있어." 홀로넥이 말을 이었다. "〈형식(Form)〉이라는 음반 한번 들어봐. 최신 음반은 아닌데 한번 들을 만은 해. 네오밥 스타일이야. 거기 자네가 좋아할 만한 훌륭한 테너가 나와. 셰이머스 블레이크. 〈렛츠 페이스 더 뮤직 앤 댄스(Let's Face the Music and Dance)〉라는 솔로곡 한번 들어봐. 꽤 괜찮아."

"알았어, 찾아서 들어볼게." 보슈가 말했다. "10시에 만나."

"잠깐만. 뭘 그렇게 빨리 끊으려고 그래." 홀로넥이 말했다. "자네 차례야. 나한테도 뭘 줘야지."

그게 규칙이었다. 받으면 주어야 했다. 아직 홀로넥의 재즈 레이더에 잡히지 않았겠다 싶은 것을 주어야 했다. 보슈는 열심히 머리를 굴렸다. 요즘에는 매디에게 받은 아트 페퍼 CD에 푹 빠져 있었지만, 생일선물로 그 여러 장의 CD를 받기 전에는 재즈에 관한 견문을 넓히고 딸도 재즈에 관심을 갖게 하려고 노력했었다.

"그레이스 켈리." 보슈가 말했다. "왕비 말고."

홀로넥은 보슈가 낸 퀴즈가 너무 쉬운지 웃음을 터뜨렸다.

"그래, 왕비 말고, 소녀. 어린 재즈 보컬리스트 겸 색소폰 연주자. 필 우즈, 리 커니츠와 팀을 이뤄 음반을 냈잖아. 나는 커니츠와 함께 한 게 나은 것 같아. 다음."

보슈가 홀로넥이 모르는 재즈 아티스트를 찾아낼 가능성은 거의 없을 것 같았다.

"좋아, 그럼 한 명 더. 음……, 개리 스뮬얀?"

"〈숨겨진 보물〉." 보슈의 말이 떨어지기가 무섭게 홀로넥이 말했다. 보슈가 생각하고 있던 바로 그 음반의 제목을 댔다. "스퓰앤이 바리톤 색소폰을 연주하고 베이스와 드럼이 리듬을 맞추지. 좋은 작품인데, 내가 이겼네."

"흥, 언젠가는 내가 이길 거야."

"쉽지 않을 걸. 10시에 보자고."

보슈는 전화를 끊고 나서 휴대전화에 뜬 시각을 확인했다. 딸을 한 시간 더 재우고 신선한 커피 향을 맡으며 자연스럽게 일어나게 할 수 있을 것 같았다. 그러면 일요일에 이렇게 일찍 깨우면 어떡하느냐는 불평을 듣지 않을 수 있었다. 물론 투덜거리든 그렇지 않든 결국에는 좋아라하며 아빠를 따라나설 것이었다.

그는 대니 그리셋이라는 이름을 적어놓기 위해 안으로 들어갔다.

* * *

대응 모의실험장치는 경찰학교에 있는 훈련 장비로, 한 벽을 다 차지하는 대형 스크린에 사격을 하느냐 마느냐를 결정해야 하는 다양한 쌍방향 시나리오가 재생되어 나왔다. 그 화면 속 이미지는 컴퓨터 그래픽으로 만든 것이 아니었다. 실제 배우들이 다양한 상황을 연기하는 걸 찍은 거였고, 연수받는 경찰관이 취하는 행동에 따라 상황이 다르게 펼쳐졌다. 연수생에게는 총알 대신 레이저를 발사하고 화면 속의 행동과 전자적으로 연결되어 있는 권총이 주어졌다. 레이저가 화면 속 연기자―착한 사람이든 악한이든―를 맞히면 그 사람은 쓰러졌다. 각각의 시나리오는 연수생이 행동을 취할 때까지 혹은 행동을 취하지 않는 것이 올바른 대응방법이라고 판단하고 행동을 취하지 않을 때까지 스크린에서 펼쳐졌다.

반격 옵션이 있었는데, 스크린 위쪽에 페인트볼 총이 설치되어 있어서 시나리오 속의 인물이 총을 쏘는 것과 동시에 연수생을 향해 페인트볼이 발사되었다.

경찰학교로 차를 타고 가면서 보슈가 지금부터 무엇을 할 계획인지 설명하자 매디는 흥분했다. 매디는 지역 사격대회 주니어부에서 우승한 적이 몇 번 있었지만, 그건 전부 종이 표적을 향해 쏘는 사격대회였다. 또한 말콤 글래드웰이 쓴 책에서 사격 여부를 결정해야 하는 상황에 대해 읽은 적은 있었지만, 실제로 총을 들고 생사를 가르는 일촉즉발의 상황에 직면하는 것은 이번이 처음이었다.

경찰학교 주차장은 거의 비어있었다. 일요일 오전에는 수업이나 다른 활동이 없기 때문이었다. 게다가 LA시 전 공무원 사회에 불어 닥친 고용 동결 바람으로 인해 경찰국은 퇴직 인원을 충원할 정도로만 신입경찰관을 채용하게 되어 경찰학교 학생 수가 감소하였고 활동이 많이 위축되었다.

보슈 부녀는 체육관으로 들어가 농구코트를 가로질러 대응 모의실험 장치가 설치된 오래된 창고로 들어갔다. 홀로넥이 거기서 그들을 기다리고 있었다. 홀로넥은 숱 많은 회백색 머리에 상냥한 남자였다. 보슈는 매들린을 그에게 소개했고, 홀로넥은 레이저가 장착되어 있고 모의실험장치 컴퓨터에 전자적으로 연결되어 있는 권총을 보슈와 매디에게 주었다.

홀로넥은 절차를 설명한 다음, 방 뒤쪽에 있는 컴퓨터 뒤로 가서 섰다. 그가 방 불을 끄고 첫 번째 시나리오를 재생시켰다. 벽에 설치된 스크린에 순찰차 앞 유리창을 통해 보이는 전방의 모습이 나타났다. 순찰차가 도로 갓길에 멈춰 선 자동차 뒤에 차를 세우고 있었다. 천장에 설치된 스피커에서 전자 음성이 상황을 설명했다.

"당신과 파트너는 이상하게 운전하는 차를 보고 검문을 하려고 차를 세웠습니다."

그 말이 끝나기가 무섭게 앞에 있는 차 양쪽에서 청년 두 명이 튀어나왔다. 그들은 차를 세우게 한 순경들에게 고래고래 욕을 하기 시작했다.

"왜 세우라고 지랄이야." 운전자가 말했다.

"우리가 뭘 했다고." 조수석에서 내린 청년이 말했다. "이건 너무 불공평하잖아!"

이때부터 상황이 악화되었다. 보슈는 돌아서서 차 지붕 위로 두 손을 올려놓으라고 큰 소리로 명령했다. 그러나 청년들은 그의 말을 무시했다. 그들 몸에 있는 문신과 흘러내릴 듯 헐렁한 바지와 거꾸로 쓴 야구모자가 보슈의 눈에 들어왔다. 보슈는 그들에게 진정하라고 말했지만 그들은 듣지 않았다. 이때 보슈의 딸이 끼어들었다.

"진정해! 두 손 다 차 위로 올려봐. 어서……."

두 청년이 동시에 손을 허리춤으로 가져갔다. 보슈도 총을 뽑았고, 운전자가 권총을 뽑아드는 것과 동시에 보슈가 총을 발사했다. 그때 오른쪽에 있던 딸한테서도 총을 쏘는 소리가 들렸다.

스크린 속의 두 청년이 쓰러졌다.

불이 켜졌다.

"그래, 우리가 뭘 봤지?" 보슈와 매디 뒤에서 홀로낵이 물었다.

"총을 갖고 있었어요." 매디가 말했다.

"확실해?" 홀로낵이 물었다.

"제가 맡은 남자는 갖고 있었어요. 제가 봤어요."

"해리, 자넨 어때? 뭘 봤어?"

"총을 봤어." 보슈가 말했다.

보슈가 옆에 있는 딸을 돌아보며 고개를 끄덕였다.

"그래, 그럼, 앞으로 돌아가 볼까." 홀로낵이 말했다.

홀로낵은 시나리오를 조금 전으로 돌려 느린 화면으로 다시 재생했다.

과연 두 남자는 총을 꺼내 들었고 보슈와 딸이 그보다 먼저 총을 쏘았다. 스크린에서 명중한 총알은 빨간색 X자로, 빗나간 것은 검은색 X자로 표시가 되었다. 매디는 조수석에서 내린 남자의 몸통에 세 발을 명중시켰고 빗나간 총알은 없었다. 보슈는 운전자의 가슴에 두 발을 명중시켰고 세 번째 총알은 많이 빗나갔는데 그것은 그의 표적이 이미 바닥으로 쓰러지고 있었기 때문이었다.

홀로넥은 둘 다 잘했다고 칭찬했다.

"잊지 마, 항상 우리가 불리한 입장이라는 걸." 홀로넥이 말했다. "무기를 알아차리는데 1.5초가 걸리고, 판단하고 사격하는데 또 1.5초가 걸려. 도합 3초. 상대방이 우리보다 3초 앞서가는 거야. 우리가 극복해야 하는 시간이지. 3초는 너무 길어. 3초 안에 죽을 수도 있거든."

그들은 다음 시나리오로 넘어갔다. 이번에는 은행 강도 사건이었다. 한 남자가 은행 유리문을 밀고 들어와 그들을 향해 총을 겨누자 첫 번째 시나리오 때처럼 보슈 부녀가 동시에 총격을 가해 그를 쓰러뜨렸다.

그 다음부터는 시나리오가 더욱 어려워졌다. 한 시나리오에서는 문을 노크하는 소리가 났고 주인이 화가 나서 문을 열더니 검은색 휴대폰을 든 손으로 삿대질을 하면서 소리쳤다. 그 다음은 가정폭력 사건 시나리오였는데 싸움을 하던 부부가 신고를 받고 온 경찰관들에게 거칠게 항의했다. 홀로넥은 두 번 다 총을 쏘지 않고 상황을 종료시킨 보슈와 매디를 칭찬했다. 그런 다음 그는 매들린이 파트너 없이 혼자 출동해서 사건을 처리하는 1인 시나리오를 재생시켰다.

첫 번째 1인 시나리오에서 칼을 든 정신이상자와 맞닥뜨린 매들린은 그를 설득해서 칼을 버리게 했다. 두 번째 시나리오는 또 다른 가정폭력 사건이었는데 이번에는 남자가 3미터 떨어진 곳에서 매들린에게 칼을 휘두르자 매들린이 정확히 총격을 가해 그를 쓰러뜨렸다.

"3미터는 크게 두 걸음이면 올 수 있어." 홀로넥이 말했다. "남자가 다가오기를 기다렸다면, 네가 사격하는 것과 동시에 그가 달려들었겠지. 그럼 무승부가 되는 거야. 무승부일 땐 누가 질까?"

"제가요." 매들린이 말했다.

"그렇지. 똑바로 잘 처리했어."

다음은 총격이 있었다는 신고를 받고 학교에 출동한 시나리오였다. 매들린이 아무도 없는 복도를 걸어가는데 전방에서 어린이들의 비명소리가 들렸다. 소리가 나는 곳을 향해 돌아서자 교실 문 밖에서 한 남자가 바닥에 옹송그리고 앉은 여자를 향해 총을 겨누고 있는 것이 보였다. 여자는 머리를 보호하려는 듯 두 손으로 머리를 감싸고 있었다.

"쏘지 말아요." 여자가 간청했다.

총잡이는 매들린에게 등을 보이고 있었다. 매디는 남자가 총을 쏘기 전에 즉시 총격을 가해 남자의 등과 머리를 맞혀 쓰러뜨렸다. 매디가 경찰이라고 신원을 밝히지 않았고 남자에게 총을 버리라고 경고하지도 않았지만, 홀로넥은 원칙에 따라 잘 대처했다고 말했다. 그는 왼쪽 벽에 걸린 화이트보드를 가리켰다. 거기에는 사격관련 도표가 여러 개 그려져 있었는데, 맨 위쪽에 커다란 글씨로 한 단어가 적혀 있었다. 아이돌(IDOL).

"즉각적인 생명 보호(Immediate defense of life)." 홀로넥이 말했다. "너의 행동이 즉각적으로 생명을 보호하기 위한 조치였다면 원칙에 따라 행동한 거야. 여기서 생명은 너의 생명일 수도 있고 다른 사람의 생명일 수도 있어. 누구의 생명인가는 중요하지 않아."

"네."

"그래도 하나 물어보자. 네가 본 것을 어떻게 판단했니? 내 말은 뭘 보고 선생님이 나쁜 사람에게 위협받고 있다고 생각한 거야? 여자가 선생님에게 무장 해제된 나쁜 사람이 아니라는 걸 어떻게 알았지?"

보슈도 딸과 똑같은 결론을 즉각적으로 내렸었다. 그건 직감에 의한 결론이었다. 보슈였더라도 매디처럼 총을 쐈을 것이다.

"옷이요." 매디가 말했다. "남자가 셔츠를 밖으로 내서 입고 있었는데, 선생님은 그렇게 입지 않잖아요. 그리고 여자는 안경을 끼고 선생님처럼 올림머리를 하고 있었어요. 손목에 고무줄을 끼고 있었는데, 제가 아는 한 선생님도 종종 그렇게 하거든요."

홀로낵이 고개를 끄덕였다.

"그래, 잘 판단했구나. 어떻게 그렇게 판단했는지 궁금해서 물어본 거야. 그렇게 짧은 시간에 머릿속으로 그 많은 정보를 처리해서 판단할 수 있다니 진짜 놀랍다."

다음 시나리오로 넘어가 홀로낵은 매들린을 이례적인 상황에 투입했다. 매들린은 형사들이 흔히 그러듯이 비행기를 타고 출장을 가고 있었다. 무장을 하고 자기자리에 앉아있었는데 두 줄 앞에 앉은 승객이 벌떡 일어서더니 승무원의 목을 감싸 안고 칼로 승무원을 위협했다.

매들린이 일어서서 총을 들어 남자를 겨누고 경찰임을 밝힌 뒤 비명을 지르는 여승무원을 놓아주라고 명령했다. 남자는 오히려 인질의 목을 더 조르면서 칼로 찌르겠다고 협박했다. 다른 승객들이 비명을 지르면서 숨을 곳을 찾느라고 허둥거려서 객실 안이 아수라장이 되었다. 마침내 승무원이 도망치려고 남자를 밀치면서 승무원과 남자가 5~6 센티미터 정도 떨어지는 순간이 있었다. 그때 매들린이 총을 발사했다.

그리고 승무원이 쓰러졌다.

"아, 진짜!"

매들린이 경악하며 허리를 굽혔다. 스크린 속의 남자가 외쳤다. "또 덤벼!"

"매들린!" 홀로낵이 외쳤다. "끝난 거야? 위험이 사라졌니?"

매들린은 자신이 잠깐 집중력을 잃었다는 것을 깨달았다. 곧 똑바로 서서 칼을 든 남자를 향해 다섯 발을 발사했다. 남자가 바닥에 쓰러졌다.

불이 들어왔고 홀로넥이 컴퓨터 뒤에서 걸어 나왔다.

"승무원을 죽였어요." 매디가 말했다.

"그래, 그 얘기 해보자." 홀로넥이 말했다. "왜 총을 쐈어?"

"남자가 승무원을 죽이려고 했으니까요."

"좋아. 그건 아이돌 원칙에 따라 잘 한 거야. 즉각적인 생명 보호. 다르게 행동할 수도 있었을까?"

"모르겠어요. 남자가 여자를 죽이려고 했어요."

"꼭 일어서서 무기를 보여주고 경찰이라고 밝혀야 했을까?"

"모르겠어요. 그러지 말았어야 했을 것 같아요."

"그게 너의 이점이었어. 남자는 네가 경찰인 걸 몰랐어. 무장했다는 것도 몰랐지. 넌 일어섬으로써 행동을 강요한 거야. 일단 총을 빼 들면 돌이킬 수가 없어."

매디는 고개를 끄덕이고는 고개를 푹 숙였다. 보슈는 이런 자리를 마련한 게 갑자기 후회가 되었다.

"매디, 여기를 거쳐 간 경찰관들 대다수보다 네가 더 잘하고 있어." 홀로넥이 말했다. "하나 더 하면서 마무리를 잘 해보자. 지금 사건은 잊고 다시 준비해."

홀로넥은 컴퓨터 뒤로 돌아갔고 매디는 또 하나의 시나리오 속으로 들어갔다. 비번일 때 무장한 차량 절도범을 만난 사건이었다. 그가 총을 꺼내려는 순간 매디가 그의 가슴 한가운데를 맞혀 쓰러뜨렸다. 그러고 나서 총을 거두고 서 있는데 지나가던 시민이 달려와서 매디에게 휴대전화를 흔들어 보이며 외쳤다. "무슨 짓을 한 거예요? 도대체 무슨 짓을 했어요?"

매들린이 상황에 훌륭하게 대처했다고 홀로넥이 말했고 이 말에 매디도 사기가 오른 것 같았다. 홀로넉은 매디의 사격술과 의사결정과정에 감명 받았다고 다시 한 번 말했다.

보슈와 매디는 시간을 내서 대응 모의실험장치 실습을 시켜줘서 고맙다고 홀로넉에게 인사를 한 뒤 그 방을 나왔다. 그들이 농구코트를 가로질러가고 있는데 홀로넉이 방 문 앞에서 보슈를 불렀다. 재즈퀴즈 놀이가 남아있는 거였다.

"마이클 포마넥." 보슈가 말했다. "〈더 럽 앤 스페어 체인지(The Rub and Spare Change)〉."

홀로넉은 보슈를 향해 두 손을 들어 쌍권총을 쏘는 시늉을 했다. 매디는 무슨 이야기인지 알지도 못하면서 깔깔거리며 웃었다. 보슈는 돌아서서 뒷걸음질을 치며 두 손을 들고 항복하는 시늉을 했다.

"샌프란시스코 출신의 베이스 연주자." 홀로넉이 말했다. "작곡과 연주 솜씨 모두 훌륭하지. 견문을 좀 넓히지 그래, 해리. 어떻게 맨날 돌아가신 분들 음악만 듣는거야. 매들린, 다음 번 아빠 생일 땐, 나한테 와라."

보슈는 쓸 데 없는 소리 말라는 듯 손을 내저으며 돌아섰다.

25

그들은 점심을 먹으러 경찰학교 식당으로 들어갔다. 그 식당의 사방 벽은 LA 경찰국의 기념품으로 장식되어 있었고, 거기서 파는 샌드위치에는 역대 경찰국장 이름과 실제와 상상 속의 유명한 경찰관들의 이름이 붙어 있었다.

매디는 브래튼 버거를 보슈는 조 프라이데이 샌드위치를 주문하고 나자, 사격훈련이 끝날 때쯤 홀로닉이 주입한 유쾌한 분위기는 사라지고 보슈의 딸은 입을 다물고 축 늘어져 앉아있었다.

"기운 내, 매디." 보슈가 위로했다. "모의실험인데 뭘. 전반적으로 아주 잘했어. 교관님 말씀 들었잖아. 상황 판단하고 사격하는데 3초가 걸린다고……. 내 생각엔 너 정말 훌륭했어."

"승무원을 죽였잖아."

"하지만 선생님을 구했잖아. 게다가 실제상황이 아니었어. 아까는 총을 쐈지만 현실에선 그렇게 못했을 거야. 이 모의실험장치는 사람 마음을 굉장히 다급하게 만드는 것 같아. 근데 실제상황이면, 슬로우비디오를 찍는 것처럼 모든 게 느리게 느껴진다. 모든 게 더 선명하게 느껴지고."

이 말로는 위로가 안 되는 모양이었다. 보슈가 재차 위로를 시도했다.

"게다가 완벽하게 정조준이 된 것도 아니었고."

"어우, 고마워 아빠. 그러니까 내가 표적을 맞춘 건 사실은 전부 빗맞힌 거라는 거네, 정조준이 안 됐으니까."

"아니, 내 말은……"

"손 좀 씻고 올게."

매들린이 벌떡 일어나 칸막이자리를 나가더니 뒤쪽 복도로 향했고, 보슈는 사격실수를 조준 미숙의 탓으로 돌린 자신이 참으로 어리석었다는 것을 깨달았다.

매디를 기다리는 동안 보슈는 칸막이자리 위쪽 벽에 걸린 〈로스앤젤레스 타임스〉 1면 기사를 담은 액자를 올려다보았다. 1면 위쪽 절반이 1974년 54번가와 콤프턴 사거리에서 발생한 경찰과 심바이어니즈 해방군(1970년대 초에 미국 캘리포니아주를 중심으로 활동하던 좌익 과격파 조직 ─ 옮긴이)의 총격전에 관한 기사였다. 그날 보슈는 젊은 순경으로 그 현장에 있었다. 끔찍한 교착상태가 지속되는 동안 그는 교통정리를 하고 군중을 통제했다. 다음날은 패티 허스트(미국의 신문왕 랜돌프 허스트의 손녀로 심바이어니즈 해방군에 납치된 뒤 해방군에 동조하여 활동함 ─ 옮긴이)의 유해를 찾기 위해 형사들이 전소된 주택을 샅샅이 뒤지는 동안 그 앞에서 경계근무를 섰다.

다행히도 허스트는 그곳에 없었다.

보슈의 딸이 칸막이자리로 돌아왔다.

"왜 이렇게 오래 걸려?" 매들린이 물었다.

"느긋하게 기다려." 보슈가 말했다. "주문한지 5분밖에 안 됐어."

"아빠, 아빠는 왜 경찰이 됐어?"

보슈는 뜬금없는 질문에 깜짝 놀랐다.

"이유야 많지."

"예를 들면?"

보슈는 잠깐 생각을 정리했다. 일주일도 안 돼 벌써 두 번째로 물어보는 걸 보면 이것이 딸에게는 중요한 문제라는 뜻이었다.

"남들한테는 보통 보호하고 봉사하고 싶어서 경찰이 됐다고 말하지만, 네가 물어보는 거니까 사실대로 말할게. 시민들을 보호하고 시민들을 위해 봉사하고 민중의 지팡이가 되고 싶어서 경찰이 된 건 아니야. 돌이켜 생각해보면 사실 난 나 자신을 보호하고 나 자신을 위해 봉사하고 싶었던 것 같아."

"그게 무슨 말이야?"

"그때 아빠는 베트남전에 참전했다가 돌아온 지 얼마 안 됐었어. 아빠 같은 사람들은, 그러니까 참전군인들은 고국에 돌아와서 잘 받아들여지지 못했어. 특히 같은 연령층의 사람들한테."

보슈는 음식이 오는지 보기 위해 주위를 두리번거렸다. 이젠 그도 기다리다 지치기 시작하고 있었다. 그가 딸을 돌아보았다.

"지금도 기억하는데 돌아와서는 뭘 해야 할지 모르겠더라. 그래서 버몬트에 있는 LA시립대학에 들어갔어. 그리고 거기서 수업을 듣다가 한 여학생을 만나서 사귀기 시작했어. 그래도 베트남 갔다 왔다는 말은 안 했어. 혹시라도 문제가 될까봐."

"그 여학생은 아빠 문신한 걸 못 봤어?"

어깨에 있는 땅굴 쥐 문신은 베트남 참전용사라는 걸 보여주는 확실한 증거였을 것이다.

"응. 그 정도까지 친해지진 못했거든. 그 여학생 앞에서 셔츠를 벗은 적이 한 번도 없어. 근데 어느 날 수업 끝나고 식당으로 같이 가는데 갑자기 묻더라, 왜 나는 내 얘기를 잘 안 하느냐고……. 그 말을 듣고 그래, 해보자, 얘길 해야겠다 생각했어. 받아줄 거라고 생각했지."

"근데 안 받아줬구나."

"응. 내가 그랬어. '지난 몇 년간 군대 갔다 왔어.' 그랬더니 그 말은 베트남에 갔다 왔다는 뜻이냐고 바로 묻더라고. 그래서 그렇다고 했지."

"그랬더니 뭐래?"

"아무 말도 안 했어. 그냥 무용수처럼 홱 돌아서서 가버리더라. 한 마디도 안 하고."

"어머나 세상에! 진짜 못 됐다!"

"그 때 확실히 깨달았어. 내가 어떤 식으로 돌아왔는지."

"그래서 그 다음 날 수업에 들어가서 어떻게 됐어? 그 여학생한테 말을 걸었어?"

"아니, 안 돌아갔어. 그 길로 학교를 그만뒀어. 계속 다니면 어떻게 살게 될지 알았으니까. 일주일 후에 경찰학교에 들어간 데는 그 이유가 컸어. 경찰국은 참전군인들로 넘쳐났는데 그 중 상당수가 동남아시아에 갔다 온 사람들이었지. 그래서 거기엔 나 같은 사람들이 많겠구나, 나도 받아들여질 수 있겠구나 생각했어. 마치 감옥에서 나온 사람이 먼저 사회적응 훈련원에 가는 것과 같은 거야. 같은 경험을 하고 같은 고민을 하는 사람들과 함께 있고 싶었던 것 같아."

딸은 승무원을 죽인 일은 다 잊은 것 같았다. 보슈는 그건 다행이라고 생각하면서도 자신의 기억 버튼을 누른 것은 별로 기분이 좋지 않았다.

그가 갑자기 미소를 지었다.

"왜?" 매디가 물었다.

"아무것도 아냐. 갑자기 그 당시에 있었던 어떤 일이 떠올라서. 미친 일."

"얘기해줘, 아빠. 엄청 슬픈 얘기 했으니까 이젠 미친 얘기 해줘."

보슈는 여종업원이 음식을 테이블에 놓는 동안 말없이 기다렸다. 그 여종업원은 거의 40년 전 보슈가 경찰학교 학생이었을 때부터 여기서 일해 왔다.

"고마워요, 마지." 보슈가 말했다.

"별 말씀을, 해리."

매들린은 브래튼 버거에 케첩을 뿌렸고, 두 사람이 버거와 샌드위치를 몇 입 먹고 나서 보슈가 이야기를 시작했다.

"경찰학교를 졸업하고 경찰 배지를 받고 거리에 배치되고 보니까 똑같은 일이 반복되고 있더라고. 반문화, 반전운동 같은 그런 미친 일들이."

보슈는 벽에 걸린 액자 속의 신문 1면을 가리켰다.

"거리로 나온 사람들은 경찰을 베트남에 갔다 온 영아 살해자들(베트남 참전군인을 얕잡아 부르는 말−옮긴이)보다 약간 높은 수준의 인간들 정도로 생각했어. 무슨 말인지 알겠니?"

"응."

"'내가 '맨 소매'로 거리에서 맡은 첫 번째 임무는……."

"'맨 소매'가 뭐야, 아빠?"

"신참, 신병. 경찰복 소매에 아직 작대기 계급장이 없어서 맨 소매."

"아."

"경찰학교를 졸업하고 처음 맡은 임무는 할리우드 대로를 걸어서 순찰하는 거였어. 그 당시 그 대로는 굉장히 음침했어. 허름했고."

"거기 일부 지역은 아직도 그래."

"그렇지. 근데 어쨌든 그때 나는 페핀이라는 나이 많은 순경하고 파트너가 됐어. 페핀이 내 사수였지. 다들 페핀을 프렌치 딥이라고 불렀던 게 기억이 나. 순찰하다가 할리우드와 바인 근처에 있는 딥스라는 가게에 들러서 아이스크림을 사먹었거든. 규칙적으로. 날마다. 어쨌든 페핀은 경찰이 된 지 꽤 오래 됐고 난 그와 함께 걸어서 순찰을 다녔어. 늘 같은 경로로 움직이곤 했지. 경찰서에서 나와 월콕스 거리를 올라가서 할리우드에서 우회전을 해서 브론슨까지 가는 거야. 거기서 방향을 틀어서 라브레아까지 내려갔다가 경찰서로 돌아오는 거지. 프렌치 딥은 몸속에 시계가 들어있는지 근무시간이 끝날 때쯤 경찰서에 도착하려면 어떤 속도로 걸어야 하는지를 알고 있었어."

"되게 재미없었겠는데."

"재미없었지. 신고전화를 받거나 무슨 일이 생기지 않으면. 근데 신고가 들어와도 다 별것 아니었어. 좀도둑질이나 성매매, 마약밀매 같은 시시한 것들이었지. 어쨌든 우린 거의 날마다 차를 타고 지나가는 사람들한테 욕을 먹었어. 우릴 파시스트나 돼지새끼라고 불렀지. 근데 프렌치 딥은 돼지새끼라고 불리는 걸 정말 싫어했어. 파시스트라고 불러도 좋고 나치라고 불러도 좋고 뭐라고 불러도 좋은데, 돼지라고 부르는 건 용서를 못하겠어. 그래서 차가 지나가면서 우릴 돼지새끼라고 부르고 가면 어떻게 했는지 알아? 차 제조회사와 차종과 차량번호를 외워뒀다가 교통법규 위반 통지서를 꺼내서 주차위반으로 딱지를 끊는 거야. 그러고는 대상 차 와이퍼 밑에 끼워두기로 되어 있는 사본을 쫙쫙 찢어 꾸깃꾸깃 접어서 쓰레기통에 버리는 거지."

보슈는 다시 하하 웃더니 토마토와 양파를 넣은 그릴드 치즈 샌드위치를 한 입 베어 물었다.

"이해가 안 돼." 매디가 말했다. "그게 왜 그렇게 재밌어?"

"프렌치 딥은 자기가 갖는 교통법규 위반 딱지 사본을 제출하는 거야. 물론 그 차 운전자는 그 일에 대해서는 아무것도 모르니까 범칙금을 납부하지 않을 거고 그럼 체포영장이 발부되는 거지. 그래서 우릴 돼지새끼라고 부른 사람이 언젠가 검문을 받게 되면 체포영장이 떡 하니 자기를 기다리고 있는 걸 알게 되는 거야. 그렇게 해서 최후의 승자는 프렌치 딥이 되는 거고."

보슈는 프렌치프라이를 한 개 먹고 나서 이야기를 끝맺었다.

"정말 웃겼던 건 같이 순찰을 돌다가 프렌치 딥이 그러는 걸 처음 봤을 때였어. 뭐하시는 거냐고 물었더니 얘기를 해주더라. 그래서 내가 그랬어. '그건 규정에 없잖아요, 안 그렇습니까?' 그랬더니 뭐랬는줄 알아? '내 규정에는 있다, 왜!'"

보슈가 다시 웃음을 터뜨렸지만 딸은 고개를 절레설레 했다. 보슈는 그 이야기가 자기한테만 재미있나보다고 생각하면서 샌드위치를 마저 먹었다. 그러고는 주말 내내 미뤄뒀던 이야기를 꺼냈다.

"저기, 매디, 아빠가 며칠간 출장을 가야 돼. 내일 떠나."

"어디로?"

"저 위 센트럴밸리 지역하고 머데스토 지역으로. 수사 차 누굴 만나러 가는 거야. 화요일 밤에 돌아오거나 아니면 수요일까지 거기 있어야 할 수도 있어. 가봐야 알아."

"알았어."

보슈는 전의를 가다듬었다.

"그래서 말인데, 해나 아줌마가 와서 너랑 같이 지내면 좋겠는데."

"같이 지낼 사람 필요 없어. 나 열여섯 살이야, 아빠. 총도 있고. 괜찮아."

"알아, 아는데, 그래도 해나 아줌마가 와서 같이 있으면 좋겠어. 그래야 내가 좀 안심이 될 것 같아. 아빠를 위해서 그렇게 해주면 안 될까?"

매디는 고개를 가로젓다가 마지못해 동의를 했다.

"알았어. 근데 정말……."

"아줌마는 너와 같이 있어 달라니까 너무 신나하더라. 그리고 널 방해하거나 빨리 자라 마라 간섭하지 않을 거야. 이미 다 말해놨어."

매디는 갑자기 밥맛이 떨어져서 못 먹겠다는 듯이 반쯤 먹은 햄버거를 접시에 내려놓았다.

"아빠가 집에 있을 때는 왜 안 오는데?"

"모르지. 하지만 지금 그 얘기를 하자는 게 아니잖아."

"어젯밤도 그래. 그렇게 즐거운 시간을 보내놓고 아빠가 아줌마 집에다 데려다 줬잖아."

"매디……, 그건 사적인 문제야."

"알겠어."

이런 대화는 항상 '알겠어'로 끝이 났다. 보슈는 주위를 둘러보며 다른 이야기 거리를 생각해내려고 애를 썼다. 해나 문제를 잘 처리하지 못한 것 같은 느낌이 들었다.

"아까 왜 경찰이 됐냐고 물었는데 갑자기 그건 왜 물었어?"

매디가 어깨를 으쓱거렸다.

"몰라, 그냥 궁금해서."

보슈는 그 대답에 대해 잠깐 생각하다가 대꾸했다.

"너한테 그게 맞는 선택인지 잘 생각해봐. 생각할 시간은 많아, 매디."

"알아. 그런 거 아냐."

"아빠는 네가 하고 싶은 걸 하기를 바라. 그게 무엇이든 말이야. 네가 행복하기를 바라고. 네가 행복하면 아빠도 행복하거든. 아빠를 위해 이 일을 해야 한다거나, 아빠처럼 살아야 한다고는 생각하지 마. 그럴 일 아니니까."

"알아, 아빠. 그냥 한 번 물어본 것 가지고 왜 그래."

보슈가 고개를 끄덕였다.

"그래, 그럼 됐고. 그리고 이건 그냥 내 생각인데, 넌 진짜 유능한 경찰관, 진짜 유능한 형사가 될 수 있을 것 같아. 사격술이 훌륭해서 그러는 게 아니라, 네 사고방식이 올바르고 공정함에 대해 기본적으로 잘 이해하고 있어서 그래. 넌 유능한 경찰관이 될 자질을 충분히 갖췄어, 매디. 이 일이 네가 원하는 일인지만 결정하면 돼. 네가 어떤 결정을 하든 아빠는 항상 널 지지할 거야."

"고마워, 아빠."

"그리고 모의실험장치 얘기 잠깐만 더 하면, 아빤 네가 정말로 자랑스러워. 사격술 때문만이 아니야. 너 엄청 침착하더라. 지시를 내릴 땐 자신감이 넘쳤고. 아주 좋았어."

매디는 보슈의 격려를 잘 받아들이는가 싶더니 곧 입을 오므리고 시무룩한 표정을 지었다.

"죽은 승무원도 그렇게 생각할까?" 매디가 말했다.

제3부
—
낭비하는 형사

26

보슈는 월요일 아침 어두울 때 집을 나섰다. 머데스토까지 차로 적어도 다섯 시간은 걸리는데, 거기까지 가는 데 하루를 다 낭비하고 싶진 않았다. LA 경찰국 규정상 휴가 중에는 관용차를 쓸 수 없었기 때문에, 전날 밤 버뱅크 공항 허츠에서 크라운 빅토리아를 렌트했다. 보통 그런 규정은 모른 척 슬쩍 넘어가곤 했었지만, 요즘 오툴이 일거수일투족을 감시하고 있어서 안전하게 가기로 결심했다. 그러나 관용차에서 이동식 경광등은 갖고 왔고 도구상자도 렌터카 트렁크로 옮겨 놨다. 그가 알기로 그것에 관한 규정은 없었다. 필요하다면 렌트한 크라운 빅토리아를 관용 경찰차처럼 쓸 계획이었다.

머데스토는 로스앤젤레스에서 직선으로 북쪽에 있었다. 보슈는 I-5고속도로를 타고 시내를 빠져나가 그레이프바인으로 올라간 뒤 거기서 캘리포니아 99번 도로로 바꿔 타고 베이커스필드와 프레스노를 통과해 달려갔다. 운전하는 동안 그는 매디가 준 아트 페퍼 음반을 계속 들었다. 지금은 다섯 번째 장을 듣고 있었는데, 1981년 슈투트가르트에서 열린 공연의 실황녹음이었다. 거기에는 페퍼의 대표곡 〈스트레이트 라이프〉의

강렬한 버전이 들어있었지만, 보슈로 하여금 계기판에 있는 반복 버튼을 누르게 만든 것은 감성 충만한 〈오버 더 레인보우〉였다.

그는 오전 혼잡시간대에 베이커스필드에 이르렀고 처음으로 시속 100킬로미터 미만으로 속도를 줄였다. 혼잡이 풀릴 때까지 기다리기로 하고 아침을 먹기 위해 노티 파인 카페라는 곳에 차를 세웠다. 그 카페는 그동안 일이 있어서 가끔씩 왔다 갔다 했던 칸 카운티 보안관국에서 겨우 두세 블록 떨어진 곳에 있었기 때문에 눈에 익은 곳이었다.

그는 달걀과 베이컨, 커피를 주문한 뒤, 지난 토요일에 종이 두 장에 인쇄해서 테이프로 붙여 온 지도를 펼쳤다. 지도는 65킬로미터에 걸쳐 펼쳐져 있고 안네케 예스페르센 사건에서 중요한 지역으로 부각된 센트럴밸리 지역을 담고 있었다. 그가 표시해놓은 모든 지점들은 남쪽 끝 머데스토에서 시작해서 리펀, 맨테카, 스탁튼을 거치며 북쪽으로 올라가면서 캘리포니아 99번 도로를 감싸 안고 있었다.

주목할 만한 것은 보슈가 테이프로 붙여서 만든 지도가 남쪽의 스태니슬라우스와 북쪽의 샌워킨, 이 두 카운티를 망라하고 있다는 사실이었다. 머데스토와 샐리다는 드러먼드 보안관이 치안을 담당하고 있는 스태니슬라우스 카운티에 속해 있었다. 그러나 맨테카와 스탁튼은 샌워킨 카운티 보안관 관할이었다. 맨테카에 사는 레지 뱅크스가 머데스토로 내려와 술 마시기를 선호할 만한 이유가 있다고 보슈는 생각했다. 프랜시스 다울러도 마찬가지였다.

보슈는 그날 하루가 가기 전에 확인하고 싶은 장소들에 동그라미를 쳤다. 관찰하러 온 남자들의 집은 물론이고 레지 뱅크스가 일하는 존 디어 대리점과 스태니슬라우스 보안관국, 맨테카에 있는 코스그로브 농산의 본사도 살펴보고 싶었다. 그날 하루 보슈의 계획은 이 남자들이 살고 있는 세계에 최대한 몰두해보는 것이었다. 그렇게 해보고 나서 다음에 취할 행동을 생각해볼 것이었다. 다음에 어떤 행동을 취해야 한다면 말이지만.

캘리포니아 99번 도로를 다시 타고 북쪽으로 달려가면서 보슈는 일요일 밤에 데이비드 추 형사에게서 받은 이메일을 출력한 것을 오른쪽 허벅지 위에 놓았다. 추는 안네케 에스페르센이 '사우디 공주'에 관한 기사를 쓰면서 인터뷰했던 보 벤틀리와 샬럿 잭슨이라는 군인에 대해 조사해서 그 결과를 이메일로 보내왔다.

벤틀리는 막다른 길이라는 것이 금방 밝혀졌다. 추는 포트로더데일의 2003년 〈선센티널〉에서 걸프전 참전용사인 브라이언 '보' 벤틀리의 부고 기사를 발견했다. 서른네 살 젊은 나이에 암에 무릎을 꿇고 말았다고 적혀 있었다.

또 다른 군인에 대해서도 운이 아주 좋았던 것은 아니었다. 추는 보슈에게 들은 연령대에 속하면서 조지아 주에 사는 샬럿 잭슨을 일곱 명 찾아냈다. 그 중 다섯 명은 주소지가 애틀랜타나 그 교외지역으로 나와 있었다. 추는 경찰국의 TLO 계정과 다른 다양한 인터넷 데이터베이스를 이용해서 일곱 명의 샬럿 잭슨 중 여섯 명의 전화번호를 알아냈다. 보슈는 운전을 하면서 전화를 걸기 시작했다.

조지아는 지금 이른 오후였다. 처음 두 통의 전화는 연결이 되었다. 두 통 다 샬럿 잭슨이 전화를 받았지만 두 사람 다 보슈가 찾는 샬럿 잭슨이 아니었다. 세 번째와 네 번째 전화는 받지 않아서, 살인사건을 수사하고 있는 LA 경찰국 형사인데 메시지를 들으면 전화해 달라고 음성메시지를 남겼다.

다음 두 통은 연결이 됐지만 두 명 다 1차 걸프전쟁 때 국가를 위해 복무한 샬럿 잭슨이 아니었다.

보슈는 마지막 전화 통화를 마치면서 샬럿 잭슨을 찾는 것이 시간을 가장 잘 활용하는 방법은 아닌 것 같다고 생각했다. 샬럿 잭슨은 흔한 이름이었고 21년이라는 긴 세월이 흘렀다. 그녀가 아직 애틀랜타나 조지아에 산다는 보장이 없었고 심지어 아직 살아있다는 보장도 없었다. 결혼해서 이름을 바꿨을 수도 있었다. 세인트루이스에 있는 미군 기록보관소에 조회를 요청할 수 있겠지만, 모든 분야에 관료주의가 만연해 있어 결과를 받기까지 아주 오래 걸릴 수 있었다.

그는 출력지를 접어서 재킷 주머니에 다시 넣었다.

* * *

프레스노를 지나자 광활한 벌판이 나타났다. 작열하는 태양 때문에 매우 건조한 날씨였고 메마른 들판에서 먼지가 풀풀 날렸다. 고속도로 상태도 형편없었다. 아스팔트 두께가 얇았고 세월이 흘러도 보수를 하지 않아 콘크리트에 균열이 가 있었다. 콘크리트 표면이 바스러지고 있었고, 크라운 빅토리아의 타이어가 바닥에 세게 부딪치면서 듣고 있던 음악이 튀기까지 했다. 아트 페퍼가 살아있다면 통탄할 일이었다.

캘리포니아주 정부는 160억 달러의 부채를 지고 있었고, 뉴스에서는 항상 그 적자가 사회 기간시설에 미치는 영향에 대해 떠들어댔다. 이렇게 주 한복판을 지나면서 보니까 그 말이 실감이 났다.

정오 무렵 보슈는 머데스토에 도착했다. 그가 계획한 제일 먼저 할 일은 J.J. 드러먼드 보안관이 일하는 보안관국 앞을 지나가보는 거였다. 보안관국은 비교적 새 건물로 보였고 옆에는 유치장이 있었다. 건물 앞에는 공무집행 중에 죽은 경찰견을 기리는 조각상이 있었다. 그 조각상을 보고 있자니 이런 대접을 받을 만한 인간은 왜 한 명도 없을까 하는 생각이 들었다.

보슈는 보통 로스앤젤레스를 떠나 외지로 출장을 가면 목적지에 있는 경찰국이나 보안관국에 들르곤 했다. 의례적인 행동이었지만 뭔가 일이 잘못될 경우를 대비해 빵부스러기를 길바닥에 뿌려놓는 것과 같은 행동이었다. 그러나 이번에는 그러지 않았다. J.J. 드러먼드 보안관이 어떤 식으로든 안네케 예스페르센의 죽음과 관계가 있는지 없는지를 알 수가 없었다. 드러먼드에게 수사 진행 상황을 노출하는 위험을 무릅쓰기에는 수상한 것이 너무 많았고 우연의 일치와 연결고리가 너무 많았다.

이러한 우연의 일치를 강조하기라도 하듯, 보안관국에서 겨우 다섯 블록 떨어진 곳에 레지널드 뱅크스가 일하는 존 디어 대리점인 코스그로브 트랙터가 있었다. 보슈는 그 대리점 앞을 지나갔다가 U턴을 해서 돌아와 앞쪽 인도에 차를 바짝 붙여 세웠다.

대리점 앞에는 녹색 트랙터들이 작은 것에서부터 큰 것까지 일렬로 늘어서 있었다. 그 뒤에는 한 줄로 된 주차장이 있었고 그 뒤에 대리점 건물이 있었다. 건물 벽이 전면 유리로 되어있었다. 보슈는 차에서 내려 트렁크 안 도구상자에서 작지만 성능 좋은 쌍안경을 꺼냈다. 운전석으로 돌아와 쌍안경으로 대리점 안을 살펴보았다. 앞쪽 두 모퉁이에 책상이 놓여있었고 그 뒤에 영업직원이 앉아있었다. 그들 사이에는 또 다른 트랙터와 전 지형 만능차(ATV)가 전시되어 있었다. 모두 진초록색이었고 반짝반짝 윤이 났다.

보슈는 사건 파일을 펼쳐 추가 작성한 인물소개서에서 뱅크스의 운전면허증 사진을 확인했다. 그리고 나서 다시 대리점 안을 들여다보니 보슈와 가까운 모퉁이 책상 앞에 앉아있는 남자가 뱅크스라는 것을 쉽게 알아볼 수 있었다. 그는 늘어진 콧수염을 하고 있었고 대머리가 되어가고 있었다. 컴퓨터로 뭔가를 열심히 하고 있어서 자세히 들여다보니 솔리테르 카드놀이를 하고 있었다. 다른 사람이 볼 수 없도록, 특히 상관이 볼 수 없도록 컴퓨터 화면 각도를 조정해 놓고 있었다.

잠시 후 보슈는 뱅크스를 지켜보다가 지루해져서 시동을 걸고 차를 출발시켰다. 그러면서 백미러를 보니 차 다섯 대 뒤에 주차해 있던 파란색 소형차도 따라서 출발하는 것이 보였다. 보슈는 크로우즈랜딩 길을 달려 99번 도로로 돌아가면서 간간이 백미러를 확인했다. 그 소형차가 몇 대 뒤에서 보슈의 차를 따라오고 있었다. 크게 신경이 쓰이지는 않았다. 차가 많은 주요 도로를 달리고 있었고, 많은 차들이 그와 같은 방향으로 달리고 있었다. 그러나 그가 속도를 늦추고 다른 차들이 추월해 가게 하자, 그 파란 차도 속도를 줄이더니 계속 뒤에서 따라왔다. 결국 보슈는 자동차 부품 가게 앞에 차를 세우고 백미러를 보았다. 반 블록 뒤에서 파란 차가 우회전을 하더니 사라졌다. 보슈는 미행을 당한 건지 아닌지 알 수가 없었다.

보슈는 다시 차들 속으로 끼어들어 캘리포니아 99번 도로 입구를 향해 달려가면서 간간이 백미러로 뒤를 살펴보았다. 그는 끝도 없이 이어지는 멕시코 식당과 중고차 매장을 지나갔다. 그 사이 사이에 타이어 가게와 자동차 수리 및 부품 가게가 끼어있었다. 그 거리는 원스톱 쇼핑을 위해 설계된 것 같았다. 여기서 중고차를 사서 저기서 고치는 식이었다. 기다리는 동안 마리코스 트럭에서 생선 타코를 사 먹고. 그 타코에 먼지가 얼마나 많이 내려앉아 있을까 생각하니 보슈는 마음이 우울해졌다.

보슈는 캘리포니아 99번 도로 진입 램프를 발견함과 동시에 '드러먼드를 하원으로'라는 벽보를 처음 보았다. 육교 안전망에 붙어있었다. 아래 고속도로에서 북으로 달려가는 운전자들은 누구나 드러먼드의 웃는 얼굴을 볼 수 있을 것이었다. 보슈는 누군가가 그 후보의 윗입술 위에 히틀러의 콧수염을 그려놓은 것을 발견했다.

고속도로 진입 램프를 달려 내려가면서 백미러를 확인하던 보슈는 그 파란 소형차가 뒤따라오는 것을 보았다고 생각했다. 차들 속으로 끼어든 후 다시 확인했지만, 이번에는 다른 차들 때문에 잘 보이지 않았다. 보슈는 피해망상이라고 생각하고 그냥 넘어갔다.

그는 다시 북쪽으로 달려갔고 머데스토에서 3~4킬로미터 떨어진 지점에서 해미트 길로 빠지는 출구를 발견했다. 그는 다시 고속도로에서 진출해 해미트 길을 타고 서쪽으로 달려서 아몬드밭으로 깊숙이 들어갔다. 아몬드 나무들이 완벽한 선을 그리며 서 있었고 그 짙은 몸통들이 물에 잠긴 평원에서 우뚝 솟아 있었다. 물이 너무나 잔잔하고 움직임이 없어서 나무들이 거대한 거울에서 자라고 있는 것처럼 보였다.

코스그로브 사유지 입구를 못 보고 지나칠 수는 없었다. 사유지로 가는 갈림길이 널찍했고 벽돌담과 검은색 철문이 가로막고 있었다. 대문 위에 폐쇄회로 카메라가 달려 있었고 사유지 안으로 들어가고자 하는 사람들을 위해 비상전화도 설치되어 있었다. 철문에는 화려하게 장식된 CC라는 철자가 새겨져있었다.

보슈는 길을 잃은 여행자인 것처럼 사유지 입구의 거대한 아스팔트 공간에서 차를 돌렸다. 99번 도로 쪽으로 돌아가면서 보니까 사유지 입구 도로에서만 보안이 집중적으로 이루어지고 있다는 것을 알 수 있었다. 허락을 받아서 철문을 열지 않고는 누구도 차를 타고 사유지 안으로 들어갈 수 없었다. 그렇지만 걸어가는 것은 이야기가 달랐다. 접근을 막는 담이나 울타리가 없었다. 발이 젖는 것을 감수할 수 있다면 누구라도 아몬드 나무 사이를 걸어서 코스그로브의 사유지로 들어갈 수가 있었다. 숲 속에 카메라와 동작 감지기가 숨겨져 있는 게 아니라면 이곳은 전형적인 보안 상의 허점을 보여주고 있었다. 겉만 번지르르하고 실속은 없는.

보슈가 다시 99번 도로를 타고 북쪽으로 달리기 시작한지 얼마 지나지 않아 샌워킨 카운티에 오신 것을 환영한다는 표지판이 보였다. 그 다음에 나타난 세 개의 출구는 리펀이라는 마을로 들어가는 출구였고, 고속도로

가에 줄지어 있는 분홍색과 흰색의 꽃이 핀 관목들 위로 모텔 표지판이 삐죽 솟아 있는 것이 보였다. 그는 다음 번 출구로 나가 블루라이트 모텔/주류상점으로 돌아갔다. 그 모텔은 1950년대의 목장 같은 건물이었다. 보슈는 자기가 들고나는 것을 보는 사람이 없는 조용한 곳을 원했다. 방은 많은데 그 앞에 주차된 차는 딱 한 대뿐인 것을 보고 그는 이곳이 좋겠다고 생각했다.

그는 주류상점 카운터에서 방값을 치렀다. 작은 부엌이 딸린 가장 비싼 방을 쓰기로 하고 통 크게 49달러나 냈다.

"근데 와이파이는 없나?" 보슈가 점원에게 물었다.

"공식적으로는 없는데요." 점원이 말했다. "5달러 주시면, 모텔 뒷집에서 쓰는 와이파이 비밀번호를 알려드릴게요. 신호 잡아서 쓰실 수 있어요."

"그 5달러는 누가 먹지?"

"뒷집 남자랑 내가 반반씩 나누죠."

보슈는 잠시 망설였다.

"괜찮아요, 안전해요." 점원이 말했다.

"좋아, 그럼 그렇게 하자." 보슈가 말했다.

보슈는 7호실로 차를 몰고 가서 문 앞에 주차를 했다. 작은 여행가방을 갖고 방으로 들어가 가방을 침대 위에 놓고 방안을 둘러보았다. 부엌에는 작은 식탁과 의자 두 개가 있었다. 이 정도면 괜찮은 것 같았다.

외출하기 전에 보슈는 옷을 갈아입었다. 수요일까지 머물게 되어 한 번 더 입을 필요가 있을지 몰라서 입고 있던 파란색 남방은 벽장에 잘 걸어두었다. 그러고는 가방을 열어 검은색 셔츠를 꺼냈다. 옷을 입고 방문을 잠근 후 차로 돌아갔다. 그가 차를 빼서 도로로 돌아가는 동안 〈오버 더 레인보우〉가 다시 흐르고 있었다.

다음 목적지는 맨테카였다. 거기 도착하기 한참 전부터 '코스그로브 농산'이라고 적힌 급수탑이 보였다. 코스그로브 기업 본사는 고속도로와 평행으로 달리는 지선도로 위에 위치해 있었다. 사무실 건물과 거대한 농산물 창고와 운반시설이 있었다. 수십 대의 수송차량과 수조 트럭이 수송준비를 마치고 줄지어 대기하고 있었다. 그 복합건물 옆으로 포도밭이 수 킬로미터에 걸쳐 끝도 없이 펼쳐져 있었고 서쪽으로 저 멀리 지평선에 이르러서야 잿빛 산맥으로 올라가고 있었다. 지평선에서는 거대한 철조물이 자연환경 사이사이에 끼어 있었고 마치 다른 세계에서 온 침략자들이 언덕을 따라 걸어 내려오는 모습이었다. 칼 코스그로브가 밸리 지역에 도입한 풍력발전용 터빈이었다.

보슈는 광활한 코스그로브 제국에 감명을 받고 다음 목적지로 향했다. 토요일에 출력한 지도를 보면서 교통국에 등록된 프랜시스 존 다울러와 레지널드 뱅크스의 주소지를 찾아갔다. 두 곳 다 코스그로브 사유지에 있는 것 같다는 사실을 빼고는 뭐 하나 특별한 것이 없었다.

뱅크스는 브런즈윅 길 옆 아몬드밭 뒤에 홀로 서있는 작은 주택에 살고 있었다. 지도를 아무리 살펴봐도 북쪽의 브런즈윅과 남쪽의 해미트를 잇는 전용도로가 없다는 사실을 발견한 보슈는 뱅크스의 집 뒤쪽에서 아몬드밭으로 걸어 들어가면 해미트로 나올 수 있을 거라고 믿었다. 물론 시간이 많이 흐른 뒤에.

뱅크스의 집은 페인트칠을 다시 하고 유리창 청소도 해야 할 것 같았다. 겉으로 보는 것만으로는 가족과 함께 사는지 어떤지 알 수가 없었다. 마당에는 맥주 병, 여러 개가 나뒹굴고 있었는데, 모두 테라스에 있는 솔기가 터진 낡은 소파에 앉아서 쉽게 던질 수 있는 거리에 있었다. 뱅크스는 주말을 보낸 후에 청소를 하지 않은 것이다.

보슈가 저녁을 먹기 전 마지막으로 찾아간 곳은 다울러가 사는 트레일러 두 대를 연결한 이동식주택이었다. 그 주택 지붕 능선에 TV 안테나가 설치되어 있었다. 지선도로 옆 이동주택 주차장에 있었고, 집마다 주차 패드가 깔려있었는데 긴 트럭을 주차하기 위해 집 길이와 똑같은 패드가 깔려 있었다. 그 이동주택 주차장은 코스그로브 기업 소속 운전자들이 사는 곳이었다.

보슈가 렌터카에 앉아서 다울러의 집을 보고 있을 때, 그 집 간이차고 옆문이 열리더니 여자가 나와서 의심스러운 눈으로 그를 쳐다보았다. 보슈는 오랜 친구인 것처럼 손을 흔들어 그녀를 당황하게 만들었다. 그녀는 행주에 손을 닦으면서 진입로를 걸어왔다. 보슈의 예전 파트너 제리 에드거가 봤으면 '50/50'이라고 불렀을 여자였다. 나이 50살에 몸무게는 정상보다 50파운드 더 나간다는 뜻이었다.

"누구 찾으세요?" 여자가 물었다.

"프랭크가 집에 있나 해서 왔는데, 트럭이 없네요."

보슈는 빈 주차 패드를 가리켰다.

"금방 올까요?"

"주스 한 트럭 싣고 아메리칸캐니언으로 올라갔어요. 싣고 돌아올 짐이 있을 때까지 거기서 기다려야 할지도 몰라요. 내일 밤이나 되어야 올 것 같은데. 누구시죠?"

"지나가던 친굽니다. 20년 전 걸프 전쟁 때 알던 사이죠. 존 배그널이 안부 전하더라고 전해주시겠어요?"

"그럴게요."

보슈는 추가 만들어준 자료에 다울러 아내의 이름이 있었는지 기억이 나지 않았다. 이름을 알았다면 작별인사를 하면서 이름을 불러줬을 것이다. 여자가 돌아서서 열어두고 온 문을 향해 걸어갔다. 보슈는 이동식 주택의 차양 아래에 오토바이 한 대가 세워져 있는 것을 발견했다. 오토바이의 가스탱크에는 페인트로 청파리 그림이 그려져 있었다. 다울러가 포

도주스를 실은 대형트럭을 몰고 다니지 않을 때는 할리를 즐겨 타는 모양
이었다.

보슈는 여자에게서 호기심 이상의 의심을 사지 않았기를 바라면서 이
동주택 주차장을 빠져나왔다. 그리고 다울러가 길을 나서면 밤마다 집에
전화를 하는 남편이 아니기를 바랐다.

보슈가 센트럴밸리를 돌아보면서 마지막에서 두 번째로 들른 곳은 스
탁튼이었다. 그는 크리스토퍼 헨더슨이 대형 냉장고 안에서 생을 마감한
스티어스 스테이크하우스 주차장으로 차를 몰고 들어갔다.

보슈는 수사의 일환으로 이곳을 관찰하는 것 이상의 일을 계획하고 있
었다. 배가 고파 죽을 지경이었고, 맛있는 스테이크를 먹는 상상을 하루
종일 하고 있었다. 토요일 밤에 크레이그스에서 먹은 스테이크를 능가하
기는 어렵겠지만 너무 배가 고파 기꺼이 먹어볼 생각이었다.

그는 식당에서 혼자 식사하는 것을 어색해하지 않는 사람이어서 식당
입구에서 손님을 맞는 젊은 여직원에게 바에 있는 테이블을 달라고 말했
다. 그는 와인 냉장고 옆에 있는 2인용 테이블로 안내받아, 식당 전체가
잘 보이는 쪽의 의자를 선택해 앉았다. 안전을 위해 이렇게 앉는 것이 습
관이었지만 운이 좋을 경우에 대비하려는 마음도 있었다. 어쩌면 칼 코스
그로브가 자기 식당에서 식사를 하려고 들어올지도 모르는 일이었다.

다음 두 시간 동안 그 식당에 들어온 손님 중 보슈가 아는 사람은 한 명
도 없었지만, 그렇다고 전혀 소득이 없었던 것은 아니었다. 그는 으깬 감자
를 곁들인 뉴욕 스트립 스테이크를 먹었는데, 둘 다 맛이 있었다. 코스그
로브 메를로 와인도 한 잔 마셨는데 스테이크와 잘 어울리는 맛이었다.

다 좋았는데 한 가지 흠이 있었다면 보슈의 휴대전화가 식당에서 크게
울렸다는 사실이었다. 운전하면서도 들을 수 있게 벨소리를 최고로 설정
해놨었는데 방해가 안 되는 정상수준으로 낮추는 것을 잊었다. 식당 손님

들이 그를 쳐다보며 얼굴을 찌푸렸다. 한 여자는 역겹다는 표정으로 고개를 가로젓기까지 했다. 그를 뻔뻔하기 짝이 없는 대도시 인간으로 보는 것 같았다.

뻔뻔하다고 생각하든 말든 보슈는 전화를 받았다. 액정화면에 뜬 전화번호가 404라는 애틀랜타 지역 번호로 시작됐기 때문이었다. 예상대로 전화를 건 사람은 보슈가 메시지를 남겼던 샬럿 잭슨들 중 한 명이었다. 두세 가지 물어보자 그가 찾는 샬럿 잭슨이 아니라는 것을 금방 알 수 있었다. 보슈는 그녀에게 감사인사를 한 후 전화를 끊었다. 그러고는 뻔뻔하다고 고개를 절레절레한 여자를 향해 웃으면서 고개를 숙여 미안하다는 인사를 했다.

보슈는 식당에 갖고 들어온 사건 파일을 펼쳐 4번 샬럿 잭슨을 지웠다. 이제 가능성 있는 샬럿 잭슨은 3번과 7번으로 줄었는데, 그 중 한 명의 전화번호는 갖고 있지도 않았다.

주차장으로 돌아왔을 땐 이미 날이 저물어 깜깜했고 장거리 운전을 하고 긴 하루를 보낸 탓에 너무 피곤했다. 차 안에 앉아서 한 시간쯤 자볼까 생각했지만 금방 단념했다. 계속 움직여야 했다.

보슈는 차 트렁크 옆에 서서 하늘을 올려다보았다. 구름 한 점 없고 달도 없는 밤이었지만 센트럴밸리의 하늘에는 별이 총총 떠 있었다. 그는 그게 마음에 안 들었다. 더 깜깜한 밤을 원했다. 그는 트렁크를 열었다.

27

보슈는 코스그로브 사유지 입구의 철문 앞을 지나가면서 자동차 등을 모두 껐다. 해미트 길에는 다른 차가 한 대도 없었다. 200미터쯤 더 가서 길이 오른쪽으로 살짝 굽어진 곳에 이르자 포장이 안 된 갓길에 차를 세웠다.

이미 실내등을 껐기 때문에 차 문을 열어도 차 안은 계속 어두웠다. 보슈는 차에서 내려 주위를 둘러보며 귀를 기울였다. 선선하고 고요한 밤이었다. 그는 청바지 뒷주머니에서 접은 종이를 꺼내 차 앞 유리에 끼워놓았다. 아까 미리 작성해둔 메모였다.

기름 떨어짐 - 곧 돌아옴

보슈는 트렁크 안 상자에서 고무장화를 꺼내 신었다. 사용할 일이 없기를 바라면서 작은 맥라이트 손전등도 꺼내 들었다. 1미터 높이의 둑 아래 물속으로 조심스럽게 내려서자 아몬드밭 바닥에서는 잔물결이 일렁이며 희미하게 반짝였다.

보슈는 아몬드밭을 가로질러 걸어서 사유지 진입로 앞으로 돌아갈 생각이었다. 거기서부터는 코스그로브의 집이 나올 때까지 길을 따라갈 계획이었다. 그는 자신이 무엇을 하고 있는지, 무엇을 찾고 있는지 잘 알지 못했다. 그저 직감에 따라 행동할 뿐이었고, 그의 직감은 돈과 권력을 틀어쥔 코스그로브가 모든 일의 중심에 있다고 말하고 있었다. 보슈는 코스그로브에게 더 가까이 다가가 어디서 어떻게 살고 있는지 확인할 필요가 있다고 생각했다.

물의 깊이는 10센티미터도 안 됐지만 진흙이 장화에 들러붙어 앞으로 나가는 속도가 느려졌다. 들러붙은 흙이 떨어지지 않아서 장화가 벗겨질 뻔한 경우도 여러 번 있었다.

물이 깔린 바닥에 별이 총총한 하늘이 펼쳐져 있어서 보슈는 사유지에 무단침입하고 있는 자신이 완전히 노출된 것 같은 느낌이 들었다. 그는 20미터쯤 가다 한 번씩 나무 밑으로 숨어들어 잠깐 쉬면서 주변의 소리에 귀를 기울였다. 숲은 쥐죽은 듯 고요했다. 곤충들이 윙윙거리며 날아다니는 소리조차 들리지 않았다. 유일하게 들리는 소리는 멀리서 들렸는데 그게 무슨 소리인지 알 수가 없었다. '쉭쉭'거리는 소리가 계속 나서, 그는 물 펌프가 아몬드밭에 물을 대는 소리가 아닐까 추측했다.

잠시 후엔 숲이 미로처럼 느껴지기 시작했다. 높이가 10미터 가까이 되는 다 자란 나무들은 다 똑같아 보였고, 놀라울 정도로 완벽한 직선으로 늘어서 있었다. 그 덕분에 어느 방향을 보아도 다 똑같아 보였다. 그러자 보슈는 길을 잃을까봐 걱정이 되기 시작했고, 길을 표시할 것을 가져오지 않은 것이 후회되었다.

30분 후 드디어 보슈는 사유지 진입로 입구에 이르렀다. 벌써부터 피곤해 죽을 지경이었다. 장화가 콘크리트로 만들어진 것처럼 천근만근이었다. 그러나 그는 임무를 포기하지 않기로 결심했다. 길과 평행으로 이어지는 첫 번째 줄 나무들을 따라갔다.

* * *

한 시간쯤 지나자 마지막 두세 줄의 나무들 가지 사이로 대저택의 불빛이 보이기 시작했다. 불빛에 가까이 갈수록 쉭쉭 소리가 더 커지는 것을 느끼면서 철벅철벅 앞으로 나아갔다.

아몬드밭이 끝나는 곳에 이르자 그는 둑 옆에 웅크리고 앉아 앞에 펼쳐진 풍경을 관찰했다. 저택은 프랑스의 고성처럼 이국적인 모습이었다. 2층밖에 되지 않았지만 지붕 각도가 가파르게 경사져 있고 모퉁이마다 작은 탑이 있었다. 그 모습을 보니 LA에 있는 샤토 마몽트 호텔이 떠올랐다.

저택 밖 바닥에 설치된 여러 개의 투광조명등이 저택을 밝히고 있었다. 앞쪽에는 커다란 회전 진입로와 건물 옆을 지나 뒤로 돌아가는 진입로가 있었다. 보슈는 차고가 건물 뒤쪽에 있나보다고 추측했다. 눈에 보이는 곳엔 차가 한 대도 없었다. 보슈는 아몬드밭에서 보았던 모든 불빛이 바깥에 있는 조명등의 불빛이라는 것을 깨달았다. 저택 안은 깜깜했다. 집에 아무도 없는 것 같았다.

보슈는 일어서서 둑을 기어 올라갔다. 저택을 향해 걷기 시작하고 얼마 지나지 않아 그는 자신이 주변 바닥보다 높은 콘크리트 판 위에 올라가 있는 것을 알아차렸다. 중앙에 페인트로 H자가 칠해져있는 것으로 보아 헬리콥터 이착륙대인 것 같았다. 집을 향해 계속 걸어가는데 시야 가장자리에서 무언가가 그의 관심을 끌었다. 왼쪽을 돌아보니 뭔가가 공중으로 올라가고 있었다.

처음에는 아무것도 보이지 않았다. 저택이 너무나 밝게 불을 밝히고 있어서 하늘의 별도 겨우 보일 정도였고 저택 주변은 칠흑처럼 깜깜했다.

그러나 그때 또다시 뭔가가 언덕 위 높은 곳에서 움직이는 것이 보였다. 보슈는 그게 무엇인지 불현듯 깨달았다. 풍력발전용 터빈의 날개가 돌아가면서 희미한 별빛을 잠깐씩 가리고 하늘의 풍경을 바꾸고 있는 거였다.

보슈가 아몬드밭을 지나오면서 들었던 쉭쉭 소리는 풍력발전 터빈에서 나는 소리였다. 코스그로브는 바람의 힘을 굳게 믿어서 그 거대한 터빈 하나를 자기 집 뒷마당에도 설치한 것이다. 보슈는 대저택의 외부를 환하게 비추는 조명등도 모두 밸리지역에 쉼 없이 불어대는 바람에서 전력을 공급받았을 거라고 추측했다.

보슈는 곧 불을 밝힌 대저택으로 관심을 돌렸다. 갑자기 주저하는 마음이 들었다. 자기 행동이 후회스럽기도 했다. 눈앞에 우뚝 서 있는 웅장한 성 안에 사는 남자는 바람을 자원화 할 만큼 똑똑하고 권력이 있었다. 그는 돈의 벽과 나무의 군대 뒤에 살고 있었다. 그 거대한 사유지에 담을 둘러칠 필요가 없었다. 그 나무들이 사유지를 침입하려는 사람을 위협해 단념하게 만들 것을 알았기 때문이었다. 그는 해자로 둘러싸인 성에 살았다. 그런 그를 쓰러뜨릴 수 있다고 생각했다니. 보슈는 범죄의 정확한 내용조차 알지 못했다. 안네케 예스페르센이 죽었고 보슈는 예감을 쫓고 있었다. 아무런 증거가 없었다. 20년 전에 있었던 우연의 일치 외에는 아무것도 없었다.

갑자기 엄청난 기계음과 함께 거센 바람이 보슈를 압도했다. 헬리콥터한 대가 아몬드밭 위를 날아와 상공을 맴돌고 있었다. 보슈는 밭을 향해전력으로 달려가서 둑 밑으로 미끄러져 내려가 진흙과 물속으로 뛰어들었다. 돌아보니 어두운 하늘에 검은 실루엣으로 보이는 헬리콥터가 이착륙대 위에서 자리를 잡고 있었다. 헬리콥터 아랫면에 있는 스포트라이트가 켜지더니 이착륙대 위에 있는 H자를 비추었다. 보슈는 더 웅크리고 앉아 헬리콥터가 바람에 맞서 싸우면서 착륙 준비를 하는 것을 지켜보았다.

헬리콥터가 천천히 내려와 이착륙대에 부드럽게 내려앉자 스포트라이트가 꺼지고 시끄러운 터빈도 멈췄다.

회전날개가 한동안 돌다가 멈췄다. 조종석 문이 열리더니 누군가가 내렸다. 보슈는 적어도 30미터는 떨어져 있어서 실루엣만 볼 수 있었는데 남자인 것 같았다. 조종사가 뒷문으로 가더니 문을 열었다. 다른 사람이 내리겠거니 생각했는데 개가 뛰어내렸다. 조종사는 배낭을 꺼내고 문을 닫은 뒤 저택을 향해 걷기 시작했다.

2~3미터 조종사를 따라가던 개가 갑자기 멈춰서더니 보슈가 숨어있는 곳을 향해 돌아섰다. 덩치가 큰 개였는데 너무 어두워서 품종은 알 수 없었다. 그 개가 으르렁거리다가 보슈를 향해 달려오기 시작했다.

개가 순식간에 거리를 좁혀오자 보슈는 경악했다. 도망갈 데가 없었다. 바로 뒤는 진흙이었다. 두 걸음도 제대로 걸을 수 없을 것이었다. 그는 성난 개가 자기를 향해 달려들었다가 진흙탕에 빠지기를 바라면서 몸을 더 수그리고 둑에 기댔다.

보슈는 벨트에서 권총을 떼어냈다. 개가 멈추지 않으면 그가 멈추게 해야 했다.

"코스모!"

남자가 집으로 가는 길 위에서 개를 불렀다. 개가 달려오다가 지시에 반응하기 위해 갑자기 멈춰서면서 뒷다리가 미끄러졌다.

"이리 와!"

개가 보슈를 돌아보았고, 한순간 보슈는 개의 눈이 번득이는 것을 보았다고 생각했다. 개는 곧 주인에게로 달려갔다. 그래도 혼이 났다.

"이놈! 누가 뛰어다니고 그래! 멍멍 짖고!"

남자는 달려온 개의 궁둥이를 손바닥으로 탁 때렸다. 개는 앞으로 달려가다가 멈추고 몸을 웅크리고 앉아 복종의 자세를 취했다. 조금 전에는 보슈의 목을 물려고 덤벼든 개였지만 보슈는 그 개가 안 됐다는 생각이 들었다.

보슈는 남자와 개가 저택 안으로 들어갈 때까지 기다렸다가 아몬드밭으로 돌아가기 시작했다. 차로 돌아가는 동안 길을 잃지 않기를 바랐다.

* * *

보슈는 밤11시가 되어서야 블루라이트 모텔로 돌아왔다. 욕실로 직행해서 진흙투성이의 젖은 옷을 벗어서 욕조에 던졌다. 그리고는 욕조로 들어가 샤워기를 틀려는데 휴대전화에서 전화벨이 울렸다. 스티어스에서 전화벨 소동이 있은 후에 벨소리를 작게 해놓았었다.

보슈는 판지처럼 뻣뻣한 수건으로 허리를 감싸고 욕실에서 나왔다. 발신자표시가 제한된 전화번호였다. 그는 침대에 앉아서 전화를 받았다.

"보습니다."

"형사님, 접니다. 괜찮으세요?"

추 형사였다.

"괜찮아. 왜?"

"전화도 없고 제가 보낸 이메일에 답장도 없어서요."

"하루 종일 차 타고 돌아다니느라고 아직 이메일 확인을 못 했어. 이제야 모텔에 들어왔는데 와이파이가 터지는지도 아직 확인 못 했고."

"휴대전화로도 이메일 확인하실 수 있는데."

"알아. 근데 비밀번호치고 뭐하고 까다롭잖아. 화면도 너무 작고. 그래서 싫어. 휴대전화로는 문자나 주고받지."

"네. 그럼 제가 어떤 내용인지 말씀드릴까요?"

보슈는 피곤해 죽을 지경이었다. 이른 아침부터 운전하고 돌아다닌 데

다 진흙탕 속을 걸어서 아몬드밭을 왔다 갔다 해서 피곤이 뼛속까지 스며들었다. 질척거리는 진흙탕 속을 1만보는 걸은 것 같았고, 그 때문인지 넓적다리 근육이 찢어질 듯 아팠다. 어서 빨리 샤워하고 잠자리에 들고 싶었지만, 추에게 얘기해보라고 말했다.

"두 가지인데요." 파트너가 말했다. "첫째, 형사님이 주신 명단에 있는 이름 두 개 사이에 아주 밀접한 관계가 있다는 걸 알아냈습니다."

보슈는 수첩을 찾아 방안을 두리번거리다가 차에 두고 왔다는 걸 깨달았다. 지금은 가지러 나갈 수가 없었다.

"말해봐. 뭔데?"

"드러먼드가 하원의원에 출마한 거 아시죠?"

"응. 오늘 여기서 선거벽보는 봤는데, 그것 말고는 별거 없던데."

"선거가 내년에 있으니까요. 한 동안은 열기가 뜨거워지지 않을 겁니다. 실은 아직 경쟁자도 안 나왔어요. 현직 하원의원은 정계 은퇴 예정이고, 경쟁자가 겁먹고 나오지 못하게 하려고 드러먼드가 출마를 일찍 선언한 거죠."

"그래, 그랬다 치고. 누구와 무슨 관계가 있다는 거야?"

"코스그로브요. 코스그로브 개인하고 코스그로브 농산이 드러먼드 선거운동본부에 기부를 가장 많이 했더라고요. 드러먼드가 출마를 선언하면서 공개한 선거운동 보고서를 뽑아봤어요."

보슈는 고개를 끄덕였다. 추의 말이 맞았다. 음모의 두 당사자 사이에 밀접한 관계가 있었다. 이제 필요한 건 음모였다.

"보슈 형사님, 듣고 계십니까? 졸고 계시는 건 아니죠, 설마?"

"곧 졸 것 같아. 수고했어, 데이브. 코스그로브가 지금 드러먼드를 돕고 있다면, 과거 두 번의 보안관 선거에서도 도왔겠구먼."

"저도 그렇게 생각합니다. 근데 온라인상으로는 그 기록들에 접근할 수가 없어요. 형사님이 거기 카운티 서기관실에 가시면 조회해보실 수 있을 것 같은데요."

보슈는 고개를 가로저었다.

"안 돼." 그가 말했다. "여긴 작은 마을이야. 내가 그러면 그 소문이 그 두 사람 귀에까지 들어갈 거야. 그건 원하지 않아, 아직은."

"알겠습니다. 가신 일은 어떻게 되어가고 있어요?"

"그냥저냥. 오늘은 그냥 탐색하는 날이었어. 내일부터 본격적으로 시작해봐야지. 근데 다른 한 가지는 뭔데? 두 가지라며."

잠깐 침묵이 흘렀고, 그래서 보슈는 두 번째 소식은 좋은 소식이 아니라는 것을 알아차렸다.

"오늘 더툴한테 불려 들어갔다 왔어요."

그럼 그렇지, 보슈는 생각했다. 오툴.

"뭐래?"

"어떤 사건을 수사하고 있느냐고 묻더라고요. 근데 그것보다는 형사님 소식이 궁금한 것 같았습니다. 휴가를 간 게 아니지 않나 의심하는 것 같더라고요. 형사님이 어디 갔는지 아느냐고 꼬치꼬치 물었습니다. 그래서 집에서 페인트칠을 하고 계신 걸로 안다고 대답했고요."

"페인트칠하고 있다. 알았어. 기억해둘게. 이 얘기도 이메일에 썼어?"

"네, 점심 먹고 나서 바로요."

"이런 건 이메일에 쓰지 마. 전화로 말해줘. 오툴이 누굴 쫓아내려고 작정하면 무슨 짓을 할지 모르니까."

"네, 보슈 형사님, 알겠습니다. 죄송합니다."

보슈의 휴대전화에서 통화대기음이 울렸다. 액정화면을 보니 발신자가 딸이었다.

"괜찮아, 데이브. 근데 이제 끊어야겠다. 딸한테서 전화가 왔네. 내일 통화하자."

"네, 형사님, 안녕히 주무십시오."

보슈가 대기 중인 딸의 전화를 받았다. 매들린은 속삭임에 가까운 작은 목소리로 말했다.

"잘 지냈어, 아빠?"

보슈는 무슨 말을 할까 잠깐 생각했다. "실은 좀 지루했어." 그가 말했다. "넌 어떻게 지냈어?"

"나도 지루했어. 언제 집에 와?"

"그러게……, 가만 있자, 내일 여기서 할 일이 좀 더 있거든. 만나볼 사람이 두세 명 있어. 그러니까 수요일이나 되야 갈 수 있을 것 같아. 너 네 방에 있니?"

"응."

매들린은 해나 스톤이 이 통화내용을 들을 수 없는 곳에 혼자 있다는 뜻이었다. 보슈는 베개에 등을 기댔다. 베개가 얇고 딱딱했지만 그에게는 리츠칼튼 호텔 베개처럼 느껴졌다.

"그래, 해나 아줌마랑은 어떻게 지내?" 보슈가 물었다.

"잘 지내." 매들린이 말했다.

"정말?"

"나보고 일찍 자래. 10시 되니까 자라는 거 있지."

보슈는 미소를 지었다. 무슨 사정인지 알 것 같았다. 십대 소녀를 일찍 깨워 원성을 사지 않고도 일찍 일어나게 하려면 일찍 잠자리에 들게 하는 방법밖에 없었다.

"떠나기 전에 말해놨는데. 모든 걸 네가 알아서 하게 내버려두라고. 다시 말해볼게. 너는 너만의 생체시계가 있다고 말해줄게."

누구나 자기만의 생체시계가 있다는 것은 보슈가 스톤과 똑같은 실수를 했을 때 매들린이 했던 말이었다.

"아냐, 괜찮아, 내가 알아서 할게."

"저녁은 어떻게 했어? 또 피자 시켜 먹은 건 아니지."

"아냐, 해나 아줌마가 요리했는데 진짜 맛있었어."

"뭐였는데?"

"요거트 소스를 곁들인 치킨 요리. 그리고 마카로니 치즈."

"마카로니 치즈 맛있었겠다."

"나랑은 다르게 만들던데."

자기가 만든 것이 더 좋다는 뜻이었다. 보슈는 실망스러웠다. 그는 기운을 내려고 애를 썼다.

"하긴 뭐, 요리사마다 다 다르니까. 네가 요리할 땐 네 방식대로 하면 되지."

"맞아. 숙제가 별로 없으면 내일은 내가 요리하겠다고 아줌마한테 말했어."

"잘했네. 그럼 수요일엔 아빠가 요릴 해야겠다."

이 말을 하면서 보슈는 미소를 지었고 딸도 웃고 있을 거라고 추측했다.

"아, 라면. 너무 기대된다, 아빠."

"나도 그러네. 이제 아빠 자야 돼, 공주님. 내일 또 통화하자."

"응, 아빠. 사랑해."

"아빠도 사랑해."

매들린이 전화를 끊었고 보슈는 통화가 끊어지면서 삐삐 소리가 세 번 울리는 것을 들었다. 그는 그대로 침대에 누웠다. 도저히 일어날 수가 없었다. 불이 켜져 있었지만 그는 눈을 감았다. 그러고는 몇 초 만에 잠들어 버렸다.

그는 진흙 속을 끝도 없이 걸어가는 꿈을 꾸었다. 그러나 아몬드 나무들은 사라지고 대신 다 타버린 나무 그루터기들만 남아있었다. 그 그루터기에서 삐죽삐죽한 검은 가지들이 뻗어 나와 그를 잡아채려고 하고 있었다. 멀리서는 성난 개가 짓는 소리가 들렸다. 그리고 그가 아무리 빨리 도망을 가도 그 개가 자꾸만 따라와서 거리가 좁혀지고 있었다.

28

보슈는 가슴 위에서 울어대는 휴대전화에 의해 깊은 잠에서 끌려 나왔다. 딸이 힘든 일이 있거나 무슨 이유에선지 해나에게 화가 나서 전화를 했을 거란 생각이 먼저 들었다. 침대 옆 협탁에 놓인 시계는 새벽 4시 22분을 가리키고 있었다.

그런데 전화기 화면에는 매디한테서 전화 왔을 때 나타나는 메롱 하는 사진이 보이지 않았다. 화면에 뜬 전화번호를 보니 지역 번호 404로 시작되고 있었다. 애틀랜타.

"보슈 형사입니다."

그는 몸을 일으켜 앉아 주위를 두리번거리며 수첩을 찾았지만 차에 두고 왔다는 생각이 곧이어 들었다. 허리에 두른 수건 빼고는 벌거벗은 상태라는 것도 깨달았다.

"네, 제 이름은 샬럿 잭슨이고요, 어제 저한테 메시지를 남기셨던데, 어젯밤 늦게야 들었어요. 거기 너무 이른 시간인가요?"

보슈는 정신이 들었다. 식당에서 4번 샬럿 잭슨에게서 전화를 받았던 기억이 났다. 그렇다면 이 여자는 3번 샬럿 잭슨이 틀림없었다. 통화가 안

블랙박스 | THE BLACK BOX · 321

된 샬럿 잭슨은 3번밖에 없었다. 그녀가 이스트애틀랜타 오라 거리에 살고 있다는 사실도 기억이 났다.

"괜찮습니다, 잭슨 씨." 보슈가 말했다. "전화 주셔서 감사합니다. 메시지에 남겼던 대로 저는 LA 경찰국 형삽니다. 미제사건 전담반 소속이죠. 콜드 케이스요. 아시는지 모르겠지만."

"TV에서 〈콜드 케이스〉 즐겨봤어요. 진짜 재밌었는데."

"네, 그랬군요. 저는 지금 오래된 살인사건을 수사 중인데, 1991년 사막의 폭풍 작전 때 군복무를 한 샬럿 잭슨씨를 만나고 싶어서 연락드린 겁니다."

침묵이 흘렀고 보슈는 반응을 기다렸다.

"어……, 제가 그때 거기서 군복무를 하긴 했는데, 로스앤젤레스엔 아는 사람이 아무도 없는데요. 아는 사람 중에 살해당한 사람도 없고요. 이상하네요."

"네, 이해합니다. 혼란스러우실 수 있겠네요. 그래도 몇 가지 묻는 말에 대답해주신다면, 어떻게 된 일인지 이해할 수 있을 것 같은데요."

그는 다시 반응을 기다렸다. 그러나 아무런 반응이 없었다.

"잭슨 씨? 거기 계세요?"

"네, 여기 있어요. 질문하세요. 근데 시간이 얼마 없어요. 곧 출근해야 하거든요."

"네, 좋습니다. 빨리 진행할게요. 먼저, 이 전화번호는 집 전화번호인가요, 휴대전화번호인가요?"

"휴대전화번호예요. 휴대전화밖에 없어요."

"네. 그리고 사막의 폭풍 작전 때 군복무를 했다고 하셨는데. 육해공군 중 어디였죠?"

"육군이요."

"아직도 군에 계십니까?"

"아뇨."

그녀는 별 어리석은 질문을 다 들어본다는 듯 퉁명스럽게 대답했다.

"국내에서는 어느 기지에 계셨었죠, 잭슨 씨?"

"베닝이요."

보슈 자신도 군에 있을 때 포트 베닝에 있었던 적이 있었다. 베트남에 가기 전에 있었던 곳이 거기였다. 애틀랜타에서 차로 두 시간 거리였고, 안네케 예스페르센이 미국에 와서 가장 먼저 찾아간 곳이 거기였다. 보슈는 무언가에 가까워지고 있는 느낌이 들었다. 숨겨진 진실이 표면으로 나오려는 것 같았다. 그는 계속 침착한 어조를 유지하려고 노력했다.

"페르시아만에는 얼마 동안 계셨습니까?"

"총 7개월쯤이요. 처음에는 사우디에서 사막의 방패 작전에 참여했고 그런 다음에는 지상전을 치르기 위해 쿠웨이트로 들어갔어요. 사막의 폭풍 작전이요. 이라크에 있었던 적은 없고요."

"그 기간 동안 혹시 휴가를 받아서 '사우디 공주'라는 유람선에서 시간을 보내신 적이 있나요?"

"물론이죠." 잭슨이 말했다. "사실 누구나 한 번쯤은 그 유람선에서 휴가를 보냈을 걸요. 근데 그게 LA에서 일어난 살인사건과 무슨 관계가 있죠? 왜 전화를 하셨는지 도무지 이해가 안 가네요. 그리고 아까도 말했지만, 출근을 해야 돼서……."

"잭슨 씨, 분명히 말씀드리지만 매우 합당한 이유가 있어서 전화를 드린 거고요, 살인사건 해결에 선생님이 도움을 주실 수 있을 것 같은데요. 현재 무슨 일을 하고 계시죠?"

"애틀랜타 사법센터에서 근무해요. 인맨파크에 있는."

"그렇군요. 변호사신가요?"

"아뇨. 무슨, 아니에요."

두 사람은 한번 이야기를 나눈 적도 없는 생판 모르는 사이인데도, 그녀는 보슈가 자신에 대해 너무 어리석고 뻔 한 질문을 한다는 듯이 퉁명스럽게 말했다.

"그럼 사법센터에서 무슨 일을 하시죠?"

"조정 업무를 보고 있어요. 상관이 지각하는 걸 싫어해요. 이제 그만 끊어야겠어요."

웬일인지 보슈는 전화 조사의 주요 목적에서 한참 벗어나는 질문을 하고 있었다. 차근차근 목적지를 향해 가지 않고 이야기가 자꾸 딴 길로 새서 그는 너무 괴로웠다. 자다가 전화를 받아서 그렇다는 생각이 들었다.

"두세 가지만 더 물어보겠습니다. 아주 중요한 문제라서요. '사우디 공주' 이야기로 돌아가죠. 언제 그 배에 올랐는지 기억하세요?"

"3월이었어요. 우리 부대가 귀국하기 직전이었죠. 한 달 후에 조지아로 돌아오게 될 거라는 걸 알았다면 거기 안 갔을 거라고 생각했던 게 기억나요. 근데 위에서 그런 얘길 안 해줘서 72시간의 휴가를 받아 그 배에 올랐어요."

보슈는 고개를 끄덕였다. 다시 정상 궤도로 돌아와 있었다. 계속 이 길을 가야 했다.

"거기서 기자와 인터뷰한 것 기억나세요? 안네케 에스페르센이라는 여기잔데."

잠깐 침묵이 흐른 뒤에 잭슨이 대답했다.

"그 네덜란드 여자요? 네, 기억나요."

"안네케는 덴마크 여자였습니다. 우리가 같은 여자 이야기를 하는 건가요? 금발의 백인여자고, 예쁘고, 서른 살쯤 된?"

"네, 맞아요. 인터뷰 딱 한 번밖에 안 했어요. 네덜란드 사람인지 덴마크 사람인지는 몰라도 그 이름은 기억해요. 얼굴도 기억하고."

"좋아요. 그럼 어디서 인터뷰를 했는지는 기억하세요?"

"바에서요. 어느 바인지는 기억이 안 나지만 수영장 근처였다는 건 기억나요. 수영장에서 많은 시간을 보냈거든요."

"그것 말고 인터뷰 내용에 대해서는 기억나는 거 있어요?"

"인터뷰요? 아뇨. 그냥 짧게 몇 마디 물어보는 거였어요. 그 여기자가 많은 군인을 인터뷰했어요. 그리고 그 안이 엄청 시끄러웠고 다들 술에 취해 있었고요."

"그랬군요."

지금이었다. 그가 꼭 물어봐야 할 그 유일한 질문을 해야 할 때가.

"그 날 이후로 안네케를 다시 본 적 있습니까?"

"그 다음 날 같은 장소에서 또 만났어요. 그땐 취재하고 있지 않았어요. 기사를 보냈다고 했는지 사진을 보냈다고 했는지 그랬어요. 그리고 지금은 자기도 휴가를 즐기는 중이라고 했어요. 배에서 이틀 더 놀 거라고요."

보슈는 잠깐 침묵했다. 이건 그가 기대했던 대답이 아니었다. 그는 예스페르센이 애틀랜타에 간 일에 대해 생각하고 있었다.

"왜 그 여자에 대해서 물으세요?" 잭슨이 물었다. "죽은 사람이 그 여잔가요?"

"네, 맞습니다. 20년 전에 LA에서 피살됐죠."

"오, 하느님."

"92년 폭동 중에요. 사막의 폭풍 작전이 있고 1년 후에."

잭슨이 이 말에 어떤 반응을 보일지 기다렸지만 침묵만 흘렀다.

"안네케 피살사건이 그 유람선과 어떤 식으로든 관련이 있는 것 같은데요." 보슈가 말했다. "안네케가 그 배에 있을 때와 관련해서 더 기억나는 거 없습니까? 그 다음 날 또 만났을 때 술에 취해 있던가요?"

"취했는지는 모르겠고요. 술병을 들고 있긴 했어요. 우리 둘 다 술병을 들고 있었어요. 그 배에서 하는 일이 그거였거든요. 술 마시는 것."

"그랬군요. 또 기억나는 건요?"

"아주 섹시한 금발미녀여서 치근덕거리는 남자들이 많았어요. 남자들을 떼어내느라고 우리보다 더 힘들어했어요."

여기서 '우리'는 그 유람선에 타고 있었고 그 바에 있었던 여자들을 의미했다.

"베닝으로 나를 만나러 왔을 때도 그때 일에 대해서 물었는데."

보슈는 얼어붙어 버렸다. 아무 소리도 내지 못했고, 숨도 쉬지 못했다. 더 이야기가 나오기를 기다렸다. 아무 말도 나오지 않자, 자연스럽게 이야기를 끌어내려고 애를 썼다.

"그게 언제였죠?" 그가 물었다.

"사막의 폭풍 작전이 끝나고 1년쯤 됐을 때예요. 제가 전역을 얼마 남겨두지 않았을 때였죠. 전역하기 2주쯤 전쯤이었을 거예요. 어떻게 알았는지 기지로 저를 찾아와서는 이런 질문을 하더라구요."

"정확히 뭘 물어봤는지 기억하세요?"

"그 둘째 날에 대해서 물었어요. 취재 끝나고 놀고 있었을 때요. 먼저, 자길 봤느냐고 묻더라고요. 그래서 '기억 안 나요?' 그랬죠. 그랬더니 자기가 누구랑 같이 있더냐고, 자기를 마지막으로 본 게 언제였느냐고 묻더라고요."

"그래서 뭐라고 하셨어요?"

"당신이 남자들 몇 명하고 나간 걸 기억한다고 말했어요. 디스코장에 간다고들 했는데 나는 가고 싶지 않았어요. 그래서 그 사람들만 갔죠. 그 후로 그 여자를 다시 보지 못했어요. 그 여자가 포트 베닝에 올 때까지."

"왜 그런 걸 묻느냐고 물어보셨어요?"

"아뇨. 이유를 알 것 같았으니까요."

보슈는 고개를 끄덕였다. 20년이나 흐른 뒤에도 그 마지막 대화를 그렇게 또렷하게 기억하는 것도 그 때문이었을 것이다.

"그 배에서 그 여자에게 무슨 일이 있었군요." 보슈가 말했다.

"그랬던 것 같아요." 잭슨이 말했다. "하지만 구체적으로 물어보지는 않았어요. 말하고 싶지 않을 것 같아서. 자기가 물어보는 말에 대답만 해달라고 하더라구요. 자기가 누구와 같이 있었는지 알고 싶어 했어요."

이제 보슈는 그 사건과 관련해서 미스터리로 남아있던 것들 중 많은 것을 이해할 수 있게 되었다. 안네케 에스페르센이 조사하고 있었던 전쟁범죄가 무엇이었는지, 자신이 하는 일을 왜 다른 사람에게 알리지 않았는지 알 것 같았다. 보슈는 한 번 만난 적도 없고, 알고 지낸 적도 없는 그 여자의 사연에 가슴이 먹먹했다.

"그 배에서 그 여자와 함께 나갔던 남자들에 대해서 말씀해주시죠. 몇 명이었어요?"

"확실히는 모르겠는데, 서너 명쯤 됐을 거예요."

"그 남자들에 대해서 더 기억나는 거 있으세요? 어떤 거라도?"

"캘리포니아에서 온 남자들이었어요."

보슈는 말문이 막혔다. 잭슨의 대답이 종이 되어 그의 머리를 울린 것 같았다.

"됐어요, 형사님? 저 나가야 해요."

"몇 가지만 더요, 잭슨 씨. 굉장히 큰 도움을 주고 계십니다, 지금. 그 남자들이 캘리포니아 출신이라는 건 어떻게 아셨죠?"

"모르겠어요. 그냥 알았어요. 그 남자들이 말했을 거예요. 캘리포니아 남자들이라는 걸 다들 알고 있었거든요. 그 여자가 기지로 저를 찾아왔을 때에도 그렇게 말해줬어요."

"이름이나 뭐라도 기억나는 거 있으세요?"

"아뇨, 지금은 전혀요. 세월이 많이 흘렀잖아요. 지금 말씀드린 걸 기억하는 건 그 여자가 그때 저를 찾아왔기 때문에 기억하는 거죠."

"그럼 그땐 어땠죠? 그 여자에게 그 남자들 이름을 알려주셨어요?"

잭슨이 기억을 더듬는지 오랫동안 말이 없었다.

"이름을 알고 있었는지 어떤지 기억이 안 나네요. 우리가 그 배에 있었을 땐 이름 정도는 알고 있었을 거예요. 하지만 1년이 지난 뒤에도 이름을 기억하고 있었는지는 모르겠어요. 워낙 남자들이 많았거든요. 지금도 기억나는 건 그 남자들이 캘리포니아 출신이라는 것하고 우리가 그들을 트럭 운전사들이라고 불렀다는 것 정도예요."

"트럭 운전사들이요?"

"네."

"왜 그렇게 불렀죠? 트럭을 몬다고 자기들 입으로 말하던가요?"

"그랬을지도 모르지만, 제가 기억하는 건 그 남자들이 그 큰 신발을 신은 킵 온 트러킹 맨 문신을 하고 있었다는 거예요. 그 만화 기억나세요?"

보슈는 고개를 끄덕였다. 그녀의 질문에 대한 대답으로서가 아니라 여러 가지 일들이 맞아떨어지는 것을 확인했기 때문이었다.

"네, 기억하죠. 그 남자들이 그 문신을 하고 있었다고요? 어디에요?"

"어깨요. 더워서 다들 수영장 옆 바에 있었는데, 웃통을 벗은 남자들도 있고 흰 민소매 티셔츠를 입은 남자들도 있었어요. 적어도 두 명은 똑같은 문신을 하고 있어서 우리가, 그러니까 바에 있던 여자들이 트럭 운전사들이라고 부르기 시작했어요. 자세한 건 기억이 안 나요. 지금 안 나가면 지각이에요, 형사님."

"정말 큰 도움이 됐습니다, 잭슨 씨. 어떻게 감사를 드려야 될지 모르겠군요."

"그 남자들이 그 여자를 죽였나요?"

"아직은 모릅니다. 이메일 갖고 계세요?"

"물론이죠."

"링크 하나 보내드려도 될까요? 웹사이트에 있는 사진으로 가는 링크인데 그 당시 '사우디 공주'에서 찍은 남자들 사진입니다. 한번 보시고 혹시 아는 사람 있는지 말씀해주시겠어요?"

"출근해서 봐도 되죠? 진짜 나가야 해요."

"네, 물론 되죠. 전화 끊는 즉시 보내드릴게요."

"네."

샬럿 잭슨이 이메일 주소를 불러 주었고 보슈는 협탁에 있던 메모지에 그 주소를 받아 적었다.

"고맙습니다, 잭슨 씨. 링크 열어 보시는 대로 연락 주시기 바랍니다."

보슈는 전화를 끊고 부엌 식탁으로 가서 노트북을 켜고 모텔 뒷집 와이파이에 연결했다. 파트너와 딸에게서 주워들은 기술을 사용해서 237중대 웹사이트에 있는 '사우디 공주' 사진 링크를 찾아낸 뒤 방금 전에 통화한 샬럿 잭슨에게 이메일로 보냈다.

그는 창가로 가서 커튼에 얼굴을 대고 창밖을 살펴보았다. 밖은 아직 깜깜했고 동이 틀 기미도 보이지 않았다. 어찌 된 일인지 밤사이 주차장이 절반 가까이 채워져 있었다. 그는 사진에 대한 답이 오기를 기다리는 동안 샤워를 하고 하루를 시작할 준비를 하기로 결심했다.

20분 후 그는 천 번은 빤 것 같은 수건으로 몸을 닦고 있었다. 그때 컴퓨터에서 딩동 소리가 나서 이메일의 도착을 알렸다. 그는 부엌으로 가서 이메일을 확인했다. 샬럿 잭슨의 답장이었다.

그 남자들 맞는 것 같아요. 확실하진 않은데 그런 것 같아요. 문신이 맞고 유람선도

맞고. 근데 오래 전이고 술을 마시고 있었거든요. 어쨌든, 네, 그 남자들인 것 같네요.

보슈는 식탁 앞에 앉아서 이메일을 다시 읽었다. 그러는 동안 마음속에서 두려움과 흥분감이 동시에 커지고 있었다. 샬럿 잭슨이 100퍼센트 확실하게 신원을 확인해 준 것은 아니었지만 그것에 근접한 진술을 해주었다. 20년 전에 일어난 일들이 부인할 수 없는 속도로 움직이며 그림이 맞춰지고 있었다. 과거의 손이 땅 밑에서 서서히 올라오고 있었는데, 그 손이 마침내 땅 표면을 뚫고 나왔을 때 누구를 혹은 무엇을 잡아당길지 알수 없는 일이었다.

29

보슈는 방에서 오전 시간을 보냈고, 주차장을 가로질러 주류상점에 가서 아침에 먹을 우유 한 통과 도넛을 사 올 때만 잠시 나갔다 왔다. 방 문 손잡이에 '방해하지 마시오' 팻말을 걸어두었고, 침대 정리와 수건을 빨아 너는 것도 자신이 했다. 딸이 등교하기 전에 딸에게 전화를 걸었고 해나와도 통화를 했다. 둘 다에게 오늘 하루 잘 보내라는 인사만 하고 금방 전화를 끊었다. 그러고 나서 일을 하기 시작했다. 다음 두 시간 동안 노트북으로 수사 진척상황을 자세히 기록했다. 작업이 끝난 후 그는 컴퓨터와 사용한 문서들을 배낭에 도로 집어넣었다.

그는 방을 나가기 전에 가구 배치를 다시 했다. 침대를 한쪽 벽으로 밀고 천장 등 아래 방 한가운데에 공간을 마련했다. 그런 다음 부엌에 있던 식탁을 그곳으로 옮겨놓았다. 마지막으로 침대 옆에 있는 램프 두 개의 갓을 벗기고 그 전등 빛이 식탁 왼쪽에 앉은 사람의 얼굴을 비추도록 전구의 방향을 조정해놓았다.

문 앞에서 그는 바지 뒷주머니에 손을 넣어 방 열쇠를 갖고 있는지 확인했다. 열쇠에 연결된 플라스틱 고리 말고 다른 것도 만져졌다. 꺼내보니 멘덴홀 형사의 명함이었다. 사무실 책상에 놓여있던 것을 집어서 뒷주머니에 넣어둔 거였다.

명함을 보니 멘덴홀에게 전화를 걸어 해나에게 말했던 것처럼 어제 샌쿠엔틴에 갔다 왔느냐고 물어볼까 하는 생각이 들었다. 그러나 금방 단념하고 샬럿 잭슨의 전화 덕분에 가속도가 붙은 수사에 계속 집중하기로 결심했다. 명함을 다시 주머니에 집어넣고 문을 열었다. '방해하지 마시오' 팻말을 그대로 걸어놓고 문을 닫았다.

* * *

음모를 밝히는 가장 빠르고 좋은 방법은 사슬에서 가장 약한 연결고리를 찾아내서 공략하는 것이다. 그 고리가 부러지면 사슬 전체가 헐거워지고 풀어지게 된다. 그것이 수사의 기본이었다.

대개의 경우 가장 약한 연결고리는 사람이었다. 보슈가 밝혀내려고 하는 20년 전 음모에는 적어도 네 명이, 어쩌면 다섯 명이 관련되어 있었다. 한 명은 사망했고, 두 명은 권력과 돈과 법의 보호를 받고 있었다. 그렇다면 남은 사람은 프랜시스 존 다울러와 레지널드 뱅크스였다.

다울러는 출장 중이었고 보슈는 그가 돌아올 때까지 기다리고 싶진 않았다. 수사에 가속도가 붙었을 때 계속 달리고 싶었다. 그렇다면 남은 사람은 뱅크스였다. 단순히 남은 사람이 뱅크스밖에 없었기 때문이 아니라, 10년 전 LA 경찰국에 전화를 걸어 수사 진행 상황을 물은 사람이 뱅크스였다고 믿었기 때문이었다. 그렇게 전화를 건 것은 걱정과 두려움의 증거였다. 그리고 그것은 보슈가 공략할 수 있는 약점이었다.

보슈는 요세미티 거리에 있는 인앤아웃 버거에서 이른 점심을 먹고 근처 스타벅스에 들렀다가 크로우즈랜딩 길로 돌아갔다. 그러고는 레지널드 뱅크스가 일하는 모습을 지켜보려고 그 전날과 같은 길가 자리에 차를 세웠다.

처음에는 전날 앉았던 자리에 뱅크스가 없었다. 다른 영업직원은 자기 자리에 앉아있는데 뱅크스의 자리는 비어 있었다. 그러나 보슈는 참을성 있게 기다렸고, 20분이 지나자 뱅크스가 커피 컵을 들고 대리점 뒤쪽 방에서 나와 걸어오는 모습이 보였다. 그는 책상 앞에 앉아서 컴퓨터 자판에 있는 스페이스 바를 톡톡 누드린 후 전화를 걸기 시작했다. 내면 손가락으로 컴퓨터 화면을 가로로 훑은 후에 걸었다. 보슈는 뱅크스가 예전 고객들에게 전화를 걸어 오래된 트랙터를 바꿀 때가 되지 않았느냐고 묻고 있을 거라고 추측했다.

보슈는 30분가량 지켜보면서 작전을 구상했다. 그러다가 다른 영업직원이 고객을 응대하느라 바빠지자 작전을 개시했다. 보슈는 차에서 내려 길을 건너 대리점으로 향했다. 전시장으로 들어가서 뱅크스가 통화를 하며 앉아있는 책상과 가장 가까이에 있는 전 지형 자동차 쪽으로 걸어갔다.

보슈는 그 ATV 주위를 맴돌기 시작했다. 2인승 사륜구동으로 작은 평상과 롤바가 있는 차였다. 가격은 그 차 옆에 있는 플라스틱 팻말에 적혀 있었다. 보슈의 예상대로 뱅크스는 서둘러 전화를 끊었다.

"ATV 찾으세요?" 뱅크스가 책상 뒤에 앉아서 물었다.

보슈는 돌아서서 그가 거기 있는 것을 처음 알았다는 듯한 표정으로 그를 쳐다보았다.

"네, 뭐." 보슈가 말했다. "근데 이런 거 중고는 없어요?"

뱅크스가 일어서서 다가왔다. 스포츠 코트를 입고 있었고 넥타이를 느슨하게 매고 있었다. 그는 보슈 옆에 서서 그 ATV를 처음 평가하는 것처럼 바라보았다.

"최고급 XUV 모델이죠. 사륜구동에 연료분사, 4행정식 기관이라 편안

하고 조용하고……, 그리고, 어디 보자, 가변식 쇼크 업소버에 디스크 브레이크까지 있네요. 이런 차종에서 받을 수 있는 최상의 보증을 받으실 수 있고요. 고객님이 필요로 하는 모든 것이 여기 있다는 말씀이지요. 탱크처럼 막강한 차를 존 디어에서 편하게 믿고 사실 수 있습니다. 그건 그렇고, 저는 레지 뱅크스입니다."

그가 손을 내밀자 보슈가 악수를 했다.

"해리라고 불러줘요."

"네, 해리, 만나서 반갑습니다. 계약서 쓰시겠어요?"

보슈는 사고는 싫은데 망설여진다는 듯 애매하게 웃었다.

"내가 원하는 걸 다 갖고 있다는 건 알겠는데. 이렇게 새 걸로 살 필요가 있는지 모르겠네요. 가격은 또 왜 이렇게 비싸. 차 한 대 값이구먼."

"그래도 제 값어치를 하니까요. 게다가 리베이트 프로그램도 있으니까 부담을 좀 더실 수도 있고요."

"얼마나 덜 수 있죠?"

"5백 달러 캐시백으로 드리고 250달러 상당의 서비스 쿠폰도 드리거든요. 부장님께 말해서 정가에서 1~2달러는 빼 드릴 수 있는데 그 이상은 안 될 겁니다. 이런 거 많이 팔거든요."

"그렇구먼. 근데 탱크처럼 막강하다면서 서비스 쿠폰은 왜 필요하죠?"

"유지관리 하는 데 필요하죠. 그 쿠폰으로 적어도 2년은 유지관리가 될 겁니다. 무슨 말인지 아시겠어요?"

보슈는 고개를 끄덕이고는 그 차를 바라보면서 여러 가지를 고려하고 있는척 했다.

"그래서 중고는 없어요?" 보슈가 물었다.

"뒤에 가서 찾아봐야 할 것 같은데요."

"그럽시다. 중고도 알아보고 할 건 다 했다고 마누라한테 보고해야 되니까."

"그러시죠. 열쇠 좀 갖고 오겠습니다."

뱅크스는 전시장 뒤쪽에 있는 부장실로 들어가더니 커다란 열쇠고리를 가지고 금방 나왔다. 그는 보슈를 안내해 건물 뒤쪽으로 갔다. 문을 열고 나가자 담에 둘러싸인 차고가 나타났다. 거기에 중고 트랙터와 ATV가 여러 대 서 있었다. 대리점 건물 뒷벽을 따라 ATV가 일렬로 늘어서 있었다.

"제가 보여드리고 싶은 건 이쪽에 있는데요." 뱅크스가 길을 안내하며 말했다. "휴양용입니까, 아니면 사업용입니까?"

보슈는 그의 말뜻을 알 수가 없어서 대답하지 않았다. 반짝이는 차량들에 매료되어 질문을 못 들은 척 했다.

"농장이나 목장에서 쓰시려고요? 아니면 진흙탕에서 타고 다니며 노시려고요?" 뱅크스가 알기 쉽게 풀어서 다시 물었다.

"로디 근처에 포도밭을 샀는데 나무 사이로 다니면서 후딱후딱 일하고 빨리 나오려고요. 이젠 늙어서 멀리는 못 걷겠더라고요."

뱅크스는 이해한다는 듯 고개를 끄덕였다.

"귀농하셨나 봐요, 그죠?"

"그런 셈이죠."

"와인 산업이 잘 되니까 다들 포도밭을 사들이더라고요. 여기 제 상관도, 그러니까 우리 사장님도 로디에 어마어마하게 큰 포도밭을 갖고 계시거든요. 코스그로브 농원 아십니까?"

보슈는 고개를 끄덕였다.

"모를 수가 없죠. 직접적으로 아는 건 아니고. 그 포도밭에 비하면 내 포도밭은 코딱지만 하죠."

"누구나 시작은 미미하지만 끝은 장대하게 되겠죠. 무슨 말인지 아시죠? 여기서 한번 골라보시겠습니까? 어떤 게 마음에 드세요?"

뱅크스는 여섯 대의 평상형 ATV를 손으로 가리켰다. 보슈에게는 전부 그게 그것처럼 보였다. 여섯 대 다 초록색이었고, 그가 인지할 수 있는 차 이점은 롤바가 있느냐 완전한 덮개가 있느냐 하는 것과 평상이 얼마나 낡 았고 긁힌 곳이 많으냐 하는 거였다. 가격이 적힌 멋진 플라스틱 팻말도 없었다.

"초록색 한 가지만 있나보네, 그렇죠?" 보슈가 물었다.

"현재 중고 상품은 초록색만 있습니다." 뱅크스가 대답했다. "여기가 존 디어 대리점이잖아요. 초록색에 자부심을 갖고 있죠. 하지만 신상품을 원 하시면, 위장색으로 한 대 주문해드릴 수 있는데요."

보슈는 생각하는 표정으로 고개를 끄덕였다.

"케이지가 있으면 좋겠는데." 그가 말했다.

"좋습니다. 안전이 먼저죠." 뱅크스가 말했다. "선택 잘 하셨습니다."

"그렇죠. 항상 안전이 먼저죠." 보슈가 말했다. "다시 안으로 들어가서 아까 그거 다시 한 번 볼까요?"

"그러시죠."

* * *

한 시간 후, 보슈는 차로 돌아갔다. 전시장에서 ATV를 살 것처럼 하다 가 마지막에 발을 빼면서 생각 좀 더 해봐야겠다고 말했다. 판매가 무산 되자 뱅크스는 실망하는 기색이 역력했지만, 나중을 위해 불씨를 살려두 려고 애를 썼다. 보슈에게 명함을 주면서 언제든 전화해 달라고 말했다. 부장 윗선으로 올라가서 사장에게 그 신형 ATV에 대해 캐시백과 쿠폰 외 에 할인도 해달라고 요청해 보겠다고 했다. 자기는 사장과 25년 지기 친 구라고도 했다.

그 만남의 목적은 뱅크스를 가까이서 보면서 어떤 사람인지 파악하고 그를 약간 불안하게 만드는 것이 전부였다. 진짜 행동은 나중에, 계획의 2단계에서 시작할 예정이었다.

보슈는 뱅크스가 지켜보고 있을 경우를 대비해서 렌터카에 시동을 걸고 바로 출발했다. 크로우즈 랜딩 길로 두 블록을 올라가 유턴을 해서 대리점으로 다시 내려왔다. 대리점에서 반 블록 덜 가서 차를 세웠다. 이번에는 거리의 반대편이었지만 그래도 책상 앞에 앉아있는 뱅크스가 잘 보였다.

그 후로 뱅크스에게는 실제 고객이 한 명도 없었다. 그는 주로 통화를 했고 간혹 컴퓨터를 쓰기도 했지만 크게 성공을 거두는 것 같지는 않았다. 의자에 앉아서 불안한 듯 안절부절 못했고, 책상을 톡톡 두드렸으며, 일어났다 앉았다 하다가 뒤쪽 방으로 가서 커피를 더 갖고 오기도 했다. 보슈는 그가 작은 위스키병을 책상 서랍에서 꺼내 커피에 한 방울씩 떨어뜨리는 것을 두 번이나 보았다.

저녁 6시, 뱅크스와 다른 직원들이 문을 닫고 다 함께 대리점을 나섰다. 보슈는 뱅크스가 머데스토 북쪽 맨테카에 산다는 걸 알고 있었고, 그래서 차를 출발해 대리점을 지나 달려가다가 유턴을 해서 돌아왔다. 집으로 가는 뱅크스를 뒤따라가기 위해서였다.

뱅크스는 은색 토요타를 몰고 대리점 주차장에서 나와 예상했던 대로 북쪽으로 달려갔다. 그러나 해치 길에서 좌회전해서 99번 고속도로에서 멀어짐으로써 보슈를 놀라게 했다. 처음에는 뱅크스가 지름길로 가나보다고 생각했는데 그게 아니라는 게 곧 분명해졌다. 고속도로를 탔다면 벌써 집에 도착했을 것이었다.

보슈는 뱅크스를 따라 공장과 주택이 섞여 있는 동네로 들어갔다. 한쪽 편에는 저소득층과 중산층이 사는 집이 다닥다닥 붙어있었고, 반대편에는 고철상과 폐차장이 늘어서 있었다.

보슈는 미행을 들킬까 봐 뱅크스와 약간 거리를 두었다. 그러다가 도로가 옆에 있는 투올럼니 강의 모양대로 구부러지기 시작하는 지점에 이르렀을 때 뱅크스를 놓쳐버렸다.

보슈는 속력을 내어 굽은 길을 돌아서 따라갔지만 토요타는 사라져버리고 없었다. 속도를 점점 더 높이면서 계속 달려가던 그는 방금 해외 전쟁 참전용사회 지부를 지나왔다는 것을 지나고 나서야 깨달았다. 직감에 따라 그는 속도를 줄이고 유턴을 했다. 참전용사회 지부로 돌아가서 주차장으로 들어갔다. 건물 뒤쪽에 마치 숨겨놓은 듯이 은색 토요타가 서 있었다. 뱅크스가 퇴근길에 술한잔하러 들렀는데 다른 사람한테 들키고 싶지는 않은 거라고 보슈는 추측했다.

보슈는 조명이 어두운 바로 걸어 들어갔다. 눈이 어두운 실내에 적응하는 동안 잠깐 가만히 서 있었다. 뱅크스를 찾으려고 애쓸 필요가 없었다.

"여어, 이게 누구야."

소리가 나는 왼쪽을 돌아보니 뱅크스가 바 앞 높은 걸상에 혼자 앉아있었다. 스포츠 코트를 벗었고 넥타이는 오래전에 사라지고 없었다. 젊은 바텐더가 뱅크스 앞에 새 술 한 잔을 놓고 있었다. 보슈는 깜짝 놀라는 시늉을 했다.

"여어, 여기서 뭐……, 집에 가기 전에 간단히 한잔 하려고요." 보슈가 말했다.

뱅크스가 자기 옆 자리로 와서 앉으라고 손짓을 했다.

"우리 클럽에 들어와요."

보슈가 지갑을 꺼내면서 다가갔다.

"난 이미 이 클럽 회원인데."

보슈는 참전용사회 회원증을 꺼내 바 위로 툭 던졌다. 바텐더가 확인하기 전에 뱅크스가 카드를 집어 들고 들여다보았다.

"아까 이름이 해리라고 하지 않았어요?"

"맞아요. 다들 해리라고 부르죠."

"히에……, 이 이상한 이름 어떻게 발음해요?"

"히에로니머스. 옛날 화가 이름이에요."

"해리로 갈 만하구먼."

뱅크스가 보슈의 신분증을 바텐더에게 건넸다.

"이분은 내가 보증해, 로리. 좋은 사람이야."

로리는 카드를 보는 둥 마는 둥 하더니 보슈에게 돌려주었다.

"해리, 트리플 L을 소개할게요." 뱅크스가 말했다. "로리 린 루카스, 최고의 바텐더죠."

보슈는 간단히 목례를 한 후 뱅크스 옆 걸상에 걸터앉았다. 그는 자신의 연기가 먹힌 것 같다고 생각했다. 뱅크스는 보슈가 갑자기 자기 앞에 나타난 것에 대해 별로 의심하지 않는 것 같았다. 그리고 계속 술을 마신다면 그나마 있던 의심도 멀리멀리 달아날 것이었다.

"로리, 이분 것도 내가 계산할게." 뱅크스가 선언했다.

보슈는 고맙다고 말한 뒤 맥주를 주문했다. 곧 얼음처럼 차가운 맥주한 병이 앞에 놓였고, 뱅크스가 자기 잔을 들어 건배를 제의했다.

"우리 참전용사들을 위하여."

뱅크스는 자기 잔을 보슈의 병과 부딪친 후, 스카치 온더록스 위스키로 추정되는 것을 3분의 1쯤 홀짝 들이켰다. 뱅크스가 잔을 뻗을 때 커다란 군용시계를 차고 있는 것이 보였다. 다이얼이 여러 개이고 타이밍 베젤이 있는 시계였다. 저런 시계를 찬 사람이 트랙터 파는 일을 한다는 게 참 안 어울린다는 생각이 들었다.

뱅크스가 눈을 가늘게 뜨고 보슈를 쳐다보았다.

"내가 맞혀볼까요? 베트남?"

보슈가 고개를 끄덕였다.

"그럼 당신은?"

"사막의 폭풍 작전. 1차 걸프 전쟁."

그들은 다시 한번 건배를 했다.

"사막의 폭풍 작전이라." 보슈가 감탄하듯 말했다. "내가 안 갖고 있는 거로구먼."

뱅크스가 눈을 가늘게 떴다.

"뭘 안 갖고 있다는 거죠?" 그가 물었다.

보슈가 어깨를 으쓱거렸다.

"내가 뭐랄까, 수집가거든요. 전쟁기념품을 수집하죠. 주로 적군의 무기를. 마누라는 나보고 미친놈이래요."

뱅크스가 잠자코 있자 보슈는 거짓말을 이어갔다.

"내가 가장 애지중지하는 건 죽은 일본군의 시신에서 빼온 탄토(단도를 일본식으로 발음한 것—옮긴이)인데, 이오섬에 있는 동굴에서 가져왔죠. 그 일본군이 사용하던 거였어요."

"뭐예요, 총?"

"아뇨, 칼."

보슈는 칼을 들어 배를 가르는 시늉을 해 보였다. 로리가 역겨운 듯 웩 소리를 내더니 다른 쪽으로 가버렸다.

"2천 달러 주고 샀어요." 보슈가 말했다. "사용하던 게 아니라면 더 싸게 샀을 텐데. 이라크에서 뭐 재미있는 거 갖고 왔어요?"

"사실 이라크엔 안 가봤어요. 사우디아라비아에 주둔해 있었고 쿠웨이트에는 몇 번 갔다 왔죠. 수송부대였거든요."

보슈는 고개를 끄덕였고 뱅크스는 술을 마저 마셨다.

"그럼 진짜 전투는 없었단 얘기네, 그렇죠?"

뱅크스가 빈 잔을 바에 쾅 하고 내려놓았다.

"로리, 오늘밤엔 일 안 할 거야?"

그러고 나서 보슈를 똑바로 쳐다보았다.

"무슨 소리, 전투를 얼마나 많이 했는데. 한번은 스커드 미사일이 떨어져서 부대원이 다 타 죽을 뻔했다니까요. 놈들을 처부순 적도 있고. 그리고 아까도 말했지만, 난 수송부대였어요. 우린 원하는 건 뭐든 구힐 수 있었고 그걸 고국으로 몰래 갖고 들어오는 방법도 알고 있었죠."

보슈는 갑자기 흥미를 느낀 것처럼 뱅크스를 돌아보았다. 그러나 로리가 뱅크스의 잔에 술을 다시 따라주고 갈 때까지 기다렸다. 그가 음모를 꾸미듯 작은 목소리로 말했다.

"내가 원하는 건 공화국 수비대에서 나온 건데. 그런 거 갖고 있는 사람 없어요? 지방에 갈 때마다 참전용사회 지부를 찾아가는 것도 다 그래서인데. 거기에 가야 이런 걸 구할 수 있거든. 탄토도 테페에 있는 참전용사회 바에서 만난 노인네한테서 샀죠. 20년 전이었지 아마."

뱅크스가 고개를 끄덕였다. 알코올 때문에 점점 더 짙어지는 안개를 뚫고 보슈가 하는 말들을 따라잡으려고 애쓰고 있었다.

"내가 아는 사람이 얼마나 많은데. 그런 거 다 갖고 왔지. 총, 군복 등등 원하는 건 뭐든지. 근데 그 전에 오늘 하루 종일 쳐다보고 있던 ATV부터 좀 사쇼. 그래야 내가 소개를 해주든지 하지."

보슈가 고개를 끄덕였다.

"그러게. 그러도록 해보지. 내일 대리점에 갈게요. 어때요?"

"이제야 말이 좀 통하는 것 같네."

30

보슈는 뱅크스에게 술 한 잔 사지 않고, 또 맥주를 절반도 마시지 않았다는 사실을 뱅크스에게 들키지 않고, 해외 전쟁 참전용사회 지부를 빠져나올 수 있었다. 차로 돌아온 보슈는 주차장 맨 끝으로 차를 몰고 갔다. 거기에는 강을 오가는 배를 위한 선착장이 있었다. 그는 빈 트레일러가 달린 픽업트럭들 옆에 차를 세웠다. 20분 정도 기다리자 드디어 뱅크스가 바에서 나와 자기 차에 탔다.

보슈는 뱅크스가 바에서 세 잔을 마시는 것을 보았다. 보슈가 들어가기 전에 한 잔은 마셨을 것이고 보슈가 나온 다음에도 적어도 한 잔은 마셨을 것이 틀림없었다. 걱정되는 건 뱅크스가 운전 불가 상태라는 증거를 보여주면 그가 자신과 다른 사람들을 다치게 하는 것을 막기 위해 너무 빨리 그의 차를 세워야 할 거라는 점이었다.

그러나 뱅크스는 능숙한 음주운전자였다. 그는 차를 빼서 해치 길을 동쪽으로 달리기 시작했다. 왔던 길을 되돌아가는 거였다. 보슈는 멀찍이서 따라가면서도 앞에 보이는 미등을 계속 주시하고 있었다. 뱅크스의 차가 지그재그로 움직이거나 과속을 하거나 급정거하지는 않았다. 뱅크스는 자기 차를 잘 통제하고 있는 것처럼 보였다.

그럼에도 불구하고 99번 고속도로 진입 램프까지 뱅크스를 따라간 10분은 긴장감의 연속이었다. 북행 고속도로를 타고나서 보슈는 뱅크스와의 거리를 좁혀 갔다. 5분 후 그들은 해미트 길 출구를 지나갔고 곧이어 샌워킨 카운티에 오신 것을 환영한다는 표지판이 나타났다. 보슈는 계기판 위에 경광등을 놓고 불을 켰다. 두 차 사이의 거리를 더 좁혀 바짝 따라붙은 뒤 전조등의 하이라이트를 켜서 뱅크스 차의 실내를 비추었다. 보슈에게 사이렌은 없었지만 뱅크스가 뒤따라오는 차의 불빛 쇼를 보지 못할 수는 없었다. 몇 초 후에 뱅크스가 오른쪽 깜빡이를 켰다.

보슈는 뱅크스가 고속도로 갓길에 차를 세우지는 않을 거라고 추측했는데, 그의 예상이 맞았다. 1킬로미터도 안 되는 곳에 리펀으로 나가는 첫 번째 출구가 있었다. 뱅크스는 속도를 줄이더니 그 출구로 나가서 문을 닫은 과일 가판대 앞 자갈밭에 차를 세웠다. 그리고 시동을 껐다. 밖은 깜깜하고 사람 한 명 없었다. 보슈에게는 완벽한 환경이었다.

단속에 항의하는 다른 음주운전자들과는 달리 뱅크스는 차에서 내리지 않았다. 창문을 내리지도 않았다. 보슈는 커다란 맥라이트 손전등을 어깨에 대고 뱅크스의 차로 걸어갔다. 빛이 너무 밝아서 뱅크스가 고개를 들고 그의 얼굴을 보려고 해도 보이지 않을 것이었다. 보슈가 손가락마디로 차 창문을 똑똑 두드리자 뱅크스가 마지못해 창문을 내렸다.

"왜 아무 이유도 없이 차를 세우고 그래." 보슈가 입을 열기도 전에 뱅크스가 말했다.

"선생님, 제가 뒤따라오면서 계속 지켜봤는데 차가 이리 갔다 저리 갔다 하면서 가고 있던데요. 혹시 술을 드셨습니까?"

"뭔 말도 안 되는 소리!"

"선생님, 차에서 내리시죠."

"여기."

뱅크스가 운전면허증을 창밖으로 내밀었다. 보슈는 그것을 받아 들고 손전등에 비춰보는 시늉을 했다. 그러나 그는 뱅크스에게서 눈을 떼지 않고 있었다.

"전화해 봐." 뱅크스가 도전적인 말투로 말했다. "드러먼드 보안관에게 전화해보라니까. 보안관이 그럴 거야. 잠복 중인 차로 돌아가서 빨리 꺼지라고."

"드러먼드 보안관에게 전화할 필요가 없는데요." 보슈가 말했다.

"하는 게 좋을 걸, 순경. 지금 당신 일자리가 위태위태하니까. 내 말대로 전화나 빨리 해보라고."

"아뇨, 뭘 모르시는 것 같은데요, 뱅크스 씨. 여긴 스태니슬라우스 카운티가 아니라서 드러먼드 보안관에게 전화할 필요가 없다니까요. 여긴 샌 워킨 카운티고 우리 보안관님 성함은 브루스 엘리입니다. 그분께 전화할 수도 있겠지만 음주운전 용의자 체포와 같은 사소한 일로 심기를 불편하게 해드리고 싶지는 않아서요."

보슈는 뱅크스가 카운티의 경계를 넘어 보호받는 지역에서 보호받지 못 하는 지역으로 와버렸다는 사실을 깨닫고 고개를 떨구는 것을 보았다.

"차에서 내리세요." 보슈가 말했다. "더 말 안 합니다."

뱅크스가 갑자기 오른손을 점화장치로 가져가 시동을 걸려고 했다. 그러나 보슈는 미리 예상하고 준비가 된 상태였다. 맥라이트를 떨어뜨린 후 재빨리 차창 속으로 손을 집어넣어 뱅크스가 시동을 걸기 전에 그의 손을 점화장치에서 떼어냈다. 그러고는 한 손으로 뱅크스의 팔목을 잡고 다른 손으로는 차 문을 열었다. 뱅크스를 차에서 끌어내 홱 돌려세워서 그의 가슴을 차 옆면으로 밀어붙였다.

"뱅크스 씨, 당신은 공무집행방해 및 음주운전 혐의로 체포합니다."

보슈는 뱅크스가 버둥거리는데도 아랑곳하지 않고 그의 두 팔을 등 뒤로 돌려서 수갑을 채웠다. 뱅크스가 가까스로 고개를 돌려 뒤를 돌아보았다. 운전석 문이 열려 있고 실내등이 켜져 있었다. 빛이 충분히 있어서 그는 보슈를 알아보았다.

"당신?"

"맞아."

보슈는 뱅크스의 손목을 한데 모아 수갑 채우기를 겨우 끝냈다.

"이게 도대체 어떻게 된 거야?"

"무슨 일은, 널 체포하는 거지. 이제 내 차 뒷문을 향해 걸어갈 거야. 또 버둥거리면서 저항하면 내가 발을 걸 거고 그럼 넌 여기 엎어져서 코가 깨지는 거야, 알겠어? 자갈밭에 피 좀 흘리는 거지, 그걸 원하나, 뱅크스?"

"아니, 변호사를 원해."

"입건하는 대로 변호사 불러줄게. 가자."

보슈가 뱅크스의 몸을 홱 잡아끌어 등을 떠밀며 크라운 빅토리아 쪽으로 데려갔다. 아직도 경광등이 깜빡이고 있었다. 보슈는 뱅크스를 조수석 뒤쪽 문으로 데려가 차 안으로 밀어 넣고 안전벨트를 채웠다.

"차타고 가는 동안 거기서 조금이라도 움직이면, 손전등이 네 입 속에 박힐 줄 알아. 그럼 넌 변호사와 함께 치과의사도 불러야 할걸. 내 말 알아듣겠어?"

"알았어. 가만히 있을게. 빨리 데리고 들어가서 변호사나 불러줘."

보슈는 차 문을 쾅 닫았다. 뱅크스의 차로 돌아가서 점화장치에서 차 열쇠를 빼고 차 문을 잠갔다. 그러고는 자기 차로 돌아가서 어젯밤에 사용했던, 기름이 떨어졌다는 쪽지를 빼내서 뱅크스의 차로 가져가 앞 유리 와이퍼 밑에 끼워놓았다.

보슈는 자기 차로 돌아가면서 고속도로의 불빛 속에서 차 한 대를 보았다. 차에는 불빛이 전혀 없었고 고속도로 출구 갓길에 세워져 있었다. 아까 뱅크스를 따라 고속도로를 빠져나올 때 거기에 차가 서 있는 것을 본 기억이 없었다.

그 차의 실내가 너무 어두워서 그 안에 사람이 있는지 없는지조차 알 수 없었다. 보슈는 자기 차에 탄 후 경광등을 끄고 출발했다. 재빨리 자갈밭을 빠져나가 고속도로의 지선도로를 달려갔다. 그러는 동안 뱅크스와 의문의 차를 감시하기 위해 한쪽 눈은 계속 백미러를 흘끔거렸다.

* * *

보슈가 블루라이트 모텔 주차장으로 들어가면서 보니까 차가 두 대 밖에 없었고 두 대 모두 보슈의 방 앞 주차공간의 반대편에 있었다. 그는 조수석 쪽이 자기 방 문과 가장 가깝게 되도록 후진해서 차를 세웠다.

"여긴 또 어디야?" 뱅크스가 물었다.

보슈는 대답하지 않았다. 차에서 내려 열쇠로 방문을 열었다. 그러고는 차로 돌아가 주차장을 쓱 훑어본 후 뱅크스를 뒷좌석에서 끌어냈다. 술 취한 사람을 부축해 데리고 들어가는 것처럼 뱅크스를 한 팔로 감싸 안고 방문을 향해 서둘러 걸어갔다.

방으로 들어간 보슈는 전등 스위치를 켜고 방문을 발로 차서 닫은 후 식탁 앞, 전등 불빛을 정면으로 받게 마련해놓은 의자로 뱅크스를 데려갔다.

"이게 뭐 하는 짓이야." 뱅크스가 저항했다. "빨리 입건하고 변호사나 불러줘."

보슈는 들은 척도 하지 않았다. 뱅크스 뒤로 가서 한 팔목의 수갑을 푼 후, 수갑과 사슬을 의자 등받이의 세로대 두 개 사이로 넣어 돌려서 다시 뱅크스의 팔목으로 가져와 수갑을 채웠다. 그렇게 해서 뱅크스를 의자에 단단히 붙잡아 맸다.

"너 이제 뒈졌어." 뱅크스가 말했다. "여기가 어느 카운티이든 상관없어. 선을 넘은 건 너야, 이 개새끼야! 어서 수갑 풀어!"

보슈는 대꾸하지 않았다. 부엌으로 걸어가 플라스틱 컵에 수돗물을 가득 채웠다. 그러고는 식탁으로 돌아와 앉았다. 물을 조금 마신 후 컵을 식탁에 내려놓았다.

"내 말 안 들려? 내가 얼마나 인맥이 빵빵한 줄 알아? 이 밸리 지역에 내로라하는 권력자들이 다 내 친구야. 넌 이제 죽었어, 새끼야."

보슈는 말없이 뱅크스를 노려보았다. 몇 초가 지났다. 뱅크스가 힘을 주니까 수갑이 의자 세로대에 부딪혀 덜그럭거리는 소리가 났다. 그러나 곧 조용해졌다. 뱅크스는 체념한 듯 고개를 푹 숙였다.

"말을 할 거야, 말 거야?" 뱅크스가 소리쳤다.

보슈는 휴대전화를 꺼내 식탁 위에 놓았다. 물을 한 모금 더 마신 후 목을 가다듬었다. 그러고는 침착하고 사무적인 어조로 말했다. 1주 전 루퍼스 콜먼 조사를 시작하면서 했던 말을 약간 변형해서 했다.

"이 순간이 네 인생에서 가장 중요한 순간이야. 곧 네가 하게 될 선택이 네 인생에서 가장 중요한 선택이 될 거고."

"도대체 무슨 소리를 하는 건지 모르겠네."

"아냐, 넌 알고 있어. 다 알고 있지. 너 자신을 구하고 싶으면 다 털어놔야 돼. 선택할 게 그거야. 너 자신을 구할 거냐, 말 거냐."

뱅크스는 꿈에서 깨려고 몸부림치듯 고개를 거세게 흔들었다.

"아, 진짜, 미치겠네. 너 경찰 아니지, 그치? 그래, 그거야. 넌 이런 짓거리나 하면서 돌아다니는 미친놈이야. 경찰이라면 배지를 보여줘. 보여 달라고, 이 개자식아."

보슈는 물을 한 모금 더 마셨을 뿐 움직이지 않았다. 그는 기다렸다. 주차장의 자동차 불빛이 앞 창문을 훑고 지나가자 뱅크스가 소리를 지르기 시작했다.

"이봐요! 도와줘요! 나 지금······."

보슈는 컵을 들고 남은 물을 뱅크스의 얼굴에 확 뿌렸다. 그러고는 서둘러 욕실로 가서 수건을 가져왔다. 뱅크스는 기침을 하고 켁켁거리고 있었다. 보슈는 수건으로 뱅크스의 입에 재갈을 물리고 머리 뒤로 해서 묶었다. 그러고는 뱅크스의 머리카락을 움켜잡고 고개를 비스듬히 젖힌 후 그의 귀에 대고 말했다. "또 소리를 지르면 그때는 점잖게 못 대해줘."

보슈는 창가로 가서 블라인드를 살짝 들춰보았다. 그들이 들어왔을 때 주차장에 있던 차 두 대만 그대로 있었다. 주차장에 누가 또 들어왔었는지는 모르지만 바로 차를 돌려 나간 것이 분명했다. 그는 돌아서서 뱅크스의 상태를 확인한 뒤, 재킷을 벗어 침대로 던졌다. 허리춤에 찬 권총이 드러나 보였다. 그는 뱅크스 맞은편에 앉았다.

"좋아, 어디까지 얘기했더라? 그래, 선택. 넌 오늘 밤 선택을 해야 해, 레지. 가장 먼저 할 선택은 나에게 말을 하느냐 마느냐 하는 거야. 근데 그 결정이 네 인생에 엄청난 영향을 미칠 거야. 실은 그게 네 남은 인생을 감방에서 보내느냐, 아니면 협조해서 상황을 개선시키느냐를 선택하는 거거든. 근데 '개선'이 무슨 뜻인지는 알아? 상황을 더 좋게 만든다는 뜻이야."

뱅크스는 고개를 가로저었다. 그러나 거절의 뜻은 아니었다. 그보다는 '이런 일이 나에게 벌어지다니, 믿어지지가 않아'라는 뜻인 것 같았다.

"이제 재갈을 풀어줄 텐데, 또 소리 지르면 그땐······, 상응하는 대가가 따를 거야. 하지만 그러기에 앞서, 지금부터 몇 분간 내가 하는 말을 잘 들어. 네가 처한 입장을 잘 이해하란 말이야. 알았어?"

뱅크스가 순순히 고개를 끄덕였고 심지어 말로 동의를 표시하려 했지만 재갈을 하고 있어서 알아들을 수 없는 소리가 나왔다.

"좋아." 보슈가 말했다. "일이 이렇게 된 거야. 너는 20년 이상 지속되어 온 음모의 일부야. '사우디 공주'라는 유람선에서 시작되어 지금 이 순간까지 지속되어 온 음모."

보슈의 말을 들으면서 뱅크스의 눈이 점점 더 커지고 두려움이 담기기 시작했다. 말이 끝났을 땐 두 눈에 공포가 가득했다.

"넌 아주 오랫동안 감방에서 썩게 되거나 아니면 우리가 음모를 파헤치고 사건을 해결하는 것을 돕게 될 거야. 협조하면 관용을 기대할 수도 있을 거야. 평생을 감옥에서 썩지 않을 수도 있단 말이지. 이제 재갈을 벗겨도 되겠어?"

뱅크스가 힘차게 고개를 끄덕였다. 보슈는 식탁 위로 팔을 뻗어 뱅크스의 입에 물린 수건을 홱 잡아당겼다.

"자, 됐다." 보슈가 말했다.

보슈와 뱅크스는 오랫동안 서로를 노려보았다. 그러다가 뱅크스가 아주 절박한 목소리로 말했다.

"제발, 형사님. 나는 형사님이 말하는 음모니 뭐니 하는 게 뭔지 전혀 몰라. 트랙터를 파는 게 내 일인데. 알잖아. 직접 보기도 했고. 그게 내 직업이야. 혹시 물어보고 싶은 게 존……."

보슈가 손바닥으로 식탁을 세게 내려쳤다.

"입 다물어!"

뱅크스가 조용해졌고 보슈는 벌떡 일어섰다. 보슈는 배낭 있는 데로 가서 사건 파일을 꺼내 식탁으로 가져왔다. 그날 아침, 사건 파일을 펼치면 그가 선택한 순서대로 사진과 서류가 나타날 수 있도록 미리 정리를 해두었었다. 보슈가 파일을 펼치자 골목길 땅바닥에 누운 안네케 예스페르센의 시신을 찍은 사진이 나타났다. 그는 그 사진을 식탁에 놓고 뱅크스 앞으로 밀어놓았다.

"너희들 다섯 명이 죽인 여자야. 그러고 나서 너희는 그 사실을 은폐했지."

"미쳤군. 이건 정말 말도……."

보슈는 다음 사진을 뱅크스에게 밀었다. 살인 무기를 찍은 사진이었다.

"그건 너희들이 그 여자를 죽일 때 사용한 이라크 군대의 권총. 아까 네가 페르시아만에서 밀반입했다고 말했던 무기들 중 하나."

뱅크스가 어깨를 으쓱거렸다.

"그래서? 나를 어쩔 건데? 참전용사 카드라도 뺏어가려고? 어우, 무서워라. 그러라고 해. 그리고 이 사진들 내 앞에서 좀 치워줘."

보슈는 다음 사진을 뱅크스 앞으로 밀었다. 뱅크스, 다울러, 코스그로브, 헨더슨이 '사우디 공주' 수영장 데크에서 찍은 있는 사진이었다.

"너희들 네 명이 '사우디 공주'에서 같이 찍은 사진이야. 술 퍼마시고 안네케 예스페르센을 집단으로 강간하기 바로 전날 밤."

뱅크스는 고개를 가로저었지만, 보슈는 그 마지막 사진이 과녁을 명중시켰음을 알 수 있었다. 자신이 약한 연결고리라는 것을 뱅크스 자신도 알고 있었기 때문에 겁에 질린 것이다. 다울러가 여기 어디 갇혀 있을지 모르지만 의자에 수갑이 채워진 채 앉아있는 사람은 뱅크스지 다울러가 아니었다.

두려움과 걱정근심이 끓어 넘쳐서 뱅크스가 엄청난 실수를 했다.

"강간죄는 공소시효가 7년이라 나를 어쩌지 못할 걸. 다른 건 나하고는 전혀 상관없고."

자신의 역할을 인정한 것이다. 보슈는 음모이론만 갖고 있었지 그것을 뒷받침할 증거는 전혀 갖고 있지 않았다. 그래서 뱅크스를 상대로 연극을 한 거였다. 뱅크스가 다른 친구들에게서 등을 돌리고, 그들의 죄를 밝히는 증거가 되게 하려는 단 하나의 목표를 갖고서.

그러나 뱅크스는 자기가 방금 무슨 말을 했는지, 무엇을 주었는지 알아차리지 못한 것 같았다. 보슈는 유연하게 넘어갔다.

"헨더슨이 그랬어? 강간죄는 공소시효 지났으니까 문제없다고? 그래서 코스그로브에게 수작을 걸었나? 식당 차릴 돈이 필요해서?"

뱅크스는 대답하지 않았다. 보슈가 그런 일들을 다 알고 있어서 깜짝 놀란 것 같았다. 보슈가 넘겨짚은 게 많았지만, 그 유람선에 있었던 남자들이 서로 어떻게 연결되고 있는지 파악했다는 자신감이 있었기 때문에 그렇게만 한 거였다.

"그런데 그 수작이 역효과를 낸 거고, 안 그래?"

보슈는 자신이 한 말이 사실이라고 단정하듯 고개를 끄덕였다. 뱅크스는 뭔가를 알아차린 듯한 눈빛이 되었다. 보슈가 기다리던 눈빛이었다.

"그래, 맞아." 보슈가 말했다. "다울러 먼저 잡아들였어. 평생을 감옥에서 썩고 싶진 않다고 하더라고. 그래서 협조하고 있지."

뱅크스는 고개를 가로저었다.

"말도 안 돼. 아까 통화했거든. 당신이 참전용사회 지부를 나가고 나서 바로."

즉흥적으로 둘러대는 것은 이래서 문제였다. 이야기가 어디에서 반박할 수 없는 사실과 부딪치게 될지 알 수 없었다. 보슈는 의미심장하게 웃으면서 고개를 끄덕이는 것으로 난관을 비껴가려고 했다.

"물론 그랬지. 너랑 통화할 때 다울러는 우리와 함께 있었어. 우리가 불러주는 대로 말한 거야. 그러고 나선 우리에게 너와 코스그로브, 드러먼드에 관한 이야기를 다 해줬어. 옛날에는 드러먼드를 드러머라고 불렀다며."

뱅크스의 눈빛을 보니 보슈의 말을 온전히 믿는 눈치였다. 보슈가 그 말을 지어낼 리는 없고, 누군가가 보슈에게 드러머에 대해서 말해줬을 거라고 믿는 거였다.

보슈는 자기 앞에 놓인 파일을 보면서 잊은 것은 없는지 확인하는 시늉을 했다.

"이 일이 대배심에 가고 너희들이 살인, 강간, 공모 등등의 혐의를 받게 된다고 가정해봐. 코스그로브와 드러먼드는 어떤 사람들을 변호사로 쓸 것 같아? 너는? 어떤 변호사를 쓸 수 있을 것 같은데? 그 친구들이 너를 희생양으로 삼기로 결정하고, 음모를 꾸민 사람은 너와 다울러와 헨더슨이었다고 말하면, 대배심이 누구 말을 믿어줄 것 같아? 코스그로브와 드러먼드? 아니면 너?"

뱅크스는 두 팔이 뒤로 돌려져 의자에 묶인 상태여서 앞으로 몸을 숙이려고 해도 겨우 몇 센티미터만 움직일 수 있었다. 그래서 그는 깊은 두려움과 절망감에 빠져 고개를 푹 숙였다.

"공소시효는 끝났어." 뱅크스가 말했다. "배에서 있었던 일로 나를 기소할 수는 없다고. 내가 한 일은 그게 전분데."

보슈는 천천히 고개를 가로저었다. 항상 느끼는 거지만, 범죄와 거리를 두면서 범죄를 합리화하는 범죄자들의 심리가 놀라웠다.

"넌 그 일을 말로 표현하지도 못하잖아, 안 그래? 그냥 '배에서 있었던 일'이라고 하고. 강간이야. 너희들이 그 여자를 강간했다고. 그리고 넌 법도 잘 모르네. 범죄 은폐를 위한 공모는 공소시효의 적용을 받지 않아. 넌 아직도 기소될 수 있어, 뱅크스. 기소될 거고."

보슈는 입에서 나오는 대로 지어내 꽤 그럴 듯 한 거짓말을 하고 있었다.

그렇게 할 수밖에 없는 것이, 지금 여기서 효과를 발휘할 수 있는 결과는 딱 하나밖에 없기 때문이었다. 뱅크스의 마음을 돌려서 입을 열게 만들어야 했다. 기꺼이 다른 친구들을 배신하는 진술을 하고 증거를 대게 만들어야 했다. 기소와 복역에 관한 모든 협박은 궁극적으로는 공허한 헛소리였다. 뱅크스와 그의 친구들을 안네케 예스페르센 피살사건과 연결시켜주는 증거라고는 미약한 정황증거밖에 없었다. 목격자도 구체적인 증거도 없었다. 살인무기를 확보했지만 그것을 용의자들의 손에 쥐어줄 수가 없었다. 피해자와 용의자들을 근거리에, 처음에는 페르시아만에, 1년 후에는 사우스 LA에, 놓아둘 수는 있었다. 그러나 그것이 살인을 입증하지는 못했다. 보슈는 그것만으로는 충분하지 않다는 것을 알고 있었다. LA의 풋내기 검사조차 콧방귀를 뀔 일이었다. 지금 보슈는 단 하나의 방법밖에 없는데 그것은 내부자를 배신자로 만드는 것이었다. 술수를 쓰든, 연극을 하든, 다른 무슨 수단을 써서라도, 뱅크스를 허물어뜨리고 전말을 털어놓게 해야 했다.

뱅크스는 고개를 절레절레했다. 어떤 생각이나 이미지를 떨쳐내려고 애를 쓰고 있는 것 같았다. 고개를 계속 가로저으면, 자신이 직면한 현실이 다가올 수 없을 거라고 생각하는 것 같았다.

"안 돼, 안 돼, 그럴 수는 없어. 날 좀 도와줘." 뱅크스가 말했다. "전부 다 말할 테니까 당신이 날 좀 도와달라고. 약속해줘."

"아무것도 약속 못 해줘, 레지. 하지만 검사에게 너에 대해서 잘 말해줄 수는 있어. 검사들은 항상 중요 증인을 잘 보살피지. 그걸 바라면, 나한테 다 털어놔야 돼. 모든 걸. 그리고 거짓말 하면 안 돼. 한 번 거짓말을 하면, 모든 게 사라지는 거야. 그럼 넌 남은 평생을 감방에서 사는 거고."

그런 다음 보슈는 말을 멈추고 뱅크스가 생각할 시간을 많이 주었다. 보슈는 지금 뱅크스를 제외한 나머지 세 명을 공략할 방법을 찾아야했다. 지금 찾지 못하면 기회는 영원히 사라지고 말 것 같았다.

"자, 얘기할 준비 됐어?" 마침내 보슈가 물었다.

뱅크스가 주저하면서 고개를 끄덕였다.

"응, 할게." 뱅크스가 말했다.

보슈는 휴대전화에 비밀번호를 입력하고 녹음 앱을 켰다. 그러고는 조사를 시작했다. 먼저 자신의 신원과 조사하는 사건을 밝힌 후 레지널드 뱅크스의 이름, 나이, 주소 등을 밝혔다. 경찰 배지 지갑에 항상 넣어 다니는 카드를 보면서 피의자의 권리를 읽어주자, 뱅크스는 권리를 다 이해했고 기꺼이 협조하겠으며 먼저 변호사와 상의하기를 원하지 않는다고 분명히 말했다.

그때부터 뱅크스는 90여분에 걸쳐 20년 전 이야기를 털어놓았다. 우선 '사우디 공주' 이야기부터 시작했다. 그는 '강간'이라는 말은 절대로 쓰지 않았지만, 자신과 다울러, 헨더슨, 코스그로브, 이렇게 네 명이 유람선 특등실에서 안네케 예스페르센과 성관계를 가졌다고 인정했다. 그때 예스페르센은 코스그로브가 몰래 약을 타서 건넨 술을 마시고 정신을 잃고 몸을 가누지 못하는 상태였다고 말했다. 뱅크스는 코스그로브가 그 약을 '럼프 앤 스텀프(romp and stomp. '즐겁게 뛰놀다, 발을 쿵쿵거리며 걷다'는 뜻—옮긴이)'라고 불렀는데 그 이유는 모른다고 말했다. 코스그로브는 그 약이 소들을 수송하기 전에 먹이는 진정제라고 말했다.

보슈는 뱅크스가 럼푼이라는 동물마취제 얘기를 하는 게 아닐까 추측했다. 예전에 다른 사건을 수사할 때 나왔던 거였다.

뱅크스의 진술에 따르면, 예스페르센을 성관계 대상으로 지목한 사람은 코스그로브였다. 친구들에게 저런 자연 금발 미인하고 한번 자보고 싶다고 말했다.

강간 당시 J.J. 드러먼드도 그 특등실에 있었느냐고 보슈가 묻자 뱅크스는 단호하게 아니라고 말했다. 드러먼드는 일이 일어난 다음에 알았지, 범행에 직접 가담하지는 않았다는 것이다. 당시 휴가차 그 배에 올랐던 237중대원이 그들 다섯 명 외에 몇 명 더 있었지만, 다른 중대원은 그 일에 가담하지 않았다고 말했다.

뱅크스는 울면서 진술했고, 특등실에서 그 일에 가담한 것을 얼마나 후회했는지 모른다는 말을 되풀이했다.

"전쟁 때문이야. 전쟁이 우리를 그렇게 만든 거라고."

자기 나라에서는 저지르지 않을 것이고 심지어 저지를 생각도 못 할 비열한 범죄를 저지르고도 전쟁의 공포와 생사의 경계를 넘나드는 것의 스트레스로 인해 그런 것이니 너그럽게 용서해줘야 한다는 생각. 보슈는 전에도 그런 변명을 들어본 적이 있었다. 마을 주민 전체를 학살한 것에서부터 인사불성이 된 여자를 집단 강간한 것에 이르기까지 모든 범죄에 즐겨 쓰이는 변명이었다. 보슈는 그런 주장에 동의하지 않았고 안네케 예스페르센이 올바른 판단을 했다고 생각했다. 이것은 전쟁범죄였고 용납할 수 없는 일이었다. 보슈는 전쟁이 선하든 악하든 인간의 참모습을 드러낸다고 믿었다. 뱅크스나 다른 공범들에 대해서 전혀 동정심이 들지 않았다.

"코스그로브가 럼프 앤 스텀프를 외국까지 갖고 나간 거야? 혹시 쓸 일이 있을지 몰라서? 거기서 얼마나 많은 여자들한테 그걸 써먹었어? 그 전에는? 고등학교 때는? 다들 고등학교 동창이잖아, 안 그래? 그걸 그때 그 배에서 처음 썼을 것 같진 않은데."

"아냐, 난 아니야. 난 그 약 절대 안 썼어. 그땐 그 친구가 그걸 썼는지도 몰랐다고. 난 그냥 그 여자가 술에 취해있는 줄 알았어. 나중에 드러먼드가 말해서 알았지."

"말이 왜 왔다 갔다 해? 아까는 드러먼드가 거기 없었다며."

"없었어. 나중에 말이야. 귀국하고 나서. 그 방에서 무슨 일이 있었는지 다 알고 있더라고."

보슈는 안네케 예스페르센에게 저질러진 범죄에서 드러먼드가 어떤 역할을 했는지 판단하기 전에 더 많은 것을 알아야 한다고 생각했다. 그는 뱅크스가 편안하게 이야기를 풀어가는 것을 막고 싶어 1992년 LA 폭동 때로 갑자기 시간이동을 했다.

"지금부턴 크렌쇼 대로 이야기를 해봐." 보슈가 말했다.

뱅크스가 고개를 가로저었다.

"뭐?" 그가 말했다. "난 못 해."

"못 한다니? 거기 있었잖아."

"거기 있었지만 바로 거기에 있었던 건 아니거든. 무슨 말인지 알겠어?"

"아니, 모르겠어 말해봐."

"물론 나도 거기 있었어. 우리 부대가 불려 나갔으니까. 하지만 그 여자가 사살된 그 골목 근처에는 얼씬도 하지 않았어. 나와 헨더슨은 경계근무 줄 맨 끝에 있는 바리케이드 앞에서 신분증 검사를 하고 있었거든."

"다 녹음되고 있으니까 똑바로 말해. 네 말은 그러니까 LA에서는 '그 여자', 다시 말해 안네케 예스페르센을, 한 번도 본 적이 없단 말이지? 그 여자가 살아있을 때건 죽었을 때건?"

보슈가 녹음 사실을 상기시키면서 질문을 하자 뱅크스는 긴장하며 잠깐 대답을 망설였다. 자기진술이 사실인지 확인할 거라고 생각하는 거였다. 보슈는 아까 뱅크스에게 사실대로 말하면 희망이 있다고 분명히 말했었다. 그러나 단 한 번이라도 거짓말을 하면 모든 희망은 사라지고 뱅크스의 상황을 개선시키기 위한 노력을 중단할 거라고 경고도 했었다.

뱅크스는 수사에 협조하는 증인이어서 이젠 수갑을 차고 있지 않았다. 그는 두 손을 들어 손가락으로 머리카락을 쓸어 넘겼다. 두 시간 전엔 해외전쟁 참전용사회 지부 바에 앉아있었는데 지금은 목숨을 부지하려고 애를 쓰고 있었다. 이 밤이 지나면 그의 삶은 어떤 식으로든 살기 힘들어질 것이었다.

"잠깐만, 그런 뜻이 아니고. 그 여자를 봤어. 맞아, 그 여자를 봤다고. 하지만 그 여자가 그 골목에서 사살된 건 몰랐어. 그 근처에 있지 않았거든. 2주 후인가, 여기로 돌아온 다음에 알았어. 진짜."

"좋아, 그럼, 그 여자를 본 이야기를 해봐."

뱅크스는 237부대가 폭동 진압 임무를 위해 로스앤젤레스에 도착하고 얼마 안 됐을 때 헨더슨이 콜로세움 밖에 모여 있는 기자들 속에서 그 유람선에서 봤던 금발 미인을 보았다고 말하는 걸 들었다. 콜로세움은 긴 트럭 행렬을 이루며 센트럴밸리에서 내려온 캘리포니아주 방위군 군인들의 집결지였다.

처음에는 아무도 헨더슨의 말을 믿지 않았지만, 코스그로브는 드러먼드를 보내 기자들 속에서 그 여자를 찾아 확인하게 했다. 드러먼드는 '사우디 공주'의 그 특등실에 함께 있지 않았으므로 예스페르센이 알아보지 못할 것이기 때문에 그를 보낸 거였다.

"그런데 드러먼드는 그 여자를 어떻게 알아본다는 거야?" 보슈가 물었다.

"배에서 본 적이 있어서 어떻게 생겼는지 알고 있었거든. 그 방에 함께 가지 않았을 뿐이지. 네 명만 가도 북적거린다고 자긴 안 가겠다고 했었어."

보슈는 그 말을 곱씹어 본 후 뱅크스에게 이야기를 계속하라고 했다. 뱅크스는 드러먼드가 기자들을 둘러보고 돌아와서 정말로 그 여자가 그 속에 있더라고 보고했다고 말했다.

"여긴 뭐 하러 왔냐고, 도대체 우리를 어떻게 찾은 거냐고, 다들 난리가 났어. 근데 코스그로브는 천하태평이더라고. 그 여자가 증거를 못 댈 거라고 했어. DNA니 CSI니 하는 것들이 나오기 전이었잖아. 무슨 말인지 알지?"

"그래, 알아. 그래서 넌 언제 그 여자를 직접 봤는데?"

뱅크스는 자기 부대가 지시를 받고 크렌쇼 대로로 이동할 때 예스페르센을 보았다고 말했다. 그녀는 이동하는 부대원들을 따라다니면서 대로를 따라 배치되는 부대원들을 카메라에 담고 있었다.

"꼭 귀신이 우리를 따라다니면서 사진을 찍고 있는 것 같았어. 무서워 죽겠더라고. 헨더슨도 무서워했어. 그 여자가 우리 이야기를 기사로 쓰려고 그러는 것 같았어."

"그 여자가 말을 걸었어?"

"아니, 나한테는 안 걸었어. 전혀."

"헨더슨은?"

"내가 알기로는 핸더슨한테도 안 걸었어. 헨더슨은 거의 항상 나와 함께 있었거든."

"누가 그 여자를 죽였어? 그 여자를 그 골목으로 데려가서 죽인 놈이 누구야?"

"나도 알고 싶어. 알면 다 얘기해줄텐데. 하지만 그때 난 거기 없었어."

"그리고 그 후로 너희들 다섯 명은 그 일에 대해선 한 번도 얘기를 안 했고?"

"아, 물론, 얘기는 했지만 누가 무슨 짓을 했느냐 하는 얘기는 안 했어. 드러머가 나서서 다시는 그 이야기 하지 않기로 맹세하자고 했어. 칼이 부자니까 우리가 조용히 있으면 모두를 보살펴줄 거라고 했어. 하지만 조용히 있어 주지 않으면 그 책임을 물을 거라고도 했고."

"어떻게?"

"자기한테 증거가 있다고 했어. 배에서 일어난 일이 범행동기가 되고, 모두 기소될 거라고 하더라고. 살인모의 혐의로."

보슈는 고개를 끄덕였다. 모든 것이 자신이 세운 음모이론과 정확히 맞아 떨어졌다.

"그래서, 실제로 그 여자를 쏜 사람이 누구야? 칼? 이 모든 것을 통해 얻은 결론이 그거야?"

뱅크스가 어깨를 으쓱거렸다.

"응, 항상 그렇게 생각했어. 칼이 그 여자를 그 골목으로 밀어 넣었거나 꾀어서 데리고 들어갔고, 다른 친구들은 칼을 위해 망을 봐준 거지. 다들 거기 함께 있었어. 칼, 프랭크, 드러머. 하지만 나와 헨더슨은 거기 없었어. 진짜야."

"그러고 나서 그날 밤 프랭크 다울러가 오줌을 누러 그 골목으로 들어갔다가 시신을 우연히 '발견'하게 되는 거로구먼."

뱅크스가 고개를 끄덕였다.

"왜? 왜 굳이 그렇게 했지? 왜 시신을 그냥 놔두지 않았을까? 적어도 2~3일은 발견되지 않았을 텐데."

"모르겠어. 폭동 중에 발견하면, 수사를 잘 못 할 거라고 생각했던 것 같아. 서둘러 끝내고 덮으려고 하거나. 드러머가 여기 보안관 부관이었기 때문에 거기 사정을 잘 알고 있었어. 그때 거기 완전 난리였잖아. 속수무책으로 손을 놓고 있단 얘기를 종종 들었지."

보슈는 오랫동안 뱅크스를 노려보았다.

"그래, 그랬지." 보슈가 말했다.

보슈는 잠깐 말을 멈추고 더 물어봐야 할 것이 뭐가 있는지 생각해보았다. 증인이 입을 열면 사건에 관해 물어봐야 할 것들이 너무 많아서 옆으로 새지 않고 중심을 잡기가 힘들었다. 그는 이렇게 뱅크스와 대면하게 자신을 이끌어준 것이 총이었다는 사실을 기억해냈다. 총을 따라가자. 그는 속으로 다짐했다.

"그 여자를 살해하는 데 누구의 총이 사용됐어?" 보슈가 물었다.

"몰라. 내 건 아니야. 내 총은 우리 집 금고에 잘 있으니까."

"너희들 모두 이라크에서 베레타를 들여왔지?"

뱅크스는 고개를 끄덕이고는 자기 부대는 이라크군에게서 압수한 무기를 파괴해서 묻어버리기 위해 여러 대의 트럭에 싣고 구덩이를 파놓은 사우디 사막으로 실어 날랐다고 말했다. 나중에 안네케 예스페르센과 같은 시기에 '사우디 공주'에 있었던 자신을 비롯한 다섯 친구들은 물론이고, 자기 부대원들 거의 모두가 트럭에서 권총을 몰래 훔쳤다고도 했다.

그 무기들은 부대 물품 재고관리 담당이었던 뱅크스가 장비 상자 밑바닥에 몰래 숨겨서 선적해 조국으로 보냈다.

"여우가 닭장을 지키는 격이었지." 뱅크스가 말했다. "우린 수송중대였고, 나는 물건을 분해해서 상자에 싣는 담당이었어. 총을 숨겨 귀국하는 건 식은 죽 먹기였지."

"그리고 귀국하고 나서 나눠줬구먼."

"맞아. 그리고 내 총은 우리 집 금고에 얌전히 있으니까 나는 그 여자를 죽인 범인이 아니라는 말이지."

"LA에 있을 때 다들 그 총을 갖고 다녔어?"

"모르겠어. 난 안 갖고 다녔어. 그런 건 숨겨놔야지 항상."

"하지만 완전히 통제 불능 상태가 되어 버린 것을 TV로 보고 그 도시에 가게 됐는데, 만일의 경우를 대비해서 여분으로 가지고 가고 싶지 않았을까?"

"모르겠어. 하여튼 난 안 갖고 갔어."

"그럼 누가 갖고 갔지?"

"몰라. 그때 이미 우린 그렇게 친한 사이가 아니었거든. 사막의 폭풍 작전이 끝나고 귀국해서는 다 자기 살기 바빴어. 그러다가 LA 지원업무를 위해 소집 돼서 다시 모인 거야. 하지만 누가 여분으로 총을 갖고 왔는지 물어보는 사람은 아무도 없었다고."

"그래, 그건 그렇다 치고. 총에 대해서 하나만 더 물어보자. 총에서 일련번호는 누가 지운 거야?"

뱅크스는 어리둥절한 표정을 지었다.

"무슨 말이야? 내가 아는 한, 지운 사람 없는데."

"확실해? 그 골목에서 그 여자를 살해한 총은 일련번호가 지워져 있었어. 너희들이 한 짓이 아니야? 그 번호를 줄로 긁어서 지우지 않았어?"

"안 지웠어. 그걸 왜 지우겠어? 난 안 지웠어. 그 총은 거기 있었다는 것을 증명해주는 기념품 같은 건데."

보슈는 뱅크스의 대답에 대해서 생각해봐야 했다. 찰스 워시번은 자기 집 뒷마당에서 총을 주웠을 때 이미 일련번호가 지워져 있었다고 주장했다. 이 주장은 범인이 살인을 저지른 후 총을 담 너머로 던져버리면 자기를 추적해올 수 없을 거라고 굳게 믿고 총을 던져버렸다는 가설과 잘 맞아떨어졌다. 그러나 뱅크스의 말을 믿는다면, '사우디 공주'에 있었던 다섯 명 모두가 걸프전에서 돌아오고 나서 일련번호를 지운 것은 아니라고 생각해볼 수 있었다. 그러나 적어도 한 명은 일련번호를 지운 것이다. 뭔가 사악한 의도가 있었던 것이 분명했다. 다섯 명 중 적어도 한 명은 그 총이 단순한 기념품 이상의 역할을 할 거라는 걸, 언젠가는 사용될 것임을 알았던 것이다.

보슈는 다음에는 무슨 질문을 할지 생각했다. 그 배에 있었던 다섯 남자들 사이에서 현재 진행 중인 관계의 변화까지 포함해서 이야기의 모든 부분을 기록해두는 것이 중요했다.

"헨더슨 이야기 좀 해봐. 그에게 무슨 일이 있었던 거라고 생각해?"

"누군가한테 살해당했지 뭐."

"누구?"

"내가 어떻게 알아. 내가 아는 건 헨더슨이 나에게 했던 말밖에 없어. 충분한 세월이 흘렀기 때문에 그 배에서 있었던 일로 기소되지 않는다고, 그리고 LA에서 있었던 일은 우리와 아무 관계가 없으니까, 우린 혐의가 없다고."

뱅크스는 그 후로 헨더슨과 대화를 나눈 적이 없다고 말했다. 한 달 후 헨더슨은 매니저로 일하던 식당에서 무장 강도에게 살해당했다.

"코스그로브 소유의 식당이었지." 보슈가 말했다.

"맞아."

"당시에 헨더슨이 자기 식당을 차리려고 준비 중이었다는 기사가 나왔는데. 거기에 대해서 뭐 아는 것 있어?"

"나도 읽긴 읽었는데, 몰랐었어."

"그 강도사건이 단순한 우연의 일치라고 생각했나?"

"아니, 칼이 보낸 메시지라고 생각했어. 크리스는 자신은 문제없다고 생각했고 칼을 협박할 수 있는 뭔가를 쥐고 있다고 생각했던 것 같아. 그래서 칼을 찾아가서 식당 하나 차려달라고 협박했을 거야. 그랬더니 강도가 들어 살해된 거지. 그 일로 용의자 한 명 잡히지 않았고, 앞으로도 안 잡힐 거야."

"그래, 그러면 누가 그런 거야?"

"그걸 내가 어떻게 알아? 칼은 엄청난 부자야. 뭔가 필요한 일이 있을 때 그 일이 되게 만드는 건 어렵지 않아. 내 말 무슨 뜻인지 알지?"

보슈는 고개를 끄덕였다. 무슨 말인지 알아들었다. 그는 파일을 들춰보면서 다음 질문을 생각나게 해줄 뭔가를 찾았다. 그때 안네케 예스페르센이 갖고 다녔다는 브랜드의 카메라들을 찍은 사진 몇 장이 눈에 띄었다. 폭동이 끝난 후 폭동범죄 전담반이 시내 전당포에 뿌렸던 사진인데 아무런 성과가 없었다.

"카메라는 어떻게 됐어? 다 갖고 가고 없던데. 그 카메라들을 갖고 있는 사람 봤어?"

뱅크스는 고개를 가로저었다. 보슈가 그를 압박했다.

"필름은? 그 여자 카메라에서 필름 빼갔다고 코스그로브가 얘기 안 해?"

"나한테는 안 했어. 그 골목에서 일어난 일에 대해서는 아무것도 몰라. 도대체 몇 번을 말해야 돼? 난 거기 없었다고!"

보슈는 이제까지 물어보지 않은 주요 질문 분야가 문득 생각이 났다. 하마터면 그걸 잊을 뻔했다고 조용히 스스로를 질책했다. 뱅크스에게 물어볼 분야는 이것 하나밖에 남지 않았다고 생각했다. 수사가 진행되면 뱅크스는 변호사를 선임할 것이다. 그가 변호사의 지도를 받으면서 계속 협조를 한다고 해도, 변호사가 입회하지 않은 상태에서 보슈 자신이 정한 규칙에 따라 일대일 조사를 할 기회는 또 있을 것 같지 않았다. 그러므로 뱅크스에게서 얻어낼 수 있는 것은 지금 모두 얻어내야 했다.

"그 여자 호텔 방은 어떻게 된 거야? 그 여자가 죽고 나서 누가 그 방에 들어갔던데. 그렇다면 열쇠를 갖고 있었다는 거고. 여자를 죽이고는 주머니에서 열쇠를 빼간 거잖아, 안 그래?"

뱅크스는 보슈의 질문이 끝나기 전부터 고개를 살짝 흔들기 시작했다. 보슈는 그것을 단서라고 생각했다.

"거기에 대해서는 아무것도 몰라." 뱅크스가 말했다.

"진짜?" 보슈가 말했다. "뭔가 나한테 숨기면 그건 거짓말하는 것하고 똑같은 거야. 내가 알아내면 이 거래는 끝난 거야. 네가 말한 모든 것을 이용해서 널 땅에 파묻어줄 테니까 그리 알아. 알아들어?"

뱅크스가 수그러들었다.

"나도 잘은 몰라. LA에 있을 때 드러머가 다쳐서 병원에 입원했었다는 이야기를 들었어. 뇌진탕 증세가 있어서 하룻밤 입원했다고. 근데 나중에 드러머가 그러더라고, 그런 일 없었다고. 드러머와 칼이 지어낸 거랬어. 부대에서 이탈해서 그 여자가 묵었던 호텔 객실에 가볼 시간을 벌기 위해서. 그 여자가 배에서 있었던 일을 단죄하기 위해 증거를 모아놨는지 확인하려고 말이야."

보슈가 이미 알고 있는 이야기가 나왔다. 전쟁영웅 드러먼드는 로스앤젤레스 폭동 당시 237부대의 유일한 부상병이었다. 그런데 그게 집단 강간과 살인을 은폐하기 위한 거짓이었다는 것이다. 이제 그는 자기가 숨겨준 남자들 중 한 명의 경제적 지원을 받아서 재선 보안관이 되어 있었고 하원의원 자리까지 노리고 있었다.

"또 무슨 얘길 들었어?" 보슈가 물었다. "드러먼드가 그 방에서 뭘 가져갔대?"

"수첩을 가져갔단 얘기만 들었어. 우리를 찾아다니면서 우리의 정체를 알아내는 과정을 일지 식으로 적어놓았다고 하더라고. 알고 보니까 그 여자가 그 일에 관해서 책을 쓰고 있었나 봐."

"지금도 갖고 있을까, 그 수첩?"

"모르지. 난 본 적도 없거든."

보슈는 드러먼드가 아직도 그 수첩을 갖고 있을 거라고 추측했다. 그 수첩과 자신이 그 사건의 전말을 알고 있다는 사실을 이용해서 다른 네 명의 공범들을 통제할 수 있었을 것이다. 특히 부유하고 권력이 있어서 그가 야망을 이루게 도와줄 수 있는 칼 코스그로브를.

보슈는 휴대전화를 확인했다. 계속 녹음이 되고 있었고 녹음 시간이 91분을 넘어가고 있었다. 아직도 물어볼 분야가 하나 더 있었다.

"알렉스 화이트에 대해서 말해봐."

뱅크스는 어리둥절한 표정으로 고개를 가우뚱했다.

"알렉스 화이트가 누군데?"

"네 고객이었잖아. 10년 전에 너한테서 자동 예초기를 산."

"그래, 근데 그게 무……."

"그가 예초기를 배달받은 날, 넌 그 고객 이름으로 LA 경찰국에 전화를 걸어서 예스페르센 사건 수사의 진행 상황을 물었어."

그 말을 들은 뱅크스는 그제야 알겠다는 눈빛이 되었다.

"아, 그래, 맞아, 내가 그랬어."

"왜? 왜 전화했지?"

"수사가 어떻게 되어 가는지 궁금했거든. 누가 휴게실에 놔둔 신문을 읽었는데 LA 폭동 10주년 특집 기사가 나왔더라고. 그래서 전화를 했더니 몇 번이나 다른 데로 연결되다가 나중에 어떤 남자하고 통화가 됐어. 이름을 밝히지 않으면 아무것도 말해줄 수 없다고 해서 그냥 앞에 종이쪽지에 적혀있는 이름을 보고 알렉스 화이트라고 말했어. 내 전화번호를 모를 테니까 나중에 무슨 일이 있을 거라고는 생각도 안 했고."

보슈는 고개를 끄덕였다. 뱅크스가 그 전화를 하지 않았다면 보슈는 머데스토와의 연결고리를 찾지 못했을 것이고, 그러면 이 사건은 아직도 미제로 남아있었을 것이다.

"실은 네 전화번호 기록되어 있었어." 그가 뱅크스에게 말했다. "그 덕분에 여기까지 온 거야."

뱅크스가 침울하게 고개를 끄덕였다.

"근데 이해할 수 없는 게 한 가지 있는데." 보슈가 말했다. "왜 전화했어? 너희들은 수사대상에도 오르지 않았잖아. 뭐 하러 의심을 사면서까지 전화했어?"

뱅크스는 어깨를 으쓱거리더니 고개를 가로저었다.

"모르겠어. 그냥 충동적으로 그랬던 것 같아. 신문 기사를 보니까 그 여자 일이 생각나더라고. 경찰이 아직도 범인을 찾고 있는지 어떤지 궁금했어."

보슈는 손목시계를 보았다. 밤 10시였다. 늦은 시각이었지만 아침까지 기다렸다가 뱅크스를 로스앤젤레스로 데리고 가고 싶진 않았다. 탄력 받았을 때 계속 몰아붙이고 싶었다.

보슈는 녹음을 끝내고 저장했다. 그러고는 현대 과학기술을 한 번도 신뢰한 적 없는 사람이 보기 드문 일을 했다. 그 오디오 파일을 휴대전화 이메일로 파트너에게 보냈다. 만일의 경우에 대비한 조치였다. 휴대전화가 고장 나거나 파일이 오염되거나 휴대전화를 변기에 빠뜨릴 경우에 대비한 거였다. 뱅크스의 진술을 안전하게 보관하고 싶었다.

그는 이메일 전송 완료 알람이 날 때까지 기다렸다가 일어섰다.

"좋아." 보슈가 말했다. "오늘은 이쯤 하자."

"내 차로 데려다 줄거야?"

"아니, 뱅크스, 넌 나하고 같이 가야 돼."

"어디로?"

"로스앤젤레스."

"지금?"

"지금. 일어나."

그러나 뱅크스는 움직이지 않았다.

"내가 LA에 왜 가. 집에 가야 돼. 애들이 기다리고 있어."

"그래? 애들을 마지막으로 본 게 언제였지?"

이 말에 뱅크스는 입을 다물었다. 할 말이 없는 거였다.

"그럴 줄 알았어. 가자. 일어서."

"왜 지금 가야 돼? 집에 보내줘."

"잘 들어, 뱅크스, 넌 지금 나와 함께 LA로 갈 거야. 내일 아침엔 내가 널 검사 앞에 데려다 놓을 거고. 그러면 검사가 공식 진술을 확보한 다음, 너를 대배심 앞에 세우겠지. 그런 다음에 널 언제 집으로 돌려보낼지 결정할 거고."

뱅크스는 아직도 움직이지 않았다. 그는 과거에 발목이 잡힌 사람이었다. 형사그는 기소를 피할 수 있든 없든 간에 자기가 알고 있던 삶은 이제 끝났다고 생각했다. 머데스토에서 맨테카까지 모든 주민들이 그때와 지금 그가 어떤 역할을 했는지 알게 될 것이다.

보슈가 사진과 서류를 모아서 파일에 집어넣기 시작했다.

"자, 네가 결정해." 보슈가 말했다. "LA로 갈 때 내 옆 조수석에 앉아서 갈래, 아니면 내가 널 체포해서 수갑을 채우고 뒷좌석에 앉혀서 갈까? 뒤에 앉으면 오랜 시간 쭈그리고 앉아서 가야 하기 때문에 다시는 허리를 똑바로 펴고 걷지 못할 지도 몰라. 어떻게 할래?"

"알았어, 알았어, 갈게. 근데 그 전에 오줌부터 누고. 내가 얼마나 마셔 댔는지 봤잖아. 바를 나오기 전에 오줌 안 누고 나왔어."

보슈는 얼굴을 찌푸렸다. 무리한 요구가 아니었다. 사실 보슈는 뱅크스가 마음을 바꿔 달아날 기회를 주지 않고 화장실을 사용하게 하는 방법을 벌써부터 생각해보고 있었다.

"알았어." 보슈가 말했다. "가자."

보슈가 먼저 화장실에 들어가 변기 위에 있는 창문을 살펴보았다. 돌리는 손잡이가 달린 낡은 블라인드 창이었다. 손잡이를 잡아당기니까 쉽게 빠졌다. 그는 뱅크스가 어디로 도망 못 간다는 것을 알 수 있도록 손잡이를 들어 보였다.

"일 봐." 보슈가 말했다.

그는 화장실에서 나왔지만 뱅크스가 창문을 열거나 깨려고 시도할 경우 소리를 들을 수 있도록 문을 열어두었다. 뱅크스가 소변을 보는 동안 보슈는 다섯 시간 운전해서 가기 전에 자신도 화장실을 사용하기 위해 뱅크스를 수갑 채워 묶어놓을 곳을 찾아 두리번거렸다. 결국 침대 머리판 세로대 사이에 채워두기로 결정했다.

보슈는 서둘러서 짐을 싸기 시작했다. 옷가지를 여행 가방 속으로 아무렇게나 던져 넣었다. 뱅크스가 변기 물을 내리고 화장실에서 나오자 보슈는 그를 침대로 데리고 가서 앉게 한 뒤 침대 머리판 세로대 사이로 수갑을 채웠다.

"또 왜 이러는 건데?" 뱅크스가 저항했다.

"내가 오줌 누는 동안 마음 바뀌지 말라고."

보슈가 변기 앞에 서서 막 볼일을 다 본 순간 객실 문이 박차고 열리는 소리가 들렸다. 그는 재빨리 지퍼를 올리고 뱅크스를 쫓아갈 준비를 하며 침실로 달려나갔다. 그런데 뱅크스는 아직도 침대 머리판에 수갑이 채워진 채로 앉아 있었다.

열린 문 쪽을 돌아보니 드러머가 권총을 들고 문 앞에 서 있었다. 제복을 입고 있지 않았지만, 그리고 선거벽보에 그려진 히틀러식의 콧수염이 없었지만, 보슈는 스태니슬라우스 카운티의 J.J. 드러먼드 보안관을 금방 알아보았다. 그는 건장한 체격에 각진 턱을 가졌고 키가 큰 미남이었다. 선거운동 책임자가 이상적으로 생각할 만한 외모였다.

드러먼드는 권총으로 보슈의 가슴을 겨냥하면서 방으로 들어왔다.

"보슈 형사, 관할권 밖에서 왜 이러실까?" 드러먼드가 말했다.

32

드러먼드가 보슈에게 두 손을 들라고 말했다. 다가와서 보슈의 총집에서 권총을 꺼내 자기가 입고 있는 녹색 사냥 조끼 주머니에 넣었다. 그러고는 자기 총으로 뱅크스를 가리키며 말했다.

"수갑 풀어줘."

보슈는 주머니에서 열쇠를 꺼내 뱅크스를 침대 머리판에서 풀어주었다.

"수갑 두 짝 다 풀어주고 한 짝을 당신 왼쪽 손목에 채워."

보슈는 시키는 대로 했고 열쇠를 다시 주머니에 넣었다.

"이제, 레지, 형사님 수갑 채워드려. 등 뒤로 돌려서."

보슈가 두 손을 등 뒤로 돌리자 뱅크스가 수갑을 채웠다. 그러자 드러먼드가 보슈에게로 다가왔다. 총구가 보슈의 몸에 닿을 정도로 가까이 다가왔다.

"휴대전화는 어디 있나, 형사?"

"바지 오른쪽 앞주머니에."

드러먼드는 휴대전화를 꺼내면서도 바로 코앞에 있는 보슈를 계속 노려보고 있었다.

"그냥 가만 놔두지 그랬어, 형사." 드러먼드가 말했다.

"그러게." 보슈가 말했다.

드러먼드는 보슈의 다른 주머니에 손을 넣어 열쇠를 꺼냈다. 그리고는 주머니들을 죄다 만지면서 아무것도 없다는 것을 확인했다. 침대로 걸어가서 보슈의 재킷을 뒤져서 경찰 배지 지갑과 렌터카 열쇠를 찾아냈고, 압수한 모든 것을 자기 재킷 주머니에 넣었다. 그리고는 자기 재킷의 안쪽으로 손을 넣어 뒤쪽 허리춤에서 다른 권총을 꺼내 뱅크스에게 건넸다.

"형사님 잘 감시해, 레지."

드러먼드는 식탁으로 걸어가 사건 파일을 손톱으로 펼쳤다. 허리를 굽히고 안네케 예스페르센이 갖고 다녔던 카메라와 같은 모델을 찍은 사진들을 내려다보았다.

"그래서, 여기서 뭐하고 있었나, 신사분들?" 드러먼드가 물었다.

뱅크스는 보슈보다 빨리 대답하고 싶어 안달이 난 것처럼 드러먼드의 말이 떨어지기가 무섭게 대답했다.

"저 새끼가 내 입을 열게 하려고 난리를 쳤어, 드러머. LA와 배 이야기를 하라는 거야. 저 새끼가 배에 대해서 알고 있어. 나를 납치했어. 하지만 난 아무 말도 안 했어."

드러먼드가 고개를 끄덕였다.

"잘했어, 레지. 정말 잘했어."

드러먼드는 계속 파일을 보고 있었고 손톱으로 페이지를 넘겼다. 보슈는 그가 파일을 보는 게 아니라는 것을 알고 있었다. 파일을 보는 척하면서 자신이 어떤 상황으로 걸어 들어왔는지, 그리고 이제 무엇을 해야 하는지 판단하려고 애를 쓰고 있었다. 마침내 그가 파일을 덮더니 옆구리에 꼈다.

"잠깐 나랑 같이 가야겠어." 드러먼드가 말했다.

보슈가 마침내 입을 열었다. 아무 소용이 없을 줄 알면서도 일단 말해 보기로 했다.

"그럴 필요 없어, 보안관. 예감만 믿고 찔러본 거지 다른 건 하나도 없 어. 예감이랑 1달러를 합쳐도 스타벅스에서 커피 한 잔 살 수 없을걸."

드러먼드가 피식 웃었다.

"글쎄. 당신 같은 인간들은 단순히 예감만 믿고 날뛰진 않지 않나?"

보슈도 비웃듯이 피식 웃었다.

"예감만 믿고 날뛸 때도 가끔 있어."

드러먼드는 고개를 돌려 방안을 둘러보며 아무것도 놓친 것이 없는지 확인했다.

"좋아, 레지. 보슈 형사 재킷 좀 들어. 지금 나갈 거니까. 형사님 차를 이 용할 거야."

그들은 보슈의 등을 떠밀면서 밖으로 나와 보슈가 빌린 크라운 빅토리 아로 걸어갔다. 주차장은 텅 비어 있었다. 보슈가 뒷좌석에 떠밀려 탔고 드러먼드는 뱅크스에게 차 열쇠를 주면서 운전하라고 지시했다. 그러고 나서 자신은 운전석 뒷자리에 탔다.

"어디로 갈까?" 뱅크스가 물었다.

"해미트 길." 드러먼드가 말했다.

뱅크스는 주차장을 빠져나가 99번 고속도로 진입로를 향해 달렸다. 보 슈가 드러먼드를 돌아보니 그는 아직도 총을 쥐고 있었다.

"어떻게 알았어?" 보슈가 물었다.

어둠 속에서도 드러먼드가 의기양양하게 히죽 웃는 것이 보였다.

"당신이 이 동네에서 냄새 맡고 돌아다니는 걸 어떻게 알았냐고? 몇 가 지 실수를 했던데, 형사. 우선, 어젯밤 칼 코스그로브의 집 헬리콥터 이착 륙대 주변에 진흙이 잔뜩 묻은 발자국을 남겨놨더군. 칼이 오늘 아침에 그걸 보고 전화를 했더라고. 야밤에 도둑이 든 것 같다고 하길래 부관 두 명을 보내서 확인했지.

"그러고 나서 오늘밤엔 프랭크 다울러한테서 전화를 받았지. 우리 친구 레지가 이라크 공화국 수비대 총을 사고 싶어 하는 남자와 참전용사회 지부에서 술을 마시고 있다고 하더라고. 이런 사실들을 종합해보니……."

"드러머, 이 새끼가 날 속였어." 뱅크스가 운전석에서 백미러로 드러먼드를 보면서 말했다. "난 정말 몰랐어. 진짜 준 알았지. 그래서 프랭그에게 전화해서 총을 팔겠느냐고 물어본 거야. 지난번에 만났을 때 돈이 궁하다고 했거든."

"그럴 거라고 생각했어, 레지. 하지만 프랭크는 자네가 모르는 것도 몇 가지 알고 있어. 게다가 어제 낮에 낯선 사람이 집에 찾아왔었다는 얘길 마누라한테서 듣고 긴장하고 있었지."

드러먼드가 보슈를 흘끗 보면서 네가 찾아갔던 것 다 안다는 듯 고개를 끄덕였다.

"프랭크가 이런저런 상황을 종합해보고 현명하게도 내게 전화를 했더라고. 그래서 몇 군데 전화를 해서 알아봤더니, 옛날 어느 날 밤에 들었던 이름 하나가 블루라이트 숙박부에 적혀있다는 소리가 들리더라고. 그게 또 다른 실수야, 보슈 형사. 숙박부에 본명을 적어놓은 것."

보슈는 대꾸하지 않았다. 어두운 창밖을 내다보며 그래도 뱅크스를 신문한 오디오 파일을 파트너에게 보내 놓았다는 사실에서 위안을 얻으려고 노력했다. 추는 아침에 이메일을 확인할 때 그 오디오 파일을 발견할 것이다.

보슈는 그 사실을 이용해서 자신의 석방을 협상해볼 수도 있겠다고 생각했지만, 너무 위험한 일 같았다. LA 경찰국 안에 드러먼드와 연줄이 있는 사람이 있을지 모르는 일이었다. 파트너와 그 녹음 파일을 위험에 빠뜨릴 수는 없었다. 오늘 밤 자신에게 무슨 일이 일어나든 그 파일은 추에게 갈 것이고, 안네케 예스페르센은 복수하게 될 거라는 사실에 만족해야 했다. 정의의 심판이 내려질 것이다. 그것만은 확신할 수 있었다.

그들은 남쪽으로 달려가 곧 경계를 넘어 스태니슬라우스 카운티로 들어갔다. 언제 차를 찾을 수 있겠느냐고 뱅크스가 묻자 드러먼드는 나중에 찾으러 갈 테니 걱정하지 말라고 말했다. 해미트 길로 나가는 출구가 다가오자 뱅크스가 깜빡이 신호를 켰다.

"대장을 만나러 가는 건가?" 보슈가 말했다.

"뭐, 그렇다고 할 수 있지." 드러먼드가 말했다.

그들은 고속도로에서 나와 아몬드밭을 통과해 코스그로브 저택의 웅장한 출입문을 향해 달려갔다. 드러먼드는 뒷좌석에 앉은 채로 인터컴 버튼을 누를 수 있게 뱅크스에게 차를 인터컴에 바짝 붙여 대라고 말했다.

"네?"

"나야."

"다 잘 됐어?"

"응, 다 잘 됐어. 문 열어줘."

철문이 자동으로 열리자 뱅크스가 차를 몰고 들어가 성을 향해 아몬드 나무들 사이로 난 진입로를 달려갔다. 전날 밤 보슈가 한 시간이 걸려 간 거리를 단 2분 만에 주파했다. 보슈는 옆 창문에 머리를 기대고 하늘을 올려다보았다. 전날 밤보다 더 깜깜한 것 같았다. 초롱초롱했던 별들이 구름에 가려져 있었다.

아몬드밭을 벗어나자 대저택의 외부를 밝히는 전등이 모두 꺼져있는 것이 보였다. 집 뒤에 있는 풍력발전 터빈을 돌릴 만큼 바람이 충분하지 않았나 보았다. 아니면 곧 있을 일을 위해서 코스그로브가 어둠을 원했는지도 모를 일이었다. 자동차의 전조등이 출발 준비를 마치고 이착륙대에 앉아있는 검은색 헬리콥터를 훑고 지나갔다.

한 남자가 성 앞 원형 진입로에서 기다리고 있었다. 뱅크스가 그 앞에 차를 대자 남자가 앞좌석에 탔다. 천장 등 불빛 속에 드러난 남자는 칼 코스그로브였다. 덩치가 크고 배는 드럼통 같았으며 회백색 곱슬머리는 덥수룩했다. 보슈는 사진을 많이 봐서 그를 쉽게 알아보았다. 드러먼드는 코스그로브에게 아무 말도 하지 않았지만, 뱅크스는 주 방위군 시절의 전우를 다시 만나 흥분한 것 같았다.

"칼, 이게 얼마 만이야."

코스그로브가 고개를 돌려 뱅크스를 흘끗 쳐다보았는데, 뱅크스만큼 반가운 것 같지는 않았다.

"레지."

그뿐이었다. 드러먼드는 뱅크스에게 원형 진입로를 돌아 성 뒤로 이어지는 측면도로로 가라고 지시했다. 그 도로를 타고 뒤로 돌아가서 따로 떨어져 있는 차고를 지나 건물 뒤에 있는 얕은 언덕으로 올라갔다. 곧 낡은 A자형 헛간이 나타났는데 소 우리로 둘러싸여 있었었고 사용하지 않은지 오래된 것 같았다.

"우리 뭐하는 거야?" 뱅크스가 물었다.

"우리?" 드러먼드가 말했다. "보슈 형사를 처리해야지. 과거의 망령을 가만 내버려 두질 못하니 말이야. 헛간 앞으로 가서 세워."

뱅크스가 차를 세우는 동안 전조등 불빛이 커다란 쌍여닫이문을 비추었다. 왼쪽 문에 '무단침입 금지' 팻말이 걸려 있었다. 문과 문 사이에 커다란 빗장이 걸려있었고 두꺼운 쇠사슬이 두 문 손잡이를 휘감고 있었으며 거기에 자물쇠까지 채워져 있었다.

"애들이 숨어들어 와서 맥주 마시고 캔을 던져놓고 가고 그러잖아." 코스그로브가 헛간을 잠가놓은 이유를 설명했다.

"문 열어." 드러먼드가 말했다.

코스그로브가 차에서 내리더니 열쇠를 꺼내 들고 헛간 문을 향해 걸어 갔다.

"꼭 이래야 돼, 드러머?" 뱅크스가 물었다.

"그렇게 부르지 마, 레지. 다들 그렇게 부르지 않은지 꽤 됐어."

"미안해. 그렇게 안 부를게. 근데 정말 우리가 이렇게 해야 하는 거야?"

"또 우리란다. 언제부터 우리였어? 나 아니야, 나? 니들이 무슨 짓을 저지를 때마다 따라다니면서 뒤치다꺼리하느라고 바쁜 건 나 아니냐고."

뱅크스는 대꾸하지 않았다. 코스그로브는 자물쇠를 열고 오른쪽 문을 밀어 열고 있었다.

"자, 해보자." 드러먼드가 말했다.

드러먼드가 차에서 내리더니 차 문을 쾅 닫았다. 뱅크스가 천천히 내릴 준비를 했고 보슈는 이때를 놓치지 않고 백미러로 뱅크스의 눈을 보면서 말했다.

"이 일에 끼어들지 마, 레지. 총을 받았잖아. 네가 이 일을 중단시킬 수 있어."

그때 보슈 쪽 문이 열리고 드러먼드가 그를 끌어내리려고 팔을 뻗었다.

"레지, 뭘 기다리고 있어? 가자."

"아, 나도 같아 가자는 건지 몰랐어."

보슈가 끌어내려지는 동안 뱅크스도 차에서 내렸다.

"헛간으로, 보슈." 드러먼드가 말했다.

보슈는 문이 열린 헛간 쪽으로 등 떠밀려 가면서 어두운 밤하늘을 또 한 번 올려다보았다. 안으로 들어가자 코스그로브가 천장 등을 켰다. 높은 천장 대들보에 달린 천장 등에서 어두운 불빛이 그들이 서 있는 곳을 비추었다.

드러먼드는 건초 다락을 지탱해주는 중앙 기둥으로 걸어가서 기둥을 밀어 이상이 없는지 시험해보았다. 튼튼한 것 같았다.

"여기." 드러먼드가 말했다. "이리로 데려와."

뱅크스가 보슈를 밀고 가자 드러먼드가 보슈의 팔을 잡고 돌려세워 보슈의 등이 기둥에 닿게 했다. 그러고는 권총을 들어 보슈의 얼굴을 겨누었다.

"꼼짝하시 마." 드러민드가 명령했다. "레지, 형사를 기둥에 붙잡이 매."

뱅크스가 주머니에서 열쇠를 꺼내더니 보슈의 수갑 한 쪽을 푼 다음 보슈의 두 팔이 기둥을 감싸 안게 해서 다시 수갑을 채웠다. 보슈는 그들이 자기를 죽이지 않을 것을 깨달았다. 적어도 아직은 아니었다. 무슨 이유에선지 그를 살려둘 필요가 있는 거였다.

보슈가 기둥에 묶이자, 코스그로브가 용감하게 그에게 다가왔다.

"지금도 후회되는 게 뭔줄 알아? 그때 그 골목에서 M16으로 너를 쐈어야 했어. 그때 죽였으면 이런 수고를 덜 수 있었을 텐데. 그때 내가 조준을 너무 높이 했었나 봐."

"칼, 그만해." 드러먼드가 말했다. "집에 돌아가서 프랭크 기다리지 그래? 여기 일 처리하고 바로 뒤따라갈게."

코스그로브는 보슈를 오래도록 노려보면서 사악하게 웃었다.

"좀 앉지 그래." 코스그로브가 말했다.

그러고는 보슈의 왼발을 힘껏 차더니 보슈의 한쪽 어깨를 강하게 내리찍었다. 보슈는 기둥을 따라 미끄러지면서 바닥에 꼬리뼈를 쾅 부딪치며 앉았다.

"칼! 참아. 우리가 처리할게."

마침내 코스그로브가 뒤로 물러섰고, 바로 그 순간 보슈는 조준을 높이 했다는 게 무슨 뜻인지를 알아차렸다. 그날 밤 사건 현장에서 총을 쏴서 모두를 혼비백산하게 만든 군인이 코스그로브였던 것이다. 그러고 보니 주변 건물 지붕 위에는 아무도 없었었다. 코스그로브는 거기 있는 사람들을 초조하게 만들어서 모두의 관심을 자신이 저지른 범죄에 대한 수사에서 딴 데로 돌리고 싶었던 것이다.

"차에 있을게." 코스그로브가 말했다.

"안 돼. 그 차는 여기 두고 갈 거야. 프랭크가 오다가 보게 하고 싶지 않아. 보면 불안해할 수도 있으니까. 보슈가 찾아왔더라고 마누라한테 들었다잖아."

"그럼 그러든지. 걸어서 갈게."

코스그로브가 헛간을 나가자, 드러먼드는 희미한 불빛을 받으며 보슈 앞에 서서 그를 내려다보았다. 잠시 후 자기 재킷 주머니에 손을 넣어 보슈에게서 뺏은 권총을 꺼냈다.

"이봐, 드러머." 뱅크스가 초조한 목소리로 말했다. "프랭크가 그 차를 보게 하고 싶지 않다는 건 무슨 뜻이야? 왜 프랭크가……."

"레지, 그렇게 부르지 말랬지."

드러먼드가 팔을 들어 레지 뱅크스의 옆통수에 총을 겨눴다. 그러고는 눈으로는 계속 보슈를 내려다보면서 방아쇠를 당겼다. 귀가 먹먹해질 정도로 엄청난 총성과 함께 뱅크스의 몸이 보슈 옆 건초가 널려있는 바닥으로 쿵 하고 쓰러졌고, 피와 뇌의 파편이 보슈에게로 튀었다.

드러먼드는 시신을 내려다보았다. 심장이 마지막으로 몇 번 수축하면서 사입구에서 피가 솟구쳐 나와 더러운 짚단을 적셨다. 드러먼드는 보슈의 총을 다시 주머니에 넣은 다음, 허리를 굽혀 자신이 뱅크스에게 주었던 총을 집어 들었다.

"아까 차에서 레지와 단둘이 있었을 때 이 총으로 나를 쏘라고 말했지, 그치?"

보슈는 잠자코 있었고 드러먼드는 오래 기다리지 않고 말을 이었다.

"장전여부를 레지가 확인했을 것 같아?"

드리먼드가 탄창을 빼더니 빈 탄창을 보슈 앞에서 흔들어 보였다.

"당신 생각이 맞았어, 형사." 드러먼드가 말했다. "당신은 약한 연결고리를 찾아서 공격했고, 레지가 가장 약한 연결고리였어. 대단해."

보슈는 자신의 생각이 틀렸다는 것을 깨달았다. 이것이 끝이었다. 그는 두 무릎을 세우고 기둥에 등을 기댔다. 그러고는 마음을 다잡았다.

보슈는 고개를 떨구고 두 눈을 감았다. 눈앞에 딸의 모습이 떠올랐다. 좋았던 날의 기억이었다. 어느 일요일 그는 딸에게 운전 연습을 시켜주려고 근처 고등학교의 빈 주차장으로 딸을 데리고 갔었다. 처음에는 매디가 브레이크를 팍팍 밟고 힘이 잔뜩 들어가더니 연습이 끝날 즈음에는 보슈가 LA 거리에서 만나는 대다수의 운전자들보다 더 능숙하고 부드럽게 차를 몰았다. 그는 딸이 대견했고, 더욱 중요한 것은 딸이 스스로를 자랑스러워했다는 사실이었다. 운전 연습이 끝나고 자리를 바꿔 보슈가 운전해서 집에 가고 있을 때, 딸은 경찰관이 되어서 아버지의 사명을 이어가고 싶다고 말했다. 갑자기 나온 말이었고 그날 두 사람이 가까워지면서 생겨난 생각이었다.

지금 그 생각이 떠오르자 마음이 차분해졌다. 이것이 그의 마지막 기억이 될 것이었다. 그가 블랙박스에 저장하는 마지막 기억이 될 것이었다.

"어디 가지 마, 형사. 나중에 당신이 필요할 것 같으니까."

드러먼드였다. 보슈가 고개를 들었다. 드러먼드가 고개를 끄덕이더니 문을 향해 걸어가기 시작했다. 그러면서 아까 뱅크스에게 주었던 총을 재킷 밑으로 넣어 바지 뒤춤에 꽂았다. 너무나 태연하게 뱅크스를 쏴 죽이고 능숙하게 총을 뒤춤에 꽂는 것을 보니 갑자기 모든 퍼즐 조각이 맞춰지는 느낌이 들었다. 전에도 그런 일을 해보지 않았다면 그렇게 냉혹하게 사람을 죽일 수는 없었다. 다섯 명의 공모자 중에서 단 한 사람만이 1992년에 일련번호가 사라진 총을 유용하게 쓸 수 있는 직업을 갖고 있었다. 드러먼드에게는 이라크 공화국 수비대에서 압수한 총이 사막의 폭풍 작전의 기념품이 아니었다. 실제로 사용하는 총이었다. 드러먼드가 그 총을 LA로 갖고 온 것도 그런 이유에서였다.

"너였군." 보슈가 말했다.

드러먼드가 발걸음을 멈추고 보슈를 돌아보았다.

"뭐?"

보슈가 드러먼드를 노려보았다.

"너였다는 걸 알고 있다고. 코스그로브가 아니라. 네가 안네케 예스페르센을 죽였다고."

드러먼드가 보슈에게로 돌아왔다. 헛간의 어두운 구석구석을 쓱 둘러보더니 어깨를 으쓱거렸다. 그는 자기가 모든 패를 쥐고 있다는 걸 알고 있었다. 그는 곧 죽을 사람과 이야기를 하고 있었고 죽은 사람은 말이 없었다.

"자꾸 성가시게 굴잖아." 드러먼드가 말했다.

드러먼드가 히죽 웃는 것을 보니 20년이 지난 후에 자신이 그 범죄를 저질렀다고 보슈에게 인정한 것이 기쁜 것 같았다. 보슈는 기회를 놓치지 않았다.

"그 여자를 어떻게 골목으로 유인했어?" 보슈가 물었다.

"그거야 간단했지. 그 여자한테 다가가서 당신이 누구이고 무엇을 찾고 있는지 안다고 했지. 나도 그 배에 있었고 그 얘기를 들었다고 했어. 정보를 주고 싶지만 무서워서 얘기를 못하겠다고, 05시에 골목길에서 만나자고 했지. 멍청하게도 진짜 나타났더라고."

드러먼드는 그렇게 된 일이라고 말하는 듯 고개를 끄덕였다.

"카메라는 어떻게 했어?"

"총과 함께 담장 너머로 던져버렸어. 물론 그 전에 필름은 꺼냈고."

쉽게 상상이 갔다. 누군가의 뒷마당에 떨어진 카메라는 경찰에 넘겨지는 대신 주운 사람이 잘 갖고 있거나 전당포에 맡겨졌을 것이다.

"또 다른 건, 형사?" 드러먼드가 물었다. 자신의 영리함을 보슈하게 과시하는 것을 즐기는 게 분명했다.

"있어." 보슈가 말했다. "네가 범인이라면, 어떻게 20년간이나 코스노브와 다른 친구들이 너에게 동조하게 했지?"

"그것도 쉬웠어. 칼 2세가 이런 일에 관련이 됐다는 걸 노친네가 알면 당장 인연을 끊고 쫓아냈을 거거든. 다른 놈들은 순순히 따라왔고, 말 안 들으면 밟아줬지."

그 말을 끝으로 드러먼드는 돌아서서 문을 향해 걸어갔다. 문을 열고도 잠깐 망설였다. 그가 엄숙한 미소를 지으며 보슈를 돌아보더니 팔을 뻗어 전기 스위치를 껐다.

"잠 좀 자둬, 형사."

그러고는 걸어 나가 문을 닫았다. 잠시 후 철로 된 빗장이 걸리는 소리가 들렸다.

보슈는 완벽한 어둠 속에 홀로 남았다. 그러나 그는 살아있었다, 아직은.

33

보슈는 전에도 여러 번 어둠 속에 갇힌 적이 있었다. 그럴 때마다 너무나 두려웠고 죽음이 가까이 왔다는 것을 느낄 수 있었다. 또한 기다리면 어둠 속에서 잃어버린 빛을 볼 수 있을 거라는 것도 알고 있었다. 그 빛을 찾으면 그 빛이 자신을 구원할 거라고 믿었다.

그는 방금 무슨 일이 일어났는지, 왜 일어났는지를 이해해야 한다고 생각했다. 지금도 살아있다는 게 믿어지지 않았다. 그의 모든 이론은 그를 헛간에 가둬놓고 끝이 났다. 드러먼드가 레지 뱅크스를 처단할 때처럼 냉혹하게 그의 머리에 총알을 박아 넣었어야 했다. 드러먼드는 최후의 해결사였고 청소부였다. 보슈는 치워야 할 쓰레기였다. 아무리 한시적이라고 해도 그의 목숨을 살려둔 것이 이해되지 않았다. 보슈가 살아남으려면 그 문제부터 풀어야 했다.

그러자면 우선 수갑을 풀고 자유로워져야 했다. 보슈는 사건에 관한 모든 의문들을 젖혀두고 탈출에 집중했다. 그는 주변 환경과 가능성을 더 잘 판단하기 위해 두 발목을 끌어당겨 몸을 위로 밀면서 서서히 일어섰다.

우선 기둥부터 시작했다. 기둥은 가로 세로가 15센티미터인 정사각형의 단단한 목재였다. 등으로 기둥을 쳐봐도 흔들림이 전혀 없었다. 등만 아플 뿐이었다. 기둥은 어떻게 할 수 없다는 것을 기정사실로 간주하고 방법을 찾아봐야 했다.

어둠 속을 올려다보니 천장 이음 가로장의 형태가 보였다. 전등불이 꺼지기 전에 본 기억 덕분에 그는 천장 꼭대기에 올라가서 탈출할 방법이 없다는 것을 알고 있었다.

고개를 숙이고 아래를 내려다보았지만 발은 어둠에 가려져 있었다. 그는 바닥 흙 위에 짚이 깔려 있다는 것을 알고 있었다. 발뒤꿈치로 기둥 밑부분을 차보았다. 단단히 박혀있었는데 어떻게 그렇게 단단히 박혀있는지는 알 수 없었다.

드러먼드가 돌아오기를 기다리느냐, 아니면 탈출을 시도하느냐, 둘 중 하나를 선택해야 했다. 조금 전에 떠올랐던 딸의 모습이 다시 떠오르자 그는 쉽게 가지 않기로 결심했다. 죽을힘을 다해 싸울 생각이었다. 그는 두 발로 지푸라기를 밀어낸 뒤 발꿈치로 흙바닥을 차기 시작했다. 그러자 바닥이 서서히 파이고 있었다.

보슈는 이게 마지막이라는 생각으로 필사적으로 흙바닥을 찼다. 마치 자신을 막아 세운 사람이나 물건을 걷어차는 느낌이었다. 그런 노력이 계속되자 발꿈치가 상처를 입고 고통에 찬 비명을 지르기 시작했다. 수갑에 묶여있는 두 팔목은 팽팽하게 잡아 당겨져 손가락에 감각이 없어지고 있었다. 그러나 그는 개의치 않았다. 살면서 자기를 막아 세웠던 모든 것을 향해 발길질하고 싶었다.

노력해도 헛수고였다. 수천 번의 발길질 끝에 드러난 것은 기둥을 받치고 있는 콘크리트 받침대였다. 받침대와 기둥이 단단하게 연결되어 있었다. 절대로 어디 가지 않을 것 같았고 보슈 자신도 어디 가지 못할 것이 분명했다. 마침내 그는 발길질을 멈추고 고개를 숙였다. 지칠 대로 지쳤고 패배감이 밀려들었다.

유일한 희망은 드러먼드가 돌아왔을 때 움직이는 것이라는 생각이 들었다. 드러먼드가 수갑을 풀어줄 이유를 생각해낼 수 있다면, 싸워볼 기회가 있을 것이었다. 총을 향해 달려들거나 필사적으로 도망칠 수 있을 터였다. 어느 쪽이든, 그것이 보슈에게 유일한 기회가 될 것이었다.

그런데 드러먼드가 자신의 전략적인 이점을 포기하고 보슈의 수갑을 풀어주게 만들려면 무슨 말을 해야 할까? 보슈는 기둥에 등을 기대고 똑바로 섰다. 정신을 바짝 차려야 했다. 모든 가능성에 대비해야 했다. 그는 뱅크스가 아까 모텔 방에서 했던 이야기를 떠올려보면서 이용할 수 있는 부분을 찾기 시작했다. 드러먼드를 위협할 수 있는 무언가가 필요했다. 숨겨져 있는 것이고 보슈만이 그를 그곳으로 안내할 수 있어야 했다.

보슈가 추에게 보낸 이메일은 절대로 포기할 수 없었다. 파트너를 잠재적인 위험에 빠뜨릴 수도 없고, 사건을 해결할 중요한 증거를 드러먼드가 제거하게 할 수도 없었다. 뱅크스의 자백은 대단히 중요해서 거래의 대상이 될 수 없었다.

보슈는 드러먼드가 이미 자신의 휴대전화를 검사해봤을 거라고 확신했다. 그러나 그의 휴대전화는 비밀번호로 보호받고 있었다. 틀린 번호를 세 번 누르면 휴대전화가 자동으로 잠기게 되어 있었다. 그 후에도 계속 시도를 하면 결국에는 데이터가 삭제되었을 것이다. 그렇다면 드러먼드가 모르는 상태에서 그 녹음파일이 추에게 안전하게 전달되었을 가능성이 컸다. 보슈는 그런 가능성을 바꿀 일은 하지 않기로 결심했다.

지금은 다른 것이 필요했다. 그가 연기할 수 있는 각본이 필요했다.

어떻게 하지?

마음이 점점 더 절박해졌다. 뭔가 있어야 했다. 드러먼드는 뱅크스가 보슈와 말을 했다는 이유로 뱅크스를 사살했다. 보슈는 그 사실부터 시작했다. 그렇다면 뱅크스가 보슈에게 뭔가를 보여준 거라고 생각할 수 있었다. 그가 비장의 무기로 계속 숨기고 있었던 어떤 증거를 보여준 거라고 생각할 수 있었다. 기회만 생긴다면 코스그로브와 드러먼드를 위협하고 누를 수 있는 무언가를 보여준 거라고 생각할 수 있었다.

그게 무엇일까?

그 순간 보슈의 머릿속에 퍼뜩 떠오르는 것이 있었다. 권총. 이번에도 총이었다. 총을 따라가라. 그것이 이제까지 진행되어온 수사의 원칙이었다. 이제 와서 그 원칙이 바뀔 이유가 없었다. 뱅크스는 자신이 주 방위군 중대의 무기 재고 담당이었다고 했었다. 기념품으로 압수한 총들을 미국으로 보낼 장비 상자 속에 숨기는 일을 했다고 했었다. 그는 닭장을 지키는 여우였다. 보슈는 드러먼드에게 그 여우가 목록을 만들어 놓았다고 말할 생각이었다. 뱅크스가 총기의 일련번호를 일일이 적어놓았고 그 목록에는 그 총을 받은 사람의 이름이 전부 적혀있었다고 말할 생각이었다. 그 목록에는 안네케 예스페르센을 사살한 총을 갖고 간 군인의 이름도 적혀있다고, 뱅크스가 그 목록을 잘 숨겨놨는데, 그가 죽었으니 그 목록이 곧 세상에 나타날 거라고도 말할 생각이었다. 오직 보슈만이 드러먼드를 그 목록이 있는 곳으로 안내할 수 있다고 말할 생각이었다.

보슈는 희망이 생기자 흥분이 되었다. 그 시나리오가 먹힐 수 있다고 생각했다. 아직 완벽하게 완성되진 않았지만, 충분히 효과가 있을 것 같았다. 그러나 그 전에 다듬을 필요가 있었다. 드러먼드의 마음에 걱정을 불러 일으킬 이유가 필요했다. 이제 뱅크스가 죽었으니 그 목록이 세상에 나와 자신의 죄상을 폭로할 거라는 합당한 두려움을 불러일으킬 이유가 필요했다.

보슈는 기회가 있다고 믿기 시작했다. 그 기본 골격에 살을 더 붙이고 신빙성을 더하기만 하면 되었다. 그러려면……

갑자기 생각을 멈췄다. 빛이 있었다. 보슈는 드러먼드에 맞설 시나리오를 짜는 동안 자신이 계속 눈을 뜨고 있었다는 것을 깨달았다. 발치에 초록빛을 띤 흰색의 작은 불빛이 보였다. 희미한 작은 점들의 동그라미였는데 50센트 동전 크기만 했다. 그 동그라미 안에서 움직임도 보였다. 멀리 있는 별처럼 희미하게 반짝이는 작은 빛의 점 하나가 그 동그라미의 둘레를 따라 돌면서 작은 점 하나하나를 만지며 지나가고 있었다.

보슈는 자신이 레지 뱅크스의 손목시계를 보고 있다는 것을 깨달았다. 그 순간 탈출할 수 있는 방법이 불현듯 떠올랐다.

한 가지 계획이 보슈의 마음에 빠르게 자리를 잡았다. 그는 기둥을 타고 미끄러지듯 내려앉으면서 마치 가상의 의자에 앉아있는 듯한 자세를 취했다. 전날 밤 아몬드밭을 헤맨 탓으로 넓적다리와 오금줄이 저리고 아팠지만, 그래도 기둥에 등을 대고 오른 다리에 힘을 주어 자세를 유지하면서, 왼 다리를 뻗었다. 왼발 뒤꿈치로 죽은 사람의 팔목을 잡아서 자신에게로 끌고 오려고 애를 썼다. 몇 번의 시도 끝에 그 팔을 자기 쪽으로 끌어올 수 있었다. 최대한 끌고 온 다음 그는 다시 일어나서 기둥을 따라 180도를 돌았다. 이번에는 바닥으로 완전히 주저앉아 팔을 뒤로 뻗어 뱅크스의 손을 잡으려고 애를 썼다. 겨우 손이 닿았다.

보슈는 죽은 남자의 손을 두 손으로 붙잡고 몸을 최대한 앞으로 숙여 시신을 더 가까이 끌어당겼다. 그런 다음 뱅크스의 손목에서 시계를 벗겨냈다. 왼손으로 시계를 잡고 버클을 뒤로 젖혀 버클 가운데의 가느다란 쇠 핀만 남게 했다. 그런 다음 자기 손목을 비틀어 오른쪽 수갑의 열쇠구멍 속에 그 쇠 핀을 밀어 넣고 돌려보았다.

보슈는 머릿속으로 과정을 그려보면서 작업을 했다. 두 손을 뒷짐 져 수갑이 채워진 채로 어둠 속에 있는 상황이 아니라면, 수갑은 가장 따기 쉬운 잠금장치였다. 수갑 열쇠는 기본적으로 작은 쇠 핀이었다. 수갑 열쇠가 다 똑같은 이유는, 법집행기관에서 수갑은 죄수들 손에 채워져 이 경찰관에서 저 경찰관으로, 이 법정에서 저 법정으로 옮겨 다니는 일이 많기 때문이다. 만일 수갑마다 고유의 열쇠가 따로 있다면, 안 그래도 육중하고 느려 터진 시스템이 훨씬 더 느리게 돌아갈 것이다. 보슈는 그러니까 분명히 열릴 거라고 믿으면서 시계 버클 핀으로 수갑을 열려고 애를 썼다. 드러먼드가 압수한 지갑 속 경찰 배지 뒤에 항상 숨기고 다니는 열쇠 따는 노구틀만 있으면 어떤 잠금장치든 능숙하게 딸 수가 있었다. 그러나 시계 버클의 핀을 돌려서 수갑을 여는 일은 만만치가 않았다.

수갑 한 짝을 푸는 데는 일 분도 채 걸리지 않았다. 나머지 한쪽은 훨씬 더 빨리 풀었다. 이제 자유였다. 보슈는 일어서서 헛간 문 쪽으로 급히 걸어가다가 뱅크스의 시신에 발이 걸려 짚이 깔린 바닥에 엎어졌다. 냉큼 일어서서 방향을 잡은 다음 이번에는 두 팔을 앞으로 들어 어둠 속을 더듬으면서 앞으로 걸어갔다. 문 앞에 이르렀을 때, 그는 왼쪽으로 두 팔을 뻗어 벽을 위아래로 더듬다가 전등 스위치를 찾아냈다.

드디어 헛간에 불이 밝혀졌다. 보슈는 거대한 쌍여닫이문 쪽으로 서둘러 걸어갔다. 아까 드러먼드가 밖에서 빗장을 거는 소리를 들었지만 그래도 문을 세게 밀어보았다. 실패였다. 두 번 더 시도했지만 결과는 마찬가지였다.

보슈는 뒤로 물러서서 주위를 둘러보았다. 드러먼드와 코스그로브가 일 분 후에 돌아올지 하루가 지난 다음에 돌아올지 알 수 없었지만, 계속 움직여야 한다는 생각이 들었다. 그는 시신이 있는 곳으로 돌아가서 헛간의 더 어두운 구석을 향해 걸어갔다. 뒤쪽 벽에도 쌍여닫이문이 있었지만 이 문도 잠겨있었다. 돌아서서 헛간 안을 둘러보았지만 다른 문이나 창문은 보이지 않았다. 욕이 절로 나왔다.

보슈는 마음을 가라앉히고 생각을 하려고 노력했다. 아까 밖에서 뱅크스가 차를 대면서 보았던, 전조등 불빛 속에 드러난 헛간을 떠올려보았다. 헛간은 A자 형의 건물이었고 다락에 건초를 싣고 내리기 위한 문이 있었던 것이 기억이 났다.

보슈는 주요 기둥 중 하나 옆에 세워진 나무 사다리로 달려가서 사다리를 오르기 시작했다. 다락에는 건초더미가 가득 쌓여있었다. 헛간이 버려진 후로 그냥 내버려 둔 것이다. 보슈는 건초더미 옆을 돌아서 작은 쌍여닫이문 쪽으로 갔다. 이 문들도 잠겨있었지만 이번에는 안에서 잠겨 있었다.

단순하게 잡아당겼다 밀었다 하는 걸쇠에 튼튼한 맹꽁이자물쇠가 채워져 있었다. 제대로 된 따는 도구만 있으면 그런 자물쇠쯤은 쉽게 딸 수 있었지만, 그 열쇠 도구는 경찰 배지 지갑 속에 있었고 지갑은 드러먼드의 주머니에 들어 있었다. 손목시계 버클로 될 일이 아니었다. 이번에도 탈출이 무산되었다.

보슈는 고개를 숙이고 어두운 불빛 속에서도 최선을 다해 걸쇠를 살펴보았다. 문을 발로 차서 열어볼까 하는 생각이 들었지만, 나무가 단단해 보였고 걸쇠는 여덟 개의 나사못에 고정되어 있었다. 발로 차서 여는 것은 시끄럽기도 해서 최후의 수단으로 남겨야 할 것 같았다.

다시 아래층으로 내려가기 전에 그는 탈출이나 자기방어를 도울 도구를 찾아 다락방 안을 두리번거렸다. 자물쇠 걸쇠를 떼어내는 도구나 몽둥이로 사용할 단단한 나무 토막 같은 것을 찾고 있었다. 그러다가 그는 더 유용한 것을 발견했다. 무너진 건초더미 뒤에 녹슨 쇠스랑이 있었다.

보슈는 쇠스랑이 뱅크스의 몸 위로 떨어지지 않게 조심해서 아래층으로 떨어뜨린 후 사다리를 내려갔다. 쇠스랑을 들고 헛간을 다시 한 번 둘러보며 탈출 수단을 찾았다. 그러나 아무것도 찾지 못하고 전등 빛이 비추는 헛간 한 가운데로 돌아갔다. 혹시 뱅크스가 잭나이프나 다른 유용한 것을 갖고 있을지 몰라 그의 몸도 수색해보았다.

무기는 찾지 못했지만 보슈의 렌터카 열쇠는 찾아냈다. 드러먼드는 뱅크스를 죽인 후 열쇠를 회수하는 것을 잊었던 것이다.

보슈는 헛간 앞문으로 걸어가서 열리지 않을 것을 알면서도 한 번 더 밀어보았다. 자기 차에서 5미터도 안 되는 거리에 있는데도 가까이 갈 수가 없었다. 그 차의 트렁크 안, 그가 경찰차에서 렌터카로 옮겨놓은 판지로 된 도구상자들 밑에 상자가 한 게 더 있었다. 여분의 총을 보관하는 상자였다. 킴버 울트라 캐리 45. 탄창에 일곱 발이, 약실에는 행운을 위해 한 발 더 장전되어 있었다.

"빌어먹을." 그가 중얼거렸다.

기다리는 것밖에 다른 선택안이 없었다. 무장한 남자 두 명이 들어오면 깜짝 놀라게 하고 힘으로 제압해야 했다. 그는 팔을 뻗어 전등 스위치를 껐다. 그러자 헛간이 다시 어둠에 빠져들었다. 이제 그는 쇠스랑과 어둠, 그리고 깜짝 놀랄 만한 전술을 갖고 있었다. 이런 가능성들이 마음에 들었다.

34

오래 기다릴 필요가 없었다. 전등을 끈 지 10분쯤 지나자 바깥쪽 문에 걸린 빗장에서 금속이 금속을 긁는 소리가 났다. 빗장이 천천히 벗겨지고 있었고, 보슈는 드러먼드가 자기를 놀라게 하려고 그러는 건지도 모른다고 생각했다.

천천히 문이 열렸다. 보슈가 있는 곳에서는 바깥의 어둠이 잘 보였다. 차가운 공기가 헛간 안으로 쏟아져 들어오는 것을 느낄 수 있었다. 그리고 한 사람의 그림자가 헛간 안으로 들어오는 것이 보였다.

보슈는 마음을 다잡고 쇠스랑을 들었다. 그는 전등 스위치 옆에 서 있었다. 그들 중 한 명이 먼저 찾아올 곳이 여기였다. 불을 켜기 위해. 보슈는 쇠스랑을 어깨높이로 들고 다가오는 놈을 찌를 계획이었다. 그렇게 그놈을 죽인 후 총을 뺏어서 다른 놈과 일대일로 맞붙어볼 생각이었다.

그러나 홀로인 형체는 전등 스위치를 향해 다가오지 않았다. 눈이 어둠에 적응하기를 기다리며 문간에 우두커니 서 있었다. 잠시 후 헛간으로 세 걸음을 걸어 들어왔다. 보슈는 이런 상황에 대한 준비는 되어 있지 않았다. 그가 공격할 지점은 전등 스위치 옆이었다. 근데 지금 그는 표적과 너무 많이 떨어져 있었다.

갑자기 헛간에 불이 들어왔다. 그러나 천장 등이 켜진 것은 아니었다. 헛간으로 들어온 사람이 손전등을 갖고 있었다. 그 사람이 여자인 것 같다는 생각이 들었다.

이제 그 사람이 보슈가 있는 곳을 지나갔고 손전등을 앞으로 내밀어 들고 있었다. 보슈가 있는 곳에서는 얼굴이 잘 보이지 않았지만 키나 움직임으로 볼 때 드러먼드도 코스그로브도 아니었다. 여자가 분명했다.

손전등 불빛이 헛간을 두루 비추고 지나가다가 방향을 홱 꺾어 바닥에 있는 시신을 비추었다. 여자가 그곳으로 달려가 죽은 남자의 얼굴을 비추었다. 뱅크스는 눈을 크게 뜨고 누워있었고 오른쪽 관자놀이에 총알이 들어간 끔찍한 상처가 있었다. 왼손은 기둥을 향해 뻗어있었고 이상한 각도로 꺾어있었다. 손목시계는 왼손 옆 지푸라기 위에 놓여 있었다.

여자는 뱅크스 옆에 쭈그리고 앉아서 손전등으로 시신을 두루 비추어 보았다. 그러는 동안 그녀가 다른 손에 든 권총과 그녀의 얼굴이 드러났다. 보슈는 쇠스랑을 내리고 숨어있던 곳에서 걸어 나갔다.

"멘덴홀 형사."

멘덴홀이 오른쪽으로 홱 돌아서 보슈에게 총구를 겨누었다. 보슈는 쇠스랑을 그대로 든 채로 두 손을 들었다.

"나예요."

보슈는 자신이 쇠스랑을 들고 있는 농부와 그의 아내를 그린 〈아메리칸 고딕〉이라는 유명한 그림 속의 농부처럼 보일 것 같다고 생각했다. 물론 아내는 없지만. 그가 쇠스랑을 놓자 쇠스랑은 짚단이 깔린 바닥에 떨어졌다.

멘덴홀이 총을 내리고 일어섰다.

"보슈, 여기서 뭐 하는 거죠?"

자기 이름을 부를 땐 직위를 붙여 불러서 존중하는 마음을 보여 달라더니 정작 자기는 직위를 생략하고 보슈를 불렀다. 보슈는 대답하지 않고 문으로 걸어가 밖을 내다보았다. 나무들 사이로 성의 불빛이 보였지만 코스그로브나 드러먼드가 오고 있는 것 같지는 않았다. 보슈는 밖으로 나가 렌터카로 가서 자동차 열쇠를 눌러 트렁크를 열었다.

멘덴홀이 그를 따라 나왔다.

"보슈 형사, 뭐 하는 거냐고 물었잖아요."

보슈는 판지 상자 한 개를 트렁크에서 꺼내 바닥에 내려놓았다.

"목소리 낮춰요." 보슈가 말했다. "그러는 당신은 여기서 뭐 하는 거죠? 오툴의 감찰 요청 건 때문에 여기까지 나를 미행한 건가?"

보슈는 총이 든 상자를 발견하고 상자를 열었다.

"아닌데요."

"그럼 여긴 웬일이죠?"

그는 킴버 권총을 꺼내 잘 작동이 되는지 확인했다.

"알고 싶은 게 있어서요."

"뭘 알고 싶다는 거죠?"

그는 권총을 권총집에 꽂은 후 상자에서 여분의 탄창 한 개를 꺼내 주머니에 넣었다.

"우선 하나는 당신이 뭘 하고 있는가. 휴가를 간 게 아니라는 느낌이 들어서요."

보슈는 조용히 트렁크를 닫고 주변을 돌아보며 상황을 살핀 다음 다시 멘덴홀을 바라보았다.

"차는 어디 있어요? 여긴 어떻게 들어왔죠?"

"어젯밤에 당신이 주차한 곳에 주차했어요. 여기까진 어젯밤 당신이 들어온 것과 같은 방식으로 걸어 들어왔고."

보슈는 그녀의 신발을 내려다보았다. 아몬드밭의 진흙이 잔뜩 묻어있었다.

"날 미행하고 있었군, 그것도 혼자서. 당신이 여기 온 것 사람들이 알아요?"

멘덴홀이 보슈의 눈길을 피했고 대답은 '아니다'가 분명했다. 그녀는 누가 시키지 않았는데도 자발적으로 보슈를 조사하고 있었다. 보슈가 안네케 에스페르센 사건을 자발적으로 수사하고 있듯이. 어찌 된 일인지 보슈는 그녀의 그런 점이 마음에 들었다.

"손전등 꺼요." 보슈가 말했다. "괜히 우리만 노출되니까."

멘덴홀은 시키는 대로 했다.

"자, 여기서 뭐하는 거죠, 멘덴홀 형사?"

"제가 맡은 사건을 수사하고 있어요."

"그것 말고. 나를 자발적으로 조사하고 있잖아요. 그 이유가 뭐냐니까."

"그냥 취미 삼아 당신을 쫓아왔다고 해두죠. 저기 저 남자는 누가 죽였어요?"

보슈는 자기를 쫓아온 이유를 듣겠다고 멘덴홀과 옥신각신할 시간이 없다는 걸 알고 있었다. 여길 나가면 적당한 때에 그 문제를 다시 짚고 넘어가기로 했다.

"J.J. 드러먼드 보안관이." 보슈가 대답했다. "아주 냉혹하게. 바로 내 눈앞에서, 조금도 망설이지 않고. 여기로 숨어들어올 때 드러먼드 봤어요?"

"남자 두 명을 봤어요. 둘 다 집 안으로 들어가던데요."

"다른 사람은? 세 번째 남자도 도착하지 않았나?"

멘덴홀이 고개를 가로저었다.

"아뇨, 둘밖에 없던데. 무슨 일인지 말 좀 해봐요. 당신은 여기 갇혀있고, 저기 한 남자는 죽어있고……."

"이봐요, 시간이 별로 없어요. 우리가 막지 않으면 살인이 더 발생할 거니까. 간단히 말해서 내가 맡은 미제사건이 날 여기로 데리고 온 겁니다. 전에 말했던 사건 말이에요, 나를 샌쿠엔틴에 가게 만든 사건. 그 종착점이 여기예요. 타요."

보슈가 운전석 문 쪽으로 걸어가면서 작은 소리로 말을 이었다.

"내 피해자는 덴마크 출신의 안네케 예스페르센이라는 종군기자였는데, 91년 사막의 폭풍 작전 때 유람선에서 휴가를 보내던 주 방위군 군인 네 명이 그 여자에게 약을 먹이고 집단 강간을 했어요. 그다음 해에 그 여자는 그 군인들을 찾아 미국에 왔죠. 기사를 쓸 생각이었는지 책을 쓸 생각이었는지 뭔지는 모르겠지만, 폭동이 진행되는 동안 그녀는 LA까지 그 군인들을 쫓아왔죠. 그러고는 폭동으로 혼란스러운 틈을 타서 놈들이 그 여자를 살해했고."

보슈는 차에 타 시동을 걸고 기다렸다. 멘덴홀이 조수석에 탔다.

"근데 내가 수사를 하니까 그들을 하나로 묶어주던 음모가 서서히 드러나게 된 거죠. 여기 이 뱅크스가 약한 연결고리였고 그래서 놈들이 뱅크스를 죽였어요. 또 한 명이 올 거라고 했는데 오면 그 남자도 죽일 거 같고."

"누군데요?"

"프랭크 다울러라는 남자."

보슈는 후진 기어를 넣고 헛간에서 후진하기 시작했다. 차의 모든 등을 껐다.

"당신은 왜 죽이지 않았죠?" 멘덴홀이 물었다. "왜 뱅크스만 죽였을까요?"

"내가 살아있을 필요가 있으니까, 당분간은. 드러먼드에게 계획이 있는 거겠죠."

"무슨 계획이요? 이건 정말 미친 짓이에요."

보슈는 아까 쇠스랑을 들고 어둠 속에서 기다리는 동안 모든 것을 머릿속 데이터뱅크에 넣고 돌려보았었다. 그래서 마침내 J.J. 드러먼드의 계획을 이해하게 되었다.

"사망 시각." 보슈가 말했다. "사망 시각 때문에 나를 살려두는 거죠. 모든 걸 나에게 뒤집어씌우려고. 내가 이 사건 수사에 집착하게 되어 결국에는 피해자를 위한 복수에 나섰다고 말하려고요. 내가 뱅크스를, 그 다음에는 다울러를 죽였고, 코스그로브를 죽이기 전에 보안관이 나타나서 나를 죽였다고 말하겠죠. 드러먼드는 다울러를 죽이자마자 나도 죽일 게획인 거예요. 그렇게 이야기를 꾸며내면 자기는 미친개 같은 경찰에 맞서서 밸리 지역 최고의 시민들 중 한 명인 코스그로브를 구해낸 용감한 보안관이 될 테니까. 그런 다음에는 영웅이 되어 하원에 입성할 거고. 하원의원에 출마했다는 얘긴 내가 했던가요?"

보슈가 성을 향해 언덕을 내려가기 시작했다. 저택 외부의 불은 여전히 모두 꺼져 있었고, 아몬드밭에서 엷은 안개가 몰려와 주변을 더욱 어둡게 하고 있었다.

"드러먼드가 이 일에 관련되었다는 사실조차 믿어지지 않네요. 보안관이잖아요."

"코스그로브가 보안관을 만들어줬으니까 보안관이 된 거죠. 마찬가지로 코스그로브가 그를 하원에 꽂아줄 거예요. 드러먼드가 모든 비밀을 알고 있으니까. 드러먼드도 다른 남자들과 함께 237중대에서 복무했어요. 사막의 폭풍 작전 때 그 배에도 있었고 폭동 중에 LA에도 있었고. 안네케 예스페르센을 죽인 범인이 드러먼드예요. 그렇게 해서 코스그로브를 통제해왔던……."

번뜩 떠오르는 생각이 있어 보슈는 말을 멈췄다. 그는 속도를 줄이고 천천히 차를 세웠다. 드러먼드가 헛간을 떠나기 전에 했던 말이 갑자기 생각났다. 칼 2세가 이런 일에 관련이 됐다는 걸 노친네가 알면 당장 인연을 끊고 쫓아냈을 거거든.

"드러먼드가 코스그로브도 죽이겠군."

"왜요?"

"코스그로브의 노친네가 죽었으니까. 드러먼드가 더 이상 그를 통제할 수 없게 됐으니까."

보슈의 결론이 맞다는 걸 알려주기라도 하듯, 성 쪽에서 총소리가 들렸다. 보슈는 가속페달을 밟아 쏜살같이 대저택의 옆을 돌아 원형 진입로에 이르렀다.

저택 출입문에서 5미터쯤 떨어진 곳에 있는 오토바이 거치대에 오토바이 한 대가 기대 세워져 있었다. 금속성이 있는 파란색의 가스탱크가 보슈의 눈에 익었다.

"다울러네." 보슈가 말했다.

집안에서 또 한 발의 총성이 들렸다. 그리고 또 한 발.

"너무 늦었네요."

35

앞쪽 현관문은 잠겨있지 않았다. 보슈와 멘덴홀이 조용히 문을 열고 들어갔다. 먼저 둥근 로비 같은 방이 나타났다. 1미터 높이의 사이프러스 나무 그루터기 위에 타원형의 두꺼운 유리 상판이 깔린 테이블이 있었다. 그 방에는 열쇠와 우편물과 짐을 올려놓는 용도로 쓰이는 그 테이블을 제외하고는 아무것도 없었다. 그들은 복도를 걸으면서 열두 명이 앉아 식사할 만큼 긴 식탁이 있는 식당을 지나갔고 적어도 200평방미터 정도는 되어 보이는 거실로 들어갔다. 거실 양쪽 벽에 벽난로가 있는 것이 보였다. 그들은 다시 복도로 돌아갔다. 복도 끝에 거대한 계단이 있었고 뒤편으로는 부엌으로 가는 작은 복도가 있었다. 여기 바닥에 전날 밤 보슈에게 달려들었던 개가 있었다. 코스모. 왼쪽 귀 뒤에 총을 맞고 쓰러져 있었다.

그들은 개 앞에서 잠시 주춤하다 바로 그 순간 부엌 전등이 꺼졌다. 보슈는 무슨 일이 일어날지 알았다.

"엎드려!"

보슈는 바닥으로 몸을 날렸고, 죽은 개 뒤에 엎드리게 되었다. 어두운 부엌 문 앞에 한 사람의 형체가 나타났고 섬광이 번쩍하더니 곧 총성이 연달아 들렸다. 보슈는 자신을 향해 날아온 총알을 개가 맞고 개의 몸이 홱 젖혀지는 것을 느꼈다. 보슈가 반격을 시작했다. 부엌문 쪽 어둠을 향해 네 발을 쏘았다. 유리가 박살이 나고 나무가 쪼개지는 소리가 들렸다. 그러고는 문이 열리고 달려나가는 발소리가 들렸다.

보슈의 일제사격에도 총알이 더 이상 날아오지 않았다. 그는 주위를 둘러보다가 오른쪽 벽에 있는, 요리책이 가득 꽂힌 책장 옆에 멘덴홀이 웅크리고 있는 것을 보았다.

"괜찮아요?" 보슈가 작은 소리로 물었다.

"괜찮아요." 멘덴홀이 대꾸했다.

보슈가 고개를 돌리고 뒤에 있는 복도를 바라보았다. 출입문을 열어둔 채 왔었다. 총을 쏜 사람이 집 앞으로 돌아와서 뒤에서 공격할 수도 있었다. 움직여야했다. 부엌을 확인해야 했다.

보슈는 몸을 일으켜 웅크린 자세로 앞으로 뛰어나가 죽은 개를 뛰어넘어 부엌으로 가는 어두운 복도를 달려갔다.

부엌으로 들어간 보슈는 오른쪽 벽을 더듬어 네 개의 스위치를 다 켰다. 그러자 천장 등이 켜지면서 눈부시게 밝은 불빛이 부엌을 가득 채웠다. 왼쪽에는 뒷마당 수영장으로 가는 문이 열려 있었다.

보슈는 총을 든 채 방안을 둘러보았지만 아무도 보이지 않았다.

"아무도 없어요!"

그는 열린 문을 통해 밖으로 나가서 즉시 오른쪽 벽으로 비켜섰다. 자신의 모습이 부엌 불빛에 실루엣으로 드러나지 않게 하기 위해서였다. 직사각형 수영장의 어두운 물이 부엌에서 나오는 빛 속에서 어슴푸레 빛나고 있었지만 그 너머에는 어둠뿐이었다. 아무것도 보이지 않았다.

"놈은 갔어요?"

보슈가 뒤를 돌아보았다. 멘덴홀이 뒤에 와서 서있었다.

"저기 어딘가에 숨어있을걸요."

보슈는 집안 전체를 확인하기 위해 다시 부엌으로 들어갔고 곧 거대한 철제 냉장고 옆에 있는 문 밑으로 피가 흘러나오는 것을 보았다. 그는 따라 들어오는 멘덴홀에게 그것을 가리켰다. 그가 문손잡이를 잡으려고 팔을 뻗자 그녀는 사격 자세를 취했다.

보슈는 사람이 드나들 수 있는 식료품 저장실의 문을 열었다. 그 안 바닥에 두 남자의 시신이 있었다. 하나는 길 코스그로브라는 깃을 금방 알아보았다. 다른 하나는 프랭크 다울러의 시신일 거라고 추측했다. 개와 마찬가지로 두 사람 다 왼쪽 귀 뒤에 한 발을 맞았다. 코스그로브의 시신이 다울러의 시신 위에 있어서, 살인의 순서를 알 수 있었다.

"드러먼드가 코스그로브에게 시켰구먼. 다울러에게 전화해서 이 집으로 오라고 하라고. 그런 다음 드러먼드가 여기서 다울러를 쏜 거지. 그게 첫 번째 총성이었고. 그런 다음에는 개를 죽이고 마지막으로 개 주인을 죽인 거네."

보슈가 살인의 순서를 잘못 파악했을 수는 있어도, 드러먼드가 보슈의 총을 사용했을 거라는 데는 의심의 여지가 없다고 생각했다. 또한 14년 전에 발생한 크리스토퍼 헨더슨 살인사건과 굉장히 유사하다는 생각도 했다. 그때 헨더슨은 주방에 있는 사람이 드나들 수 있는 작은 창고로 떠밀려 들어가 뒤통수에 총을 맞고 죽었다.

멘덴홀이 쪼그리고 앉아서 두 남자의 맥박을 확인했다. 보슈는 가망이 없을 거라는 걸 알고 있었다. 멘덴홀이 고개를 가로젓더니 무슨 말인가를 시작했다. 그런데 그때 복도 쪽에서 엔진이 윙윙 돌아가는 것 같은 시끄러운 소리가 들려서 말을 멈췄다.

"저건 또 뭐예요?" 점점 더 커지는 소리를 이기려고 멘덴홀이 큰 소리로 물었다.

보슈가 열린 부엌문과 집 앞쪽에서 뒤쪽까지 뻥 뚫려있는 복도를 바라
보았다.

"코스그로브의 헬리콥터." 보슈가 복도로 나가면서 외쳤다. "드러먼드
가 조종하고 있어요."

보슈는 복도를 달려가 열린 현관문 밖으로 달려 나갔고 멘덴홀이 몇 걸
음 뒤에서 그를 따라 뛰어나갔다. 그들이 달려 나간 것과 거의 동시에 현
관문을 향해 총알이 빗발치듯 날아왔다. 이번에도 보슈는 몸을 날린 후
앞으로 굴러가서 원형 진입로와 통로를 따라 늘어선 콘크리트 화단 뒤로
숨었다.

보슈가 화단 위로 고개를 내밀고 올려다보니 헬리콥터는 아직도 콘크
리트 이착륙대에 앉아있었고, 회전날개가 돌아가면서 이륙을 위해 점점
더 속도를 높이고 있었다. 현관문 쪽을 돌아보니 멘덴홀이 문 안에서 한
손으로 왼쪽 눈을 덮고 바닥을 구르는 것이 보였다.

"멘덴홀!" 보슈가 외쳤다. "안으로 들어가요! 총 맞았어요?"

멘덴홀은 아무 말이 없었고, 더 안쪽으로 몸을 굴려 갔다.

보슈는 다시 화분 위로 고개를 내밀고 헬리콥터를 바라보았다. 이륙가
능 속도에 이르렀는지 엔진이 굉음을 내며 돌아가고 있었다. 조종석 문은
아직 열려있었는데 그 안을 들여다볼 수는 없었다. 드러먼드일 거라고 생
각했다. 보슈의 탈출로 계획이 어그러져서 자기가 도망가려는 것이었다.

보슈는 엄폐물에서 벌떡 일어서서 헬리콥터를 향해 연속사격을 했다.
네 발을 쏘고 나자 총알이 떨어졌다. 그는 현관문을 향해 달려갔다. 그러
고는 멘덴홀 옆에 웅크리고서 탄창을 꺼냈다.

"형사, 다쳤어요?"

보슈는 두 번째 탄창을 집어넣은 후 한 발을 약실로 보냈다.

"멘덴홀! 다쳤냐고!"

"아뇨! 아니, 잘 모르겠어요. 눈에 뭔가를 맞았어요."

보슈가 그녀의 손을 눈에서 떼어내려고 팔을 잡았다. 멘덴홀이 저항했다.

"보여줘요."

멘덴홀이 졌고 보슈는 손을 떼어냈다. 그녀의 눈을 자세히 들여다보았지만 아무것도 보이지 않았다.

"총에 맞은 건 아니에요. 나무 가시나 먼지 같은 게 들어갔나 봐요."

멘덴홀은 다시 손으로 눈을 덮었다. 밖에서는 회전하는 터빈이 임계속도에 다다랐고 보슈는 드러먼드가 이륙하고 있다는 것을 알았다. 보슈가 일어서서 현관문을 향해 걸어가기 시작했다.

"그냥 가게 내버려 둬요." 멘덴홀이 소리쳤다. "어차피 숨지도 못할 텐데."

보슈는 그녀의 말을 무시하고 밖으로 달려나갔다. 원형 진입로 한 가운데로 달려가면서 보니까 헬리콥터가 이륙을 시작하고 있었다.

60미터쯤 떨어진 곳에서 헬리콥터가 나무 선을 따라 왼쪽 오른쪽으로 움직이며 수직상승을 하고 있었다. 보슈는 두 팔을 내밀어 두 손으로 권총을 잡고 터빈 하우징을 겨냥했다. 헬리콥터를 떨어뜨리는 데 쓸 수 있는 총알이 딱 일곱 발 있다는 것을 그는 알고 있었다.

"보슈, 쏘면 안 돼요!"

어느새 멘덴홀이 집안에서 나와 보슈에게로 다가오고 있었다.

"안되긴! 놈이 우릴 쐈는데!"

"규정에 없으니까요!"

멘덴홀이 보슈 옆에 다가와 섰다. 아직도 다친 눈을 손으로 덮고 있었다.

"내 규정에는 있거든!"

"내 말 들어요! 이젠 당신에게 위협이 안 되잖아요! 놈이 도망치고 있으니까! 정당방위가 안 된다고요."

"빌어먹을!"

그러나 보슈는 드러먼드가 그 소리를 듣거나 총구에서 섬광이 번뜩이는 것을 보기를 바라면서 하늘을 향해 세 발을 연속으로 쏘았다.

"뭐 하는 거예요?"

"내가 자기를 향해 총을 쏘고 있다고 믿게 만들려고요."

보슈는 총을 들고 공중으로 세 발을 더 쏘았고 마지막 한 발은 만일을 위해 남겨두었다. 효과가 있었다. 헬리콥터가 방향을 바꾸더니 비스듬히 기울인 채로 집 뒤로 날아갔다. 드러먼드가 그 집을 방어막으로 사용하려는 것이었다.

보슈는 가만히 서서 기다렸고 잠시 후 소리가 들렸다. 금속이 툭 부러지는 소리가 나더니 곧이어 부러진 회전날개가 미친 듯이 회전하는 소리가 들렸다. 그 날개가 아몬드밭에 떨어지며 낫처럼 나뭇가지를 획획 쳐내는 소리도 들렸다.

시간이 정지된 것 같은 순간이 천분의 일초쯤 있었다. 터빈이 완전히 멈춘 것 같고 세상에 소리란 것이 아예 없는 것 같은 순간이었다. 그러고 나서 헬리콥터가 성 뒤 언덕에 부딪히는 굉음이 들렸다. 곧 거대한 불덩이가 소용돌이를 치며 지붕선 위로 올라가더니 하늘로 사라졌다.

"뭐예요?" 멘덴홀이 외쳤다. "무슨 일이에요? 놈한테 총을 쏜 거 아니죠!"

보슈가 충돌음이 난 곳을 향해 뛰어가기 시작했다.

"풍력발전 터빈이에요." 그가 외쳤다.

"풍력발전 터빈이라뇨?" 그녀가 큰소리로 되물었다.

저택의 모퉁이를 돌아간 보슈는 언덕 곳곳에서 불이 나고 연기가 마구 피어오르는 것을 보았다. 공기 중에 연료 냄새가 심하게 났다. 멘덴홀이 보슈를 따라잡았고 손전등 불빛으로 길을 비추었다.

헬리콥터가 겨우 50미터 상공에서 추락했지만 부딪칠 때의 충격으로 완전히 박살이 났다. 언덕 오른쪽에서 불이 나 타고 있었는데, 연료 탱크가 분리되어 폭발한 것 같았다. 산산이 부서진 조종석 덮개 밑에 드러먼드가 있었는데, 팔다리가 골절되었고 몸통과는 비정상적인 각도로 꺾여 있었다. 이마는 추락하며 찢겨나간 금속에 깊이 베여 있었다. 멘덴홀이 그의 얼굴에 손전등을 비추자 그가 천천히 눈을 뜨며 반응을 보였다.

"오 하느님, 살아있어요." 멘덴홀이 말했다.

멘덴홀이 드러먼드를 누르고 있는 헬리콥터 잔해를 치우고 분주히 움직이는 동안 드러먼드의 눈이 그녀를 따라다녔지만 고개는 돌아가지 않았다. 입술이 움직였지만 호흡이 너무 얕아서 소리가 나오지 않았다.

보슈는 드러먼드 옆에 쪼그리고 앉아서 드러먼드의 재킷 왼쪽 주머니에 손을 집어넣어 휴대전화와 배지 지갑을 꺼냈다.

"뭐하는 거예요?" 멘덴홀이 말했다. "빨리 911 불러야죠. 그리고 사건 현장에서 물건을 함부로 만지면 안 되는 거 아시잖아요."

보슈는 그녀의 말을 못 들은 척했다. 그것들은 그의 물건이니까 찾아가는 거였다. 멘덴홀이 응급구조대와 경찰을 부르려고 휴대전화를 꺼내 들었다. 그러는 동안 보슈가 드러먼드 재킷의 다른 쪽 주머니를 만져보니 총이 만져졌다. 자기 총이란 걸 보슈는 알고 있었다. 그가 드러먼드의 얼굴을 바라보았다.

"이건 네가 가져, 보안관. 너한테서 나오게 하자고."

멘덴홀이 투덜거리는 소리가 들려 보슈가 그녀를 돌아보았다.

"신호가 안 잡혀요." 그녀가 말했다.

보슈가 엄지손가락으로 자기 휴대전화의 액정화면을 쓱 문지르자 화면이 살아났다. 헬리콥터 추락사고에도 무사히 살아남았고 제대로 작동하는 것 같았다. 그리고 신호 막대기가 세 개나 있었다.

"나도 안 잡히는데." 그가 말했다.

그는 휴대전화를 주머니에 넣었다.

"아, 어떡해!" 멘덴홀이 말했다. "뭐라도 해야 되는데."

"꼭 그래야 돼요?" 보슈가 말했다.

"그럼요, 그래야죠." 멘덴홀이 날카롭게 말했다.

두 사람의 눈길이 날카롭게 마주쳤다.

"성으로 내려가 봐요." 보슈가 외쳤다. "부엌에 전화가 있었으니까."

"알았어요. 다시 올게요."

보슈는 고개를 돌리고 멘덴홀이 언덕을 내려가는 것을 보았다. 그러고는 드러먼드를 돌아보았다.

"이젠 너와 나 둘뿐이야, 보안관." 보슈가 부드럽게 말했다.

드러먼드는 계속 무슨 말인가 하려고 애를 쓰고 있었다. 보슈는 두 무릎과 두 손을 바닥에 대고 엎드려 드러먼드의 입에 귀를 갖다 댔다. 드러먼드가 자꾸 끊어지는 작은 목소리로 말했다.

"아……아무것도……모, 못……느끼겠어."

보슈는 몸을 엉덩이를 바닥에 대고 앉아서 뒤로 젖히고 드러먼드의 부상을 살피는 것처럼 그를 내려다보았다. 드러먼드는 미소를 지으려고 애를 썼다. 이에 루비처럼 빨간 피가 묻어있었다. 추락할 때 폐에 구멍이 뚫린 것이다. 그가 무슨 말을 했지만 알아들을 수가 없었다.

보슈가 다시 드러먼드에게로 몸을 숙였다.

"뭐라고?"

"깜빡하고 얘기 안 했는데……골목길에서, 그 여자 무릎을 꿇렸어……그러니까 싹싹 빌더라……."

분노가 온몸을 휩쓸고 지나가자 보슈가 몸을 일으켰다. 그러고는 일어나서 드러먼드에게서 돌아서서 성 쪽을 내려다보았다. 멘덴홀의 모습은 보이지 않았다.

보슈는 다시 드러먼드 쪽으로 돌아섰다. 보슈의 얼굴에는 분노가 가득했다. 모든 신경종말에서 복수심이 그를 할퀴어댔다. 그는 무릎을 꿇고 앉아서 드러먼드의 먹살을 잡았다. 그러고는 그에게 얼굴을 들이대고 이를 앙다문 채로 말했다.

"네가 뭘 원하는지 알지만 원하는 대로 해주지는 않을 거야, 드러먼드. 네가 오래도록 고통스럽게 살기를 바라니까. 감옥에서, 침대에 누워서, 똥오줌 냄새를 맡으면서, 산소호흡기 달고, 링거로 영양을 공급받으면서 그렇게. 그리고 날마다 죽기를 바라지만 손가락 하나 까딱할 수 없어 죽지도 못 하는 그런 삶을 살기를 바라니까."

보슈는 먹살 잡은 손을 놓고 뒤로 물러나 앉았다. 이제 드러먼드는 웃고 있지 않았다. 자신의 암울한 미래를 보고 있었다.

보슈는 일어서서 무릎에서 먼지를 툭툭 털어낸 후 돌아서서 언덕을 내려가기 시작했다. 멘덴홀이 손전등을 들고 올라오고 있었다.

"곧 올 거예요." 그녀가 말했다. "혹시……?"

"살아있어요. 눈은 어때요?"

"뭔지는 몰라도 빠진 것 같아요. 아직도 따끔거리긴 하지만."

"응급구조대가 도착하면 봐달라고 해요."

보슈는 멘덴홀을 지나쳐 언덕을 내려갔다. 내려가면서 집에 전화를 걸기 위해 휴대전화를 꺼냈다.

백설공주
—
2012

보슈가 전화를 걸었을 때 코펜하겐은 저녁 7시였다. 집에 있던 헨릭 예스페르센이 즉시 전화를 받았다.

"헨릭, LA의 해리 보슈입니다."

"보슈 형사님, 안녕하세요? 안네케에게 무슨 소식이라도?"

보슈는 잠깐 침묵했다. 질문 표현이 이상하게 들렸다. 헨릭은 숨이 잘 쉬어지지 않는 것 같았다. 이 전화가 자기가 20년간 기다려온 전화라는 사실을 알고 있는 것 같았다. 보슈는 그를 더 이상 기다리게 하지 않았다.

"헨릭, 당신 여동생 피살사건과 관련하여 용의자를 체포했어요. 범인을 잡았기 때문에 당신한테⋯⋯."

"에늘리(드디어)!"

그 덴마크 단어가 무슨 뜻인지는 몰라도 놀라움과 안도감을 표현하는 감탄사인 것 같았다. 그러고 나서 긴 침묵이 이어졌다. 보슈는 지구를 반 바퀴 돌아가야 하는 곳에 사는, 수화기 저편의 남자가 울고 있나보다고 추측했다. 이런 소식을 전할 때 유족들은 주로 그런 반응을 보였다. 이번에는 보슈가 덴마크에 직접 가서 헨릭 예스페르센에게 소식을 전하게 해달라고 상부에 요청했지만, 오툴 경위에게 거절당했다. 오툴은 보슈에 대한 징계 요청을 직업표준국의 멘덴홀 형사가 거부한 것 때문에 아직도 심기가 불편한 상태였다.

"죄송합니다, 형사님." 헨릭이 말했다. "갑자기 울컥해서. 내 여동생을 죽인 범인이 누구죠?"

"존 제임스 드러먼드라는 남잡니다. 안네케는 모르는 사람이었죠."

헨릭에게서 아무 반응이 없자 보슈가 말을 이었다.

"헨릭, 이제부터 범인 체포 소식과 관련해서 기자들한테서 연락이 오기 시작할 거예요. 내가 거기 〈베를링스케 티엔데〉의 기자와 거래를 했거든요. 수사를 도와줬기 때문에. 이 전화를 끊고 나서 그 기자한테 전화해야 합니다."

이번에도 반응이 없었다.

"헨릭, 듣고……."

"이 드러먼드라는 사람이 왜 안네케를 죽였죠?"

"그러면 자기가 굉장한 권력가와 그 집안에 잘 보일 수 있을 거라고 믿었거든요. 그리고 당신 여동생에게 저지른 또 다른 범죄를 숨길 수도 있었고요."

"지금 감옥에 있어요?"

"아뇨, 아직. 지금은 병원에 있지만 곧 교도소 병동으로 옮길 거예요."

"병원에요? 당신이 쐈어요?"

보슈는 고개를 끄덕였다. 그 질문 뒤에 숨은 감정을 이해했다. 그랬기를 바라고 있는 거였다.

"아뇨, 헨릭. 놈이 헬리콥터를 타고 도망가려다가 추락했어요. 다시는 못 걸을 겁니다. 척추 뼈가 박살이 났거든요. 목 아래로는 완전히 마비된 상태라고 하더군요."

"잘됐다는 생각이 드는군요. 당신은요?"

보슈는 망설이지 않았다.

"그래요, 헨릭, 나도 그렇게 생각해요."

"안네케를 죽임으로써 놈이 권력을 잡았다고 하셨는데, 어떻게요?"

다음 15분 동안 보슈는 공모자들의 관점에서 역사를 요약해주었다. 그들이 누구이고 무슨 일을 했는지 말해주었다. 안네케가 언급했던 전쟁 범죄에 관해서도 얘기해주었다. 그리고 마지막에는 가장 최근에 일어난 반전에 대해서 이야기했다. 뱅크스와 다울러와 코스그로브가 죽었고, 스태니슬라우스 카운티에서 드러먼드가 소유하고 있거나 임대한 두 건의 부동산과 저장시설에 대해 압수수색영장이 집행됐다는 사실을 알려주었다.

"안네케가 조사한 내용을 기록한 일기장을 발견했어요. 수첩에 적어놓았더군요. 드러먼드가 오래 전에 번역을 해놓았고. 누구도 전체 이야기를 알지 못하게 여러 번역가에게 나눠서 번역을 시킨 것 같아요. 보안관이었으니까 자기가 수사하고 있는 사건 때문에 그런 거라고 둘러댔겠죠. 번역본을 보니까 모든 비극의 발단은 배에서 있었던 일이더군요. 적어도 안네케가 기억하는 일의 발단은. 그 수첩은 안네케가 묵던 호텔 방에 있었는데 드러먼드가 안네케를 죽이고 나서 그 방에 들어가 훔쳐 간 것 같아요. 그러고는 배에 있었던 다른 동료들을 통제하는 수단으로 썼고."

"그 일기장 제가 가질 수 있을까요?"

"아직은 안 돼요, 헨릭. 하지만 복사를 해서 보내드릴게요. 재판으로 가면 증거물로 제출할 거거든요. 내가 전화한 이유 중 하나가 그겁니다. 이 일기장이 안네케의 것이 맞다는 걸 증명하기 위해 필체 샘플이 필요해요, 헨릭. 여동생이 보낸 편지나 여동생이 쓴 글씨가 있는 다른 무엇이라도 갖고 있습니까?"

"네, 편지가 몇 통 있는데. 복사해서 보내드릴까요? 이 편지들은 제게 아주 소중한 거라서요. 여동생의 유품이라고는 이것뿐이라. 사진하고."

보슈가 직접 가고 싶었던 이유가 바로 이런 거였다. 헨릭과 직접 만나 담판 짓기 위해서. 오툴은 그의 요청을 쓸데없는 요구라고 일축했고, 보슈가 국민의 세금으로 휴가를 즐기려 한다고 비난했다.

"헨릭, 나를 믿고 원본을 보내줘요. 분석가들이 글씨를 쓰는 사람의 악력, 구두법 같은 것들을 중립적으로 고려해서 비교분석을 하기 때문에 원본이 꼭 필요하답니다. 보내줄래요? 손상되지 않게 잘 보고 지금 상태 그대로 다시 보내줄게요, 약속해요."

"네, 그럴게요. 형사님을 믿으니까."

"고마워요, 헨릭. 최대한 빨리 보내주면 좋겠는데. 먼저 대배심이 열릴 건데 일기장을 제출하기 전에 진본 확인부터 해야 하거든요. 그리고 헨릭, 유능한 검사가 이 사건을 맡았는데, 재판 보러 LA에 오실 생각은 없는지 당신한테 물어봐 달라고 하더군요."

긴 침묵이 흐른 뒤에 헨릭이 대답했다.

"갈게요, 형사님. 동생을 위해서."

"그렇게 말할 줄 알았어요."

"언제 가야 하죠?"

"좀 오래 기다려야 할 것 같네요. 말했다시피, 먼저 대배심이 열릴 거고 그런 다음에는 항상 재판 일정이 지연되거든요."

"얼마나 오래요?"

"범인의 건강 상태 때문에 일정이 좀 지연될 거고. 그런 다음엔 변호인이…… 여기 우리나라 사법 시스템은 죄지은 자들이 재판 절차를 지연시킬 기회를 많이 허용하고 있어요. 유감스러운 일이죠. 당신이 오래 기다려온 거 아는데, 앞으로 계속 연락하면서……"

"형사님이 놈을 쏴죽이지 그랬어요. 죽여 버렸으면 좋았을 텐데."

보슈는 고개를 끄덕였다.

"그 마음 이해해요."

"다른 사람들처럼 놈도 죽어 자빠져야 했었는데."

보슈는 멘덴홀이 그와 드러먼드를 언덕에 두고 코스그로브의 집으로 내려갔을 때 기회가 있었던 것이 다시 생각났다.

"그 마음 알아요, 이해하고." 보슈가 다시 말했다.

침묵이 흘렀다.

"헨릭? 거기 있어요?"

"죄송합니다. 잠깐만요."

보슈가 뭐라고 대꾸하기도 전에 전화가 먹통이 되었다. 너무나 많은 것을 잃은 이 남자를 직접 만나러 갔어야 했다는 생각이 다시 들었다. 오툴은 안네케 예스페르센이 사망한 지 20년이 흘렀다는 사실을 보슈에게 상기시켰다. 그 정도의 세월이면 유족들도 이젠 슬픔을 딛고 잘 살고 있을 거라고 말했다. 유족에게 피의자 체포 사실을 직접 알리기 위해 코펜하겐까지 가겠다는 보슈의 요청을 승인해줄 이유가 전혀 없다고 말했다.

보슈는 헨릭이 돌아오기를 기다리면서, 참호에서 고개를 내밀고 밖을 살피는 군인처럼 칸막이 벽 위로 눈을 내밀고 주위를 살펴보았다. 마침 오툴이 자기 사무실 문 앞에 서서 전담반 사무실을 둘러보고 있었다. 마치 영지를 둘러보는 대지주 같았다. 오툴은 중요한 것은 숫자와 통계라고 생각했다. 여기 형사들이 무슨 일을 하는지 진심으로 이해하지 못했다. 사명이 뭔지도 몰랐다.

결국 오툴의 눈이 보슈의 눈과 마주쳤고 두 사람은 잠깐 동안 서로를 노려보았다. 그러다가 약한 사람이 먼저 고개를 돌렸다. 오툴이 자기 사무실로 들어가 문을 닫았다.

언덕에서 응급구조대와 경찰이 도착하기를 기다리는 동안 멘덴홀은 보슈에게 자신이 하고 있던 조사에 대해서 솔직히 털어놓았다. 그녀가 들려준 이야기에 보슈는 깜짝 놀랐고 큰 상처를 받았다. 오툴은 보슈를 압박할 기회가 생기자 기꺼이 그 기회를 잡았을 뿐이지, 애초에 민원을 제기한 사람은 그가 아니었다. 민원을 제기한 사람은 샌쿠엔틴 교도소에서 복역 중인 션 스톤이었다. 그는 보슈가 자기를 조사실로 불러들임으로써 동료 수용자들에게 경찰끄나풀이라는 오해를 받게 해서 자신을 위험에 빠뜨렸다고 주장했다. 멘덴홀이 모든 당사자를 만나 조사해본 결과, 션 스톤은 경찰끄나풀 소리를 듣게 될까 봐 걱정했다기보다는 어머니의 관심을 잃을까봐 더 걱정한 것 같았다. 그는 자신이 제기한 민원으로 인해 보슈와 어머니 해나 스톤과의 사이가 나빠지기를 바라고 있었다.

보슈는 아직 해나에게 이 이야기를 하지 못했고 언제 해야 할지 망설이고 있었다. 결국에는 해나의 아들이 세운 계획이 성공하지 않을까 하는 생각이 들었다.

멘덴홀이 끝까지 말해주지 않은 한 가지는 그녀 자신의 동기였다. 왜 굳이 자유시간과 사비를 들여서까지 보슈를 미행했는지 그에게 말해주지 않았다. 그는 그녀가 그렇게 해주어서 고맙다고 말하는 것에 만족해야 했다.

"보슈 형사님?"

"네, 헨릭."

헨릭이 생각을 정리하는 동안 긴 침묵이 흘렀다. 드디어 그가 말을 이었다.

"잘 모르겠어요. 이번에는 다를 거라고 생각했는데."

감정이 복받치는 목소리였다.

"뭐가요?"

또 말이 없었다.

"이 전화를 20년이나 기다려 왔어요……, 그러는 동안 난 그건 사라질 거라고 생각했죠. 동생 때문에 항상 슬플 거라는 건 알았어요. 하지만 또 다른 건 사라질 거라고 생각했죠."

"또 다른 게 뭐죠, 헨릭?"

보슈는 답을 알고 있었지만 물었다.

"분노요……, 나는 아직도 화가 나네요, 보슈 형사님."

보슈는 고개를 끄덕였다. 그는 책상을 내려다보았다. 유리 상판 밑에 피해자들의 사진이 있었다. 사건들과 얼굴들. 그의 눈길이 안네케 예스페르센의 사진에서 다른 피해자들의 사진으로 옮겨갔다. 그가 아직 대변해주지 못한 사람들.

"나도 그래요, 헨릭." 보슈가 말했다. "나도 그러네요."

_끝

감사의 글

이 소설을 쓰기 위해 연구하고 소설을 집필할 때 도움을 주신 여러분께 감사를 드립니다. 릭 잭슨, 팀 마샤, 데이비드 램킨, 리처드 벵슨 형사님들, 드니스 뵈치에호프스키, 존 휴턴, 칼 세이버트, 테릴 리 랭크포드, 로리 페퍼, 빌 홀로낵, 헨릭 배스틴, 린다 코넬리, 아샤 머시닉, 빌 매시, 파멜라 마셜, 제인 데이비스, 헤더 리조, 돈 피어스, 여러분께도 감사하다는 말씀을 드립니다.

덴마크어 번역을 도와주신 작가 새러 블래들에게도 고마움을 전합니다.

프랭크 모건과 아트 페퍼의 음악도 귀중한 영감을 주었다. 모두에게 깊은 감사를 드린다.

블랙박스

1판 1쇄 발행 2019년 7월 29일
1판 2쇄 발행 2019년 9월 25일

지은이 마이클 코넬리
옮긴이 한정아

발행인 양원석
본부장 김순미
편집장 김건희
디자인 RHK 디자인팀
해외저작권 최푸름
제작 문태일, 안성현
영업마케팅 최창규, 김용환, 윤우성, 양정길, 이은혜, 신우섭, 조아라,
　　　　　유가형, 김유정, 임도진, 정문희, 신예은, 유수정

펴낸 곳 ㈜알에이치코리아
주소 서울시 금천구 가산디지털2로 53, 20층 (가산동, 한라시그마밸리)
편집문의 02-6443-8902　　**구입문의** 02-6443-8838
홈페이지 http://rhk.co.kr
등록 2004년 1월 15일 제2-3726호

ISBN 978-89-255-6685-6 (04840)